La importancia de llamarse Sweetie

SANDHYA MENON

La importancia de llamarse Sweetie

Título original: *There's Something About Sweetie*

© 2019, Sandhya Kutty Falls
Publicado por acuerdo con Simon Pulse, un sello de Simon & Schuster Children's Publishing Division

Derechos reservados

Traducción: Mónica López Fernández

Diseño de portada: Planeta Arte & Diseño / Anilú Zavala
Fotografía de portada: iStock
Lettering de portada: David López

Derechos reservados

© 2022, Editorial Planeta Mexicana, S.A. de C.V.
Bajo el sello editorial CROSSBOOKS M.R.
Avenida Presidente Masarik núm. 111,
Piso 2, Polanco V Sección, Miguel Hidalgo
C.P. 11560, Ciudad de México
www.planetadelibros.com.mx

Primera edición impresa en México: enero de 2022
ISBN: 978-607-07-8285-5

Este libro es una obra de ficción. Todos los nombres, personajes, compañías, lugares y acontecimientos son producto de la imaginación del autor o son utilizados ficticiamente. Cualquier semejanza con situaciones actuales, lugares o personas —vivas o muertas— es mera coincidencia.

No se permite la reproducción total o parcial de este libro ni su incorporación a un sistema informático, ni su transmisión en cualquier forma o por cualquier medio, sea este electrónico, mecánico, por fotocopia, por grabación u otros métodos, sin el permiso previo y por escrito de los titulares del *copyright*.

La infracción de los derechos mencionados puede ser constitutiva de delito contra la propiedad intelectual (Arts. 229 y siguientes de la Ley Federal de Derechos de Autor y Arts. 424 y siguientes del Código Penal).

Si necesita fotocopiar o escanear algún fragmento de esta obra diríjase al CeMPro (Centro Mexicano de Protección y Fomento de los Derechos de Autor, http://www.cempro.org.mx).

Impreso en los talleres de Litográfica Ingramex, S.A. de C.V.
Centeno núm. 162-1, colonia Granjas Esmeralda, Ciudad de México
Impreso y hecho en México – *Printed and made in Mexico*

Esta va por Jen.

1
Ashish

Aquí una lista de cosas sobrevaloradas:

1. El amor.
2. Las chicas.
3. El amor (sí, otra vez).

Ashish Patel no estaba seguro de por qué la gente se enamoraba. En serio, ¿cuál era el punto? ¿Que te sintieras como un completo idiota por haber ido al dormitorio de ella, tan solo para descubrir que estaba saliendo con otro tipo? ¿Para que vieras cómo tu *mojo*, todo tu encanto, se desvanecía mientras te convertías en una torpe y desgarbada versión de tu antiguo (y extremadamente gallardo) ser? ¡Al diablo!

Azotó la puerta de su casillero y en cuanto se dio la vuelta se encontró a Pinky Kumar, recargada en el casillero junto al suyo, con un cuaderno en la mano y una ceja morada arqueada (como era de costumbre; es más, seguramente nació así, toda escéptica).

—¿Qué? —contestó altanera mientras ajustaba los tirantes de su mochila con más fuerza de la necesaria.

—Vaya. —Pinky hizo una bomba de chicle y luego siguió mascando. Había pintarrajeado sus jeans negros con marcador plateado. Era probable que sus padres acabaran con los pelos de punta; sin importar cuántas veces ella arruinara su ropa en virtud de sus «expresiones artísticas», sus padres, una pareja de abogados corporativos, nunca lo entenderían. Así que, sí, se iban a enfadar. Aunque no tanto como cuando se dieron cuenta de que Pinky no se había deshecho de la camiseta que decía PRODECISIÓN ES PROVIDA, la cual tachaban de «vulgar».

—Mmm, veo que sigues con el SMI.

Preguntarle a Ashish acerca del SMI, o Síndrome del Macho Irritable, era el modo en que Pinky lidiaba con él cuando andaba de malas. Para ella ya era tiempo de que la gente empezara a hablar de la emotividad de los hombres cisgénero y le echara la culpa a las hormonas, para variar.

—Yo no... —Ashish suspiró con fuerza y se fue con paso airado por el pasillo, aunque Pinky lo alcanzó inmediatamente. Era alta (medía como un metro setenta y seis) y podía caminar al mismo ritmo que él, lo cual a veces le molestaba bastante. Como justo en ese momento, cuando lo que él quería era alejarse.

—¿Y entonces por qué te ves tan nublado?

—No me veo... ¿qué demonios significa eso? —Ashish trataba de mantener una voz tenue, pero aun así él mismo podía detectar cierta irritación.

—¿Celia te envió un mensaje?

Él abrió la boca para discutir, pero más bien suspiró, sacó su celular del bolsillo y se lo pasó. ¿Qué más daba? Ella podía leer a Ashish como un libro abierto. Además, pronto Oliver y Elijah, sus otros dos mejores amigos, también se enterarían. Lo mejor era que lo supiera de una vez.

—De cualquier forma, no me importa —dijo él con su voz de «Ayer ensayé cuidadosamente cómo decir que Celia ya no me importa, es más, ¿cuál Celia?».

—Ajá.

Ashish no se inclinó hacia Pinky para leer el mensaje junto con ella, no era necesario. Las palabras se habían grabado en sus malditas retinas:

CELIA:
Perdón, Ashish, pero quería que te enteraras por mí.
Esto es muy difícil...
No puedo seguir volviéndome loca con cómo te afecte esto.
Esta noche, Thad y yo anunciamos que estamos juntos oficialmente.

Ashish tuvo que leer el mensaje como veinte veces antes de que al fin entendiera que: a) Celia realmente estaba saliendo con alguien llamado ¡Thad!, b) ella había sido la primera en continuar con su vida, y c) la primera relación verdadera de Ashish había sido una completa farsa.

Se había dejado llevar por cierto optimismo irracional y tenía la idea de que él sería quien continuara con su vida primero. Ya había tenido que pasar por la indignación de que ella rompiera con él, así que el universo tenía que darle un premio de consolación en la forma de alguien nuevo con quien salir antes de que Celia lo hiciera, ¿cierto? En vez de eso, el universo arrasó con él mientras cantaba: «Ashish es un perdedor y todos deberían saberlo». ¿Ah, sí? Pues al diablo contigo, universo. Al diablo con todo de aquí a la vía láctea. Él era ni más ni menos que Ashish Patel. Él era la gallardía en persona. Él era genial.

Sí, no había tenido una cita en tres meses. Y sí, sus maniobras de basquet últimamente daban mucho que desear. Pero su *mojo* no había desaparecido. Simplemente estaba... en pausa, algo así como en modo avión, de viaje por Hawái, por así decirlo. Demonios, si hasta el supernerd, niño explorador, bondadoso samaritano-no-mato-ni-una-mosca de su hermano, Rishi, ahora tenía una novia bastante formal.

Pinky le regresó el teléfono.

—¿Y?

Él la fulminó con la mirada mientras daban la vuelta a la esquina y se dirigían hacia la cafetería. Desde primer año de preparatoria, Oliver, Elijah, Pinky y él siempre desayunaban juntos antes de entrar a la escuela. Ahora que iban en segundo año, ya ni siquiera era tradición, más bien era un simple hábito.

—Para ti es fácil decirlo, Priyanka. Tú no eres quien pone en riesgo su reputación de galán.

—Me llamo Pinky —respondió con una mirada tan afilada que podría destazarlo—. La única que me dice Priyanka es mi abuela.

Ashish sintió un escalofrío de culpa. Estaba siendo un poco hostil; sabía que ella detestaba que la llamaran Priyanka.

—Lo siento —murmuró.

Ella hizo un gesto para descartar el comentario.

—Lo voy a dejar pasar porque es obvio que no es tu mejor día. Pero, en serio, invita a alguien a salir. Ya. —Le dio un empujón con el hombro y echó un vistazo a los estudiantes en las mesas—. Mira, ahí está Dana Patterson. Siempre te ha gustado. Ve, invítala a salir.

—¡No! —Ashish le devolvió el empujón, no tan fuerte para lanzarla lejos, aunque sí lo consideró. Sentía hormigueos en las palmas de sus manos, como si estuvieran a punto de empezar a sudar ante el hecho de invitar a salir a una chica sexy. ¿Qué diablos le pasaba?

—No… no quiero invitarla a salir, ¿okey? Es solo que… es extraño invitar a chicas en la cafetería.

Pinky resopló.

—¿En serio? ¿Esa es tu excusa? —Se formaron en la fila para los burritos.

—¿Qué es extraño? —dijo una voz conocida detrás de ellos.

Ashish se dio la vuelta para ver que Oliver y Elijah, sus otros dos compañeros de aventuras desde secundaria, se incorporaban a la fila. Oliver era el más alto de ellos dos, pero Elijah tenía los músculos por los que todo mundo en la escuela se desmayaba. Ambos tenían piel negra, aunque la de Oliver era más clara que la de Ashish, mientras que la de Elijah era dos o tres matices más oscura que la de Pinky.

Ellos eran los «Cuatro Fantásticos» de la preparatoria Richmond desde séptimo grado, cuando por coincidencia (algunos dirían que fue el destino) urdieron el mismo disparatado plan acerca de por qué no habían hecho sus reportes de Pimpinela Escarlata. Al parecer, la profesora Kiplinger de literatura creyó inverosímil que a las mamás de estos cuatro alumnos se les hubiera roto la fuente exactamente el mismo día. La excusa era absurda, considerando que la profesora K descubrió la verdad tan solo con una llamada a cada una de las señoras. A pesar de (o quizá debido a) su falta de fineza compartida al ejecutar el subterfugio, se hicieron amigos instantáneamente mientras purgaban su castigo.

Pinky respondió antes de que Ashish pudiera.

—Ahora Ashish piensa que es extraño invitar a chicas a salir en la cafetería. —Le sonrió con una mueca y, en respuesta, él puso los ojos en blanco.

—¿Desde cuándo? —preguntó Elijah—. Tú invitas a salir a chicas en la sección de tarjetas de cumpleaños de Walmart, ¿qué diferencia hay?

Sus amigos se burlarían de él hasta el cansancio si les decía que estaba nervioso.

—Ninguna.

Oliver, el más empático de sus mejores amigos, lo rodeó con un brazo.

—Ay, ternurita, ven, dile a Ollie cuál es tu problema.

Aunque ni siquiera tenía que decirlo. Pinky los puso al día con la noticia del más reciente mensaje de Celia.

—No lo entiendo —dijo Elijah frunciendo las cejas—. Ya habían terminado, ¿no? Desde que fuiste a su dormitorio y te enteraste de que estaba saliendo con el tipo ese, Thad. Entonces, ¿para qué tanto alboroto?

—La cuestión es... —dijo Ashish molesto de que sus amigos en verdad no entendieran— que pensé que todo este asunto con Thad era temporal. Me dijo que no era nada serio. Ella solo estaba... aburrida o experimentando la vida universitaria o lo que sea. Nos seguíamos mandando mensajes. Todavía existía la posibilidad de que nosotros... —Se detuvo abruptamente, pues de pronto se sintió como un gran iluso perdedor. Realmente pensó que podían regresar. Por Dios. No era para nada el Romeo basquetbolista/modelo de la revista GQ que pensó que era. Más bien parecía un teletubbie. Y ya tenía diecisiete. Estaba a un año de ser oficialmente adulto, con identificación y toda la cosa. ¿Por qué no era capaz de conservar una novia?

En cuanto Oliver sintió su vergüenza, se acercó a él.

—Ash, lo mejor que puedes hacer ahora es regresar al ruedo. Solo hazlo. Celia lo hizo.

—Sí, hombre —agregó Elijah—. Ni siquiera tienes que encontrar a un hermoso espécimen. Cualquier chica te traerá de regreso.

Pinky le lanzó una mirada mortal.

—Qué lindo...

Elijah hizo cara de «¿Qué tiene de malo?», Oliver sacudió la cabeza y suspiró.

Pinky se dirigió a Ashish.

—Mira, si tienes miedo, yo puedo hacerlo por ti. Conozco a Dana… más o menos. —Dio un paso en dirección a la chica, pero Ashish la tomó del hombro.

—No tengo miedo, carajo.

—Entonces, hazlo —contestó Pinky, cruzando los brazos—. Ahora. No tendrás una mejor oportunidad. —Ashish miró por largo tiempo la barra de burritos, luego ella agregó—: yo te guardo el lugar en la fila.

Ashish se ajustó la mochila y discretamente se limpió el sudor de las palmas en los shorts.

—Está bien, desgraciados. —Luego, fue hacia Dana, que estaba sentada con las demás porristas, vestida con un top muy ajustado a la altura del ombligo y jeans superentallados. Con ese atuendo, de seguro terminaría en la dirección antes de que acabara el día, pero eso era lo genial en Dana: nunca se daba por vencida.

Ella alzó la mirada al ver que Ashish se acercaba y sonrió. Se acomodó un mechón de cabello rubio detrás de la oreja y se recorrió un espacio en la banca.

—¡Ash! Ven y siéntate con nosotras.

Dana le había estado coqueteando descaradamente durante los últimos dos partidos de basquet; incluso a pesar de que él era tan solo una sombra desvanecida de su antiguo yo-flamante capitán del equipo. Ashish sabía que ella accedería a salir con él si se lo pedía. Él debería invitarla. El único camino era hacia adelante. Tenía que salir de este nudo de la primera cita después de Celia. Ya habían pasado tres meses, con un demonio. Era más que tiempo suficiente.

—Gracias —respondió Ashish y se sentó. Les sonrió a sus amigas, Rebecca y Courtney. Luego se detuvo. Su sonrisa se disolvió. ¿Qué diablos estaba haciendo ahí? No lo estaba haciendo de corazón. Estaba a un continente de distancia. De pronto se sintió como un verdadero imbécil.

Dana puso una mano sobre la de él.

—Oye, ¿estás bien? —Sus ojos azules lo miraron con ternura y preocupación. Sus amigas también se acercaron.

—Estoy bien —murmuró él automáticamente. Luego, como si un mago diabólico y sádico poseyera su boca, se descubrió agregando—: De hecho, no, no estoy bien. Mi novia me dejó hace tres meses y anoche me enteré de que ella ya es oficialmente novia de un tipo cuyos padres, al ver su rostro rojo y arrugado al nacer, pensaron: «Sabes, este humano miniatura tiene cara de Thad». Thad Thibodeaux. ¿Saben? Una vez lo vi en una fiesta. Por alguna razón que solo él conoce, le gusta puntuar cada oración con un gesto de pulgares arriba. Y ella lo prefirió a él. En vez de a mí. Así que, ¿eso qué dice de mí exactamente? Estoy por debajo de la altura de Thad «Pulgares» Thibodeaux.

»Ah y no olvidemos que la liga de basquetbol de Richmond no ha ganado partidos en las últimas semanas gracias a mí. Más bien, ha ganado a pesar de mí. Mi desempeño ha sido tan malo que bien podría compararse con el de una lámpara descompuesta en una sala de estudio. Me veo bien, pero esencialmente soy un inútil. Hubiera servido más si hubiera repartido Gatorade en vez de estar en la cancha. Tengo diecisiete años y ya pasó mi mejor momento.

Oh-oh. Ashish cerró la boca de pronto.

¿En serio le había dicho todo eso a Dana, la porrista más sexy, y a sus amigas? Ashish pensó que debería sentirse superavergonzado, ¿de verdad había caído tan bajo? La primera prueba: jugar basquet como novato, cuando se supone que era el capitán prodigio. O, segunda prueba: que lo dejaran por Thad Pulgares. Ya estaba rascando el fondo del barril. No, corrección: no solo lo había rascado, estaba hecho bolita en el fondo mohoso y se estaba preparando para una larga y suave siesta. Ashish Patel estaba más allá de la humillación.

Pero Dana no huyó tras una sonrisa nerviosa como él hubiera esperado. En vez de eso, quitó la mano que tenía encima de la suya y lo abrazó.

—¡Ay, pobre bebé! —canturreó e hizo como si lo arrullara. Ashish apenas notó que las bubis de ella rozaban su brazo. «Ah, sí, bubis, me da igual», pensó. Luego: «Ay, por Dios, ¿qué me ha hecho Celia?».

—Es horrible cuando terminas con alguien —agregó Rebecca, estirando el brazo para darle una palmadita. Las cuentas de sus trenzas cascabelearon—. Lo lamento.

—Ella se lo pierde, Ash —comentó Courtney mientras se acomodaba el cabello rizado pelirrojo—. Eres todo un galán.

—Absolutamente —concluyó Dana, quien lo soltó para acariciarle la barbilla—. Eres guapísimo.

Ashish sonrió a medias y se pasó la mano por el cabello.

—Sí, ya sé. Pero, gracias. Es que en verdad me siento... fatal.

—Es completamente normal —dijo Dana y se acercó para besarle la mejilla—, pero, cuando estés listo para vengarte, avísame, ¿okey?

Por Dios. La lástima en sus ojos... Se había convertido en un caso de caridad. En un perrito empapado bajo la tormenta. Ashish se enderezó y se forzó a reír, aunque el sonido que salió fue vacío y artificial.

—Nah, estoy bien. En serio. Y debo regresar con mis amigos.

Y con paso decidido, se levantó de la banca de la cafetería y, en su mejor aproximación de lo que las chicas de Richmond llaman «la mirada sensual Ash», se fue hacia donde estaban sus amigos.

—Por lo visto estaba equivocado —les dijo a sus amigos mientras sonreía garbosamente solo por si Dana lo había seguido con la mirada—. Sí puedo caer aún más bajo, del fondo hasta las arenas movedizas.

—Hermano, ¿de qué estás hablando? —preguntó Elijah.

—Te besó, galán. En la mejilla, pero, como sea… —dijo Oliver con una sonrisa—. Eso es un avance.

—Sí, qué asco tener que verlo, pero me alegro por ti —comentó Pinky preparándose para tomar su burrito—. De verdad.

—Créeme, no es lo que parece —dijo Ashish sintiéndose mal por reventarles todas sus burbujas de optimismo.

Una vez que todos tenían qué comer, se sentaron en la mesa de siempre, al lado de la gran ventana que da al jardín de cultivos orgánicos.

—Entonces, ¿qué pasó? —preguntó Pinky, luego de dar un buen mordisco a su burrito—. Se supone que la invitarías a salir.

—Eso intenté —dijo Ashish. Y entonces una pared de concreto de pura vergüenza lo golpeó con todo mientras recordaba que realmente había dicho: «ya pasó mi mejor momento» frente a tres chicas increíblemente sexys. ¡¿Qué demonios?!—. Acabé contándole acerca de Celia y cómo terminó conmigo. —Terminó de narrar el resto de la historia rápido y en voz baja, porque, por un lado, tenía que sacarlo de su pecho, pero también quería mantener la esperanza de que los demás no lograran escuchar—. Y creo que también me lamenté sobre lo mal que estoy jugando y me comparé con una lámpara descompuesta.

Elijah jadeó, pero Oliver lo calló con la mirada. Ashish le dio una gran y poco elegante mordida a su burrito de salchicha, como demostración de que no le importaba si acababa de hacer el peor ridículo frente a tres de las chicas más lindas de la escuela. Debía guardar algo de dignidad, aunque fuera en apariencia.

El burrito era la especialidad picante de Richmond. Genial.

—Espera. —Pinky lo miró con suspicacia—. ¿Estabas enamorado de Celia o algo así?

Lentamente, Ashish miró a todos en la mesa.

—Eh, sí. Y ella no sentía lo mismo en absoluto, así que ahora solo soy un preparatoriano hombre-niño del que ella se puede burlar. —Uy, no era su intención decir esto último en voz alta. Eso no estaba nada cool.

Todos se quedaron viéndolo en silencio y con los ojos abiertos a tope, incapaces de contener el asombro de que Ashish Patel, el mejor de los jugadores, se hubiera enamorado. Y que, además, ahora fuera un completo desastre por eso. En sus rostros solo había lástima, lo cual era la cereza del pastel; la última de las pruebas, por si acaso aún no había demostrado que era el peor de los perdedores.

Empujó su charola y se paró.

—¿Saben qué? Me voy a casa. —Y entonces salió de la cafetería sin voltear hacia atrás cuando sus amigos lo llamaron.

Sweetie

Sweetie utilizó la botella de champú como si fuera micrófono. Eso la ayudaba a entrar en ambiente. Ahí no era solo Sweetie, era la Sweetie chispeante, la hechicera sexy que canta en la regadera. Esas palabras sonaban bien y punto.

—*R-E-S-P-E-C-T!* —cantó a todo volumen la canción de Aretha Franklin.

—*Find out what it means to me!* —le contestaron Kayla, Suki e Izzy.

—R-E-S-P-E-C-T! —cantó Sweetie de nuevo.

—*Gimme those Jujubes!* —cantó Izzy.

Y al mismo tiempo, Kayla:

—*Open sesame!*

Y Suki:

—*Mayfair, pretty puh-lease!*

De pronto se detuvieron.

—¿*Jujubes?* ¿Es broma, Izzy?

—Ay, tú, ¿*Open sesame* te parece mejor? —rebatió Suki desde su regadera.

—Bueno, *Mayfair* ya ni siquiera es *washawashear*... ¡No tiene sentido!

—Chicas, chicas —intervino Sweetie—, es *Take care*, TCB.

—¡¿Qué?! —las tres chicas protestaron a coro.

—¿Y eso qué significa? —preguntó Suki.

—Nada, ya —dijo Kayla—. Si me preguntas...

Sweetie sabía que la discusión podría seguir para siempre, así que lanzó la estrofa de «Sock it to me». Las demás se callaron y la escucharon.

Esto era cosa de todos los días en las regaderas saliendo del entrenamiento. Las otras chicas del equipo ya ni se quejaban, más bien disfrutaban cuando Sweetie cantaba.

Bailaba el shimmy en la regadera, mientras su voz robusta hacía eco por el azulejo como una sintonía de campanas cuyo sonido rebotaba desde donde brotaba el agua. Al terminar, hacía una reverencia, dejando que el agua se escurriera mientras alzaba los brazos, triunfante.

Y la recibían aplausos rotundos, como siempre. Ella cerraba los ojos y sonreía, disfrutando ese único momento en el que se sentía sumamente confiada e incuestionablemente hermosa.

Luego, conforme los aplausos se apagaban, suspiró, cerró la llave y tomó su toalla.

Afuera, junto a su casillero, se secó y se vistió rápidamente. Ni siquiera sabía por qué lo hacía con tanta velocidad, porque sabía que ni Kayla, ni Suki, ni Izzy la juzgarían. Más bien, era la voz de Amma retumbando en su cabeza: «Cúbrete las piernas y los brazos. Hasta que no bajes de peso, no deberías usar blusas sin mangas ni shorts». Si su madre se infartaba por una blusa sin mangas, ni pensar qué diría de que su hija estuviera desnuda en el vestidor de mujeres.

—Estuviste genial, como siempre —comentó Kayla desde su casillero. Su piel oscura no tenía un solo defecto, su abdomen estaba tonificado y sus piernas, torneadas. No tenía prisa alguna por vestirse.

—Gracias. Tú no estuviste del todo mal —dijo Sweetie con una sonrisa mientras trataba de sacudirse los pensamientos.

Había arrasado con todas en la pista durante el entrenamiento, incluso mejoró su propio tiempo en la carrera de mil seiscientos metros. Debería estar feliz. «Mi cuerpo es fuerte y hace lo que yo quiera», se dijo mientras repetía el mantra que siempre recitaba en voz baja después de que su mamá le lanzara sus discursos «motivacionales»: «Soy la corredora más veloz de la preparatoria Piedmont y el segundo lugar en el estado de California».

Y era cierto; Sweetie podía dejar a cualquiera mordiendo el polvo. No en balde, el periódico local recientemente la llamó la Correcaminos de Piedmont (aunque fue un error leer los comentarios del artículo en línea, que estaban repletos de personas que no podían dejar de preguntar todo tipo de estupideces que redundaban en: ¿Cómo le hace para cargar todo ese peso por la pista?). La entrenadora insistía en que podría conseguir una beca en cualquier universidad que quisiera si se mantenía así.

—¡Uy, miren esto! —gritó Suki desde su casillero. Se había puesto una falda y una blusa y estaba sentada en la banca, pegada a su celular, como de costumbre, con el cabello negro y liso empapado.

Las demás se acercaron; era la foto de un chico bastante guapo con camiseta de basquetbol en la página deportiva del *Times of Atherton*, el periódico local.

—Es Ashish Patel en el partido del fin de semana —aclaró Izzy, en cuanto vio la foto. Sus mejillas pálidas estaban chapeadas por el regaderazo—. ¡Yummy!

—Me enteré de que llevó a Richmond a otra victoria —dijo Kayla—. Es su gallina de los huevos de oro. El entrenador Stevens quisiera robárselo.

—Suerte con eso —se burló Izzy—. Su papá es el presidente de Global Comm. Con esa cantidad de dinero nunca vendría a una escuela como Piedmont.

Sweetie se rio.

—Ni que fuéramos un tugurio. Pero, sí, definitivamente no tenemos el prestigio de Richmond. —Se cruzó de brazos y frunció el entrecejo mientras miraba la fotografía de Ashish—. ¿Soy yo o este chico parece un poco triste?

Sus amigas la miraron con suspicacia.

—¿Qué razones tendría para estar triste? —dijo Kayla—. El chico lo tiene todo.

«En apariencia, quizá», pensó Sweetie.

—¿Por qué? ¿Tu instinto *sweetiesco* se activó? —preguntó Suki, riendo.

Sweetie sintió que le ardían las mejillas. Siempre había sido perceptiva; tendía a escuchar a su intuición en cuanto a personas se trataba. Aunque Suki pensaba que eran puras tonterías, que tan solo creía en lo que quería creer. Quién sabe, tal vez Suki tenía razón.

—Sí, tal vez tengan razón. —Cargó su bolso—. Oigan, ¿quieren desayunar antes de ir a clase?

Suki guardó su teléfono y todas se levantaron, riendo y comentando cómo la entrenadora se veía más estresada que de costumbre, puesto que se pasó todo el entrenamiento mascando chicle; luego, por gritarle a Andrea porque no dio el ciento diez por ciento, casi se ahoga con él.

Sweetie mantuvo una oreja en la conversación, pero siguió pensando en la foto de Ashish Patel en el juego de basquetbol. ¿Qué haría que un chico así estuviera triste? Sacudió sus pensamientos. «Bueno, ¿y a ti qué te importa? Ni siquiera te vas a enterar».

2
Ashish

Como era de esperar, escaparse de la escuela no tuvo mayor complejidad. Desde primer año, Ashish había hecho una copia digital del único pase legítimo que tenía para poder salir del campus. Solo tenía que reimprimirlo cada vez. Por lo visto, entre las prioridades de Richmond no estaba actualizar el formato de sus pases para evitar el abuso de delincuentes como Ash.

Estacionó el Jeep en su entrada circular y subió con pesadumbre las escaleras de mármol que llevaban a la puerta de su casa.

En cuanto su mamá lo vio, corrió hacia él para ponerle la mano sobre la frente.

—*Kya hua? Sardi hai, beta? Bukhar hai? Bolo na, kya hua?*

Él trató de no abrumarse por la letanía de preguntas sobre su salud. Por lo general, él le decía que había regresado de clases porque estaba enfermo, pero hoy no tenía energía.

—No, Ma, no tengo ni resfriado ni fiebre. Es solo…
—Caminaron juntos del vestíbulo al espacioso estudio. Ashish se sentó en su silla favorita y Ma se sentó junto a

él en un sofá. Él recargó la cabeza en el respaldo y cerró los ojos, suspirando mientras ella le recorría la cabeza con los dedos—. Problemas de chicas, Ma.

Los dedos de su mamá se congelaron un momento, luego siguieron peinándolo. No era un secreto que Ma, ella sobre todo, no estaba de acuerdo con las *badmashi*, o trastadas (como ella las llamaba) de Ashish. Papá solía hacerse de la vista gorda y más bien adjudicaba el popurrí de novias de Ashish a que aún era muy joven o, como le gustaba decir, *javaani*. Aunque últimamente se veía bastante molesto por todos los mensajes de texto que su hijo le enviaba a Celia, como si pensara que su *javaani* debería tener un límite.

Ashish suponía que sus padres se sintieron secretamente aliviados cuando dejó de enviar tantos mensajes de texto, tal vez porque lo tomaron como una señal de que su hijo menor, por suerte, estaba madurando y se estaba dando cuenta de cuán equivocada era su forma de ser. Ja. Claro. Eso lo haría Rishi, su hermano mayor y el hijo prodigio. Ashish siempre sería la oveja negra, el caballo negro, el saco de carbón de los malditos diamantes de Rishi...

—*Celia ke sath kuch hua?*

—*Haan*. Terminó conmigo para siempre. —Le dio un momento para que ocultara la sonrisa que él sabía que estaba ahí antes de voltearla a ver—. Esto es terrible, Ma. Pensé que íbamos en serio. O sea, pensé que en algún momento se cansaría de no estar conmigo y regresaría. Es que, en serio, ¿cómo es que una chica no querría esto? —De un gesto se señaló completo. Esto era más información sobre su vida amorosa que la que solía compartir con su madre, pero al menos ella aparentaba no estar gritando por dentro, como seguramente estaba haciendo.

—¡No! ¿Celia terminó contigo?

Ashish y su mamá alzaron la vista, luego él soltó un quejido. Genial.

—Samir —dijo enderezándose y mirando con desprecio al chico frente a él—. ¿De qué alcantarilla saliste?

Ma le dio un manotazo en la pierna y se levantó.

—No seas grosero. Yo los invité a él y a su mamá a venir.

—Sí que sí —dijo Samir con una sonrisa, se acercó y luego se dejó caer en el sofá como si fuera de él. Bueno, los visitaba tan seguido, que era como si sí fuera de él.

Samir y Ashish eran amienemigos desde que tenían ocho años, cuando la familia de Samir se mudó al estado cercano. Rishi, desde luego, se llevaba muy bien con él. Pero a Ashish le molestaba mucho la confianza que Samir tenía en sí mismo. El tipo no practicaba ningún deporte y no iba a la escuela, su mamá lo educaba en casa (era el único chico de ascendencia india que Ashish conocía en esa situación). Y por si eso no fuera suficiente, su mamá era sumamente consentidora y lo sobreprotegía muchísimo, por temor a que algo malo le pasara a su único hijo. La tía Deepika le contaba a quien se dejara que su pequeño milagro había nacido con una parte de la membrana amniótica en el rostro, lo cual aparentemente era un mal augurio y requería de atención constante para mantener alejados a los espíritus malignos. (Ashish había buscado en internet qué era la membrana amniótica... grave error. Iba a tener pesadillas de por vida). Samir actuaba como si fuera un milagro para todos.

Rishi siempre bromeaba con que los egos de Ashish y Samir no podían coexistir incluso en la mansión de la familia. Tal vez tenía razón; lo que sí era seguro es que a Ashish no le gustaría que Samir se enterara de sus secretos más ocultos y terribles. Aunque daba lo mismo, porque se acababa de enterar.

—¡Ashish! —gritó la tía Deepika al entrar por la puerta—, ¿por qué no estás en la escuela?

Él abrió la boca, pero no salió nada. Incluso su habilidad para pensar rápido (antes una de sus mejores cualidades) tambaleaba. Diablos.

—Tuvo algo de fiebre mientras estaba en la escuela, así que le dije que se regresara —dijo Ma y le guiñó cuando nadie veía. Él fingió no darse cuenta, tan solo para salvar los vestigios de su dignidad. No necesitaba que lo rescataran, especialmente su madre.

—Fiebre. Claaaro. Dime qué fue lo que realmente pasó —se burló Samir mientras la tía Deepika y Ma se iban a la cocina, probablemente para preparar chai y bocadillos—. La última vez no dejabas de presumir acerca de tu chica universitaria y lo sexy que era.

Desde luego, a Samir no le daban permiso para salir con chicas. Su mamá decía que no se podía arriesgar a que una chica le rompiera a su hijo el frágil corazón, así que hasta que tuviera edad suficiente (digamos, por ahí de los cuarenta y cinco), ella le buscaría a la chica apropiada. Y nada la haría cambiar de opinión, ni siquiera la feliz historia de Rishi y su perfecta novia de la universidad de Stanford.

—Rompimos desde hace tres meses, así que en realidad no es nada serio —dijo Ashish mientras levantaba un adorno de vidrio de la mesa y se lo pasaba de una mano a la otra. Lo hacía para demostrarle a Samir que no le importaba lo de la ruptura, aunque también esperaba que su mamá se quedara en la cocina, porque lo mataría si lo viera; ella estaba muy apegada a sus chucherías.

Samir chasqueó la lengua.

—Entonces, supongo que mami tiene razón: no se puede confiar en las chicas.

—Si tú lo dices… —respondió Ashish sopesando la bola de cristal en sus manos—. Yo ya no sé.

—Es que, digo, ¿para qué tanto alboroto? Simplemente busca otra chica.

Ashish rio.

—Sí, claro, como es tan fácil. Amigo, tú ni siquiera has tenido una novia, así que no sabes de lo que hablo. Mejor ya cállate.

Las mejillas de Samir se encendieron y se volteó, lo cual hizo que Ashish se sintiera (tan solo un poco) mal por echarle sal a la herida.

—¿Y eso qué? —refunfuñó Samir—. Te he visto pasar por esto muchas veces.

—Sí, eso sí —respondió Ashish, porque en eso tenía razón—. Supongo que… no sé… algo está mal, hermano. —Luego, asegurándose de hablar con un tono extracasual, agregó—: Pero ya lo resolveré, siempre lo hago.

—A menos que… tal vez… —Samir lo miró un segundo y enseguida alejó la mirada—. Nah.

—¿Qué? ¿A menos que qué? —Ashish sintió un poco de curiosidad; Samir nunca se tragaba sus opiniones. Eso era lo más molesto de él.

—Es solo que… —Samir se encogió de hombros—, tus padres dieron al blanco con Rishi, ¿no? Cuando lo emparejaron con su novia.

Ashish arqueó una ceja.

—Ajá… ¿Y?

—Bueno, es que también podrían buscarte novia.

Ashish miró a Samir durante veinte segundos completos antes de soltar una carcajada.

—¿En serio? ¿Dejar que mis padres me busquen una chica? Seguro escogerían a alguien completamente… —Se detuvo para estremecerse, luego trató de encontrar una comparación adecuada—. Bien, imagina el sándwich más delicioso que hayas probado.

—Okey, fácil, los que venden en la cafetería de Rivers.

—Exacto, son buenísimos, ¿no? Ahora, imagina que le quitas el tocino, la lechuga y los jitomates. Ah y la salsa picante que preparan ahí.

Samir puso cara de decepción.

—Entonces, quedarían solo dos rebanadas de pan y ya.

—Exacto. Eso mismo, pero en forma de chica. No, gracias.

Samir sacudió la cabeza.

—Pero Dimple no es así. Tú dijiste que ella es el yin perfecto para el yang de Rishi.

—Sí, y sería completamente diferente para mí. Mis padres tratan de jalarme las riendas todo el tiempo. Así que me van a buscar a la chica más aburrida del mundo, con la esperanza de que me dome o algo así. —Suspiró y luego, al escuchar que las mamás se acercaban, agregó rápidamente—: Ah, y no le digas nada a mi mamá de la comparación con el sándwich. —Se suponía que todos los Patel eran vegetarianos. Sí, claro, como si Ashish fuera capaz de renunciar al tocino. ¿Qué vida sería aquella?

—¿De qué hablan? —preguntó la tía Deepika mientras Ma acomodaba la charola con chai y bocadillos en la mesita.

—De chi... —empezó a decir Samir antes de que Ashish lo interrumpiera.

—De la escuela.

Intercambiaron miradas. Ashish le lanzó una mirada extrafulminante. Samir era uno de esos chicos que le cuentan todo a su mamá si no le adviertes las cosas con antelación. El tipo no tenía filtro. En cambio, él sí que era todo un conocedor de secretos.

—Basquetbol *kaisa chal rahaa hai*, Ashish? —preguntó la tía Deepika y luego bebió un trago de té—. Vi tu foto en el periódico.

—Nos está yendo muy bien esta temporada, tía —respondió—. Estamos a punto de pasar a los partidos estatales.

—Muy bien —exclamó ella con una sonrisa.

—Creo que a mí me gustaría jugar basquetbol en un equipo escolar —comentó Samir con un dejo de melancolía.

—Tú juegas en el Country club —protestó su mamá.

—No es lo mismo —murmuró Samir, pero Ashish dudó que su mamá lo hubiera escuchado.

—Podrías estudiar el último año en Richmond —dijo Ashish mientras tomaba una galleta.

Samir abrió la boca para responder, pero su mamá lo interrumpió con su risa.

—No, no —dijo—, Richmond está muy bien para ti, Ashish, pero a Samir le gusta estudiar en casa conmigo, *na, beta*?

—*Haan*, mami —le respondió, pero sus ojos estaban medio tristes.

—Oye, ¿quieres ir a lanzar tiros de canasta afuera? —Para Ashish a veces era difícil convivir con la tía Deepika, sentía como si no pudiera respirar. Ni siquiera podría imaginar cómo se sentiría Samir.

—Vamos.

Se encaminaron hacia la cancha de basquetbol de tamaño real que Pappa había mandado a hacer desde el primer año escolar, cuando fue obvio que su hijo menor estaba tomando en serio lo del basquetbol.

Ashish sacó un balón de la esquina y empezó a rebotarlo.

—Eh… ¿sabes? Puedes decirle a tu mamá que quieres jugar en Richmond. —Habían tenido esta conversación muchas veces. Sabía que no llegaría a ningún lado si quisiera que Samir cambiara de opinión repentinamente, pero no podía evitarlo. Por muy molesto que pudiera ser, seguía siendo uno de sus amigos más antiguos.

—Nah, sabes que no puedo hacer eso.

Sí, lo sabía. A la mamá de Samir le habían diagnosticado cáncer de mama hace siete años. Logró combatirlo dos veces, pero le volvió a dar. Ahora estaba de nuevo en remisión, pero empezó a ser sumamente sobreprotectora cuando la diagnosticaron la primera vez, cuando Samir era muy chico. Y ahora que era más grande, él se sentía demasiado culpable para decir algo al respecto. Nunca lo habían hablado abiertamente, pero Ashish sabía leer entre líneas.

—Sí, pero a pesar de todo… Hermano, es obvio que no eres feliz con tus circunstancias actuales.

—¿Vas a seguir hablando de cosas que no entiendes o vamos a jugar?

—Está bien —dijo Ashish entrecerrando los ojos.

Jugaron uno a uno durante más o menos media hora seguida; luego Ashish aventó el balón a un lado y se sacudió el sudor de la cabeza; unas cuantas gotas alcanzaron a Samir.

—Agh, ¡qué asco, de verdad! —Tomó una toalla y una botella de agua del carrito a un lado, que el jardinero abastecía dos veces al día. Ashish hizo lo mismo y luego caminaron a la banca para sentarse a la sombra.

Samir echó un vistazo a su reloj.

—Solo jugamos media hora; debe ser un récord de lo menos que hemos jugado.

Ashish alzó los hombros mientras apretaba la botella para tomar un chorro de agua. La actitud era de «No me importa». Solía encantarle el basquet. No, solía amar el basquet. Y ahora era equis, una simple bola naranja que arrojabas contra el piso una y otra vez… ¿Cuál era el punto?

—¿Acaso no tienes partido este fin de semana? Deberías practicar un poco más.

—Jugaremos contra Osroff. Dudo que requiera más del cincuenta por ciento de lo que puedo dar.

—Si tú lo dices.

Ashish se encogió de hombros y se quedó mirando a la distancia, hacia donde estaba la alberca.

—Conozco mis fortalezas. —Y luego, viendo a Samir de reojo—: Al menos yo sí tengo fortalezas.

—Pff. Dices eso porque estás celoso de mi belleza jovial.

—Prefiero tener una psique masculina e influyente que una belleza jovial —rebatió Ashish. Solían fastidiarse así, aunque esta vez no resultó tan divertido. Bueno, hasta su *mojo* de molestón se estaba disipando. Maldita Celia, se había llevado sus mejores rasgos.

Samir lo miró frunciendo las cejas.

—Pareces una versión de cartón de ti mismo, amigo. Vaya, no es que me importe, pero, en serio, si no quieres espantar a más gente de la que ya repeles con tu olor, deberías hacer algo al respecto. —Ashish se concentró en tomar agua. Podía sentir cómo Samir lo miraba—. Diablos.

—¿Qué?

—No sabía que te habías enamorado de ella.

Ashish no dijo nada. No había nada que decir.

Más tarde, cuando las visitas salían por la puerta, Samir se dirigió hacia Ashish.

—Piénsalo.

—¿Qué tengo que pensar?

—Hablar con tus papás.

Ashish le lanzó una mirada perdida; Samir se acercó más a él.

—Para pedirles que te busquen una chica.

Ashish retorció los ojos.

—¿Otra vez con eso?

—Si no, ¿quieres acabar como zombi acartonado por el resto del año escolar? ¿Te parece un panorama divertido?

Ashish abrió la boca para responder, pero no salió nada. Sinceramente, esto de perder el *mojo* era, por mucho, lo peor que había sentido. Todo su mundo se sentía descolocado, como si ya no pudiera encontrar un equilibrio. El sentimiento era horrible.

Samir le dio un puñetazo en el brazo.

—Supuse que no. —Luego se dio la vuelta y se fue.

Ashish le dijo a su mamá que tenía tarea y subió a su cuarto. Pedirle a sus papás que le buscaran una chica para salir era algo tan de Rishi... Él podía abrirse camino con las chicas por su cuenta. Desde que nació supo guiñarle a la linda doctora que lo trajo al mundo. No necesitaba ayuda.

Pero luego recordó lo sucedido con Dana Patterson en la mañana y sintió un escalofrío que contuvo de inmediato, pues sabía que de otro modo las mejillas le arderían y la humillación que sentiría haría que sus axilas sudaran a chorros. Ya había cumplido con su dosis de ser tanto el que rompe la relación como al que terminan, pero en ningún momento él o la chica en cuestión se había sentido mal por ello. Todas sus relaciones habían sido como de escaparate, una simple forma de pasar el tiempo para ambos. Hasta que llegó Celia, claro. Y eso había salido tan bien... Refunfuñó, se acostó en la cama y se cubrió el rostro con una almohada. Sabía la verdad, solo que no quería enfrentarla. Tal vez nunca había necesitado ayuda, pero ahora todo se había enredado y probablemente un poco de ayuda no estaría tan mal. O tal vez una gran ayuda. Tal vez salir con chicas era como el basquet: si la jugada no funcionaba, era tiempo de probar algo nuevo.

Pero, aun así, ¿pedir ayuda a sus papás? Eso era un completo disparate, nada que ver, ¿no? Se quitó la almohada del rostro y se quedó mirando el techo. Sip. Nada que ver.

3
Sweetie

Sweetie sintió un gran peso encima conforme se acercaba a casa. De manera automática, su pie dejó de pisar con tanta fuerza el acelerador en cuanto empezó la canción de Kesha «This Is Me», una de sus favoritas, que siempre la envalentonaba. Se estacionó en el garaje justo cuando la canción terminaba. Se obligó a sonreír para cuando la viera su mamá y entró a la casa.

Amma se asomó desde la estufa, donde estaba revolviendo algo que olía a gloria hecha de cardamomo, coco y azúcar. Su mamá no tenía un trabajo de tiempo completo, pero sí abastecía con sus deliciosos postres a las tiendas y panaderías indias de ocho kilómetros a la redonda. Si quisiera, podría ser una exitosa mujer de negocios, pero no, su ocupación de tiempo completo, decía, era ser la mamá de Sweetie. (Aunque, como su nombre indicaba, era claro que la repostería corría por las venas de su única hija).

—¡Hola, *mol*!

—Eso huele bien, Amma —dijo ella mientras se acercaba, sumergía un dedo en la olla y se lo metía a la boca antes de que la quemara—. ¡Mmm!

Amma le dio un manotazo en el brazo.

—Nada de dulce para ti.

—Amma... —suspiró Sweetie.

—Anda, al patio.

—¿Podrías al menos darme un minuto para una colación? —Ante la ceja arqueada de Amma, se apresuró a agregar—: Como una manzana...

—No, nada de colaciones. Primero corres, luego puedes comer. —Sacudió su espátula hacia Sweetie, quien suspiró y se fue al patio.

La indignación de tener que dar vueltas corriendo en su patio todos los días saliendo de la escuela aún no terminaba, a pesar de que ya habían pasado tres años. Esto había comenzado desde el primer año de preparatoria, cuando Amma decidió que el tamaño de Sweetie estaba relacionado con su nivel de actividad. El hecho de que su hija perteneciera al equipo de atletismo no significaba nada; su mamá estaba convencida de que ella de alguna manera flojeaba durante los entrenamientos. Desde luego, Amma pesaba cuarenta y tres kilos aun mojada, lo cual podría tener que ver con su fehaciente creencia de que, si tan solo su hija se esforzara un poco más, podría ser igual de delgada. El hecho de que la complexión de Sweetie fuera como la de Achchan y el resto de su familia pasaba desapercibido para ella.

Mientras corría, pensaba que lo extraño era que Amma tampoco estaba feliz con su apariencia. Con frecuencia se pellizcaba las caderas y se quejaba de que estaba demasiado gorda o de que estaba ganando peso «con la edad». Si acaso comía un poco más de una pequeñísima porción durante la cena, se lamentaba de que al día siguiente tendría que comer kanji, ese asqueroso engrudo de arroz insípido que la obligaba a comer cuando se enfermaba del estómago. Pero al parecer, Amma no notaba la contradicción entre sus acciones y sus palabras. Mantenía la firme convicción de que Sweetie sería mágicamente feliz cuando bajara de peso.

Después de las diez vueltas obligatorias, entró a la casa y tomó una manzana del frutero.

—Mejoré mi tiempo en los mil seiscientos metros, Amma. Y es el mejor tiempo de todo el equipo.

Su mamá, que ahora estaba vertiendo la mezcla en un molde, le sonrió.

—Maravilloso, *mol*. Ahora, imagina la velocidad que tendrás cuando bajes de peso.

Sweetie se quedó a media mordida de manzana. Su cerebro reaccionó de la manera perfecta: «Pero si ya he mejorado mi propio tiempo y el del resto; o sea, literalmente, no hay nadie más veloz que yo».

Pero, sin importar cuán confiada se sintiera con respecto a sus habilidades y con ser una gran atleta, toda esa confianza se evaporaba ante su mamá.

—Todos saben —continuaba Amma en voz queda— que mientras más delgada, más sana.

Ella mordió la manzana y se tragó todo lo que quería decir: que había descargado documentos fidedignos, artículos universitarios acerca de que lo que marcaba la báscula no necesariamente correspondía a lo que estaba sucediendo por dentro, que todas estas tonterías de «nos preocupa tu salud» tenían que ver con la manera «educada» de decir que pertenecían a una sociedad demasiado temerosa y superficial para darse cuenta de que el valor de una persona iba más allá de la talla de su ropa.

¿Cómo sería soltarse y decirle finalmente a su mamá lo que sentía? Imaginó que se sentiría como la brisa primaveral más fresca y dulce, aunque realmente no lo sabría, pues las palabras siempre se le atoraban antes de que pudiera expresarlas.

—Voy a ir al mercado de productores este fin de semana —le dijo su mamá mientras se lavaba las manos—. ¿Quieres venir?

Sweetie se aclaró la garganta y finalmente rompió su silencio.

—Claro. —Siempre ayudaba a su Amma a atender el puesto de sus postres en el mercado de productores.

Amma y varias de sus amigas de ascendencia india tenían puestos con diferentes cosas y, si bien el pretexto era que esto les ayudaba a ganar un poco de dinero, realmente se trataba de tener la oportunidad de interactuar en sociedad (o sea, chismear). A Sweetie le gustaba sentarse bajo el sol y dejar que la bañara el acento fogoso con el que estas mujeres hablaban.

—Por cierto, Amma, ¿conoces a la familia de Ashish Patel, el jugador estrella de basquetbol de Richmond?

Amma bajó la vista para alzar los ojos más allá de sus lentes, se quitó el delantal y se sentó en la mesa con una taza de chai. Sweetie fue con ella, manzana y chai en las manos.

—¿Por qué?

—Es solo que... vi una foto de él en el periódico —respondió, alzando los hombros— y me pregunté si tú conocerías a su familia.

—Son muy conocidos. Kartik Patel es el presidente de Global Comm y su primogénito, Rishi, es novio de una chica de buena familia que estudia en Stanford: Dimple Shah. No sé mucho del hijo menor, pero parece que va por buen camino para entrar a una buena universidad. Tu tía Tina dice que es muy guapo.

Claro que lo dice. La tía Tina siempre tenía en mente un sistema para clasificar a las chicas y chicos más guapos descendientes de personas de la India o *desi*; era como una versión india andante de la revista *People*. Y conociendo a la tía Tina, por supuesto estaba de más mencionar que Sweetie no estaba en esa lista; de hecho, probablemente estaba en alguna antilista, como «Las diez principales chicas *desi* que debes mantener lejos de tus hijos antes de que los lleven al lado oscuro» o «Cinco chicas cuyo cuerpo no tiene nada que ver con la belleza de sus rostros: CUIDADO». Para la tía Tina, la gordura de Sweetie era escandalosa y personalmente ofensiva.

Amma volteó la revista que estaba leyendo.

—Podrías usar esto para tu fiesta de cumpleaños, *mol*. —Era un voluminoso *salwar kameez*, sin forma, hecho de una tela de brocado plateado grueso. Sweetie estaba segura de que había visto a la madre de alguna celebridad usarlo en una de las revistas de chismes de Bollywood de la tía Tina.

—Eh, sí, podría ser... —Bajó la manzana y tomó un catálogo de entre las revistas al centro de la mesa. Sus palmas sudorosas se pegaban a las páginas conforme hojeaba la revista; sus movimientos se sentían artificiales y extraños. Seguramente Amma se daba cuenta de que tramaba algo. Se secó las manos en la camiseta y tomó subrepticiamente unas cuantas respiraciones profundas. «Vamos, Sweetie», se dijo, «¿qué haría Aretha Franklin? Pasarle el catálogo a Amma y exigirle R-E-S-P-E-C-T; sí, eso haría». Así que detuvo las hojas en la página que había marcado, se quedó viendo la foto durante unos diez segundos para prepararse mentalmente y dijo—: De hecho, Amma... —No pudo evitar que su voz sonara chillona. Diablos. Carraspeó y volvió a intentarlo—: Estaba, eh, pensando, más bien, usar algo como esto... —Le pasó el catálogo y se quedó viendo al papel, muy, muy lejos de los ojos de su madre.

Amma tomó el catálogo y estudió la página; su rostro no daba indicios de nada. Sweetie podía ver el atuendo reflejado en los ojos de su mamá: era un vestido *anarkali*. La parte de arriba estaba hecha de tela georgette verde esmeralda, de caída larga, a la altura de la espinilla, la altura justa para mostrar un poco de los leggins dorados debajo.

Pero no fue la parte de arriba lo que le atrajo y capturó su corazón; era el corte halter y el hecho de que la espalda quedara al descubierto. Lo mejor de todo es que había en tallas extra.

Sabía que su mamá no se oponía a ropa con cuellos halter, al igual que otros padres de origen indio. En el Diwali pasado, Sheena, la hija de la tía Tina, se puso uno y Amma de hecho la halagó. Claro que Sheena es talla dos. He ahí la cuestión.

—Es muy lindo —se apresuró a decir al ver que Amma seguía estudiando la foto en silencio. El sonido de su corazón acelerado casi ahogó sus palabras—. Y creo que ese color va muy bien con mis ojos. Siempre dices que son café claro y que cuando me pongo algo verde se ven verdosos. Además, viene con pliegues, así que no tendrías que llevarlo a la costu…

—*Mati*. Basta. No te puedes poner esto. —Amma bajó el catálogo y lo dejó con el resto de las revistas sin mirar a Sweetie.

—Pero…

—No. La gente se va a reír.

Ella se tragó el nudo en su garganta. Claro que a Amma le daba vergüenza. ¿Cómo no?, si su hija no era talla dos y, al parecer, para ella eso quería decir que daba vergüenza y que tenía que cubrirse. Sintió la amargura de ese dolor.

—¿Y? ¿A quién le importa?

Amma la miró fijamente.

—A mí. A mí me importa. A ti también te importaría.

Sweetie se le quedó viendo y sintió esa presión, ese peso de la decepción.

—Sí, está bien, no me voy a poner eso. No querría avergonzarte a ti y a Achchan. —Se levantó.

—Sweetie, no es eso… Es que, me preocupa… —dijo Amma, pero cuando Sweetie esperó a lo demás, su mamá se calló y sacudió la cabeza—. Y punto. No hay nada más que decir.

Sweetie asintió y se fue a su recámara.

—Qué sorpresa —dijo entre dientes, con los ojos húmedos.

Ashish

—Esta vez el chef se lució —dijo Pappa mientras se echaba hacia atrás y eructaba disimuladamente—. Ese kulfi era de otro mundo. Nunca había probado nada que se acercara a… —Y luego, al ver la expresión de su esposa, agregó enseguida—: Claro que, ¡no se compara con el tuyo, Sunita!

Ma se rio a sus anchas.

—Está bien, Kartikji. Después de veinte años de matrimonio puedo tolerar un poco de competencia. Además, si el chef me deja tener unas cuantas tardes libres porque no tengo que cocinar, ¡soy feliz! —Volteó a sonreírle a Ashish, quien sonrió de regreso demasiado tarde, por lo que la sonrisa de ella se desvaneció—. *Thik ho, beta?*

—Estoy bien —respondió Ashish. Luego, obligándose a comer su postre—: Sí, este kulfi está buenísimo, Pappa.

De pronto hubo silencio en la mesa, que se acentuó más por el sonido de la cuchara de Ashish contra la matka, la ollita de cerámica en la que le habían servido el helado al estilo indio. Subió la mirada para ver a sus padres, ambos lo miraban preocupados. Las cejas pobladas de Pappa estaban tan abajo que Ashish apenas podía verle los ojos. Por mucho que él estuviera fastidiado de Rishi, al menos su hermano era alguien más a quien sus padres le ponían atención, pero desde que se fue a la universidad, sentía como si ellos le pusieran a él la atención de un láser en el ciento cuarenta y nueve por ciento de potencia todo el tiempo.

Ma le lanzó una mirada a su papá. ¿Por qué los padres siempre piensan que sus hijos no se dan cuenta de esos detalles? Prácticamente Ashish podía leer la burbuja de diálogo en la cabeza de su mamá: «Habla con tu hijo».

—¿Qué pasa, *beta*? —preguntó Pappa—. Ma me dice que estás teniendo algunos... ¿problemas? ¿*De ladki vaali*?

Ay, por Dios. El hecho de que Pappa acabara de decir «problemas concernientes a las chicas» no era ningún buen augurio. Quizás estaba calentando motores para un sermón sobre las relaciones. De seguro le diría una vez más que así era la juventud, o sea *javaani* y que con el tiempo le encontraría a la chica *desi* perfecta, tal como la había encontrado para Rishi, que no se lo tomara tan en serio y que viviera su vida. Como si el dolor que Ashish estaba sintiendo fuera tan serio como un retortijón estomacal, nada que un vaso de jal-jeera frío no pudiera arreglar. (Sí, está bien, esa bebida de comino era deliciosa, pero olía a pedos y nunca nadie lo decía. En fin...).

—Sabes, Ashish, eres joven. Y en nuestra *javaani* todos debemos cometer ciertos errores. ¡No te lo tomes tan en serio, *beta*! —Como si estuviera marcado en el diálogo, Pappa se rio con ganas. Ashish estaba seguro de que en la última plática sobre relaciones que habían tenido se rio exactamente en el mismo momento en el que se había reído ahora. ¿Acaso tenía un guion escondido por ahí?—. Cuando llegue el momento, Ma y yo tomaremos esa decisión por ti. ¡Y ya verás la diferencia! —Sus padres intercambiaron miradas y sonrieron.

Ashish los miró con furia por encima de su matka kulfi. Pero qué engreídos.

—¿Ah, sí? ¿Y qué diferencia es esa?

Pappa alzó las cejas con cara de «¿Lo dices en serio?» y entonces empezó a contar con los dedos.

—Crystal, Heather, Yvette, Gretchen y Celia. —Luego, con la otra mano, alzó el dedo índice—: Dimple. ¿Ves la diferencia?

Ma carraspeó y lanzó una mirada asesina a su esposo.

—Lo que Pappa quiere decir, *beta* —dijo con un tono más amable— es que tenemos años y años de experiencia que tú no tienes, así que es lógico que te equivoques y además seas un poco... arrebatado, ¿sí? Es normal que te sientas así.

Sabía que estaban tratando de ayudar, pero no de la forma en que a él le gustaría. Seguían diciendo que esto era un error. Seguían insinuando que él era solo un niño, mientras que ellos, en su infinita sabiduría, nunca cometerían los mismos errores que él. Como si, en el instante en que ellos pensaran en una chica para él, el mismísimo Cupido bajara de las nubes para atarlo a una chica con un vínculo eterno.

—Entonces, ¿lo que están diciendo es que nunca se equivocarían? ¿Cualquier chica que ustedes escogieran sería la chica perfecta, sin duda?

—¡Claro que eso es lo que estoy diciendo! —contestó Pappa al mismo tiempo que Ma decía algo similar.

—No en esos términos tal cual, pero...

Ambos sonrieron y alzaron los hombros, como diciendo «Bueno, si quieres ponerlo así, no te vamos a contradecir».

Ashish apartó su matka kulfi. Entonces, la voz de Samir empezó a resonar en sus oídos. Algo más, probablemente su instinto de supervivencia, le dijo que no lo escuchara; le decía: «Aléjate, Ash; aléjate mientras puedas. Antes de que cometas un error descomunal». Pero no estaba de humor para escuchar a su instinto. Solo quería demostrarle a sus padres que se equivocaban.

—Okey, entonces, adelante.

Ma y Pappa se recargaron en sus respaldos y lo vieron fijamente.

—¿Qué? —preguntó Pappa.

—Encuéntrenme a una chica que crean que sería buena para mí. Rishi tenía más o menos mi edad cuando lo hicieron salir con Dimple.

—Sí, pero ya había terminado la preparatoria —dijo Ma—. Ahora es cuando deberías enfocarte en tus estudios y en el basquetbol…

—Ma, nunca me enfoco en mis estudios y el basquetbol será parte de mi vida en la universidad. A menos que quieran que invite a salir a Dana Patterson, la porrista. —Como si pudiera lograrlo, dado que su *mojo* era nulo por el momento, pero eso no lo sabían ellos.

Ma abrió los ojos a tope y miró a Pappa, haciendo gestos frenéticos, que Ashish supuso no eran para que él los viera.

—Entonces… ¿saldrías con una chica que nosotros escojamos para ti? —preguntó Pappa—. Quiero estar seguro de que eso dijiste.

—Eso es exactamente lo que dije. Sé que soy demasiado joven para que esto sea un matrimonio arreglado o lo que sea, pero fue lo mismo con Rishi, ¿no? Quiero decir que probablemente él y Dimple no se casen hasta que ella termine la universidad, pero si acaso la chica y yo no nos llevamos bien, ustedes tendrán que prometerme que nunca más me volverán a dar un sermón acerca de las relaciones. Por el resto de nuestras vidas.

Sus padres intercambiaron miradas y luego lo miraron a él. Ambos sonreían.

—Está bien —dijo Ma y en su voz el entusiasmo burbujeaba—. Pero vas a perder, *beta*.

Pappa asintió seriamente.

—Vas a perder, perdedorzazo —dijo con su gran acento indio y Ashish no pudo evitar reír.

4
Ashish

—Pásame el rosa, quiero ese rosa porque este póster va a ser realmente rosa —dijo Pinky, estirándose por encima de Elijah para alcanzar la pintura.

—Di rosa otra vez —la retó mientras le pasaba la pintura.

—Rosa —dijo automáticamente mientras empezaba a pintar las letras del cartel. Su chongo era una bola multicolor encima de su cabeza, de la cual salían rulos verdes, morados y azules que se movían ligeramente con la brisa.

Ashish entrecerró los ojos para ver bien el cartel. Estaban acostados en el jardín del patio, cobijados por una hilera de árboles.

—Así que, ¿de qué se trata esta protesta?

—Empezaron a construir en Bennington Park por donde corre el lago y lo quieren desecar. —Volteó a verlos con furia en los ojos. Su nariz centelleaba por el sol.

Todos la miraron fijamente, desconcertados.

—¿Y luego? —dijo Elijah al fin.

—Ahí es donde viven los castores, por no mencionar otro tipo de fauna silvestre que van a asesinar tan solo por construir un área de juegos o lo que sea. Qué inconscientes. —Y se volteó para seguir apuñalando el póster con pintura.

—Sí, claro, qué inconscientes —admitió Ashish mientras se rascaba la nuca. Y pensar que en algún momento quiso salir con Pinky. Afortunadamente, antes de que sucediera, ambos se dieron cuenta de que más bien se llevaban como hermanos y no funcionaría, pero ¡vaya!, de la que se salvó...; de otro modo, posiblemente lo obligaría a firmar peticiones cada vez que quisiera besarla o algo así. Daba risa ver su entusiasmo porque sus padres eran de lo más formales y conservadores. De verdad. Rishi, que era el más tradicional y obediente a las reglas, junto a ellos era como uno de esos hippies que vivía en comunas.

Elijah y Oliver se miraron, alzaron los hombros y comenzaron a ayudar a pintar el cartel de Pinky, que decía: ¡ESTA ES EL ÁREA DE JUEGOS DE LA NATURALEZA, NO LA SUYA! Oliver había dibujado una familia de castores enfurecidos en la esquina (Ashish no sabía que era posible dibujar castores enojados; su amigo era de verdad creativo). Todos ya se habían acostumbrado a cómo era Pinky. En el kínder había organizado que todos permanecieran sentados para que les contaran más historias. Funcionó hasta que llegó la hora del lunch y la mayoría de los niños perdió el interés.

—Y bien, jóvenes descontentos, ¿qué traman hoy? —preguntó Pinky, permitiéndose una pausa en sus tareas para mirar a cada uno y agregar—: Ya que todos están demasiado ocupados para acompañarme a la protesta.

—E y yo vamos a celebrar nuestro aniversario de dos años dos meses —respondió Oliver. Él y Elijah se inclinaron por encima del cartel para besarse.

—¡No! ¡Vas a embarrar al castor! —gritó Pinky y los separó.

—Eso suena pervertido —comentó Ashish.

Oliver arqueó una ceja.

—O, más bien, llevas una eternidad sin estar con una chica.

—El amor es para los perdedores —dijo Ashish—. Eh, sin ofender.

—Y, justamente por eso... —dijo una voz femenina justo detrás de ellos—, Ashish, *beta*, ¿puedo hablar contigo?

Él se dio vuelta de pronto y vio a su madre, vestida de blusa y pantalones plateados, sus lentes de sol puestos como diadema. Él sonrió y sintió calor en el pecho. Había algo en la dulzura de su madre que, a pesar de él, le causaba un efecto; no de la manera obediente y devota de Rishi, pero algo le provocaba.

—Claro que sí, Ma.

—¡Hola, señora Patel! —dijo Pinky sin voltear a verla—. ¿Quiere ir a protestar a Bennington?

—Otro día, *beta* —respondió—, pero si pasas por la cocina antes de irte, el chef te dará una canasta para que lleves bocadillos. —Podría decirse que Pinky era la consentida de Ma.

—Genial, ¡gracias! —dijo Pinky sonriéndole.

—Ustedes también, chicos, para su cita —les dijo con tono maternal a Oliver y Elijah—; no pude evitar escuchar, ¡felicidades! —Para ella, ellos hacían la pareja más linda.

—¡Gracias! —respondieron a coro.

Se alejó unos cuantos pasos y Ashish la siguió; entonces cayó en cuenta de que si ella había alcanzado a escuchar lo del aniversario, también había escuchado su comentario del castor. Sus mejillas se sonrojaron; tal vez él era un rebelde, pero sí tenía vergüenza. No quería que sus padres supieran que su mente cochambrosa estaba activa el noventa y nueve por ciento del tiempo. Era una mente cochambrosa divertida, pero, aun así, se trataba de Ma.

Ella se volteó y, afortunadamente, no mencionó nada de castores.

—Bueno, quería decirte que, cuando te arregle una cita con esta chica no quiero nada de trastadas; mi reputación y la de Pappa están en juego, no nada más la tuya; sin mencionar la de Sweetie Nair en la comunidad *desi*. Vidya y Soman Nair no van a querer lidiar con nada de eso.

Él se le quedó viendo por un momento, sin entender.

—Espera. Un momento… —Se dio cuenta de que ella traía tacones altos, labial rojo, su bolsa de más de diez mil dólares (había visto el recibo en la barra de la cocina cuando la compró)—. ¿Vas a ir a hablar con sus padres *ahora mismo*?

Ma rio.

—¡Claro que no!

Él se relajó.

—Ah, okey, porque yo…

—Solo voy a hablar con su mamá y, si todo sale bien, entonces Pappa y yo hablaremos con ambos padres.

Ashish sintió cómo se le derretía la sonrisa.

—¿Cómo está eso?

—Su madre vende postres en el mercado de productores cada semana. De hecho, le hemos comprado algunos en el mercado de la India en Pearson. ¿Recuerdas cuánto te gustó el gulab jamun? —Hizo una pausa—. ¿O fue Rishi?

—Ma, por favor, enfócate. —Lo miró, aunque no parecía preocupada por el pánico que seguramente él mostraba en los ojos—. ¿Irás allá hoy? Pensé que tenía un poco de tiempo antes de que tú y Pappa llevaran a cabo la locura de «escojamos chica por Ashish».

Ma lo tomó de la barbilla. Casi tenía que subir una escalera para alcanzarlo, pero se las arregló; los tacones altos ayudaban.

—*Beta, pareshaan kyon ho rahe ho?*

Él suspiró.

—Me preocupo porque estás apresurándote a hacer cosas que hablamos en uno de mis impulsos. O sea, ni siquiera fue mi idea. Samir fue el que pensó que debería pedirles consejo a ustedes, entonces estaba un poco resentido y ahora… —Respiró—. Todo está sucediendo demasiado rápido.

Ma le apretó el brazo.

—Entonces, ¿quieres que me espere?

—Sí.

—¿A qué?

Él la miró. Vaya… ¿Exactamente qué era lo que estaba esperando? Ah, sí, había perdido su *mojo*. Pero ¿regresaría mágicamente mientras más esperara? ¿Acaso empezaría a jugar basquetbol con energía y entusiasmo de nuevo así nada más, como quien enciende un interruptor? ¿De pronto tomaría a Dana Patterson entre sus brazos, le daría una pirueta y la invitaría a salir? Sí, claro. Sinceramente, la única razón por la que quería esperar era porque… tenía miedo.

Miedo de que significara que la única chica de la que realmente se había enamorado lo había dejado sin pensarlo dos veces. Estaba aterrado porque tenía diecisiete años, había estado en una docena de relaciones y, con todo, ninguna de las chicas le había entregado su corazón. Empezaba a creer que no era capaz de que alguien lo amara románticamente, a un nivel en verdad profundo, esencial. Tan solo de pensarlo, temblaba.

Ay, Dios mío. Él, Ashish Patel, se había convertido en una gran gallina cobarde.

La voz de su mamá lo hizo saltar de ese abismo de horror.

—En algún momento vas a volver a salir con una chica, ¿no? —Él asintió, incapaz de encontrar su voz—. Entonces, ¿por qué no salir con una chica que tus padres elijan? ¿Por qué no crees que esto funcione? No pierdes nada.

Volteó hacia la mirada calmada y bondadosa de su mamá, que le decía que en realidad no tenía nada que perder. Si en realidad quería combatir esto de sentirse una gallina acobardada, sin *mojo*, que nadie amaría, ahora era su oportunidad.

—Está bien —dijo cuadrando los hombros—. Tienes razón.

Ma soltó una carcajada, se afianzó el bolso al hombro y se volteó.

—Siempre tengo razón, *beta*. ¿Cuándo lo aprenderás?

Sweetie

Agh. Maldita sea. ¿Por qué hacía tanto calor en abril? Estúpido cambio climático. Sweetie se abanicó con el fajo de volantes del negocio de Amma. Verla sudar como cerdo era justo lo que la tía Tina necesitaba; era otro de los ítems en su antilista: chicas que sudan. Al parecer, la tía Tina y Sheena tan solo se «humedecían», que era mucho más femenino y atractivo que los baños de sal que le salían a Sweetie. Claro, el único atletismo de Sheena implicaba acostarse en un inflable en la alberca; eso explicaba todo.

—¡Clientes! —gritó Amma irguiéndose y aventando su revista.

Sweetie acomodó los volantes tranquilamente sobre la mesa y arregló los frascos y las cajas con los dulces. Había traído unos floreros con ramos de flor de nube de su jardín, que a Amma le habían encantado. Tal vez la próxima vez traería arpillera para atar las cajas y darles una imagen *vintage*.

—¡Hola! —dijo Amma a la pareja blanca y treintañera; la mujer tenía un rostro suave y redondo; el hombre parecía de esos que se pasaban el fin de semana en bicicleta y bebiendo esa cosa verde y lodosa que los maniáticos de lo sano no soltaban. Se detuvieron a ver los dulces—. ¿Quieren probar alguno?

—Sí, yo sí. A mi esposo y a mí nos encanta la comida india —dijo la mujer mientras tomaba un peda. Se lo echó a la boca e inmediatamente cerró los ojos—. Ay, por Dios, ¡está buenísimo! —Le dio un codazo a su marido—. Daniel, prueba uno.

Él rio y tomó uno a regañadientes.

—Ay, bueno, tendré que hacer ejercicio el resto del fin de semana, pero está bien. —Tuvo prácticamente la misma reacción que su esposa, ambos casi se desmayan al probar los postres de su mamá, lo cual no le sorprendía a Sweetie en lo absoluto—. Está delicioso.

—¿Nos llevamos una caja? —preguntó la mujer mientras ya estaba tomando la más grande.

—Definitivamente —dijo Daniel, mientras sonreía a Sweetie y luego a Amma—. Por lo visto a su hija le gustan mucho sus postres... Ese es el mejor halago para un chef, ¿no?

Su esposa rio.

Sweetie se paralizó. No se atrevió a mirar a su mamá, que, igual que ella, no se movía. El hombre siguió sonriendo de oreja a oreja, obviamente orgulloso de lo que (Sweetie estaba segura) supuso era un gran halago. Eso era lo peor: cuando la gente trataba de ayudar o de ser amable de alguna manera, pero terminaban haciéndola sentir fatal. Igual que la frase «qué linda cara», que implicaba que si tan solo Sweetie no fuera del tamaño de una vaca, otros podrían disfrutar más de su belleza. Este tipo pensó que mencionar el tamaño de Sweetie era un cumplido para las habilidades reposteras de Amma, pero... no. Lo único que hizo fue resaltar el hecho de que pensó que estaba bien comentar acerca del cuerpo de Sweetie porque estaba gorda y que obviamente estaba así porque se retacaba de postres.

—Muy bien, ¿solo una caja? —preguntó Amma rompiendo ese horrible momento.

—Sí, por ahora —dijo la mujer entre risas—. Aunque estoy segura de que vamos a regresar por más.

Cuando se fueron, Sweetie se volvió a sentar sin ninguna intención de voltear a ver a Amma.

—¿Dónde está la tía Tina?

Amma se tardó en responder ante el cambio de tema.

—Ella y Sheena querían ver algunos puestos; Sheena quiere un atuendo retro para el baile de fin de año y estaba buscando un collar que vaya con el.

Al menos se había salvado de ellas; Tina y Sheena (ugh, eso de que sus nombres rimaran mareaba a Sweetie) habrían atesorado el momento reciente. Para ser sinceros, alguien siempre sacaba a colación el cuerpo de Sweetie, así que ellas siempre tenían la oportunidad de regodearse y sentirse superiores. Sweetie contaba sus propias victorias cuando podía.

—Ese hombre es un estúpido —dijo Amma. Sweetie la miró con desprecio, pero su mamá ya se había ocupado reacomodando las cajas, con su delgada complexión vistiendo su *salwar kameez* azul rey. Su cabello estaba recogido en una cola de caballo suelta que caía por su espalda.

—Sí, pero dijo lo que todo mundo piensa. Cada persona que pasa por aquí probablemente piense que yo debería dejar de comer tus postres. Así que supongo que todos son unos estúpidos.

Amma volteó hacia ella con mirada de fuego.

—Sí, todos *son* unos estúpidos. La gente es estúpida y desconsiderada. Por eso quiero que bajes de peso, para que no tengas que lidiar con esos comentarios.

Sweetie sacudió la cabeza, su cerebro se alistó con lo que debería decir, si solo fuera un poco más valiente, menos temerosa de dejar que su madre escuchara su verdadera voz: «Esa es la cuestión, Amma, no quiero cambiar solo para mantener a los demás callados. No creo que pueda cambiar de la nada y verme como tú, pero eso ni siquiera es el punto. El punto es que no quiero. Me gusta quién soy. Solo quisiera que pudieras ver eso».

—¡Hola!

Ambas voltearon y vieron a una mujer india muy elegante, más o menos de la edad de Amma, vestida con un atuendo de seda bastante costoso. Sus gafas de sol Gucci le cubrían los ojos, pero enseguida se las puso sobre la cabeza y sonrió. Sus ojos color miel de alguna manera le recordaron a Sweetie los días lluviosos de verano, o sea, por un lado acogían y por otro daban consuelo.

—Hola —respondió Amma asintiendo—. ¿Le gustaría probar alguno?

—¡Me encantaría! —La mujer se estiró para tomar un kaju burfi—. ¡Mmm! ¡Qué rico! ¿Sabe? Cada mes compramos postres suyos en el mercado de la India. Y, por supuesto, ¡durante Diwali! —Sonrió, se sacudió las manos y juntó las palmas—. *Namaste*, Vidya, soy Sunita Patel. No sé si me recuerde, pero nos conocimos el año pasado en la fiesta de cumpleaños de una amiga en común, ¿Tina Subramanian?

—Ah, sí, claro. —Amma también juntó sus palmas, al igual que Sweetie—. *Namaskaram*. Ella es mi hija, Sweetie.

Sweetie sonrió.

—Hola, tía.

—Hola, Sweetie —la tía Sunita la saludó con mucha calidez—. Vas a Piedmont, ¿cierto? En los periódicos he visto tus fotos y los excelentes récords que marcas en las carreras. Además de que, claro, tus padres no dejaban de hablar de ti en la fiesta del año pasado.

—Gracias, tía —respondió Sweetie. «Por favor, no pregunte cómo le hago para correr. Por favor, no pregunte cómo le hago para correr. Por favor, no pregunte cómo…».

—Bueno... —la tía Sunita miró por encima de la mesa del stand—, me llevaré todo esto.

Se le quedaron viendo, luego intercambiaron miradas y luego voltearon hacia ella de nuevo.

—¿Todo? ¿Segura? —preguntó Amma.

La tía Sunita se carcajeó.

—Créanme, tengo un hijo adolescente en casa y otro que nos visita con frecuencia. —Mientras Amma contaba el cambio para el billete de quinientos dólares (en serio, ¿quién carga con tanto efectivo?), la tía Sunita dijo—: Y bien, ahora que egoístamente me llevé todos sus deliciosos postres, ¿qué van a hacer?

—Bueno, quizá vayamos a casa y empecemos a cocinar el almuerzo —dijo Amma riendo—. Ya sabe cómo es con los adolescentes, una tiene que cocinar temprano ¡o empiezan a quejarse y chillar!

Sweetie fulminó a su madre con la mirada; dudaba que ella se quejara o chillara tanto, pero Amma no se dio cuenta.

La tía Sunita forzó una risa, aunque a Sweetie le pareció que no era de las mujeres que pasaban mucho tiempo cerca de la estufa.

—Bueno, si les parece bien, me encantaría llevarlas a almorzar al Taj. ¡Yo invito!

—¡Ah! —Amma vio a Sweetie con cara de felicidad; el Taj era uno de esos restaurantes de comida india famosos a los que iban las celebridades y la clase media solo podía costearlo si hipotecaba su casa. Sweetie pudo darse cuenta de que su mamá estaba verdaderamente embelesada con la tía Sunita, tal como con la tía Tina, debido a todo su *glamour*. Sweetie apenas tenía unos segundos de conocer a la tía Sunita, pero supuso que ella tenía mucho más *glamour* y clase que la tía Tina.

—¡Eso estaría muy bien! Le voy a decir a Tina a ver si quiere acompañarnos.

Diablos. Sweetie suspiró a escondidas. Llevaban un rato con ganas de ir al Taj y ahora tendría que escuchar tonterías y comentarios pasivo-agresivos mientras comía. Cuando eres gorda, comer con otros genera mucha tensión: si comes algo poco sano, la gente delgada dice que con razón estás gorda. Pero si comes algo sano, la gente retuerce los ojos con suspicacia, ríen y dicen: «Sí, cómo no».

Después de desmontar su puesto, Amma y Sweetie se encaminaron al estacionamiento. Amma le mandó un mensaje de texto a la tía Tina, quien dijo que las alcanzaría allá. El sol estaba en su punto más alto, brillaba con tal intensidad que a Sweetie le dieron ganas de hincarse y rogar clemencia, pero la tía Sunita parecía de esas que tan solo «se humedecían». Mientras caminaban, una gran SUV color perla, brillante, con ventanillas polarizadas se orilló hacia donde estaban; de ella salió un hombre uniformado que corrió hacia ellas.

—Déjeme cargar sus cosas, señora —dijo mientras tomaba las bolsas de plástico de las manos de la tía Sunita.

—Gracias, Rajat —contestó. Luego volteó hacia sus invitadas—: ¿Quieren ir en mi auto?

—No, mejor la seguimos. De todos modos, tenemos que guardar nuestras cosas en el nuestro —respondió Amma, mirando a Sweetie, quien pudo darse cuenta de que su madre se estaba volviendo fan de esta señora. Amma venía de una familia muy pobre, así que cualquier demostración de riqueza la embelesaba completamente. Lo cual era extraño, porque a ellos no les iba tan mal: Achchan era ingeniero. Pero, por alguna razón, Amma no parecía darse cuenta.

—¡Sunita! —Una voz chillona se escuchó detrás de ellas. Las tres voltearon y vieron a la tía Tina caminando a marchas forzadas jalando a Sheena.

Traía unos skinny jeans y una blusa negra con cuello halter, mientras que Sheena vestía exactamente lo mismo, solo que su blusa era rosa. Se apresuró hacia la tía Sunita y la envolvió en un abrazo de oso, lo cual resultó gracioso porque era mucho más baja de estatura.

—¿Cómo estás, querida?

Sunita sonrió con dulzura, pero Sweetie pudo notar que fue forzado. Rajat, el chofer, tenía cara de palo, aunque una esquina de su labio sí se torció; en cuanto metió las bolsas de la tía Sunita en la cajuela se subió a la camioneta. La tía Sunita puso una pierna en el soporte para empezar a subirse, cuando dijo:

—Hola, Tina, muy bien, gracias, ¿y tú? —Volteó a ver a Sheena, que estaba pegada al celular—. Hola, Sheena. —La chica alzó la cabeza para sonreír y enseguida regresó a su teléfono.

—¿Que vamos a ir al Taj? —preguntó la tía Tina. Sonrió brevemente hacia Amma y Sweetie antes de regresar la cabeza hacia la tía Sunita—. Fui a la inauguración, ya sabes, ¡estaba lleno de celebridades! Vi a Will Smith con Jada, ¡se veían tan felices! Ordené lo mismo que ellos: cordero vindaloo. Estaba picoso. ¡Espero que vengas preparada! —Sacó una carcajada que casi le perfora los tímpanos a Sweetie.

Sunita miró hacia donde estaban Amma y Sweetie, incluso movió el cuerpo en su dirección para que, nuevamente, fueran parte de la conversación. Lo hizo con tal gracia que no fue del todo evidente, tan solo para quienes estaban poniendo atención.

—Espero que les guste a ustedes. Se supone que el chef es de clase mundial.

—Estoy segura de que sí —dijo Sweetie con cortesía. La tía Sunita le cayó bien; tenía clase y estilo, y al mismo tiempo era acogedora de una manera maternal.

La tía Tina y Sheena se esforzaron para subirse a la camioneta de la tía Sunita y Amma y Sweetie fueron a su auto.

—¡Vaya! —dijo Amma mientras encendía el sedán y volteaba hacia Sweetie—. ¿Sabes quién es ella? Es la esposa de Kartik Patel. —Cuando su hija la vio con la mirada en blanco, chasqueó la lengua—. ¿El presidente de Global Comm?

—Ah —contestó Sweetie—, ¿los padres de Ashish Patel? —Claro, la tía Sunita se había presentado como Sunita Patel—. Bueno, supongo que eso explica la camioneta con chofer y comprar quinientos dólares en postres.

—Y la invitación al Taj —agregó Amma sonriendo—. Pero Sunita es muy sencilla, ¿sabes? Muy modesta. Pasé un buen rato charlando con ella en la fiesta de cumpleaños de Tina. Compartimos los mismos principios en cuanto a la crianza de los hijos.

—Qué bien —dijo Sweetie sin poner atención. Los ojos tristes de Ashish Patel le vinieron a la mente; así que, al parecer, además de montones de dinero y la adoración de cientos de fanáticos del basquetbol a lo largo del estado, también tenía una madre en verdad linda. ¿Cuál era la piedrita en el arroz de esa vida perfecta?

5
Sweetie

El Taj era tan opulento y pretencioso como Sweetie esperaba, pero realmente era divertido estar en un ambiente como ese, tan diferente a los lugares que ella acostumbraba. Había modelos por aquí y por allá, personas hermosas, delgadas como alfileres, que traían pavorreales con una correa; sus plumas iridiscentes se arrastraban detrás de ellos. Se preguntó qué hacían cuando esas aves hacían sus necesidades. O tal vez los habían entrenado para que, de alguna manera, no hicieran popó. Tal vez se aguantaban las ganas de ir al baño hasta que terminaban su turno.

Descubrió al maître (un Ashton Kutcher achocolatado) echándoles un ojo a ella y a Amma con cierto desdén, como si no fueran los típicos clientes de un restaurante como este. Pero entonces vio que venían con la tía Sunita y le cambió la expresión por completo: de parecer como si acabara de morder un pan mohoso a alguien a quien un hada madrina visitaba.

—¡Señora Patel! —dijo mientras juntaba las palmas.

—Hola, John —dijo ella—. Me temo que no hice reservación, pero...

—Ese no es problema, señora Patel. Sabe que siempre tenemos una mesa para usted. —Sonriendo de oreja a oreja, las llevó escaleras arriba, a una mesa desde la cual se podía ver todo el restaurante. Había ventanales de lado a lado desde donde se veía el hermoso jardín de rosas que se notaba que cuidaban impecablemente.

Cuando todas estuvieron sentadas y con el menú de hojas de filo de oro en las manos, la tía Tina habló.

—¿A qué debemos la ocasión, Sunita? ¿Por qué vinimos aquí hoy?

La mirada de la tía Sunita se dirigió hacia Sweetie, como si sopesara algo; luego sonrió con ternura.

—Ninguna ocasión tal cual; andaba por aquí y me acordé que dijiste que los sábados Vidya pone un puesto en el mercado de productores. Necesitábamos con urgencia unos postres.

—Ah, bueno, ¡qué bien que nosotras también estábamos en el mercado! Sheena estaba buscando joyería para el baile de fin de año. —Le dio un codazo a Sheena, que seguía pegada al celular—. Sheena, *beta*, aún no tienes pareja para el baile, ¿o sí?

Su hija lanzó la mirada.

—Bueno, iba a ver si… —Se calló en cuanto la tía Tina le quitó un mechón de cabello de la frente.

—Es muy difícil encontrar a un buen chico que la lleve, aunque sea como amigos. Estos chicos estadounidenses solo están buscando una cosa.

—Eh, yo también soy estadounidense —dijo Sweetie—. Sheena también. Ambas nacimos aquí.

La tía Tina descartó el comentario con un gesto de la mano.

—Ay, ya sabes lo que quiero decir, Sweetie.

—Realmente no —murmuró por lo bajo; luego regresó a leer el menú. ¡Uf! Tenían cordero biryani. Pero también camarones korma, que de seguro estaban buenísimos. Ah, y de camino había leído en la guía culinaria Zagat que tenía que probar el paneer makhani. Diablos.

—El cumpleaños de Sweetie... —empezó a decir Amma para romper el silencio, pero la tía Tina la interrumpió.

—Y... ¿Ashish irá a su baile de graduación, Sunita? —Su sonrisa era tan grande que a Sweetie le daba miedo mirar directamente sus dientes blanqueados. Y, cielo santo, la señora no sabía disimular. Era tan obvio que quería que Sheena se emparejara con Ashish, que hasta parecía diálogo de comedia de la tele.

La tía Sunita alzó un dedo.

—Creo que Vidya estaba a punto de decirnos algo. —Su voz sonó como la de una maestra que frenaba a un alumno maleducado, lo cual hizo que Sweetie casi se atragantara al darle un trago a su agua.

Amma sonrió agradecida.

—Así es: la fiesta de cumpleaños de Sweetie es dentro de cuatro semanas. Hemos estado tratando de encontrar un atuendo.

—Yo ya sé qué me quiero poner —murmuró Sweetie, queriendo ser un poco más valiente para decirlo a todo volumen.

—¿En qué tipo de atuendo estás pensando? —preguntó la tía Sunita, inclinándose hacia enfrente—. ¿Algo de la India o algo más occidental?

—En un *anarkali*, creo —le respondió. Se dio cuenta de que la tía Tina se retorcía en su asiento, deseosa de regresar a la conversación del baile, Sheena y Ashish—. Siempre prefiero la ropa india para ocasiones especiales.

—Eso es lindo —respondió la tía Sunita—. A mí me gustaría que mi hijo no se rehusara tan rotundamente a usar un *kurta* de vez en cuando.

—Sí, pero los atuendos que están haciendo ahorita son tan atrevidos... —dijo Amma, negando con la cabeza. Sweetie tuvo que esforzarse para no poner los ojos en blanco—. Cuellos halter y espaldas descubiertas.

—¡Qué tienen de malo los halter! —dijo la tía Tina entre risas mientras sacudía los hombros para presumir su propia blusa de cuello halter—. Aunque, claro, uno debe tener el cuerpo para lucirlos, ¿no? —Sonrió con sarcasmo y luego tomó un trago de su agua.

Sweetie sintió que el rostro le hervía. Ya empezaban los esfuerzos de la tía Tina por demostrar, una vez más, cuán genial eran ella y su progenie, y cuán dañada estaba Sweetie (y, por ende, su mamá). La tía Sunita abrió la boca para decir algo, justo cuando la mesera, una chica de ascendencia india con edad para ir a la universidad, se acercó.

—¡Hola! —dijo con una sonrisa muy amplia—. Me llamo Lakshmi y estaré atendiéndolas hoy. ¿Puedo ofrecerles un lassi? —Y miró a Sweetie.

La bebida de yogurt era de las favoritas de Sweetie.

—Sí, por favor —dijo—. Un lassi de mango para mí.

La tía Tina se quejó.

—Ni Sheena ni yo tomaremos lassi —dijo—, es una de las bebidas que más engordan. Beberemos agua y nada más.

—Para mí un jal-jeera —dijo Amma quedamente cuando fue su turno y Sweetie sintió un jalón en el corazón. Nunca, nunca la defendía ante la tía Tina. Ni nadie más.

—A mí me gustaría un namkeen lassi —dijo la tía Sunita y le sonrió a Sweetie—. Después de todo, ¿qué caso tiene venir al Taj y no probar sus famosos lassi?

Sweetie sonrió a medias. Entendió lo que la tía Sunita intentaba hacer, solo que... no ayudaba. No le gustaba que la gente hiciera comentarios sarcásticos aludiéndola, pero tampoco era objeto de la caridad de nadie. ¿Por qué la gente no la dejaba en paz? Levantó el menú y empezó a estudiarlo como si fuera lo más importante en el mundo.

Después de ordenar, la tía Tina quiso ayudarle a Sweetie diciéndole que el dal era lo que menos calorías tenía; entonces la tía Sunita sacó su teléfono.

—¡Ay, Tina! ¿Te acuerdas de la vitrina que viste en mi comedor y te gustó? Bueno, mi comerciante de muebles me acaba de decir que está por traer una igual desde Francia en este mismo momento, pero que también tiene a otra clienta sumamente interesada. —Tecleó algo e hizo una mueca—. Mmm, dice que no lo puede apartar porque la clienta lo quiere comprar ya, pero si vas en menos de media hora, te lo vendería a ti como un favor a mí.

—Ay, de verdad necesito esa vitrina —dijo la tía Tina, con cara de verdadero desconcierto—, pero acabamos de ordenar toda esa comida... ¡no quisiera dejarlas! —Miró desesperadamente a la tía Sunita.

—Ay, no te preocupes —le dijo ella—, estoy segura de que me pueden empacar la comida y la puedo donar a algún refugio camino a casa. Además, no me dejas sola, Vidya y Sweetie están conmigo.

La tía Tina las miró con suspicacia.

—Pues sí... claro. —Indecisa, asintió y tomó su bolso—. ¡Vámonos, Sheena! Gracias por avisarme, Sunita.

—Cuando quieras —le respondió sonriendo con dulzura—. Rajat te puede llevar y de ahí a tu casa para que puedas arreglar todo.

—¿En serio? —Sonrió gustosamente la tía Tina—. Pero ¿no vas a necesitar tu auto?

La tía Sunita descartó el comentario con un gesto, gracias al cual brilló su anillo de perlas.

—No te preocupes, estoy segura de que estará aquí de regreso antes de que terminemos de comer.

—Genial. Gracias de nuevo, Sunita.

La tía Tina y Sheena se levantaron y se salieron de puntitas del restaurante; la mirada de la tía se veía decidida y hambrienta de muebles.

La tía Sunita suspiró con fuerza en cuanto se quedaron solo ellas tres.

—Admiro lo apasionada que es Tina, pero... a veces puede ser un poco intensa.

—Ay, no es tan mala —dijo Amma fielmente. Pero ¿por qué? ¿Por qué era tan leal a alguien tan desagradable?

Sweetie sonrió con travesura.

—¿En verdad recibió un mensaje de texto sobre la vitrina?

La tía Sunita rio.

—No, pero sí le envié un mensaje a Ishmael para decirle que ella iría. Con suerte, él tendrá algo más para satisfacer sus gustos.

Sweetie se relajó. Este era un acto de bondad que no sentía como caridad. Tuvo el presentimiento de que la tía Tina no le caía muy bien a la tía Sunita y eso le dio ánimos. La mesera llegó con la comida, que Sweetie comió con gusto.

—¡Mmm! —expresó, cerrando los ojos—. Esas reseñas de la Zagat no mintieron. Esto es el paraíso.

Amma sonrió avergonzada. Para ella, Sweetie nunca debería hablar de comida. «Si actúas como si no te gustara, la gente pensará que tienes problemas de tiroides, *mol*», solía decir. Y es que la gente era empática ante los problemas de tiroides, pero no cuando eres gorda. La gordura te hace el enemigo de las personas.

—¿Verdad que está delicioso? —dijo la tía Sunita—. Nunca había probado un aloo mattar tan bueno. —Se dio unos toques en la comisura de los labios con su servilleta—. ¿Saben? A Rishi, mi hijo mayor, le encanta el aloo mattar. —Sonrió con melancolía—. A nadie más de la familia le gusta tanto como a él, así que ahora que está en la universidad de San Francisco, casi no lo comemos.

—¿Qué tan seguido los visita? —preguntó Sweetie.

—Más o menos una vez al mes. Trata de dividir su tiempo entre nosotros y Dimple, pero claro que casi siempre gana ella —comentó sin amargura, más bien con un brillo en los ojos.

—¿Y cómo van las cosas entre ellos? —preguntó Amma.

—Fantásticamente —le contestó—. Me gustaría que se casaran en cuanto Dimple se gradúe, pero Rishi me dice que no debería sacar el tema. Al parecer, la mentalidad de ella es más moderna y preferiría no pensar en matrimonio hasta que cumpla treinta. —Suspiró.

—Los chicos de ahora tienen sus propias ideas de cómo deben ser las cosas —comentó Amma; Sweetie casi pudo escuchar que chasqueaba la lengua.

—Ay, sí. Ashish es completamente diferente a Rishi. Es muy… moderno. Muy occidentalizado. —Cambió su mirada directamente a Sweetie—. ¿Lo has visto en alguno de los partidos en tu escuela, Sweetie?

—No —respondió negando con la cabeza—, pero algunos de mis amigos sí. Por ellos sé de él. Vi su foto en el periódico hace poco. Por cierto, ¡felicidades! Sé que tiene muy buenas oportunidades de jugar basquetbol en la universidad.

—Sí, sí, es muy atlético, igual que tú —comentó la tía Sunita—. Todo en ese aspecto va muy bien, pero… en verdad me gustaría encontrar una chica de ascendencia india para que saliera con él. Otro tipo de chicas suelen romperle el corazón.

Amma puso cara de vergüenza; no se oponía a que Sweetie saliera con chicos, aunque ese no era un problema del que tuviera que preocuparse… Para Sweetie, sus padres sencillamente estaban felices con las cosas como estaban.

—Bueno, tal vez cuando entre a la universidad…

—Sí, eso pensé, pero luego se me ocurrió que si él ya es así cuando todavía tenemos cierta influencia sobre él, ¿se imaginan cómo será en la universidad? Me parece que él cree que si sale con una chica de ascendencia india, nosotros estaremos encima de él, ¡con todo y que le hemos insistido en que no queremos que se case a los diecisiete! Tal vez si saliera con Sweetie podríamos demostrarle que somos capaces de darle su espacio. —Le sonrió a Sweetie.

Amma soltó una carcajada aguda por los nervios.

—Sí, sí, tal vez tengas razón. Claro que nosotros no sabríamos de esas cuestiones.

La mirada de la tía Sunita se deslizó cuidadosamente de Sweetie a Amma.

—¿No le dan permiso a Sweetie de tener novio? Tenía la impresión de que usted y su esposo, Soman, ¿cierto?, no se oponían.

La mesera regresó para darles la cuenta y hubo un extraño cambio en la atmósfera cuando todas expresaron que la comida, en efecto, había sido tan deliciosa como lo esperaban. Cuando la mesera se fue, Amma respondió.

—Bueno, esto fue un verdadero placer, Sunita. Muchas gracias por invitarnos, pero creo que ya debemos irnos. —Le sonrió artificialmente, como si alguien le hubiera propuesto comer una bolsa de cabello, pero no supiera cómo negarse—. Soman llegará de su viaje de negocios en tan solo una hora.

—Pero pensé que Achchan llegaría hasta ma...

—Me llamó. Le cambiaron el vuelo. —Amma le lanzó una mirada asesina a Sweetie—. Vámonos. —Se estiró para tomar su bolso, pero la tía Sunita la detuvo.

—Ay no, por favor, yo las invito. —Después le preguntó con toda delicadeza—: Espero no haberla ofendido.

—No, por favor, no se preocupe, es solo que tenemos un poco de prisa. No tiene nada que ver con usted. Muchas gracias por la comida. —Amma seguía sonriendo con la boca tiesa y artificial mientras ella y Sweetie se levantaban, salían y dejaban atrás a una sombría tía Sunita.

—Amma, ¿qué...? —empezó a preguntar Sweetie en cuanto pisaron el estacionamiento.

—Nada. —Caminó con prisa hasta el auto. Para alguien cero atlético, podía moverse con agilidad, así que Sweetie aceleró el paso.

—¿Es cierto que Achchan llega hoy?

—No.

Se subieron al auto y se pusieron los cinturones. Amma metió reversa antes de que Sweetie terminara.

—Entonces, ¿por qué...?

—Tengo mis razones, Sweetie. —Por su tono, sabía que quiso decir: «Ya ni preguntes, porque no te voy a decir más».

Sweetie suspiró.

—¿Es por Ashish Patel? ¿No lo apruebas?

Amma no dijo nada. Sus ojos seguían enfocados en el camino, que prácticamente iba vacío, como si se tratara de aquella vieja película, *Kilukkkam,* con Mohanlal, el actor por el que Amma moría.

Sweetie intentó cambiar su aproximación. Sí podía verse saliendo con él. Recordó la foto que Suki le había mostrado, con aquellos ojos tristes, ese porte atlético... Tenía la sensación de que Ashish Patel podría ser un chico interesante. Y, sinceramente, si sus padres estaban arreglando un encuentro entre ellos, era mucho menos intimidante que ella tuviera que ir hacia el chico que le gustaba. Cosa que, además, nunca había hecho, porque... ¿cuál era el punto? Ella se daba cuenta de cómo la veían los chicos de su escuela. Al principio la molestaban y se burlaban de ella por su sobrepeso. Luego, conforme fue rompiendo récords de atletismo, empezaron a respetarla. De manera *platónica.* Un respeto platónico que les daba risa cuando alguien tan solo sugería que alguien podía llevarla al baile de fin de año, tal como Izzy le había sugerido a Brett Perkins alguna vez; Sweetie estaba del otro lado de la cafetería, pero lo escuchó responder: «Ay, pero si Sweetie es como una hermana para mí; de hecho, como un hermano. Simplemente no es el tipo de chica a la que llevas al baile, ¿okey? O sea, ni siquiera pienso en ella como chica». Eso había pasado hace un año, pero no es algo que se te olvida tan fácilmente.

—Pensé que tú y Achchan estarían felices de que mi primera cita fuera con un chico de ascendencia india. Además, si sus padres lo están arreglando, sabes que él se comportará como es debido. Eso sin mencionar que viene de una buena familia. —En realidad a ella no le importaba de qué familia proviniera él, pero sabía que para sus padres sí importaba. Eso era hacer trampa, pero qué más daba, Amma no estaba siendo del todo sincera con ella y estaba decidida a llegar al fondo de esto.

Amma le lanzó una mirada asesina y luego se volvió a enfocar en el camino.

—No, Sweetie.

«No, Sweetie», en serio no iba a decir nada más, ¿o sí?

Así que se hundió en su asiento y descansó la cabeza contra la ventana, viendo pasar al mundo.

6
Ashish

Ashish estaba sentado en la terraza, en la penumbra del atardecer, viendo cómo se ponía el sol a la distancia. De nuevo estaba solo. Era sábado por la noche y él estaba solo. «Hola, territorio de perdedores, ¿les importa si clavo mi bandera aquí? Creo que soy su nuevo rey». Bebió de su Coca-Cola distraídamente. Pinky tenía una cita con alguien que había conocido en la protesta; le había enviado una foto con el señor hippie de piel blanca y rastas, a quien se imaginó con unos cuernos de diablo. Ugh. Ashish no quería ni imaginar qué tenía planeado. Oliver y Elijah estaban en su cita de aniversario. Y él, ahí, en la terraza, tomando Coca-Cola, viendo el atardecer. Solo. Incluso sus padres estaban fuera, haciendo cosas más interesantes. En cambio, él era como un anciano de cuarenta y cinco años, pero solo, sin hijos ni esposa. Esto le había pasado más veces de las que quisiera admitir en los últimos tres meses, desde que él y Celia terminaron. Y ahora tenía cero esperanzas de reconciliarse, gracias a un imbécil con pulgares entusiastas. Ashish supuso que este sería su futuro.

—Qué deprimente. —Ni siquiera se esforzó en decirlo en voz baja.

Escuchó el sonido de llantas que pisaban la grava; miró hacia abajo y vio el auto de su madre y a Rajat bajándose para abrir la puerta. Bajó las compras y las llevó hasta la puerta. Ashish se levantó y bajó las escaleras; aunque no quería admitirlo, estaba un poco emocionado. «No te hagas ilusiones, esta es una chica que tus padres escogieron», se recordó, pero aun así... ¿Acaso no era bastante duro el golpe de quedarse de noche en la terraza de su casa sábado tras sábado? Al menos tener una cita sería algo que hacer.

Ma dejó las compras en la salita, sacó su celular, luego alzó la mirada y lo vio.

—*Beta* —dijo con voz cálida y una sonrisa. Atravesó la habitación y lo besó en la frente (él se agachó para que fuera más fácil)—, ¿dónde está Pappa?

—En una junta con los de Apple, ¿recuerdas?

—Ah, sí. —Se dio un manotazo en la frente con la mano abierta—. Lamento que te quedaras solo en casa, pensé que él estaría aquí contigo.

Ashish refunfuñó.

—Ay, Ma, por favor, ya no soy un niño; no necesito que me hagan compañía. —Con todo y que detestaba quedarse solo—. Y... ¿qué tal tu día? —trató de que la pregunta sonara casual, pero su voz salió chillona. Demonios.

Ma suspiró y negó con la cabeza.

—No como planeaba... Vidya Nair, por alguna extraña razón, se opuso.

A Ashish se le cayó la cara, aunque enseguida se esforzó por cambiar la expresión como si no le importara. ¿Qué más daba? No le importaba en lo absoluto. Sweetie Nair era probablemente alguna espantosa santurrona que quizás era más apropiada para Rishi que para él.

Ma le apretó el brazo.

—*Fikr mat karo, beta.* Llegaré al fondo de esto.

—No estoy preocupado —dijo él haciendo un esfuerzo para que su voz sonara gruesa, para no preocuparla—. Sabía que esto no funcionaría. —Pensar en todas las noches de sábado que le esperaban lo hizo sentir náuseas, así que se envalentonó y engrosó más la voz—. Una parte de mí se alegra de que podamos dejar atrás esta idea absurda de ustedes.

La paciencia de Ma fue monumental por no recordarle que la idea había surgido de él. Lo miró con bondad y gentileza y le dijo exactamente lo que él estaba pensando.

—Bueno, aun así, voy a investigar qué pasó —y agregó, cuando él abrió la boca para objetar—, porque a mí me da curiosidad. Ya sé que a ti no te importa.

Marcó un teléfono en su celular y se sentó en un sillón. Ashish se sentó en el otro frente a ella y tomó una de las revistas de tecnología de su papá; la levantó hasta que le tocó el puente de la nariz, aunque sus ojos seguían fijos en su mamá.

—Aló, ¿Vidya? —preguntó—. *Haan,* Sunita Patel. Quería asegurarme de que usted y Sweetie hubieran llegado bien a casa. —Escuchó por un minuto—. Ah, sí, sí, Rajat me recogió un poco después de que ustedes se fueron. Ningún problema. —Otra pausa y luego Ma rio—. ¡Estoy segura de que se comerán los mithai con mucho entusiasmo durante las próximas semanas! ¡Claro que regresaré por más! —Pausa—. ¿El papá de Sweetie llegó bien? —Ashish cambió de página, solo para mantener las apariencias. Cielos… ¿en algún momento iría al punto?—. Ah, sí, las aerolíneas son tan poco confiables hoy en día. Mmm, sí… —Otra larga pausa mientras escuchaba. Y entonces, la pregunta del millón—: Vidya, debo pedirle perdón si de alguna manera me propasé hoy. No quise ofenderlas ni a usted ni a Sweetie al mencionar lo de una cita con mi hijo. —Pausa—. Me preguntaba si el historial de Ashish con otras chicas… —Miró a su hijo y le guiñó para que pudiera darse cuenta de que esta pregunta la incomodaba. Él sintió un poco de culpa.

Ma no se merecía tantos dolores de cabeza por sus novias. Ella frunció el ceño—. Pero, Vidya, eso a mí no me molesta y sé que a él tampoco. —Se quedó escuchando—. No, estoy segura de que no es un problema. —Suspiró—. Está bien, sí, entiendo. Después de todo, es su hija. Sí, por favor. A ver si otro día comemos de nuevo. Adiós. —Terminó la llamada y lo miró—. Bueno, al menos ahora sé la verdad.

Ashish dejó la revista.

—¿Cuál es la verdad?

—¿Cómo lo dicen ustedes…? —Pensó un momento—. Ah, *haan:* no eres tú, es ella.

Sweetie

Sweetie estaba en el marco de la puerta, escuchando. No solía entrometerse en llamadas ajenas, sabía que no era agradable. Pero la cerrazón de Amma con respecto a todo el asunto con Ashish y que se rehusara a explicarle, le dijo que debía haber algo más. Recién habían terminado de cenar cuando entró la llamada. Sweetie alcanzó a ver PATEL en la pantalla del celular de su mamá, también la manera en que ella se sobresaltó y corrió a su recámara. No hacía falta saber de aeronáutica para entender: era la madre de Ashish. Empezaron hablando de cosas banales, pero luego el tono de Amma se ensombreció y bajó el volumen. Entonces Sweetie supo que tenía que inclinarse y contener la respiración.

—No, no —dijo Amma—. Después de todo, los chicos son chicos. Pero, ¿sabe, Sunita? Su hijo es… atlético. Es guapo. Es… delgado. Y Sweetie es… bueno, está esforzándose por adelgazar, pero, como pudo notar, aún no sucede. Por el momento no me parece que sean una pareja adecuada.

Los ojos de Sweetie empezaron a nublarse. ¿Así que nada de esto tenía que ver con Ashish Patel? ¿Amma se había negado, se había salido del Taj aprisa, porque estaba avergonzada de su hija gorda? Sweetie volteó la mirada cuando escuchó lo que su madre dijo a continuación.

—Me alegra que esto no le importe, ni a usted ni a Ashish. Pero no puedo permitirle salir con él, Sunita, lo siento. Sweetie no está en el nivel de Ashish por lo pronto.

Corrió por el pasillo hasta su recámara y cerró la puerta con cuidado. Se tapó la boca con la mano; su respiración salía ahogada, sentía un intenso dolor en el estómago y por un momento pensó que vomitaría. Luego, pasó un minuto. Con las piernas temblorosas se fue a su cama y se hundió en ella. Su rostro pasaba de sentirse frío a caliente y viceversa. Su madre, ¡su propia madre! Ella era quien se avergonzaba por la apariencia de su hija. Ella pensaba que Sweetie era una abominación.

Siempre lo supo; obviamente Amma se avergonzaba de ella. El que le negara usar ropa en la que mostrara un poco de piel; que la hiciera correr en el patio después de clases todos los días; que amortiguara cada halago de sus logros atléticos con un «Sí, bueno, pero cuando pierdas peso…»; todo eso evidenciaba el maldito mensaje. Pero ¿esto? ¿Pensar que era inferior a Ashish solo porque era gorda y él no? Tomó su almohada, se tapó la cara con ella y gritó.

Esto era tan injusto. Se quitó la almohada, tenía el rostro sudoroso, caliente y húmedo con lágrimas de rabia. Era suficiente. Si Amma estaba avergonzada de ella, pues, ni modo. Simplemente no podía pensar en ello ahora. Fue a su clóset y sacó su carrito de manualidades, hecho de tres cajones de plástico verde, uno encima de otro, que contenían todo lo que necesitaba para disipar su enojo: listones, botones, flores secas en paquetes de plástico, cajas de todo tipo. Ella estaba oficialmente a cargo de Postres Heera Moti, el negocio de Amma.

Sacó una de las cajas en las que había estado trabajando y miró las letras labradas del nombre de la compañía que Amma había escogido: HEERA MOTI. Literalmente significaba «perla de diamantes», pero en realidad quería decir «joyas» o «gemas». Aunque sus padres eran de Kerala, al sur de India, y Amma no hablaba demasiado hindi (allá más bien hablaban malayalam), pensó que sería mucho más atractivo para los clientes que el nombre estuviera en hindi.

Irónicamente, pensaba Sweetie, *moti* podría significar «perla» o también «gorda», según como pronunciaras el sonido de la letra «t». Sacó un trozo de arpillera y envolvió la caja con él. Si añadía un toque de lavanda deshidratada con un poco de rafia, se vería...

Tocaron a la puerta. Sweetie alzó la vista y suspiró.

—Adelante. —Amma nunca tocaba, a menos que supusiera que su hija estaba enojada con ella por algo.

Amma se asomó con una sonrisa en los labios.

—Sweetie, *mol*, ¿qué haces?

Como no confiaba en qué voz saldría de su ser, levantó la caja y siguió pegando la lavanda.

Amma se acercó y se sentó junto a ella en el piso.

—Eso se ve bien. ¿Lo viste en Pinterest?

«Sí, Amma, hablemos de Pinterest en lugar de algo real».

—No. Vi unos centros de mesa para bodas en una de tus revistas y me dio una idea. —Pegó la rafia y se quedó viendo la caja entrecerrando los ojos. Le faltaba... algo.

—Mmm... —Amma se quedó sentada en silencio, viendo cómo su hija escombraba uno de sus cajones.

—Llamó la mamá de Ashish.

Las manos de Sweetie se detuvieron por un momento, pero luego se obligó a seguir.

—Ah, ¿y qué dijo? —Su voz sonaba como robot, pero era eso o el llanto rabioso, y se conformó con voz robótica, gracias.

—Preguntó si me había ofendido y por eso me rehusé, pero le dije que no.

Sweetie sacó un paquete de zircones para pegar, luego cambió de opinión. No, no era eso lo que faltaba.

—Claro. —Sus manos se entiesaron alrededor de las gemas, pero mantuvo su tono neutral—. Sabes, aún no me has dicho por qué te rehusaste.

—Sí, lo sé. Sweetie... tal vez te diste cuenta. Hay ciertas diferencias entre Ashish y tú.

Sweetie levantó un paquete de moños morados, luego los echó de regreso en el cajón y siguió escombrando.

—¿En serio? ¿Cuáles? Digo, él es de ascendencia india, yo también; es atleta, yo también; ambos vivimos en Atherton. ¿O te refieres a que él es *gujarati* y nosotros somos *malayali*? —De reojo vio cómo su mamá se removía incómoda y sintió un pequeño chispazo de satisfacción. Qué bueno. Que ahora ella sea la incómoda, para variar.

—*Mol*, aún tienes que bajar de peso, ¿no?

Las manos de Sweetie temblaban en lo que ponía la caja en sus piernas y veía a su madre por primera vez desde que entró a su recámara.

—¿Y qué?

—Ashish es... delgado. Si sales con él, la gente se reirá de ti. No quiero que se burlen de ti. —Los labios de Amma eran una delgada línea café.

Sweetie miró fijamente a su madre; su boca se llenó de palabras que sabía que nunca diría. ¿Por qué su madre asumía que la gente se burlaría? Y si así era, ¿por qué habría de importarle a Sweetie? ¿Qué les daba el derecho de dictar lo que ella podía o no hacer? Ahora que lo pensaba, ¿qué le daba el derecho a Amma? Pero sabía que su madre tendría la última palabra en esto: «Soy tu madre y eso me da todo el derecho». La relación entre una mamá *desi* y sus hijos era mucho más cercana que entre otras mamás y sus hijos.

—Cuando pierdas peso, *mol*, serás una pareja adecuada para él.

Sweetie sabía en el fondo de su corazón que ella era suficiente para Ashish así, tal y como era. Pero ¿por qué su propia madre no podía verlo igual?

—Lamento avergonzarte tanto... —dijo en voz baja—. Pero yo no estoy avergonzada de mí. —Las lágrimas le quemaban los ojos.

Amma sacudió la cabeza y se levantó.

—No me avergüenzas. Solo digo que puedes ser mejor. Puedes ser más sana. ¿Por qué eso es tan malo?

«¡Porque así es como soy ahora!», quería decirle. «¿Por qué siempre dices que te agradará mi futuro yo? ¿Una versión mía más delgada y mejor? ¿Por qué no puedes decirme que te agrado como soy?». Pero, en vez de eso, regresó a trabajar con sus manualidades, lejos de su madre.

Amma respiró profundo.

—Un día te darás cuenta de lo que hago y que es porque soy tu madre y eso es lo que hacen las madres. —Se detuvo y, cuando habló de nuevo, se oyó más lejana, como si estuviera saliendo del cuarto—. Voy a la fiesta de Mary Kay de la tía Tina; Priscilla Ashford, mi amiga de la Sociedad de Mujeres de Negocios de California, también irá, así que le dije que podría dejar al bebé aquí contigo y que tú lo cuidarías. Van a llegar en media hora.

—Está bien. —Sweetie bajó la mirada hacia la caja cuando Amma cerró la puerta. Entonces le llegó la inspiración;

se estiró para abrir el cajón de hasta arriba de su carrito y sacó una plana de estampas. Con mucho cuidado, pegó un corazón lila en la esquina de la caja. Eso era lo que le había estado faltando todo este tiempo: amor.

7
Sweetie

—¡Fiti! —Henry se abalanzó con todo su ser de tres años hacia Sweetie, con la fuerza de un pequeño huracán capaz de hacer mucho daño.

—¡Hola, pequeño! —Lo levantó e hizo una pedorreta sobre su ombligo que lo hizo soltar un chillido.

La madre de Henry, Priscilla, una pequeña pelirroja, los veía con una gran sonrisa.

—Muchas gracias, Sweetie, por sacrificar tu sábado por nosotras.

Sweetie rio.

—Está bien. En realidad no tenía planes hoy en la noche. Todas mis amigas irán a un concierto en San Francisco y Amma no me dio permiso de ir.

—Bueno, yo estoy de acuerdo con ella —le contestó—. Esos conciertos de rock dan miedo. —Actuó como si temblara y Sweetie soltó una carcajada. Priscilla era contadora; incluso la idea de usar colores brillantes entre semana le asustaba.

—Cualquier problema, llámame al celular —pidió Amma sin mirarla de lleno a los ojos.

—Está bien. —Sweetie subió a Henry a sus hombros y empezó a galopar mientras se reía—. Estaremos bien. ¡Diviértanse!

Luego de veinte minutos, lo bajó y lo sentó.

—Y ahora, ¿qué hacemos?

—¡*Cholate!* —gritó Henry, alzando los puños al aire.

—Eh, no sé si sea lo mejor... —dijo ella con las manos en la cintura—. ¿Qué diría tu mamá si te doy chocolate a esta hora?

—¡Sí, Fiti, buen trabajo! —gritó Henry aún con los puños de la victoria en el aire y la panza de fuera, con su camiseta de PRONÓSTICO DEL CLIMA: PELIS Y PIZZA.

Sweetie rio.

—Está bien, ¿a quién engaño? Ya me agarraste la medida. Ven. —Le dio un mini Kit Kat que sacó de la alacena—. Y ahora, ¿qué? ¿Quieres jugar serpientes y escaleras? ¿Candy Land?

—¡*Yo Gabba Gabba!* —grito él, mientras alzaba la barra de chocolate por encima de su cabeza.

—No me sorprende, joven Hank —exclamó Sweetie, luego lo tomó de la mano y se fueron juntos a la sala—. Aunque, me parece que uno de estos días deberías expandir tu repertorio. —Henry le lanzó una mirada asesina—. Solo si tú quieres —dijo ella alzando las manos como gesto de rendición. Puso la serie para él en la tele; él se acomodó en el sofá, con los ojos ya a medio dormir. Ella le abrió otro Kit Kat y se lo dio.

Luego se sentó junto a él y se quedaron viendo la tele. Diez minutos después su celular vibró. Kayla, Izzy y Suki le habían mandado una foto de ellas tres en el concierto. Apenas podía diferenciar sus rostros en la oscuridad, pero se veía que la estaban pasando genial. Les contestó «qué envidia» y suspiró. Ni siquiera era la gran fan de Piggy's Death Rattle, pero le habría gustado ir de todos modos, tan solo por tener algo diferente que hacer, para variar. Y que fuera con el permiso de su madre. Sí, Henry le caía bien; lo miró, estaba amodorrado, y sonrió ligeramente, era tan tierno, pero ella ya casi tenía diecisiete. Quería hacer algo rebelde. Algo de ella, algo que le demostrara a Amma que estaba equivocada.

Sintió un tirón de rabia al recordar la conversación que acababan de tener. Amma pensaba que Ashish era demasiado bueno para Sweetie. Temía que la gente, con solo ver a la gorda de su hija con un chico tan delgado, le arrojara tomates podridos y se burlara cruelmente de ella. Pero ¿qué cara…? Sabía que la gente podía ser cruel; ya lo había padecido gran parte de su vida. Pero gracias a su equipo y a su cuerpo, al fin estaba llegando al punto de sentirse mucho más que su tamaño o la talla de sus pantalones. Aún era difícil; siempre sería difícil. Pero había encontrado un mínimo de paz consigo misma que de alguna manera su madre insistía en quitarle.

Sweetie abrió el artículo de Ashish Patel que sus amigas le enseñaron ayer en su teléfono. Ahí estaban él y sus profundos ojos del mismo tono café que el de su madre, viéndola. Sus músculos estaban bien marcados, su postura era de un creído confiado de sí. Su cabello sudoroso le caía en la frente. ¿Por qué este chico era automáticamente mejor que ella? ¿Por qué Amma asumía que Sweetie no podía dar tanto como él? ¿Sobre todo si al parecer la tía Sunita le había dicho que el sobrepeso de Sweetie no les importaba ni a ella ni a su hijo?

En un arrebato, le escribió a Kayla.

SWEETIE
Trey de Richmond también fue, ¿cierto?

KAYLA
Sí, ¿por?

SWEETIE
¿Podrías pedirle el teléfono de Ashish Patel?

Sweetie frunció los labios y esperó la inevitable arremetida.

KAYLA
¡Qué! ¿Por qué?

SWEETIE
Mañana te explico, lo prometo.

KAYLA
¡Más te vale!
Es 6505550108.

SWEETIE
Gracias, nena.

Se recargó en el respaldo. Miró a Henry, quien seguía en el trance de la psicodelia mágica de *Yo Gabba Gabba*. Tenía dieciocho minutos antes de que terminara el programa y esta ventana de oportunidad (o más bien, sus huevos… o, más bien, sus ovarios) desapareciera. Dio clic al número de Ashish para mandarle mensaje.

SWEETIE
Hola, soy Sweetie Nair.

¿Debería clarificarlo? ¿Qué tal que no tenía idea de quién era? Pero, seguramente, la tía Sunita debió decirle quién era ella…

ASHISH
Hola.

Se quedó viendo el mensaje. «Hola». ¿Y eso qué significaba, que sabía quién era ella o que estaba disimulando hasta averiguar de quién se trataba?

SWEETIE
Nuestras mamás comieron juntas hoy.

ASHISH
Sí, lo sé.

Miró los mensajes con el ceño fruncido. ¿Por qué estaba siendo tan enigmático? Ugh, bueno, ella tampoco estaba yendo al punto... Ella fue quien lo buscó. «Solo dile qué quieres, Sweetie»; lo cual estableció el punto: ¿qué quería? Tecleó antes de pensarlo bien.

SWEETIE
Ve a la pista de carreras de Piedmont mañana a las 9.
Y lleva tus tenis para correr.

ASHISH
¿Mis qué?

SWEETIE
Tenis para correr.

ASHISH
Okey.
A las 9 en Piedmont con tenis.
¿Me vas a decir por qué o...?

SWEETIE
No, realmente no.

ASHISH
Está bien. Nos vemos mañana.

Sweetie bajó el teléfono, sonriendo.

Ashish

La mañana siguiente…

Si había algo que le encantaba a Ashish era una chica misteriosa. Se había equivocado al pensar que Sweetie Nair era la chica india, buena, santurrona, que se vaciaba una botella entera de aceite de coco para peinarse y que obedecía a sus padres en todo; básicamente, una versión de Rishi, su perfecto hermano mayor. En cambio, se topó con una chica que le envió un mensaje de texto (quién sabe cómo consiguió su número) a escondidas de sus padres. Y, encima, le pidió que se vieran el domingo en la escuela. Sí, bueno, eso de llevar tenis para correr era extraño, pero, qué más da. Lo importante era que Sweetie Nair podría ser inesperadamente divertida y rebelde como él.

El pensamiento lo hizo levantarse para darse un baño. Después de enjabonarse y enjuagarse repetidas veces, se puso gel de más en el cabello por si acaso (y por primera vez desde que rompió con Celia), pensó en qué debía ponerse, aunque al final se decidió por su atuendo simple de «Me veo guapo sin que parezca que me esforcé»: camiseta roja y shorts deportivos. Se anudó los tenis y cuando estaba a punto de salir, oyó a su mamá.

—*Kahaan ja rahe ho is vakt?*

Diablos, lo descubrieron. Se dio la vuelta despacio.

—Eh, solo a casa de Oliver para lanzar tiros a la canasta.

Ma miró el reloj en la pared.

—¿En domingo a las ocho cuarenta y cinco de la mañana?

Buen punto. Ashish era conocido por reclamarle de «aniquilarlo» cuando lo despertaba antes de mediodía en fin de semana.

—Eh, sí, es que... ya sabes, no podía dormir, así que le envié mensaje y... —Se fue alejando conforme su mamá se acercaba con las narices abiertas.

—¿Te pusiste loción? ¿Y gel en el cabello?

—Bueno... sí, algo así. —Ella levantó la ceja, se cruzó de brazos y esperó—. Ma...

—Ashish, solo dime la verdad: ¿vas a ir con una chica? ¿alguna de las porristas?

Él suspiró. Al menos no tendría que mentir.

—No, no voy a ir con ninguna porrista ni con ninguna otra chica de esas que tú y Pappa detestan, ¿okey?

Ella estudió su rostro y asintió.

—Está bien. ¿Quieres desayunar antes de irte?

—No, estoy bien, Ma, gracias.

De hecho, estaba demasiado nervioso para comer. Qué extraño, considerando que no tenía idea de cómo era Sweetie, más allá del hecho de que la madre de ella, al parecer, pensaba que pesaba demasiado. Después de aquella llamada, ni siquiera se molestó en pedirle a Ma una foto.

Podría buscarla en su teléfono; probablemente tenía cuenta en alguna red social, incluso Ma había mencionado que salió en el periódico porque practicaba no sé qué deporte. Sin embargo, decidió esperar. Quería que la primera vez que viera a esta chica que ya había desafiado sus expectativas fuera en persona.

La pista de Piedmont era grande, aunque no tan lujosa como las de Richmond (sí, tenían varias). Se estacionó detrás de la reja que rodeaba la pista y saltó de su Jeep Wrangler. El día estaba fresco y seco, y el viento movía su cabello relamido y peinado. Sintió un leve tirón en el estómago, un sentimiento que nunca había sentido. «Y ni siquiera la conozco», pensó. Lo que sí sabía era que ella no temía tomar el control y que a él eso en verdad le gustaba.

Ella aún no llegaba. Caminó hacia la pista y miró alrededor. Estaba vacío a esta hora del día. Su teléfono timbró.

SWEETIE:
¿Listo para una carrera?

Se dio vuelta y la vio. Acababa de salir de su auto e iba caminando hacia él en pants deportivos y una camiseta de manga larga. No se veía que su cabello estuviera empapado con aceite de coco. Aun a la distancia, podía ver que el sol brillaba en sus mechones ondulados. Se había hecho una cola de caballo, que rebotaba un poco con cada paso que daba. Conforme se acercaba, se pudo dar cuenta de más detalles.

Su piel era suave, de color canela cremoso, como aquel brazalete de feldespato que le había regalado a Ma del día de la madre, uno o dos tonos más claro que su propia piel. Su zancada era confiada, mecía las caderas con cada paso. Le sonrió.

Ashish parpadeó. Ciertamente no era el tipo de chica que veías en *Sports Illustrated*. Tampoco era el tipo de chica con la que él o cualquiera de sus amigos solían salir. Pero, incluso él, con todo y que había perdido su *mojo*, podía darse cuenta de que había algo en ella. Algo magnético, algo que lo acercaba a ella aun si él había decidido adoptar una actitud casual. Demonios.

—Hola —le dijo mientras se recordaba no clavarse en sus ojos color avellana, aunque de todos modos lo estaba haciendo. Le estiró la mano—. Soy Ashish.

Ella le estrechó la mano, que era pequeña y suave, y enseguida sintió que él trataba de no apretarla tanto.

—Sweetie. —Entrecerraba los ojos debido al sol y tuvo que alzar la mirada porque, vaya, era tan pequeña como Ma—. ¿Listo para una carrera? —Ah, sí, eso fue lo que le había escrito, ¿cierto? ¿«Carrera» como en...? Miró alrededor de la pista—. Sip. Vamos. Correremos los cuatrocientos metros.

Ashish la miró frunciendo el ceño.

—Eh...

—Es una vuelta completa a la pista. —Se encaminó a la línea de salida; él se apresuró a alcanzarla.

—Está bien, pero... ¿por qué estamos haciendo esto?

Ella lo miró seriamente.

—Para que ya no nos estorbe.

Ashish esperó, pero por lo visto no iba a explicar nada más.

—¿Nos estorbe qué?

—Ya verás —contestó y tomó su lugar. Le señaló las marcas en el carril a su lado, para que él se colocara ahí—. Cuando diga «fuera» empezamos a correr. ¿Listo?

Él abrió la boca para preguntar de nuevo, pero la cerró enseguida, asintió y se volteó. Imitó la postura de ella, con el trasero al aire y las manos en el piso.

—Uno, dos, tres, ¡fuera!

8
Ashish

Él despegó como si fuera un cohete. Solo se preguntó si debía bajar la velocidad, darle una oportunidad a la chica, pero entonces la sombra de ella lo nubló. Apenas tuvo tiempo de ver por encima de su hombro, cuando ella ya lo había rebasado con una cara que le decía que ella estaba en *balontopia*. O, en su caso, *pistatopia*.

Balontopia era el término que Ashish, Oliver y Elijah habían inventado para describir ese sentimiento de adrenalina pura, de éxtasis total, que surgía cuando estabas pateando traseros en la cancha de basquet. Estabas tan inmerso en la zona, que necesitabas un código postal diferente. Nada podía sacarlo de *balontopia* una vez que entraba ahí. Llevaba varios meses sin estar por ahí, gracias a Celia, pero eso era otro asunto.

Le daban ganas de detenerse y mirarla. Quería babear tan solo de ver esa cara de *pistatopia*. Él tenía tantas ganas de regresar a *balontopia*, pero en los últimos tres meses apenas había logrado pisar la periferia.

Él siguió corriendo, aunque empezaba a darse cuenta de varias cosas acerca de ella. La facilidad con que sus piernas se comían la pista; sus brazos estaban flexionados ligeramente a los lados; su respiración tenía la cadencia perfecta; su hermosa cola de caballo se mecía y rebotaba. Ella era poder. Ella era gracia. Ella era belleza.

Y ella le estaba pateando el trasero por completo.

Ashish trató de alcanzarla en un esfuerzo galante, pero podía darse cuenta de que no tenía caso. No había forma de que la venciera. Gran parte de la identidad de Ashish se basaba en ganar: era competitivo sin medida y no pedía disculpas por ello. Pero, con todo, ver cómo le ganaba inmisericordemente en la pista no le lastimó el ego en absoluto. Por extraño que pareciera, cuando llegó a la línea de meta estaba sonriendo.

Sweetie ya estaba ahí, sonriendo también, con las manos en las caderas. Tenía unos mechoncitos de cabello de fuera, pegados a su frente y cuello sudorosos. Gotitas de sudor se enfilaban en el puente de su delicada nariz. Este detalle le pareció tan lindo a Ashish que hasta le dolió y tuvo que reacomodar su expresión para lucir un poco mortificado.

—Vaya —dijo—, ¿acaso desayunaste Cafiaspirinas con Red Bull?

Ella rio.

—Nop. Solo quería demostrártelo.

—¿Qué? —Recordó que le había dicho que algo estorbaba, frunció el ceño y gotitas de sudor le cayeron a los ojos. Dio un paso hacia atrás y se sacudió como perro.

—Buena idea —dijo ella con tono impresionado. Luego, hizo lo mismo que él. Él miró el arco de sudor que se le había marcado a ella bajo los rayos del sol, como gotas de lluvia. Trató de no ver otras partes de su anatomía que se habían acentuado de manera bastante agradable ahora que su camiseta estaba empapada en sudor. Cuando ella terminó, alzó la cabeza—. Quería demostrarte que no soy perezosa, poco sana o cualquier otra de la retahíla de cosas que la gente asume. Tampoco que estoy en el equipo de atletismo porque mis padres tengan contactos influyentes.

En verdad soy buena. —Ashish asintió, presintiendo que no había terminado—. Y, antes de que preguntes: corro porque practico. Mi peso no tiene nada que ver con mi salud en general. Mejoro los tiempos de cualquiera en Piedmont, chicos y chicas por igual.

—Te creo por completo —dijo él seriamente—. ¿Vas a correr en la universidad?

—Ese es el plan —contestó ella, viéndolo de manera curiosa.

—Qué bien. Yo voy a jugar basquet en la universidad.

Ella asintió, aun con mirada chistosa. Al final, dijo:

—¿Quieres preguntarme algo más acerca de mi peso o de cómo corro?

Ashish lo pensó, luego alzó los hombros.

—No. ¿Qué debería preguntarte? Es obvio que eres sumamente talentosa.

Ella sonrió. Era como un rayo de luz perforando las nubes; él sintió que esa chispa adormecida en su corazón se encendía un poquito. Los dientes de ella estaban parejos y tenían el tamaño perfecto, como una fila de Chiclets. No, Tic Tacs. Blancos. Nah, eso tampoco. Demonios, en verdad él necesitaba trabajar con sus cumplidos si es que quería ganársela con su característico (y ahora en hibernación, por lo visto) encanto Ashish Patel.

—Aunque, sí tengo otras preguntas —dijo.

—Okey.

—¿Por qué me pediste que viniera aquí? Bueno, además de querer demostrarme que claramente soy un corredor inferior. —Sonrió para mostrar que no se lo tomaba personal. Si alguien habría de vencerlo en cualquier evento atlético, preferiría que fuera alguien tan genial como Sweetie.

Empezaron a caminar hacia las gradas. Cuando sopló la brisa, Ashish pudo olerla; aun con sudor, su humor era dulce, embriagante, muy femenino y acaramelado. Se inclinó hacia ella un poco más y su brazo rozó el de ella, y ella se acomodó un mechón de cabello detrás de la oreja, como si estuviera un poco nerviosa. Él se descubrió deseando que así fuera.

Una vez que se sentaron, ella le respondió.

—Te pedí que vinieras aquí porque oí a mi madre hablando con la tuya acerca de... —Bajó la mirada y luego lo miró. Por la forma de su quijada, él podía darse cuenta de que ella trataba de envalentonarse para decir el resto; aunque su voz se quebró un poco, lo cual le hizo querer rodearla con su brazo. «Sí, claro, Ash, como si eso no la fuera a sacar de onda, ¡acabas de conocerla!»—. De que soy demasiado gorda para salir contigo.

Ashish se estremeció al oír la palabra.

—Oye, no te digas así.

Sweetie lo miró con franqueza.

—¿Por qué no? No me molesta. —Hizo una pausa, sopesando sus siguientes palabras—: Lo que sí me duele es que mi madre crea que eso es una razón para que yo no pueda salir con alguien como tú. Pero la palabra en sí no me molesta.

—¿En serio?

Ella se encogió de hombros.

—Sí, digo, la palabra *gorda* no es inherentemente mala o asquerosa. La gente la ha hecho así. Es simplemente lo opuesto a *delgado* y nadie se estremece al oír esa palabra. Así que, para mí, *gorda* es solo una palabra más que me describe, al igual que *morena*, *chica* o *atleta*.

Ashish cerró la boca, dejó de lado todas las respuestas que había pensado y reflexionó cuidadosamente acerca de lo que ella estaba diciendo. ¿De todos modos, por qué *gorda* era una palabra tan mala en la mente de las personas? Después de analizar a Sweetie, tuvo la sensación de que había muchas cosas con las que había tenido que lidiar toda su vida y en las que él ni siquiera había pensado.

—Tienes toda la razón —dijo despacio.

—Sí, digo, claro que la gente me lo ha dicho con la intención de insultarme; pero, cuando yo la uso, no es insulto. Es como si me adueñara de la palabra, ¿entiendes?

Ashish asintió.

—Sí, de hecho, sí.

—Bien. Entonces... de regreso a tu pregunta. —Las palabras parecían salir de ella a chorros—. La razón por la que te envié ese mensaje de texto anoche es que oí que tu mamá le decía a la mía que mi peso no le importaba. Y que a ti tampoco. Así que, ahora que me has visto a mí y a mi cuerpo haciendo lo que mejor sé hacer... —Aquí Ashish tuvo que esforzarse por no hacer caso a su mente cochambrosa—, quería preguntarte si era cierto lo que dijo tu mamá. ¿Mi peso no te molesta? ¿O más bien tienes la mentalidad de mi madre y crees que una chica gorda y un chico delgado solo serían la burla de todos?

Ashish la miró, un poco asombrado. Era evidente que ella había estado pensando mucho en este asunto. Y sacarlo a colación sin siquiera conocerlo era... en verdad un acto de valentía. Nunca había conocido a alguien como Sweetie y, de verdad, estaba muy, muy intrigado. Pensó en un millón de cosas encantadoras con las que responderle. «Mientras más de ti para amar, mejor» o «Las supermodelos no son lo mío»; pero al final se conformó con la verdad más simple.

—Creo que eres hermosa. Y no me refiero a bella por dentro, aunque estoy seguro de que también es así. Cuando corres... veo poder y pasión. Veo concentración y dedicación. Veo a alguien que no tiene miedo de romper con las expectativas de los demás. Y, para mí, eso es mucho más atractivo que el número en tu báscula. —Se detuvo y luego se apresuró a continuar—: Y, bueno, sí, también pienso que eres muy bonita. Quiero decirte las cosas tal cual son y eso es cien por ciento cierto.

Ella lo analizó en silencio. Él se preguntó qué quería decir lo que veía en sus ojos. Después de un momento, le respondió con una sonrisa.

—Te creo.

—Genial. Entonces... ¿esta es tu manera de invitarme a salir? —Con la barbilla señaló la pista frente a ellos—. ¿Retándome a un duelo y haciéndome perder?

Ella lo miró entrecerrando los ojos.

—Si eso fuera cierto, significaría que salir conmigo es el castigo del perdedor.

Él se paralizó.

—No, para nada quise decir eso...

Ella se rio y sonó como una agradable campana que convoca al templo.

—Es broma. Pero, sí. O sea, sé que mi mamá no quiere que salgamos, pero... —Alzando los hombros, se acarició la cola de caballo—. ¿A veces no te dan ganas de decir «al carajo» y hacer lo que te dé la gana?

Ashish se rio, un poco más de lo necesario.

—Básicamente has descrito mi vida y por qué a mi padre le salió una úlcera hace dos años. —Ya más calmado, agregó—: De hecho, hace poco he intentado dejar que mis padres me guíen. De ahí que mi madre haya emboscado a la tuya.

Sweetie sonrió.

—No nos emboscó. Tu mamá es encantadora. —Luego de una pausa, dijo—: Entonces, ¿qué pasó? ¿Quisiste limar algunas de tus rebeldías? —preguntó en broma, pero él no logró responderle con una sonrisa.

—Eh, no, nada con lo que quiera molestarte, pero sí. —La miró—: Hagámoslo.

Ella estaba brillando de alegría.

—¿En serio? ¿Quieres que salgamos a escondidas de tus padres y todo eso?

Él tomó su pequeña y cálida mano y sonrió.

—Absolutamente.

Ella lo miró fijamente y a él se le cortó la respiración. De pronto, su mano parecía sacar chispas de electricidad que le cosquilleaban la piel. Entre ellos había un ritmo interesante.

El teléfono de ella vibró. Saltó y lo sacó de su bolsillo.

—Lo siento, es Amma. Hoy Achchan regresa de un viaje de negocios y tengo que estar lista.

Ashish ignoró el golpeteo de decepción en su corazón.

—Claro, no te preocupes. ¿Te puedo llamar más tarde?

Ella guardó su teléfono y le sonrió, luego le apretó el brazo, lo que le provocó una cálida onda por todo el cuerpo.

—Sí, eso estaría bien.

Y, entonces, mientras veía cómo se alejaba, Ashish pensó que su fin de semana se había transformado en algo muy diferente a lo que había esperado. Tenía el presentimiento de que no pasaría esta noche en su balcón, tomando traguitos de Coca-Cola, desanimado. Se quedó sentado en las gradas, silbando, mucho tiempo después de que Sweetie se había ido.

Sweetie

Condujo hacia su casa con una sonrisa que no podía borrar. Esto había salido mucho mejor de lo que había esperado. Al ver lo amable que la tía Sunita había sido y luego escuchar que aparentemente ni ella ni Ashish tenían problemas con su peso como Amma, pensó que tal vez merecía una oportunidad. Y no se había equivocado.

Le subió al volumen a la canción de amor en hindi «Bol do na zara» y cantó a todo pulmón. Sí, este había sido su primer encuentro, pero había algo en Ashish Patel, algo completamente irresistible. No era nada más su físico, aunque sí había sido difícil apartar la vista de aquellos bíceps marcadísimos y aquella espalda ancha. Había algo en él… más allá de la sonrisa creída y la risa casual, había algo vulnerable y casi triste. Algo definitivamente solitario, sobre todo cuando le preguntó qué le había hecho querer limar sus rebeldías. Lo que sea que hubiera pasado, lo había suavizado, enternecido, y quería conocer mejor a esa persona.

No podía esperar a que le llamara. ¿A dónde irían en su primera cita oficial? Y, ¿realmente quería hacer esto a escondidas de Amma y Achchan? Sintió un tirón de culpa, pero se disipó rápidamente gracias a tanta emoción. Hacía esto por ella. Esto era para demostrarse lo que ya sabía en el fondo de su corazón: que era hermosa y valía la pena. Se rio. Su primer y verdadero acto de rebeldía a los casi diecisiete. Ya era hora, con un demonio.

Achchan llegó a casa justo cuando Sweetie había terminado de bañarse y se había puesto un lindo *salwar kameez*.

—*Molu kutty!* —exclamó cuando la vio y la envolvió en un abrazo que olía a aeropuerto. Achchan era lo suficientemente amplio para que sus brazos envolvieran a Sweetie por completo, lo cual la hacía sentir casi pequeña. Era un buen descanso de estar con Amma, que era del tamaño de un hobbit (aunque sin pelos en los pies), lo cual la hacía sentir del tamaño de un trol—. ¿Cómo está mi hija favorita?

Ella rio mientras caminaban con los brazos engarzados hacia la sala.

—Soy tu única hija, Achchan. Y estoy bien. ¿Qué tal tu vuelo?

Él refunfuñó. Tan solo se había ausentado una semana, pero él siempre decía que estar lejos de ellas era lo más difícil de su trabajo.

—Por favor, no hablemos de eso. ¿Qué tal el entrenamiento el viernes? ¿Rompiste tu propio récord?

Ella sonrió.

—Así es. Dos segundos completos.

—*Adipoli!*

Chocaron manos y la cara de Achchan estaba radiantemente rosa. Al ver este rostro, casi como de querubín, con bigote grueso y negro, con algunos vellos grises, y su gran y suave panza, Sweetie sintió mucho cariño. Su padre siempre la había aceptado sin cuestionamientos. Era como si fuera más hija suya que de Amma. Como si tuvieran el mismo corazón, pero dividido en dos.

—¿Qué más hiciste este fin de semana? —preguntó Achchan, justo cuando Amma entró y le sonrió.

Él le dio un besito en la mejilla y le sonrió con calidez. Esto era la máxima demostración de cariño que se hacían en presencia de su hija, pero ella suponía que debía ser diferente cuando estaban solos. El que ella estuviera aquí lo comprobaba, ¿no?

¡Iu! Tal vez lo mejor era no pensar en eso.

—Fuimos al mercado de productores y vendimos todos los postres.

—¡Excelente! —exclamó con júbilo su padre—. Ahora deberías expandir tu imperio, Vidya. —Amma rio y retorció los ojos—. Debes tener muchos clientes para vender todo, ¿no? —preguntó, mientras se servía un vaso de agua.

Amma le lanzó una mirada a Sweetie antes de mirar al vacío.

—No, no, fue una sola señora a la que le encantaron.

—¡Vaya, qué bien! —Achchan tomó un buen trago de agua—. Aunque no me sorprende, Vidya, tus postres son de otro mundo.

Sweetie sintió que se le hundía el estómago; en realidad Amma no pensaba decirle a su papá acerca del encuentro con la tía Sunita. Sabía exactamente lo que su madre diría en caso de que la confrontara: «¿Qué caso tenía molestar a tu padre con algo que jamás sucedería?». De pronto la embargó un golpe eléctrico de rabia. Amma creía que podía controlar la vida entera de su hija, con quién salía, cómo se vestía, de qué se enteraba Achchan. Pero no podía controlar su corazón. No podía controlar a Ashish.

—¿Quieren ir a comer a It's All Greek to Me? —preguntó Achchan en cuanto terminó de beber agua. Era su ritual: cada vez que él regresaba de algún viaje de negocios, iban a ese restaurante griego a comer gyros.

—Claro —contestó Sweetie, así que Achchan tomó las llaves del auto, pero ella agregó—: ¿Te importa si yo conduzco?

Esto nunca sucedía. Ella nunca, jamás conducía cuando iba con sus padres. Vio cómo la boca de su padre se abría de golpe. También vio el rostro de su madre cambiar de suspicacia a molestia y otra vez a suspicacia.

—¿Por qué? —preguntó Amma.

—¿Porque tengo ganas? —tosió y volvió a intentarlo, pero esta vez sin que fuera pregunta—: Tengo ganas. —El corazón le retumbaba en el pecho; nunca en su vida había sido tan asertiva.

Amma abrió la boca para decir algo, pero entonces Achchan la calló poniéndole una mano en el hombro.

—Está bien, Vidya, déjala conducir. Después de todo, será ella quien nos lleve a todos lados cuando seamos unos ancianos. ¡Más vale que empiece a practicar! —Y entonces empezó a soltar de carcajadas por lo que él pensaba que había sido su propio ingenio agudo. Amma accedió asintiendo levemente con la cabeza.

Sweetie sonrió al salir de la puerta. Vaya que se sentía bien salirse con la suya, decir lo que sentía. Tal vez podría pedir más cosas. Tal vez así era como todo comenzaba, así empezaba su transformación de la Sweetie dulce a la Sweetie intrépida: con una declaración a la vez. «¡Prepárate, mundo, porque ahí voy!».

9
Ashish

Tarareaba de camino a la puerta de entrada. Y no era una canción muy masculina que digamos, sino «Love You Like a Love Song» de Selena Gomez. Dios, si los chicos del equipo lo oyeran, no habría fin para sus burlas.

Atravesó el vestíbulo, saludando a Myrna, el ama de llaves, quien le alzó las pobladas y rubias cejas de asombro. Al entrar a la sala decidió que se bañaría y después iría a ver a Oliver y Elijah para ver qué organizaban y, claro, para darles de manera muy casual la buena noticia: estaba de vuelta y listo para empezar a retomar su vida, como tanto le habían insistido. Y, además, había empezado con la mejor corredora de Piedmont, que encima de todo era atlética y maravi…

Ashish se paró en seco. Sus padres estaban sentados en el sofá de la sala. Habían bajado las cortinas para que la habitación estuviera más oscura y luego encendieron una de las lamparitas de la esquina. Ambos lo miraban fija y seriamente.

—Eh, hola —dijo él, lamiéndose los labios. Cielos, ¿qué onda con la imitación de *El padrino*?

—Ashish, *idhar aao*. Ven a sentarte, *beta*. —Ma dio unas palmaditas al asiento junto a ella.

Oh-oh. Pappa seguía viéndolo fijamente, ojos entrecerrados, quijada tensa. Eso nunca era buena señal. Esta era su cara de «miembros del consejo, alguien de aquí será despedido». Había visto esa cara cuando de niño su padre lo llevó al trabajo porque Ma se había enfermado. Nunca lo olvidaría. Fue... formidable en el sentido «aprieta bien las nalgas para que no te dé diarrea del miedo».

Se sentó. Quería preguntar un millón de cosas, pero su instinto le dijo que esperara, que dejara que ellos le dijeran qué querían y luego ver qué podía explicar. Era un juego del gato contra el ratón que él había ido perfeccionando con los años.

—Ashish... *kahaan thay tum?* ¿A dónde fuiste esta mañana? —La voz de Pappa era grave, casi como un gruñido. Ma le hizo una advertencia poniéndole una mano sobre la pierna, pero Pappa ignoró el gesto y siguió fulminando con la mirada a su hijo.

—Les... dije. —Volteó a ver a su madre, aunque no le gustaba mentirle de nuevo. Pero esta vez no se trataba solo de él, sino también de Sweetie—. Estaba en casa de Elijah.

Ma lo miró con una expresión entre dulce y decepcionada.

—Me dijiste que irías a casa de Oliver.

—Sí, eso quise decir... —contestó enseguida—. Elijah también fue.

—En serio. —Pappa se inclinó hacia él—. ¿Seguro que no quieres cambiar tu historia?

—Esto no es un careo, Kartik —dijo Ma con gentileza. Luego se dirigió a su hijo—: Oliver y Elijah vinieron a buscarte.

Diablos. Lo habían descubierto. Mantuvo una cara neutral.

—Así que, déjame preguntarte una vez más: ¿Dónde estabas, Ashish? —preguntó Pappa, recargándose en el respaldo del sofá. En verdad sería un buen padrino si quisiera darle un giro a su carrera y salirse del negocio de la tecnología para entrar al mercado de los quiebrarodillas.

—Miren, no sé a qué viene todo esto de la inquisición india que se traen aquí —contestó Ashish cruzando los brazos—, pero no me van a sacar ninguna información.

Ma miró a su hijo, luego a su esposo, luego otra vez a Ashish.

—*Hai bhagwan*, de verdad, ambos se parecen tanto que hasta da miedo. —Suspiró y luego agregó—: Ashish, nadie te está interrogando. Solo queremos saber la verdad. ¿Estabas con Celia?

Miró a sus padres.

—¡Qué! ¡No!

Ma levantó las manos.

—No te juzgamos, *beta*. Pero cuando vi que te arreglabas, presentí algo. Y luego nos mientes, así que... *Beta*, te rompió el corazón. ¿De verdad vale la pena sufrir por ella?

Genial. Ahora sus padres pensaban que era un perdedor que regresaría con una chica que lo había tratado como trapo y lo había dejado como zombi y sin encanto. Se pasó una mano por la cabeza y recargó los codos en las rodillas antes de verlos y responder.

—Okey, Ma, Pappa, no estaba con Celia. Lo prometo.

La cara de Ma se relajó; la de Pappa seguía inquisitiva.

Ashish vaciló. Le había dicho a Sweetie que estaba dispuesto a salir con ella a escondidas de sus padres y no quería faltar a su palabra, pero tampoco quería seguir mintiendo ahora que lo estaban interrogando así. Omitir las cosas era diferente a mentir.

—La verdad es que sí, les mentí. Y lo siento. Estaba con Sweetie Nair. —Le costó trabajo pronunciar su apellido correctamente, porque las vocales sonaban como diptongo y no como «e», porque no quería darles a sus padres otro pretexto para reprenderlo.

Vio cómo el rostro de su padre cambió de pura rabia a completa confusión, luego otra vez mostraba puro enojo. Ma se paralizó y puso cara neutral. En realidad, la situación era un poco graciosa.

—¿Sweetie Nair? —preguntó ella—. ¿Qué hacías con ella?

—¡Sweetie Nair! ¿La chica cuya madre dijo que no quería que saliera contigo? ¡En qué estabas pensando, Ashish! —Su padre estaba furioso. Volteó hacia su esposa—: ¡Seguramente andaban de *tingolilingo* tal como hace con esas otras chicas! —Luego a él—: ¿Pretendes arruinarle la vida?

Ashish los miró con incredulidad.

—Okey, vaya, ¿podríamos tan solo calmarnos y bajar el tono de los dramas bollywoodenses? Por cierto, Pappa, gracias por el voto de confianza. No le estaba arruinando la vida con ningún *tingolilingo*. —La verdad, sí marcó comillas al aire con demasiado sarcasmo, como si apuñalara el aire con los dedos—. Pero, si necesitan saberlo, estábamos... corriendo.

La confusión reinaba en los rostros de sus padres.

—¿Corriendo? —preguntaron a coro.

—¿Eso es un tipo de jerga para *tingolilingo*? —preguntó Pappa irritado.

—¿Podrías dejar de decir *tin*...? Okey, miren —Ashish respiró profundo para dejar salir su fastidio—, Sweetie Nair me envió un mensaje de texto anoche. Oyó a su madre hablar contigo, Ma, y también que tú le decías que su peso era una razón estúpida para que ella no pudiera salir conmigo. —Levantó una mano cuando Ma abrió la boca para protestar—. Ya sé que no lo dijiste exactamente con esas palabras, pero ese es el sentido y Sweetie oyó esa parte. Así que quiso hablar conmigo en persona y... —Alzó los hombros—. Como no es una modelo hiperdelgada, quería que yo viera en persona que no es ni perezosa ni nada de los estereotipos de la gente gorda. —Se forzó a decir la palabra tan neutralmente como ella la decía—. Y, sinceramente, de verdad me impresionó. Me partió el... me venció en la pista. Además, es superamable e inteligente. Entonces... decidimos que sí queremos salir juntos.

—Ah, sí, claro, ustedes decidieron —exclamó Pappa con el rostro cada vez más rosa—. ¿Sin preguntarle a tus padres?

La madre de Ashish habló con voz suave, suplicante.

—Ashish, los padres de Sweetie no lo saben. No está bien que hagas esto a sus espaldas.

—No, ¿sabes qué es lo que no está bien? Que su madre decida que ella no es lo suficientemente buena para mí debido a su talla. ¿Okey? Sweetie es considerada, inteligente, apasionada y hermosa. Si quieren que deje de salir con el tipo de chicas con las que solía, no pudieron escoger a alguien mejor.

—*Bilkul nahin!* ¡Te lo prohíbo! —gritó su padre.

Sin embargo, Ma lo miraba pensativa. Puso una mano en el brazo de Pappa y dijo:

—Ashish, ¿podrías dejarnos hablar en privado un minuto? Enseguida te llamo.

Por la cara de Ma, supo que definitivamente tramaba algo bajo esa máscara de neutralidad; luego vio la cara de furia de su padre y al final se encogió de hombros y se levantó.

—Está bien.

Cruzó la enorme sala y se fue al lado, al comedor. No había puerta entre ambos cuartos, solo un gran arco, pero estaba bastante lejos de sus padres, por lo que no podía escuchar lo que decían. Bueno, no todo.

De vez en cuando alcanzaba a oír frases, más que nada porque Pappa parecía gritarlas y Ma alzaba la voz para igualar el tono de él.

Pappa: «...¡inapropiado!».
Ma: «... primera vez él... chica linda...».
Pappa: «¡...*lilingo!*».
Ma: «...nuestra oportunidad de... tiene una reputación... buena familia... eventualmente convencerlos...».
Pappa: «...reglas. ¡Y punto!».
Ma: «Está bien. ¿Ashish? ¿Ashish?».
Silencio.

Ashish se levantó. Ay, ya no estaba hablando con Pappa, sino que lo estaba llamando a él. Atravesó el comedor y fue rápidamente a la silla en la sala. Sus padres lo miraban en silencio, como dos maniquíes que movían los ojos.

—¿Todavía siguen con su tenebrosa inquisición?

—*Kya?* —Pappa alzó las cejas.

—Nada —murmuró Ashish.

Ma habló primero.

—Ashish, después de mucho deliberar, hemos decidido que te daremos permiso de salir con Sweetie.

—¿Y no le van a decir a sus padres?

—No. —Ma levantó un dedo cuando él sonrió—. Pero no porque pensemos que sea lo correcto. Más bien... Bueno, creemos que esto es bueno para ti. Siempre te has rehusado a aprender acerca de tu cultura, tal vez porque Pappa y yo te hemos presionado demasiado y tú crees que todo lo que decimos es «cero cool». No obstante, la familia de Sweetie ha logrado criar a una hija que es respetuosa y conocedora de su cultura. Tal vez estar junto a ella te lo contagie, ¿no? Además, *beta*, me temo que tu reputación en la comunidad india es de un rebelde que se cree mejor que las chicas de su propia cultura. A Pappa y a mí nos preocupa esto y creemos que salir con ella puede ayudar a cambiar esa percepción.

Ashish rio.

—¿Así que esto es como una campaña de relaciones públicas en beneficio de mi marca?

Pappa le lanzó una mirada asesina.

—Esto no es de risa, Ashish. No se trata solo de tu reputación, sino de la de toda tu familia. Piensa en Rishi y en Dimple. ¿Quieres que todo el mundo esté enfocado en tus actos caprichosos cuando sea el momento de anunciar su compromiso o cuando estemos planeando su boda?

Ashish suspiró. Ahí estaba: el meollo siempre era Rishi, el chico predilecto.

—No, claro que no.

Pappa asintió enérgicamente.

—Qué bueno.

—Le diremos a sus padres a su debido tiempo —dijo Ma—, pero hasta entonces... Tenemos algunas condiciones que debes seguir si quieres salir con esta chica.

Ashish se paralizó.

—Eh, ¿a qué tipo de condiciones se refieren?

—Solo pueden ir a citas que Ma y yo aprobemos —dijo Pappa sonriendo engreídamente.

Ashish parpadeó.

—Esperen, ¿qué? ¿Ustedes me van a decir a dónde llevar a Sweetie?

—Sí. Durante cuatro citas. Debes ir a cada una de ellas o el trato no aplica. —Ma levantó una ceja—. Tú decides.

Ashish rio con un resoplido.

—Saben que puedo hacer las cosas a escondidas, ¿verdad? Digo, yo tengo auto y ella también.

Ma levantó su teléfono de la mesita.

—Puedo llamar a su madre ahora mismo y decirle lo que estás planeando. Y tengo el presentimiento de que después de eso no le dará permiso a Sweetie de ir a ningún lado.

Ashish sacudió la cabeza lentamente.

—¿Desde cuándo se volvieron expertos en mentes criminales?

Pappa rio, evidentemente complacido por este análisis de su personalidad.

—No estamos tratando de controlarte, Ashish —dijo Ma—. Solo queremos lo mejor para todos en esta situación.

—Sí, y escoger los lugares de las citas evitará cualquier travesura.

De pronto, Ashish temió lo peor.

—Un momento, ¿a dónde nos van a enviar que creen que no nos meteremos en... eh... problemas?

—Vamos a definir bien la lista —dijo Pappa juntando las yemas de los dedos de ambas manos—, pero para la primera cita ambos queremos que sea en el *mandir*.

Ashish miraba de un padre a otro con la esperanza de que uno de ellos empezara a reír para demostrar que era broma. Pero solo lo miraron fijamente. Se talló la cara y trató de recobrar la compostura.

—¿Es en serio? ¿Quieren que la lleve al templo en nuestra primera cita?

—¿Por qué no? —dijo Pappa—. Es un lugar auspicioso, lleno de buenos augurios.

Ashish volteó hacia su madre con cara de súplica, en un último intento de salvar esto.

—Vamos, Ma, ¿de verdad crees que es una buena idea o Pappa te estuvo fastidiando con esto?

Ma rio.

—Pappa no me fastidia para que haga nada, Ashish. No confundas mi naturaleza gentil con debilidad. Lo del mandir fue mi idea. Y no te preocupes, escogeremos otros tres lugares igualmente apropiados para que lleves a Sweetie.

—Ese es el trato. Tómalo o déjalo —sentenció Pappa.

—Y si no acepto, les dirán a los padres de Sweetie.

—Correcto. —Ma alzó los hombros—. Al menos así, cuando les digamos, podemos decir que alguien los guio para asegurarse de que nada inadecuado sucediera.

—Entonces, ¿aceptas? —preguntó Pappa—. ¿Tenemos un trato?

Ashish cerró los ojos mientras suspiraba.

—Sí. Trato hecho.

—¡Excelente! —exclamó Ma sonriendo—. Entonces, más vale que le pidas a Sweetie que te vea aquí para que podamos darle las buenas noticias.

—Y para que yo la conozca, por supuesto —agregó Pappa jovialmente.

—No puedo esperar de la emoción —murmuró Ashish, sacando su teléfono.

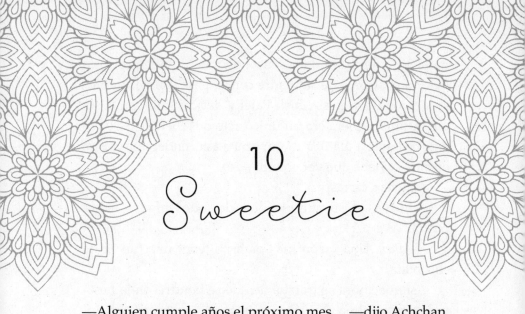

10
Sweetie

—Alguien cumple años el próximo mes... —dijo Achchan, mientras se embutía un cuadrado completo de baklava en la boca. Sweetie tenía dos de los postrecitos cubiertos de miel en su propio plato, para desgracia de su mamá—. ¿Qué vamos a organizar para la fiesta? ¿Un mago? ¿Un zoológico de mascotas?

Sweetie rio y trató de no poner los ojos en blanco.

—Achcha, ya no tengo ocho años.

—Bueno, entonces, ¡dime qué quieres y te lo conseguimos! ¿Qué es lo que les gusta a los chicos geniales de estas épocas?

Sweetie se comió un baklava.

—Bueno, no sé si a los chicos geniales, pero a mí me gustaría una fuente de chocolate gigante. Siempre he querido una, además de que también le gustaría a los niños pequeños.

—No es buena idea —dijo Amma, mano sobre mano encima de la mesa.

—*Alle?* —preguntó Achchan—. ¿Por qué no es una buena idea? He oído que no son muy costosas.

—No creo que Amma se refiera al costo —dijo Sweetie quedamente, aunque las manos le temblaban debajo de la mesa. De pronto se estaba cansando mucho, mucho de esta fijación irracional de su madre con su peso. Tal vez reunirse a escondidas con Ashish Patel y decidir salir con él sin que Amma supiera era un único acto de rebelión, pero era algo brillante, volátil, que empezaba a encender una chispa en ella—. Tiene que ver con mi peso.

Achchan carraspeó.

—Vidya, es su cumpleaños; de todos modos habrá pastel.

—*Athey*. Una razón más para no tener una fuente de chocolate.

Así que ahora se trataba de qué se pondría en la fiesta y de qué comería ahí. ¿Qué más quería controlar Amma? ¿Cuánto aire respiraría? ¿Qué palabras podía decir, por ser una persona gorda? Tal vez no debería hablar de comida, por si acaso la gente pensaba que era una glotona. En caso de que avergonzara a Amma. Detrás de sus dientes podía sentir la presión de las palabras queriendo salir, se amontonaban más y más hasta que ella sintió que iba a gritar.

—Baño —dijo en vez de gritar; salió del gabinete y se apresuró al baño de mujeres, mientras sus padres se quedaban atrás, perplejos.

Los ojos le ardían de las lágrimas que querían salir; trató de parpadear para contenerlas tanto como pudo. Por suerte, el baño estaba vacío. Se encerró en un cubículo, sacó su teléfono y marcó.

—Hola, Sweetie.

Tan solo oír la voz de Anjali Chechi la tranquilizó.

—Hola. ¿Estás ocupada?

—Nunca estoy ocupada para ti, ¿qué hay de nuevo, hermanita?

Sweetie sonrió. Anjali Chechi era su prima mayor. Además, una exitosa cirujana, casada con un igualmente exitoso desarrollador de videojuegos y... gorda. Era hija del hermano mayor de Achchan y vaya que sacaba de quicio a Amma. Porque, cómo era posible que fuera feliz, exitosa y *gorda*. Amma detestaba sobre todo que Sweetie se sintiera tan cómoda en su propia piel después de hablar con Anjali Chechi por teléfono o después de una de sus visitas. Una vez, Amma le dijo a Sweetie que su prima la animaría a ser poco sana. Amma era de la opinión de que rodear a Sweetie con chismes de Bollywood y catálogos y revistas de moda la inspiraría a perder peso. Pero con Anjali Chechi podía ser ella misma. Constantemente la estaban forzando a verse a sí misma como la foto del «antes», pero cuando hablaba con su prima, se daba cuenta de que la foto del «después» podría ser ella así como era ahora. No necesitaba perder peso para ser la chica exitosa que Amma ansiaba con desesperación.

—Nada, solo en medio de una increíble conversación con Amma y Achchan.

Era obvio que su prima podía sentir el sarcasmo y el dolor en su voz. Tomó aire.

—Oh-oh. Suéltalo.

—Ni siquiera vale la pena. Es lo mismo de siempre, ¿sabes? «No te puedes poner esto porque mostrarías demasiada carne; no puedes tener una fuente de chocolate en tu fiesta de cumpleaños porque debes perder peso; no puedes salir con un chico delgado porque eres demasiado fea para él».

—Momento, momento, ¿cómo que un chico? ¿Qué chico?

—Se llama Ashish Patel. Es el jugador estrella de basquet de Richmond. Su mamá quería que saliéramos, pero Amma cree que no hacemos bonita pareja porque la gente se va a burlar.

En el fondo oyó una voz masculina. Era Jason, el esposo de Anjali Chechi (se casó con un caucásico, otra razón por la que Amma jamás la entendería).

Lejos del teléfono, Anjali Chechi le explicó.

—Ashish Patel —dijo con voz amortiguada; de regreso con Sweetie—: Espera. Jason lo va a googlear. —Pausa—. ¡Guau! ¡Está guapísimo!

Sweetie sintió calor.

—Eh, sí. Y, según Amma, eso lo pone muy por encima de mi nivel, en otra estratósfera.

—¡Eso es ridículo! —dijo Anjali Chechi, a todo volumen, con una firme vehemencia—. Eres una mujer hermosa ¡y no estoy hablando de esas babosadas de «tu parte interna»!

Sweetie sonrió.

—Sí, eso es exactamente lo que dijo Ashish.

Hubo un silencio y luego Anjali Chechi empezó a procesar todo.

—Espera, ¿cómo que eso fue lo que dijo Ashish?

—Nos vimos sin decirle a Amma. De hecho, tampoco le dije a Achchan, pero de todos modos estaba de viaje. Y, bueno, de cierta manera, lo reté a una carrera.

Anjali Chechi rompió en carcajadas.

—¡Genial! ¿Y qué pasó?

—Muy bien. Él es realmente lindo. Digo, yo gané, como era de esperarse, pero él no tuvo problema con eso, a diferencia de otros chicos; además, parece que en serio no tiene problema con mi peso. —Sintió que sus mejillas se calentaban al recordar que él le decía que era bonita.

—Mmm, ¿acaso detecto una pizca de primer amor?

Sweetie soltó una risita.

—Ay, ya. Como sea, creo que el plan es seguir saliendo sin decirle a mis padres.

—Ya. ¿Y eso cómo te hace sentir?

Sweetie se quedó pensando.

—Sorprendentemente bien. Siento que estoy lista para hacer cosas que Amma descalifica por completo y empezar a tomar mis propias decisiones, ¿sabes? O sea, sé que hay gente que puede ser realmente cruel y desgraciada con la gente gorda, no tengo que decirte eso a ti, como ese chico del año pasado que dijo que Amma debería tener un negocio de verduras por mi propio bien. Y además lo dijo muy en serio.

Anjali Chechi exhaló con fuerza.

—Pedazo de ignorante.

—Sí, pero también hay una parte de mí que se ama, a pesar de todo eso. Y quiero subir la intensidad de ese «amemos a Sweetie» y, por qué no, salgamos con un galán atlético. ¿Me entiendes?

—Completamente, hermana. Y te apoyo cien por ciento. Tú sabes que mis padres se enteraron de que Jason era mi novio hasta que prácticamente me dio el anillo.

—Sí, lo recuerdo. Querían que te casaras con ese doctor indio.

—Sí, y encima me conseguí al nerd más blanco, más liberal, de pelo teñido y camisa hawaiana que pude encontrar. —Se rio—. Jason dice que me hizo un favor.

—¡Y sí! —Jason Chettan era una de las personas favoritas de Sweetie, después de Anjali Chechi y sus padres.

—Definitivamente —respondió su prima—. Entonces, nos vemos para tu fiesta de cumpleaños. ¿Quieres que te regale algo en particular?

Sweetie abrió la boca para decir que su presencia era regalo suficiente, pero luego la cerró; una idea empezó a gestarse. Si realmente empezaría a hacer más de lo que ella quería, si descubriría qué era lo que ella buscaba, entonces…

—De hecho, sí, hay algo que me podrías conseguir. —Y empezó a explicarle a su prima exactamente lo que quería.

Ashish envió el mensaje de texto de camino a casa. Sweetie se había desplazado al asiento trasero después de la conversación de Amma en el restaurante; el ambiente en el auto se sentía espinoso, estancado y raro. Ni siquiera estaba segura de que sus padres entendieran el asunto y, si acaso les daba curiosidad, no preguntaron.

Achchan hacía comentarios al aire, solo para cortar el silencio, como «Ah, el aire acondicionado de Bob», porque, literalmente, había visto un cartel y quería hablar de eso, porque era mejor que lo que estaba sucediendo al interior del auto. Sweetie habría podido reír, de no ser porque estaba furiosa.

Sonó su celular.

ASHISH
¿Qué harás más tarde?

Sintió mariposas en el corazón, como si estuviera hecho de plumas en lugar de músculo.

SWEETIE
Nada en especial, ¿por?

ASHISH
¿Podrías venir a mi casa?

Mmm. No estaba segura. ¿Esto era un mensaje de: «Ven a mi casa, ñaca-ñaca, para que nos podamos besuquear»? Cielos, no estaba lista para eso en lo absoluto. Se le hundió el corazón. ¿Ashish dijo todas esas cosas lindas porque pensó que era una chica fácil? Ese era uno de sus grandes miedos: creer que había encontrado a un buen chico al que ella le gustaba, tan solo para descubrir que solo quería sexo. La idea la atormentaba desde que escuchó sin querer a dos chicos de la escuela diciendo que las chicas gordas eran un «acostón fácil» porque estaban desesperadas de amor.

Tecleó con manos temblorosas.

SWEETIE
¿Por qué?

ASHISH
Nos descubrieron.
Mis padres quieren conocerte.

Mientras ella veía la pantalla aterrorizada, él agregó:

ASHISH
Lo siento 😣

SWEETIE
¿Le van a decir a mis padres?

ASHISH
No, lo dudo.
Tienen otros planes macabros en mente.
Ugh.

Ella se relajó un poco. Okey, Ashish no quería sexo y al parecer sus padres no se enterarían de nada. Si los padres de él solo querían reprenderla, estaba bien. Ella podía con eso. Obviamente, le preguntaría a Ashish si aún quería salir con ella, porque el proyecto de la Sweetie intrépida se estaba estrenando, pero ¿y si sus padres también lo prohibían y él decidía que no quería ir en contra de ellos? Diablos. Necesitaba dejar de obsesionarse y mejor dejarse fluir y ver qué pasaba. Tranquilizarse.

SWEETIE:
Okey.
¿A las cinco está bien?

ASHISH:
Perfecto.

Le envió su dirección (que, por supuesto, estaba en la zona más cara de Atherton) y ella guardó su teléfono. El corazón le retumbaba al ver las cabezas de sus padres. Todo esto y ellos no tenían ni idea. Por un lado, estaba emocionadísima, por otro, nerviosa. Sería mucho más fácil si no tuviera que mentir; si Amma la entendiera y si Achchan la defendiera más seguido. Bueno, ni al caso. Así era y tenía que aprovechar lo que tenía. No había otra opción.

Ashish

Deambulaba de un lado al otro en su habitación, que daba hacia el camino de entrada, así que pudo ver cuando Sweetie llegó. Dios, ¿qué estaría pensando de él? Era la primera vez que se veían y él ya se las había arreglado para que sus padres lo descubrieran y lo forzaran a soltar la sopa. Bueno, al menos podía descartar de su lista una de tantas profesiones, la de ser espía...

Lo extraño era que estaba dispuesto a llevar a cabo ese ridículo plan de las cuatro citas escogidas (al estilo de una agencia de viajes mezclada con una agencia para citas románticas), si es que Sweetie también lo estaba. Entre no volver a verla y adherirse al plan, preferiría... pues... Siendo honesto, Ma y Pappa habían hecho un muy buen trabajo escogiendo a alguien que, al menos desde afuera, parecía tener mucho en común con él. Sintió que hacían clic de inmediato, lo cual lo noqueó del asombro.

Claro que el único clic que oiría ahora podría ser el de Sweetie cerrando la puerta al salir corriendo después de escuchar lo que sus padres tenían en mente.

Su pequeño sedán café se quedó en la entrada circular; Ashish dejó de deambular. La vio salir del auto, con su larga cola de caballo, dándose un momento para respirar profundamente antes de caminar hacia la casa. Era hermosa, aun cuando parecía insegura y nerviosa. Él se dio media vuelta y corrió escaleras abajo para encontrarse con ella.

Abrió la puerta de la entrada antes de que ella pudiera tocar el timbre.

—Hola. —Tan solo de verla en su entrada, con esos ojos como de ciervo, grandes y tiernos, ese cabello negro grueso, ese atuendo de sudadera con capucha y pants deportivos, sonrió.

—¿Estás bien? —preguntó ella y lo miró frunciendo el entrecejo ligeramente; entonces Ashish se dio cuenta de que estaba sonriendo más tiempo de lo normal.

—Sí, claro. —Dejó de sonreír—. Ven, pasa. —Ella lo siguió muy callada—. Eh... gracias por venir —le dijo mientras la guiaba hacia el estudio, donde sus padres la esperaban como leones hambrientos. ¿Ah, sí? Pues él era un gladiador; él protegería a Sweetie.

—Eh, sí, seguro. Aunque no estoy segura de qué es lo que ellos quieren de mí. ¿Me van a gritar o algo?

Ashish le soltó una mueca de empatía.

—Por desgracia, es algo mucho peor. —Ellos estaban cerca de la puerta del estudio—. Solo, eh, lo que sea que tú quieras hacer, yo te apoyo. En verdad espero que aceptes, pero entenderé por completo si decides rehusarte.

El rostro de Sweetie se veía muy confundido.

—No te entiendo, Ashish.

Él suspiró y empujó la puerta.

—No eres la única.

11
Ashish

Pappa y Ma estaban sentados en dos sillones idénticos. Pappa les sonrió con los labios apretados, pero Ma se levantó y envolvió a Sweetie en un abrazo.

—Qué gusto volver a verte, Sweetie. Él es mi marido, Kartik. —Sonrió—. Gracias por venir.

—Claro, tía. —Ashish señaló el sofá; ambos se sentaron ahí. Él pudo notar que ella se restregaba las manos constantemente. Le dieron ganas de tomarle la mano, para confortarla—. Sweetie, sé que debes preguntarte por qué te pedimos que vinieras hoy, así que lo explicaré enseguida. —Ma lanzó una mirada a Pappa, quien asintió—. La cuestión es que para nosotros no es lo mejor que salgan a escondidas de tus padres.

Sweetie se enderezó un poco, pero no dijo nada, solo empezó a restregarse las manos aún más.

—Nosotros somos tus padres —agregó Pappa, viendo directamente a Ashish— y mentirnos no los llevará a ningún lado. —Luego volteó hacia Sweetie—: Tú eres una chica de familia india y así no es como tus padres te han criado.

—Pappa —dijo Ashish, resistiéndose a retorcer los ojos—, Sweetie no es la única que mintió y el que sea chica no tiene que ver con esto.

Ma levantó una mano, pues presintió que se avecinaba una discusión sin sentido.

—Como sea, este tipo de comportamiento es decepcionante.

—Entiendo —dijo Sweetie—. No estoy completamente de acuerdo con todo lo que han dicho, pero lo entiendo. No volverá a suceder. Lo lamento mucho. —Ashish vio, alarmado, que ella se disponía a levantarse.

—Espera, *beti* —dijo Ma amablemente—, no hemos terminado. La cuestión es que sabemos que eres una buena chica y que seguramente tenías tus razones para hacer lo que hiciste. No queremos saber esas razones, estoy segura de que son muy personales. Pero tampoco queremos perder la oportunidad de que Ashish salga con alguien como tú. Así que su padre y yo hemos diseñado un plan. Si ambos acceden, lo mantendremos en secreto de tus padres por un tiempo breve.

Sweetie miró a Ashish, quien la miró con cara de: «Sí, ya sé, te dije que eran de lo más extraños».

—Eh... ¿cuál es ese plan? —preguntó finalmente, mirando a todos.

Ma le explicó lo de las cuatro citas. Luego hubo un silencio para que Sweetie procesara todo, mientras los otros tres trataban de no mirarla, aunque no pudieron evitarlo. Dios, seguramente pensó que todos eran demasiado extraños. Ashish no la juzgaría si saliera corriendo por la puerta ahora mismo. De hecho, podría juzgarla si no lo hiciera.

Ella respiró profundo.

—Entonces, ¿lo que están diciendo es que puedo salir con Ashish, pero solo si vamos a los lugares que ustedes escogieron para las cuatro citas, por ejemplo el templo?

—Así es —asintió Ma.

—Es nuestra única oferta —dijo Pappa.

Ma le dio un manotazo.

—Ay, tú y tus habilidades de negociador, Kartik —dijo—. No estás vendiendo un software. —Luego se dirigió a Sweetie—: Sabemos que esto puede parecer extraño, pero solo queremos asegurarnos de que no pase nada que nos avergüence admitir ante tus padres. Esta es la única manera que se nos ocurre de que no suceda.

Sweetie miró hacia la ventana durante un momento, que se sintió como uno de los más largos de la historia de la humanidad. Luego volteó hacia los señores.

—Eh, está bien. Supongo que acepto sus condiciones. —Le lanzó una mirada a Ashish mitad de pánico, mitad de confusión. A él le dio la impresión de que accedió solo porque se sintió comprometida. ¡Ay, qué horror, esto está fatal!

—Bien —dijo él tratando de recuperarse—, entonces ambos estamos en el mismo canal. —Después podría hablar con ella, hacerle ver que no era tanta locura como sus padres le habían hecho creer.

En verdad habían conectado esta mañana, solo tenía que recordárselo. Su mano se acercó a la de ella sobre el sofá. Obvio, no podían tomarse de las manos enfrente de sus padres, pero, si al menos un poquito de sus meñiques se tocaba, tal vez Ashish podría enviar el mensaje de que estaba de su lado, de que él también entendía lo extraño que era todo eso. Pero, justo a menos de un milímetro de distancia, Pappa carraspeó y se levantó, debido a lo cual Ashish tuvo que apartar la mano como si se hubiera quemado o algo.

—Tengo algo para ustedes —dijo Pappa y le dio una hoja a cada uno.

Frunciendo las cejas, Ashish empezó a leer.

PROTOCOLO DE CONVENIO

Este acuerdo fue firmado por Kartik y Sunita Patel (en lo sucesivo padres) junto con Ashish Patel y Sweetie

Nair (en lo sucesivo hijos) el 7 de abril de 2019, en la ciudad de Atherton, California.

Ashish alzó la mirada con una ceja arqueada.

—¿En serio preparaste un contrato legal, Pappa? —Miró a Sweetie, que también lo leía con cara de asombro—. ¡La vas a ahuyentar!

—A ella no le da miedo hacer las cosas oficiales, ¿o sí, Sweetie? —contraargumentó Pappa con toda fiereza.

Sweetie soltó una carcajada, pero con tono seco, como si estuviera considerando saltar por la ventana y correr hacia su auto.

—Eh, no... no me molesta.

—¡Léanlo! —ordenó Pappa. Apuntó con su pluma la parte inferior del documento, donde había una lista.

Vaya que era mandón. Ashish recorrió la lista.

1. **Pavan Mandir.** Ambos HIJOS irán a su primera cita al Pavan Mandir, en la calle Oliphant número 12. La cita empezará el sábado 13 de abril, a más tardar a las 9:30 a.m., y terminará ese mismo día, a más tardar a las 3:00 p.m.

2. **Festival Holi de la Asociación India de Atherton.** Ambos HIJOS irán a su segunda cita a Oakley Field, donde la Asociación India de Atherton organiza el festival anual de Holi, el sábado 20 de abril. Ambos HIJOS deberán participar en las festividades. El evento tendrá lugar de las 9:00 a.m. a las 12:00 p.m. Después, los HIJOS podrán almorzar en el restaurante de su elección.

3. **Gita Kaki.** Ambos HIJOS deberán visitar a la tía de Ashish Patel, Gita Kaki (tía abuela de su lado paterno) en Palo Alto, California, el sábado 27

de abril. Deberán ir en el Jeep de Ashish y llegar a las 11:00 a.m. La visita terminará a más tardar a las 2:00 p.m.

4. **Opción libre.** Los HIJOS podrán escoger el lugar de esta cita, que se llevará a cabo el sábado 4 de mayo, tras el consentimiento de ambos padres.

Ashish fulminó a su padre con la mirada, cuidando de que Sweetie no lo viera. No tenía idea de qué estaría pensando ella ahora mismo. Aunque, seguramente, por dentro gritaba tanto como él.

—¿Gita Kaki?

Pappa cruzó las cejas.

—¿Eh? ¿Qué tiene de malo Gita Kaki?

—Más bien Gita Loquita. ¿Qué no sus vecinos solicitaron una orden restrictiva porque atacó a su perro por ladrar? —preguntó Ashish, luchando por mantener el mismo nivel de volumen que su padre.

Ma se veía horrorizada; alternaba miradas a su hijo y a Sweetie.

—Ellos exageraron, Ashish —dijo riendo—. ¡Solo estaba siendo amigable! Fue un malentendido.

—Si bien recuerdo —continuó Ashish—, ella le arrancó el suéter al pobre perro y gritó: «¡Soy la Llorona y te voy a llevar!» una y otra vez, hasta que llamaron a la policía.

—Ese perro era una lata —protestó Pappa—. ¡Sus dueños ya habían tenido que pagar multas por exceso de ruido muchas veces! ¡También había mordido a varias personas! Nada de eso fue culpa de tu Gita Kaki.

Ashish alternó la mirada entre su padre y su madre, quien asentía entusiasta.

—Así que esta es su idea de vengarse de nosotros.

Esperaba que Pappa enfureciera y le gritara que no importaba si quería o no, que ese era el trato y tenía que atenerse a él, y que, si no le gustaban esas citas de castigo, no debió de andar por ahí a escondidas.

Pero, de hecho, Pappa se veía confundido; volteó hacia su esposa con cara de «*Kya?* ¿Y ahora a qué diablos se refiere tu hijo?».

—*Beta* —le dijo Ma—, Pappa y yo pensamos muy bien estas citas. Queríamos que fueran divertidas, pero que también fueran experiencias de aprendizaje sobre su cultura. ¿No te parece? —Con mirada ansiosa lo vio a él y luego a Sweetie.

Santo cielo, en verdad pensaban que estas citas eran *geniales*. No querían castigarlos. Antes de que pudiera abrir la boca o siquiera pensar en una respuesta, Sweetie habló.

—Tíos, estas son ideas que realmente se pensaron con cuidado. Creo que Ashish y yo nos divertiremos y aprenderemos mucho. —Y, discretamente, le dio un codazo a Ashish.

—Sí, claro —dijo Ashish—. Muy divertidas y ... educativas.

Ma y Pappa se relajaron y sonrieron.

—¡Exactamente! —exclamó Pappa—. ¿Y vieron? Los dejamos escoger la última cita.

—De hecho, tengo una sugerencia para esa —dijo Sweetie con un poco de nervios—. Si Ashish está de acuerdo, claro.

Él levantó una ceja de curiosidad.

—Seguro. ¿Qué sugieres?

—Bueno, el cuatro de mayo es mi fiesta de cumpleaños —dijo Sweetie—. Sería lindo si él pudiera ir. Así, cuando les digamos a mis padres, una vez que hayan pasado las primeras tres citas, no será tan sorpresivo. Entonces les presentaré a Ashish y ellos lo acogerán.

Soltó una ligera sonrisa, como si le avergonzara decir todo eso.

En el fondo, Ashish estaba encantado; conocer a sus padres en el contexto de una fiesta no daba señales de algo superserio, evidentemente. Pero el hecho de que quisiera que fuera significaba que ella pensaba que sus padres quedarían impresionados con él.

Vaya, vaya. «No has perdido el toque, Ash».

—Claro que puede ir, siempre y cuando no sea una imposición para tus padres —respondió Ma.

—No es ninguna imposición —contestó Sweetie—. Me dijeron que podía invitar a unos cuantos amigos.

—¡Entonces ya está! —Pappa frotó sus manos, un gesto que Ashish reconocía cuando acababa de cerrar un trato. Eso le molestó porque significaba que Pappa pensaba que se había salido con la suya; y ese no era el caso para nada—. Su primera cita será este sábado.

—Muy bien. —Ashish se levantó—. Te llevo a la puerta, Sweetie.

—No hay prisa —dijo Ma—. Sé un buen anfitrión, Ashish. Pregúntale si quiere un tour por la casa; tal vez le guste la cancha de basquetbol.

—Solo no la lleves a tu cuarto —dijo Pappa de pronto—, no quiero nada de *tin*...

—Sí, está bien, ven —interrumpió Ashish lo más alto que pudo para ahogar las palabras de Pappa. Tomó gentilmente a Sweetie del codo para que se levantara; aún se veía bastante aturdida por todo lo que había sucedido, pero ¿quién podría culpar a la pobre chica?

—Adiós, Sweetie —dijo Ma.

—Chao —agregó Pappa.

—Nos vemos luego, tíos; fue un placer conocerlos.

Al cerrar la puerta, Ashish oyó a su padre decir, en lo que para él era una voz queda pero que más bien sonaba como trompetazos de elefante: «¡Qué chica tan linda! Ella no va a aceptar ningún *tingolilingo*».

«Dios, mátame ahora», pensó Ashish.

Sweetie

Caminaron lejos del amplio estudio hacia el igualmente enorme pasillo y luego cruzaron hacia uno aún más grande… Sweetie ni siquiera sabía qué era esto, ¿una segunda sala? ¿Un estudio? Tenía una inmensa chimenea en una esquina y los techos eran de doble altura. Sus pasos hacían eco al caminar.

Así que Ashish Patel vivía en una mansión. Ya ni se sorprendía. La manera en que caminaba, la confianza con la que hablaba, todo eso era señal de alguien a quien no le habían negado mucho, si acaso nada. En caso de que su linda cara y su cuerpo marcado no le abrieran las puertas, su riqueza de seguro lo hacía. Sin embargo, Sweetie se dio cuenta de que no era insoportablemente arrogante, sobre todo al verlo sobarse la nuca, nervioso. Simplemente era un creído. Y, de cierta manera, eso no le molestaba a ella. Aunque… después de lo que acababa de atestiguar, no estaba del todo segura de que hicieran linda pareja. Sus padres, especialmente su padre, parecían intensos.

—Entonces… —Ashish la miró aún con la mano en la nuca y la otra en el bolsillo de sus shorts—. ¿Qué tantas ganas tienes de salir corriendo ahora? En serio, no te juzgaría si quisieras huir.

Ella trató de reír, pero le salió un chillido agudo.

—Eh, un poco… La cuestión es que… tus padres son…

—¿Alienígenas en trajes de humano? Créeme, lo he pensado muchas veces, pero estoy seguro de que tan solo son un poco excéntricos.

Esta vez ella sí se rio.

—No, iba a decir que se ve que en verdad te quieren. Y, sí, sus ideas de las citas son un poco… fuera de onda. Pero no lo entiendo, ¿por qué aceptaron esto? Es obvio que creen que es mala idea que salgamos sin el consentimiento de mis padres.

—Eh, eso es por mí. —Él señaló con la cabeza hacia la ventana—. ¿Quieres recorrer los jardines?

Ella se encogió de hombros, curiosa de saber qué iba a decir.

—Sí, está bien.

12
Sweetie

Ashish la llevó al pasillo y luego a través de unas puertas estilo francés. Salieron a un enorme jardín que olía a rosas, con árboles que susurraban y pasto que acababan de cortar y que no le pedía nada a los jardines de *Downton Abbey*.

—Bueno —dijo él—, la razón por la que mis padres accedieron a que salgamos es porque quieren eliminar cierta reputación que aparentemente tengo de ser incompatible con chicas indias. Tienen miedo de que esta reputación me condene cuando llegue la hora de casarme con una chica de mi propia cultura (porque, con quién más me casaría, ¿cierto?) y la familia de ella me rechace. —Puso los ojos en blanco—. Sí, ya sé, es ridículo; tengo diecisiete, pero así son ellos. Viven aterrados de que la oveja negra de la familia se muera sola y vieja.

—Sí, bueno, es algo tonto. Además, definitivamente podrías casarte con una chica que no fuera de origen indio. Uno de los matrimonios más felices que conozco es mi prima Anjali y su esposo, que es un estadounidense blanco. —Lo miró—. Pero, eh, ¿por qué les preocupa tanto que tengas una reputación de ser incompatible con chicas de origen indio?

Se talló la quijada y se aclaró la garganta.

—Probablemente porque nunca he salido con una.

—¿*Nunca*? —No se requería ser experto en relaciones para ver que alguien como Ashish probablemente había tenido cientos de novias. ¿Y ninguna india?—. ¿Por qué?

Él metió las manos en los bolsillos y ambos bajaron al estanque al centro del jardín. La luz del sol brillaba sobre la superficie.

—No sé... Supongo que no me gustaba la idea de que mis padres me persiguieran, preguntándose si iba en serio. Y sabía que si salía con otro tipo de chicas, ellos fingirían que seguía soltero, porque, para ellos, nunca podría tener una relación seria con alguien que no fuera de mi misma cultura. En fin, solo quiero pasarla bien, ¿sabes? No soy como mi hermano Rishi; él ya tiene una novia con la que sabe que se va a casar. Y ella sigue en la universidad. Así que me pareció bien que mis padres no se esmeraran por conocer a mis novias occidentales. Incluso cuando sí tenía una relación seria.

Su mirada se volvió distante, como precavida, como cuando la miel se endurece.

—¿Con quién anduviste en serio? —Inmediatamente ella se avergonzó de haberlo preguntado, de seguro estaba completamente sonrojada. No tenía idea de por qué se lo preguntó y no solo lo hizo, sino que fue con un tono celoso. «¡Agh! Lo bueno es que quieres actuar casual, Sweetie».

Ashish desvió la mirada, como si mirara el estanque. Pero a ella le dio la impresión de que estaba tratando de organizar sus pensamientos. Quienquiera que fuera esta chica, debió ser muy importante para él. Trató de que eso no le molestara. Apenas lo conocía, aun si hubo química en su primer encuentro.

—Nadie —dijo él con tono serio—. Con nadie en absoluto. —Le dieron una vuelta al estanque; los tenis de Sweetie sacaban burbujitas de agua en el lodo—. Si no quieres que salgamos, lo entiendo por completo —dijo al fin Ashish.

Un pájaro parado en un roble trinaba arriba de ellos—. Sé que es demasiado, entre la lista de mis padres, el contrato, mi reputación...

Sweetie se puso a pensar. Salir con él no tenía por qué ser la gran cosa. Ella en realidad no estaba buscando a su futuro marido, no se hacía ilusiones de que el chico con el que empiezas a salir tiene que ser el amor de tu vida ni nada de eso. Esto más bien se trataba de demostrarse a sí misma que a chicos como Ashish Patel les podría gustar alguien como ella, tanto como para salir en plan romántico. Nada más. Eso quería decir que sus padres y su ridículo contrato no cambiaban las cosas.

Lo miró.

—Sabes, creo que está bien. Deberíamos hacerlo. —Oh-oh, eso sonó como si dijera que deberían tener sexo. Al sentir que sus mejillas se encendían, se apresuró a agregar—: Eh, eso de las cuatro citas, quiero decir.

No pareció que Ashish pensara otra cosa, solo la miró genuinamente sorprendido.

—¿En serio?

Ella sonrió.

—De verdad. Además, creo que tu padre me llevaría a juicio si rompo su contrato de citas.

—¡Vaya! —Sonrió, metió la mano entre el cabello y quedó todo despeinado. En estos momentos podría perfectamente ser la portada de la revista *Esquire* o algo así. Sweetie trató de no dejar que ese pensamiento la intimidara—. Me impresionas, no voy a mentir. Creí que todo esto te iba a asustar.

—Bueno, sí, un poco —Rio, forzándose a regresar a la conversación—, pero no me espanto con tanta facilidad.

Cuando vio que él sonreía de oreja a oreja, su corazón hizo bum.

—Eso me da mucho gusto.

Ella sacó su teléfono.

—Eh, me tengo que ir, si no, mi madre me va a empezar a buscar.

—Sí, está bien, te acompaño a tu auto.

Mientras caminaban, sus manos se rozaron ligeramente; a Sweetie se le aceleró la respiración. ¿En serio? Ella hubiera pensado que no era tan superficial; pero no podía negarlo, de verdad, de verdad, Ashish era muy atractivo. Se le ocurrió que, ahora que empezarían a salir, tal vez habría un primer beso. Y... tal vez algo más... Tragó saliva. Seguramente él había tenido miles de citas con chicas y, verdad de verdades, ella nunca había salido con nadie. La única vez que la besaron fue cuando tenía siete años y Toby Stinton le dijo que le quería pegar los piojos para que «se le cayera la cara».

—Por cierto —dijo él a medio camino; ella volteó a verlo, tratando de ahuyentar todas sus inseguridades. Él dio un paso para acercarse y la miró con ternura en pleno atardecer—, eh... la pasé muy bien hoy en la mañana, en la pista, contigo.

—Ah. —Tragó saliva, el pulso se le aceleró—. Yo también. —Sus párpados pestañearon de manera inconsciente. ¡Estaba coqueteando! Bueno, al menos eso pensó.

Él le tomó la mano y le sonrió ligeramente. Ella trató de mantener normal el ritmo de su respiración. Desmayarse no era opción. NO ERA OPCIÓN.

—Me alegra. ¿Sabes? Más allá de los mandatos contractuales, en verdad me entusiasma conocerte más.

Ella volvió a tragar saliva. Se iba a llenar de aire si no tenía cuidado.

—A-a mí también. —Agh. ¿No pudo pensar en nada más que decir?

Ashish sonrió y le soltó la mano cuando llegaron a su auto. Le abrió la puerta y cuando ella se metió a su coche, pensó: «Estoy cero preparada para esto».

Él debió notar algo en su cara (¿pánico?), porque se agachó y frunció las cejas, preocupado.

—¿Estás bien?

—Sí, sí. —Su voz salió medio chillona, pero se obligó a seguir sonriendo. Ay, diablos, ¿cuántas veces se habrá besado con chicas? ¿Cuántas veces habrá tenido sexo?

—Okey. —Se irguió, sonrió y le acomodó un mechón de cabello detrás de la oreja. Su corazón traicionero no dejaba de tamborilear—. Nos vemos.

—¡El próximo fin de semana! —dijo ella con una carcajada rayando en la histeria—. ¡Adiós!

Él se quedó en la entrada, despidiéndose con la mano mientras ella salía de su casa. Ay, no, no, no, no. ¿Por qué no pensó bien las cosas? ¿Por qué no consideró todo lo que implicaría salir con Ashish Patel? ¿Acaso pensó que lo único que él habría hecho con chicas fue tomarlas de la mano? ¿Qué tal que era tan experto en las nuevas técnicas sexuales que ni siquiera sabía de lo que le estaba hablando? ¿Qué tal que se le insinuaba o algo el próximo fin de semana, apenas en la primera cita, porque estaba tan acostumbrado a que sus millones de novias experimentadas se le lanzaran? Sabía que ya no había marcha atrás, no si quería evitar lastimar sus sentimientos. Además, ella sí quería salir con alguien como él, así que no podía huir a la primera de cambios, no ahora que se había convertido en la Sweetie rebelde e intrépida. Su prestigio iba de por medio. Ante ella misma, pero como sea, eso era lo más importante.

Refunfuñó. Tenía la sensación de que había accedido a algo muy por encima de su categoría. Pero ahora lo único que podía hacer era ir hacia adelante.

Sweetie estaba un poco nerviosa al día siguiente en la escuela. Su mente le decía constantemente «Cinco días más...

Cinco días más para que descubras qué implica salir con un chico como Ashish». La cuestión era que no eran nervios del todo negativos. En parte estaba muy emocionada por saber cómo se sentía que una mano (caliente, el chico tenía una especie de reactor nuclear personal) de alguien tan sexy como Ashish se entrelazara con la suya. O cómo sería besar esos labios gruesos por primera vez. O escucharlo susurrar su nombre bajo las estrellas. O descubrir exactamente por qué sus ojos siempre se veían un poco tristes, incluso cuando reía. Pero otra parte de ella se preocupaba de que todo terminara siendo un fiasco; que se enterara de que él realmente era un tipo superficial que solo quería un «acostón fácil», tal como esos idiotas dijeron. Una parte de ella tenía terror de que saliera lastimada, de darse cuenta de que Amma había tenido razón todos estos años.

—¡Hola! ¿Qué haces? —Alguien la tomó de los hombros y ella gritó. Kayla arqueó una ceja—. ¡Cielos! Alguien anda un poco sensible hoy. Y sé que no es por el examen de Química en el que seguro sacas diez.

Sweetie respiró muy profundamente.

—Ay, perdón es que solo estaba... pensando.

—Ya me di cuenta —dijo su amiga mientras ajustaba su mochila verde—. ¿Tal vez tu mente estaba pensando en otro tipo de química? —Se rio—. ¿Qué pasa? ¿Le mandaste un mensaje a Ashish?

Ay, es verdad. Sweetie había olvidado que Kayla fue quien le dio su número el sábado. Sentía que había pasado una eternidad desde entonces.

—Sí.

—Ajá... Y, ¿supongo que tu grito tuvo que ver con eso?

—Sí, bueno, es una larga historia. Les contaré todo en el almuerzo. —Últimamente, los únicos momentos en que las cuatro podían pasar tiempo juntas en la escuela era cuando comían y entrenaban. El segundo año de preparatoria no era lo que habían pensado—. Pero, ¿qué tal estuvo el concierto?

—¡Genial! —cantó Kayla, luego empezó a contar minuto a minuto todo lo que había sucedido el sábado en la noche. Sweetie agradeció la oportunidad para dejar de lado sus pensamientos y dudas, aunque fuera por unos minutos.

El resto de la mañana pasó medio desapercibido; Sweetie logró enfocarse en el examen de Química (Kayla tenía razón, se sabía todo) y luego su cerebro regresó a Ashish y las cuatro citas. Estaban viendo un video en Literatura Inglesa; ella volteó alrededor para asegurarse de que nadie la viera y entonces sacó el contrato de su mochila (no podía dejarlo en casa, pues Amma podía encontrarlo). Lo desarrugó encima de su cuaderno y lo volvió a leer. El templo. Ahí irían el sábado. Pero ¿qué demonios podrían hacer ahí? ¿Qué tipo de cita era esa? No se oponía a ir al templo; iba en los días festivos religiosos con sus padres. Era un lugar para descansar, con sus campanas y olores a incienso, y los *pujari* cantando plegarias bajo el frío piso de piedra donde ella se paraba descalza.

Pero, aun así, era un templo. Un lugar de alabanza. No podía pensar en un lugar menos romántico. Tal vez ese era el punto. Tal vez el padre de Ashish estaba tan preocupado por el... ¿cómo lo llamó? Ah, sí: *tingolilingo*. Tal vez quería un lugar que funcionara esencialmente como anticonceptivo ambiental. Suspiró. Con todo, era mejor que su alternativa: aceptar la opinión de Amma de que alguien como ella debería quedarse encerrada, con ropa cubriendo todas sus partes, hasta que adelgazara. Además, no tener que preocuparse de que Ashish fuera un sexoexperto era hasta cierto punto un gran alivio.

Kayla, Suki, Izzy y Sweetie estaban sentadas en una mesa de pícnic en el almuerzo; sus mochilas a sus pies, en el pasto. Una ligera brisa le removió el cabello a Sweetie y el sol era como un bálsamo. Volteó hacia el sol directamente y cerró los ojos.

La mesa estaba en completo silencio. Eso no era normal. Abrió los ojos y vio a sus tres mejores amigas mirándola.

—¿Qué?

—¿Y luego? ¿Nos vas a contar para qué querías el teléfono de Ashish Patel? —preguntó Suki.

—Anoche te envié mensaje —dijo Izzy, un tanto ofendida—. Nunca me contestaste.

—Ay, sí, perdón. —Sweetie respiró profundo—. Pasaron muchas cosas en el fin de semana y necesitaba tiempo para procesar todo, ¿sabes?

—Ajá —dijo Kayla con las cejas hasta el copete—, para eso estamos nosotras...

Agh, cuánta culpa. Sweetie recargó los brazos en la mesa y bajó la cabeza.

—Ya lo sé. Perdónenme.

Sintió la mano de Izzy en la espalda.

—¿Qué sucede?

Sweetie se enderezó, pero mantuvo los ojos fijos en la vena de la madera de la mesa.

—Eh, bueno, pues... Creo que estoy saliendo con Ashish.

—¡¿*Que qué?!* —gritaron las tres a coro.

Ella miró sus rostros confundidos y no pudo evitar sonreír.

—Guau —inhaló—. Sí, bueno, fue todo un acontecimiento y dudo que quieran oír cada detalle, pero...

—Eh, creo que hablo por las tres cuando digo que queremos el punto y la coma de todo lo que sucedió —dijo Suki. Las demás asintieron.

Sweetie miró a cada una. Nunca les había ocultado nada. ¿Pero esto? Era extraño contarles no solo que Amma había dicho que estaba demasiado gorda para salir con Ashish, sino también el hecho de que ellos tendrían que cumplir con el plan de sus padres. Otras personas no lo entenderían. Ni siquiera Suki. Ella obedecía a sus padres y consideraba sus opiniones más que los chicos cuyos padres habían nacido en Estados Unidos; pero aun Suki tenía más libertades que ella. Con todo, sería lindo tener alguien a quien decirle todo lo que pasaba, además de Anjali Chechi, quien, admitámoslo, ya tenía suficientes preocupaciones en la vida.

—Está bien. Les voy a contar. —Y lo hizo, detalle a detalle, desde el momento en que la madre de Ashish llegó a su puesto en el mercado de productores.

13
Sweetie

Cuando terminó, hubo un silencio absoluto.

—¡Maldición! —dijo Kayla al fin. Sus ojos cafés brillaban con el sol—. Vas a salir con el maldito Ashish Patel; qué maldita envidia. —A Kayla le encantaba decir maldito cuando se emocionaba porque sus padres la multaban por decir groserías.

Suki puso su mano sobre la de Sweetie.

—Me alegra que no permitieras que tu madre decidiera para quién eres o no suficiente —dijo con seriedad—. De verdad está del asco que haya intentado impedirlo.

Sweetie sintió un nudo en la garganta y tragó. Simplemente asintió, pues ya no pudo decir nada más.

Izzy se acercó y la envolvió en un abrazo que olía a frutas dulces, su característico perfume. Luego, se regresó a su respaldo y sonrió; sus brackets brillaron con el sol.

—Esto es increíble. Digo… ¡guau! ¿Cómo te sientes? O sea, es tu primer novio en la vida.

Sweetie rio.

—En realidad no sé cómo debería sentirme. Digo, por un lado es genial que él sea tan cool y que hayamos hecho clic de inmediato. Pero por otro lado, entre sus padres y la lista de citas… Dios mío. Y por otro lado, su experiencia.

—Entonces, ¿ahora hay tres lados? —dijo Suki mientras resoplaba, pero Sweetie la ignoró.

—Eh... no entiendo, ¿qué experiencia?

—¡Ya sabes! —Sweetie giró las manos en un gesto para que ellas entendieran, pero se le quedaron viendo en blanco—. ¿Su experiencia? —dijo en voz baja—. ¿Con chicas?

—¡Ah, quieres decir sexo! —dijo Suki a todo volumen, como si fuera lo más normal del mundo.

Sweetie volteó alrededor.

—¡Shhh! No quiero que todo el mundo sepa, ¿okey? —Sus tres amigas ni se inmutaron—. ¡Oigan! ¡Yo ni siquiera he besado a un chico!

—Bueno, eso no es del todo cierto —dijo Izzy riendo—, ¿qué hay de este chico Toby Stinton?

Sweetie le lanzó una mirada asesina e Izzy dejó de reír.

—Eso no me ayuda.

—Estas son las cosas que resuelven juntos —dijo Kayla, rodeando a Sweetie con el brazo—. Ashish y tú.

—Sí, excepto que él ya besó como a, no sé, millones de chicas —murmuró Sweetie—. Probablemente va a pensar que soy una aberración.

—Claro que no —contestó Suki—. Te prometo que no pensará ni en su experiencia o tu falta de ella cuando estén juntos. Confía en mí. Él estará demasiado concentrado en ti y en cómo hacerle para besarte.

Sweetie suspiró. Desearía tener la mitad de la confianza de sus amigas y creer que las cosas no irían tan en su contra y que no terminaría humillada.

—Está bien. Gracias, pero quisiera cambiar de tema. ¿Qué tal el concierto?

Tras una pausa, en la cual al parecer sus amigas se dieron cuenta de que en realidad Sweetie sí quería dejar de hablar del asunto, Suki habló.

—Fabuloso. Pero de verdad te extrañamos.

—Y yo a ustedes. Vi sus fotos en Insta y, diablos, qué envidia.

Izzy sonrió.

—Además, a Kayla se le ocurrió algo genial.

—¿Ah, sí? —Sweetie volteó a verla—. ¿Qué?

Kayla se levantó y se sentó a horcajadas para ver de frente a Sweetie; los cierres de su camiseta hicieron ruido con el movimiento.

—Bien, ya ves que siempre estamos diciendo que necesitamos mejores camisetas para el equipo de chicas y que la escuela siempre dice que no tiene dinero.

—Pff, sí, y que más bien es porque todo ese dinero se va al equipo de futbol varonil —refunfuñó Suki.

Sweetie puso los ojos en blanco.

—Sí, ya sabemos que así es.

Kayla asintió.

—Exacto. Bueno, pensé que podríamos hacernos cargo. Al ver a Piggy's Death Rattle en el escenario, me di cuenta de toda la gente que fue a pasar una noche en algo diferente, ¿sabes? O sea, conocimos un montón de personas que ni siquiera habían escuchado su música, pero querían hacer algo divertido en la noche del sábado —dijo esperando confirmación de Izzy y Suki.

—Como a diez personas —dijo Izzy.

—Mínimo diez —agregó Suki.

—Exacto. —Kayla volteó hacia Sweetie, que aún no entendía cuál era la gran idea—: Así que el plan es este: ¿qué tal que las cuatro organizamos una noche de bandas en el Roast Me, la cafetería de la calle ocho? Algunas bandas de la preparatoria local podrían tocar para darse a conocer. Y si cobramos, digamos, cinco dólares por persona, fácilmente recaudaríamos el dinero que necesitamos para las camisetas.

—Pero ¿cómo le haríamos para que el Roast Me acepte a un montón de bandas tocando?

Kayla sonrió.

—Ya aceptaron.

—¿Qué? —Sweetie la miró perpleja.

—Sip. Conozco a alguien que conoce a la hija del dueño. A él le encantó la idea y nos dio permiso de llevar a las bandas. Para ellos implica más consumo de comida y bebidas, además, la hija también tiene una banda, así que solo tuvimos que acceder a que su banda también tocara.

Sweetie sacudió la cabeza, completamente anonadada.

—Kayla, ¿cómo diablos lo lograste?

Su amiga rio.

—Magia de chica negra.

—No discutiré contra eso —respondió Sweetie—. Entonces, ¿cuándo vamos a hacer esta noche de bandas?

—Estamos pensando que dentro de unas semanas —comentó Kayla.

—Eso nos dará tiempo suficiente para organizar todo y anunciarlo. —Suki se metió una uva a la boca y se dirigió a Izzy—: ¿Deberíamos decirle ahora?

—¿Decirme qué? —preguntó Sweetie, inclinando la cabeza. No le gustó la cara que pusieron sus amigas.

—Sí, bueno, no nada más vamos a invitar a otras bandas al Roast Me... —empezó Izzy, mordiendo la uña de su pulgar.

—Nosotras también queremos tocar —dijo Suki envalentonada—. *Yqueremosquecantestú* —agregó de corrido.

Sweetie se le quedó viendo. «Queremos que cantes tú».

—Chicas... No... no, no. ¡No puedo cantar frente a una multitud! —De tan solo pensarlo le sudaron las manos y le dio comezón en las axilas.

—¿Por qué no? —Izzy estiró la palabra «no»—. Vamos, Sweetie, ¡tu voz es hermosa!

—Todas estaremos en el escenario contigo, si eso es lo que te preocupa —dijo Kayla—. Yo tocaré la guitarra, Suki va a tocar la batería e Izzy va a cantar los coros.

—No es eso. —Sweetie mordió un pedazo de su dosha y lo masticó malhumoradamente. Detestaba sentirse así, pero es que... no podía evitarlo—. No puedo pararme en un escenario frente a toda esa gente.

—¿Cómo es que no te da pena correr enfrente de esa misma gente? —dijo Suki frunciendo las cejas—. Y además en algunas carreras hay reporteros de noticiarios deportivos.

Sweetie miró los rostros de amor y bondad de sus amigas. Sin importar cuánto la quisieran, sin importar cuánto lo intentaran, no lo entenderían. Todas eran extremadamente delgadas, atractivas a nivel convencional. Todos siempre les estaban diciendo lo hermosas que eran, lo atléticas, lo marcadas que estaban.

En cambio, Sweetie había sido el blanco de demasiadas bromas de gordas, más de lo que quisiera recordar. Desde que estaba en la primaria, su propia madre le había dicho que su prioridad en la vida era que su hija adelgazara. Por donde viera, Sweetie se daba cuenta de que los rasgos del éxito eran ser delgado, joven y rico. En ese orden. Las películas jamás mostraban heroínas gordas. Y, por lo general, los catálogos no proveían ropa para gente de su tamaño.

Izzy, Suki y Kayla nunca tenían que responder preguntas acerca de cómo lograban correr tan rápido, porque eran delgadas. Nunca nadie suponía que Sweetie pudiera correr. Todo lo opuesto, de hecho. Tenía que demostrar que valía la pena cada segundo de cada día, una y otra vez. Era agotador. ¿Por qué diablos querría pasar una noche de su tiempo libre en un escenario y arriesgarse a que la gente se burlara de ella? ¿Para que la juzgaran y ridiculizaran, tan solo porque estaba gorda?

—Correr es diferente —dijo al fin. No dijo que para ella correr era lo que la cuerda de salvamento es para los alpinistas; lo necesitaba más de lo que necesitaba evitar que la juzgaran. Era parte de su ser—. Lo he estado haciendo durante tanto tiempo que puedo dejar a los otros de lado. Pero no puedo hacer lo mismo cuando canto. —Después de una pausa, insistió—: Ustedes no pueden entender lo que se siente ser... —suspiró— gorda y exhibirte así nada más. Hay mil cosas que siempre me preocupan, incluso el simple hecho de acceder a unas cuantas citas con Ashish. ¿Sentirá asco cuando me rodee con sus brazos y sienta los rollitos de mi espalda? ¿Qué va a pensar cuando ordene comida en un restaurante? ¿Y cuando esté arriba del escenario? ¿Qué tal si alguien mete alcohol de contrabando en el Roast Me? ¿Tienen idea de qué tan malos pueden ser los borrachos con una chica como yo? No me van a escuchar, me van a ver, indignados de que me sintiera con el derecho a estar en un escenario frente a todos ellos. Voy a ser un blanco esperando a que le lancen dardos.

Izzy negó con la cabeza.

—Yo también siento eso, Sweetie. Tal vez no sea gorda, pero constantemente estoy pendiente de cómo se ve mi cuerpo. Mis caderas son muy anchas y mis brazos no están lo suficientemente marcados. Mucha gente, especialmente las mujeres, se siente igual.

—Maldito patriarcado —exclamó Suki sombríamente—. Elevan demasiado sus expectativas de las mujeres.

Sweetie sonrió ligeramente.

—Aprecio que digan esto y sé que padecen tener que cumplir con las expectativas de belleza. Pero... —Las miró, dudando de cómo explicarlo.

—Pero no es lo mismo —dijo Kayla en voz baja.

—No, no lo es. Cuando paso caminando, la gente inmediatamente empieza a emitir juicios acerca de mí basándose en mi sobrepeso. Eso no les sucede a ustedes, sin importar qué tanto les preocupe cómo se ve su cuerpo. Ustedes siguen siendo delgadas y pueden coexistir en ciertos espacios sin que la gente las considere inferiores.

Sus amigas se quedaron calladas un momento. Sweetie se preguntó si las había ofendido. Nunca lo había puesto así; nunca había reunido el valor para hacerlo.

—Lamento que sea tan duro para ti —dijo Izzy al fin—, porque eres una de las personas más geniales que conozco.

—Y de las mejores en tantas cosas —concordó Suki.

—Cuando vayas a tus citas o subas al escenario —dijo Kayla mirando directamente a los ojos de Sweetie—, por favor ten la seguridad de que tienes el apoyo de tres personas. Sin importar lo que pase, nosotras siempre te aceptaremos como eres.

Sweetie parpadeó y alejó la mirada.

—Gracias, chicas. Lo sé —dijo con voz ronca—, pero no estoy segura de que pueda cantar en un escenario. Lo siento.

—¿Por qué no te tomas un tiempo para pensarlo? —dijo Kayla y la tomó de la mano en cuanto vio que Sweetie trató de protestar—. Sí, lo sé, lo sé, no vas a cambiar de opinión, pero ¿realmente quieres que esas personas dicten lo que haces, amiga? Sé lo que es que tengan prejuicios contra ti por tu apariencia, ¿sí? Créeme, soy negra. Y también sé que tú tienes lo necesario para decirle a esas personas que se vayan al diablo con todo y sus comentarios. —Sonrió—. Solo piénsalo; como sea, los ensayos empiezan hasta el próximo lunes, así que tienes tiempo.

Sweetie arrancó otro pedazo de su dosha.

—Eres tan necia.

Kayla se inclinó y le dio un beso en la mejilla.

—Por eso me quieres.

—¿Es ella? —preguntó Pinky al ver la foto de Sweetie en el teléfono de Ashish. Se vio como todo un pervertido, pero

Ashish

sacó la foto de su perfil de Insta (ahora ambos se seguían, hecho que le dio a Ashish una felicidad irracional).

Él le lanzó una mirada dura.

—Sí. ¿Por qué? —Volteó hacia Oliver y Elijah al otro lado de la mesa de la cafetería. Ambos estaban extrañamente callados—. ¿Tienen algo que decir al respecto?

Elijah solo sacudió la cabeza, pero Oliver se aventuró a decir algo tímidamente.

—Eh... es solo que ella es un poco diferente a las otras chicas con las que has salido.

Pinky resopló.

—¿Un poco? Es una especie completamente diferente a la *Supermodelicus engreídum*.

—Celia no era una engreída —contestó Ashish, saliéndose de tema a propósito. Recorrió los posts de Sweetie para ver si había publicado algo ayer. Se dio cuenta de que tenía ganas de pasar tiempo con ella, lo cual era extraño, porque apenas habían pasado tiempo juntos. Era como si una parte adormecida en él empezara a parpadear para despertar a la vida cuando estaba en su presencia o algo así.

—No, nada más te pisoteó el corazón y usó los pedazos como confeti en su fiesta de «tengo un novio nuevo» —replicó Elijah—. Mientras que las chicas que se ven como ella ni siquiera han tenido novio.

Ashish levantó la mirada de su teléfono, ardiendo de furia.

—¿Qué, porque no es delgada? —preguntó con una voz peligrosamente grave.

Elijah se encogió de hombros enrollando aquellos enormes músculos trapecios por los que Ash moría y Oliver ni siquiera hizo contacto visual.

—No puedes culparnos por decírtelo —dijo Elijah al fin—. No con tu historial.

—Okey, tal vez no haya salido nunca con alguien como Sweetie —comentó—, pero eso no quiere decir que no me parezca atractiva. O que otros tipos no crean que es bonita o lo suficientemente cool para salir con ella. Vamos, chicos. No emitamos juicios acerca de con quién podemos o no salir. ¿En verdad es algo que les tengo que pedir *a ustedes*?

Elijah se erizó, pero antes de que pudiera decir algo, Oliver habló.

—En eso tiene razón —le dijo a Elijah—. Por mi parte, no creo que no *debas* salir con Sweetie, es solo que… me sorprendiste.

—¿De verdad te parece atractiva? —dijo Elijah en un tono de incredulidad que a Ashish no le gustó en absoluto.

—Sí, Elijah. Creo que su cabello, sus curvas, la manera poderosa en que corre en la pista y el hecho de que me haya dado una paliza ahí me atraen muchísimo. Es amable, inteligente y buena persona, y eso también me parece supersexy. ¿Tienes problema con eso?

—¡Calma! —exclamó Elijah alzando las cejas— Ya entendí que no es broma.

—No, no lo es. Y me gustaría proponer algo: a partir de ahora, ninguno de nosotros juzga a los demás por su apariencia física. ¿Trato?

Elijah lo miró fijamente y, después de un momento, asintió.

—Trato. Perdón, amigo. No fue mi intención lastimarte.

—Perdóname a mí también —dijo Oliver, abrazándose él mismo.

—Sí, está bien —les dijo Ashish y se relajó un poco.

—Pero, mira —dijo Pinky a sus costados—, definitivamente creo que no se debe juzgar a nadie por su talla, lo sabes. Para mí es más el hecho de que... se ve tan inocente y... dulce, Ash. Como si literalmente pensara que el mundo gira alrededor de arcoíris y unicornios.

—Mmm —dijo Elijah, lamiéndose el polvo de Cheetos de los dedos—. Estoy seguro de que te vas a aburrir y le vas a romper el corazón a esta pobre chica. Además, debes admitir... has sido un poco superficial con respecto a las chicas que eliges. Y, por lo que acabas de decir acerca de su personalidad, Sweetie no es para nada el tipo de chica con el que saliste antes de estar con Celia.

Oliver se mordisqueó el pulgar y asintió. Parecía el más nervioso de tener esta conversación; sus ojos estaban bien abiertos y su mirada era inocente. Si Ashish lo conocía bien, y así era, probablemente era que no quería lastimarlo.

—¿De qué se trata todo esto, Ash? ¿Por qué aceptaste el plan de tus padres de las cuatro citas? Pensé que su idea de la chica perfecta no iba para nada con la tuya.

Ashish suspiró y guardó su teléfono. Si alguien podía llegar al meollo de un asunto, ese era Oliver. Algún día ese chico sería un excelente psiquiatra.

—No sé. Supongo... He intentado hacerlo a mi manera durante largo tiempo. ¿Y a dónde me ha llevado? He salido con chicas convencionalmente sexys, sí, pero la vida es más que saber qué vas a hacer el sábado en la noche, ¿cierto? Con Celia fue diferente, pero ya sabemos en qué terminó. Así que, pensé, ya saben, veré qué es lo que mis padres opinan. Sinceramente, Samir fue quien me dio la idea. Al principio parecía una estupidez, pero luego ellos insistieron en que me encontrarían a una buena chica cuando el momento fuera apropiado; se veían tan confiados... —Se desvió un momento para tomar un trago de leche. Sintió los ojos de sus amigos encima de él—. Y luego la conocí. Es dulce, es verdad, pero también es una atleta feroz e inteligente, y, no sé, en esencia se ve buena persona. O sea, no se ve que vaya a haber drama o angustia o nada de eso que hubo con Celia. Y creo que ahora... —Tomó aire y se sobó la quijada—. Esto es lo que necesito.

En la banca, Pinky se recorrió más cerca de él y le rodeó la cintura con el brazo.

—Entonces, te apoyamos.

—Absolutamente —dijo Elijah.

—Solo queremos lo mejor para ti, Ash —dijo Oliver, sonriendo ligeramente—. Te queremos.

—Yo también los quiero, chicos —murmuró Ashish, sintiéndose un poco tonto por decirlo en voz alta, especialmente ante Elijah y Pinky, que eran de lo menos expresivos. Pero cuando vio las caras de sus amigos, todo lo que vio fue comprensión y afecto, del tipo que surge cuando tienes una década de amistad, durante la que se compartieron secretos en casas de árbol y desvelos en pijamadas que jamás habrían de repetirse ante los padres. Esa comprensión y afecto que te hace sentir en casa. Ashish sintió que sus hombros se relajaban por primera vez en meses.

Samir lo estaba esperando en la cancha de basquetbol cuando llegó con Pinky, Oliver y Elijah; cada uno en su auto, en fila. Lo vio apenas se bajó del Jeep, así que dejó su mochila y todos caminaron hacia él.

—¿Qué hay?

Samir se dio la vuelta y giró el balón sobre su índice.

—¿Qué tal, amigo? —Pausa—. Eh, hola, Pinky.

Pinky refunfuñó algo en respuesta. No había ni pizca de cariño entre esos dos; una vez ella le dijo a Samir que era un «alumno de casa consentido e inmaduro» y él la llamó «aberración pretenciosa con pelos de perico» (burlándose de aquella fase en que ella se pintó el cabello de verde). Después de aquella discusión en la que el resto se quedó casi sordo, en la fiesta de vacaciones del año pasado que Ma y Pappa habían organizado, Ashish se había esforzado enormemente para mantenerlos alejados.

—Caray, me hubieras enviado mensaje porque quedé con ellos de ir al Roast Me.

Samir se dio un manotazo en la frente.

—Ah, cierto, es lunes; olvidé por completo que es tu noche de estudios.

—Sí, pero si vienes mañana podemos lanzar tiros...

Oliver lo interrumpió.

—¿Por qué no vienes? Vaya, no es como si *realmente* estudiáramos. —Se rio y volteó hacia Ashish, sin darse cuenta de la mirada asesina que le lanzó. ¿Acaso Oliver había olvidado lo que pasó hace unos meses en la fiesta? Si Pinky y Samir hubieran sido chicos del equipo de basquetbol en vez de quienes son, de seguro habrían terminado a golpes, habrían quebrado el tazón del ponche y los muebles habrían quedado hechos astillas, como en las películas.

—¿En serio? —preguntó Samir y aventó el balón a un lado—. ¿No les importa?

—Para nada —dijo Oliver sonriendo. Luego volteó y se dio cuenta de que todos estaban callados—. ¿Cierto, chicos?

—Por mí está bien —dijo Elijah, que tenía amnesia igual que Oliver.

—Está bien —dijo Ashish luego de una pausa. Le sonrió a Samir—. Voy por mi libro de Cálculo y nos vamos.

—¿Para qué si en realidad no estudian? —preguntó Samir mientras caminaban a la casa.

—Eh, ¿porque en el mundo hay que dar una buena impresión? —dijo Pinky de una forma que sugería que cualquier imbécil debería saber eso—. Si sus padres creen que en verdad estamos repasando, no les importará si llegamos tarde aunque al día siguiente haya escuela. Dah.

—Lamento haber preguntado —murmuró Samir, admitiendo la reprimenda.

Ashish se le quedó viendo. Vaya... esperaba una respuesta mucho más acalorada de su parte.

14
Ashish

En cuanto Ashish tomó su libro, se subieron al Jeep camino al Roast Me.

Samir los siguió en su auto; Ashish se sintió un poco mal por él, porque siempre estaba excluido del grupo. Aunque era difícil incluirlo; Samir pasaba los días en casa, mientras que Ashish, Elijah, Oliver y Pinky convivían durante ocho horas todos los días en la escuela y también la mayoría de los fines de semana. Incluso cuando todos estaban juntos, no era la misma dinámica; siempre había algo que no fluía.

Como el verano pasado, cuando todos fueron a la cabaña que los padres de Ashish tenían en la montaña y Samir se fue temprano, en pleno partido de basquetbol donde todos estaban jugando. Dijo que fue porque no quería que su madre se preocupara, pero todos sabían la verdad: Samir no pertenecía y era dolorosamente obvio. Ashish no estaba seguro de por qué Samir seguía intentándolo. ¿Tal vez porque era su vecino y Samir realmente no tenía otros amigos? Lo cual de cierta manera era triste, supuso Ashish. Aunque también era un tanto molesto, porque la vibra era extraña.

Les dieron la mesa de siempre en el Roast Me, con un sofá y un sillón con descansabrazos. Tuvieron que pedir otra silla para Samir, hecho que no hizo feliz a Pinky, pero, afortunadamente, no soltó ninguno de esos comentarios filosos y mordaces que suele hacer en esos casos.

Todos estaban callados en lo que se acomodaban y entonces Samir habló.

—Me gusta tu camiseta.

Todos voltearon a verlo. Se lo dijo a Pinky, que traía una camiseta que ella misma había desgastado y decorado. Al frente, con letras de diamantina, decía: A PESAR DE TODO, ELLA PERSISTIÓ, CARAJO; y en la parte de atrás decía: PUEDES APOSTAR TU TRASERO A QUE LO HIZO. A Pinky le encantaba usar lo que sus padres llamaban camisetas «provocativas». Ella decía que así era como expresaba su ser interior, pero en realidad lo que quería era enfurecer a sus padres. Y, la verdad, funcionaba. Ellos eran la segunda generación de familias indias que nacieron en Estados Unidos y, aunque no eran tan tradicionales como Ma y Pappa, sí eran un par de abogados remilgados y superconservadores. ¿Cómo fue que lograron procrear a alguien como Pinky? Ashish nunca lo sabrá.

—Eh… ¿gracias? —Se acomodó un mechón de cabello morado detrás de la oreja y se empujó los lentes decorados con brillantes de imitación.

—La hizo ella misma —dijo Oliver, sonriendo—. Constantemente le digo que me haga una… ¡Sigo esperando! —Puso cara de puchero y Samir rio.

—Ja. Oigan —dijo Samir y se paró de un salto—, voy por las bebidas. ¿Qué quieren?

—No te preocupes, te vas a tardar mucho. No sabes lo que pedimos —dijo Pinky.

Samir sonrió, aunque sus labios se veían tiesos.

—Lo sé, por eso les pregunté qué querían. Si me dicen, lo recordaré la próxima vez.

Hubo una extraña pausa mientras todos digerían el hecho de que Samir pensara que podría haber una siguiente vez. Luego Oliver rompió el silencio.

—¡Mejor te acompaño! —Se fueron juntos.

—Necesito ir al baño —murmuró Pinky y se levantó cuando los otros dos se fueron—. Vuelvo enseguida.

Ashish refunfuñó.

—¿Por qué demonios lo invitó Oliver? —le preguntó a Elijah—. ¿Se le olvidó la catástrofe en la fiesta de mi casa el año pasado?

Elijah sacudió la cabeza.

—Ya conoces a Ol. Se le olvida todo lo malo. Y aunque sí se hubiera acordado, de todos modos lo habría invitado porque así es él. Detesta que alguien se sienta relegado.

—Y lo respeto por eso —respondió Ashish—. Pero, caray, presiento que nos espera otro enfrentamiento a gritos antes de que termine el día.

—Ya sé: entre los dos podemos separarlos —dijo Elijah, inclinándose hacia él—. O sea, cada vez que veas que Samir le pregunte algo a Pinky, tú responde. Yo haré lo mismo si Pinky se empieza a poner punk contra él.

—Hecho. Qué cansado, pero bueno.

—Por eso Dios inventó el café.

Ashish se rio justo cuando sonó la campanita de la puerta. Volteó automáticamente y entonces… todo el mundo se congeló, excepto ella.

Sweetie entró a la cafetería hablando por teléfono y riendo con esa fabulosa sonrisa desenvuelta y tintineante. Su cabello estaba recogido en aquella cola de caballo por la que Ashish empezaba a sentir un afecto particular; traía pants deportivos y una camiseta azul fosforescente de Piedmont. Se formó en la fila, justo detrás de Samir y Oliver.

—¿Por qué parece que te acabas de tragar una sandía entera? —preguntó Elijah, asomándose hacia donde Ashish miraba—. Ah. ¿Es ella? —Ashish asintió, luego enderezó los hombros en su típica postura de creído, pero luego bajó la mirada y se paralizó.

—Me lleva el diablo —murmuró.

—¿Qué? —preguntó Elijah.

—¿Qué demonios traigo puesto? —Ashish se jaló la camiseta de Ash y Pikachu, horrorizado—. ¡Me veo como un maldito niño de primaria! —Se olisqueó la axila—. Carajo. ¿Por qué no me volví a poner desodorante antes de venir?

Elijah lo miró detenidamente con la ceja arqueada.

—Amigo, te ves y hueles bien. Solo ve hacia allá y saluda.

Ashish se burló.

—Eh, no, no puedo.

—¿Cómo que no puedes? Sí puedes. Solo levántate, camina hacia allá, abre la boca y di: «Hola, Sweetie».

Ashish casi se le abalanza a su amigo.

—¡Shhh! ¡Te va a oír!

Elijah lo miró como si le acabara de salir una aleta de tiburón asesino.

—Sí, ese era el punto.

Ashish trató de retomar la compostura. «Cielos, Ash, tranquilízate».

—Tienes razón. Voy a ir hacia allá. Enloquecerá conmigo. Soy Ash. —Sonrió y Elijah también.

Esperó. Y Elijah también.

Ashish se le quedó viendo. Elijah también.

—¿Entonces? No vas a ir allá, ¿verdad?

Ashish dejó de sonreír.

—Nop. Está bien, hablaré con ella el sábado, en nuestra cita.

Las palmas le sudaban horrores. No solo había perdido su *mojo* otra vez; ese encanto ahora era un recuerdo distante, como si perteneciera a alguien más. ¿Cómo demonios había logrado acercarse a las chicas antes? ¿Cómo había logrado tener tanta confianza para hacerlo, sin siquiera imaginar que las cosas hubieran podido salir mal? Y entonces, entendió: porque nunca le habían importado tanto las chicas en cuestión y él realmente tampoco les importaba a ellas. Sin embargo, esto ya se sentía muy diferente.

—¿Sabes? Es mejor así. Digo, no es como si tuviéramos una relación seria ni nada. Realmente no debo ir con ella...

—Ash.

—... hasta allá y decirle algo. Digo, así mantengo el suspenso. No quiero parecer desesperado o algo. ¿Cierto? Cierto.

—Okey, por favor, respira. —Elijah le dijo respirando profundamente—. Vamos, Oliver me enseñó a hacer esto. Respiras y cuentas hasta siete, luego exhalas y cuentas hasta tres. ¿O era al revés? Como sea, hagámoslo juntos. Uno...

—Mierda, mierda, está volteando. ¡Mierda! —De pronto, sonrió de oreja a oreja mientras seguía diciendo—: ¡MIERDA! Ya me vio. —La saludó con la mano con demasiado entusiasmo, aún sonriendo de oreja a oreja. Luego se levantó.

Escuchó cómo resopló Elijah cuando se dirigió hacia Sweetie.

—Suerte, amigo —le dijo en un tono que sugería «Definitivamente lo vas a arruinar, así que te deseo lo mejor en estos momentos difíciles».

Sweetie se salió de la fila y volteó hacia Ashish. Afortunadamente, Oliver y Samir no se habían dado cuenta, así que no tendría que vérselas con ellos también. Él y Sweetie se alejaron un poco, cerca de un rack de postales.

—Hola —dijo Ashish, bajando la mirada hacia Sweetie. Su corazón se estremeció un poco, a pesar de que se sentía un poco incómodo.

Ella alzó la mirada para verlo a través de la negrura de su capa de pestañas.

—Hola. —Diablos, tenía un hoyuelo muy sutil en su mejilla izquierda que no había visto. ¿Cómo lograba ser más linda cada vez que se veían?—. ¿Qué tal tu día?

—Bien. —Le sonrió a medias—. Aunque he estado un poco distraído. Mi cabeza le da vueltas a algo en lo que no puedo dejar de pensar.

Ella bajó la mirada con timidez por un momento, luego la subió para volver a mirarlo; eso le voló la cabeza a Ashish, ¡pero qué linda era!

—¿Ah, sí? ¿Qué?

Él se acercó un poco más, sintió el calor corporal de ella; podía oler su champú (algo entre dulce y menta). Todos sus sentidos estaban completamente volcados en ella, como un satélite rondando en la órbita terrestre.

—Bueno, desde que conocí a cierta chica que me retó en la pista de carreras...

—¿Te desafió a correr? —dijo ella torciendo los labios hacia un lado—. Eso es bastante raro.

—Nah, de hecho, me encantó que lo hiciera. Y además me hizo pedazos. —En los labios de Sweetie se esbozó una ligera sonrisa. Sus labios estaban retocados con gloss; Ashish trató de no mirarlos fijamente.

—Vaya. Ella debe ser una gran atleta.

—Lo es —dijo Ashish seriamente—. Y, ¿sabes? Tengo una cita con ella este sábado. Así que me siento nervioso porque quiero causar una buena impresión.

—Mmm. —Sweetie fingió ponderar el asunto—. Bueno, dudo que debas estar nervioso por eso.

—¿No?

—No. Porque sospecho que esa chica se siente igual con respecto a ti. Así que ambos podrán sentirse nerviosos el sábado y todo saldrá bien.

—¿Sí?

—Sip.

Se quedaron ahí, sonriéndose el uno al otro como tontos.

—¿Es quien creo que es? —La voz de Oliver cortó el ambiente romántico como si fuera un cuchillo.

Ashish se dio la vuelta y vio que él y Samir se acercaban a ellos con una charola de bebidas. Genial.

Oliver sonrió y continuó.

—Sí, claro que es ella. Tú eres Sweetie, ¿verdad?

Ella parpadeó, perpleja.

—Eh... sí.

—Ellos son mis amigos, Oliver y Samir —dijo Ashish, tratando de lanzarle a Oliver una mirada sutil de «Fuera de aquí», pero su amigo, como siempre, ni se dio cuenta; simplemente le siguió sonriendo luminosamente a Sweetie. En cambio, Samir se veía confundido. Él aún no se enteraba de todo lo que había sucedido durante el fin de semana. Esa sí que sería una conversación divertida. De seguro Samir se iba a pavonear de que había sido él quien aconsejara a Ashish, aun si nada de esto tenía que ver con él.

—Mucho gusto. —Sweetie les estrechó la mano y ambos la saludaron.

—Todos morimos de ganas por saber qué pasará el sábado —soltó efusivamente Oliver—. En serio, hasta Elijah, mi novio, no puede dejar de hablar de eso, especialmente desde que Ash ha estado tan depre por lo de Ce...

—Muy bien, hora de irnos —dijo Ashish a todo volumen—. Vamos, Sweetie, te compro tu café.

—Bueno, si vas a tomar café y nosotros estamos tomando café... —Oliver, ese pedazo de idiota que no capta indirectas, se alzó de hombros—, ¿por qué no vienes con nosotros?

Ashish tosió sugerentemente.

—Estoy seguro de que Sweetie tiene mejores cosas que hacer...

—No, de hecho, no —dijo Sweetie con las cejas arriba—. Luego, viendo en dirección a Oliver, sonrió de oreja a oreja—. Me encantaría acompañarlos. Gracias.

—¡Genial! Nuestra mesa está acá —Oliver señaló la mesa con la barbilla antes de caminar.

Samir, que no había dicho ni media palabra, se veía cada vez más confundido; siguió a Oliver con la frente arrugada.

Ashish y Sweetie fueron a la barra.

—Así que... ¿hay alguna razón por la que no quieras que conozca a tus amigos? —preguntó ella con una ceja arqueada.

—Créeme, es para protegerte —respondió Ashish. Luego entendió que tal vez ella se refería a que él podría sentirse avergonzado porque ella estaba gorda—. Y, eh, hoy en la escuela les mostré una foto tuya. Por eso Oliver te reconoció.

Ella desvió la mirada, pero estaba sonriendo.

—Ah, qué bien.

Ashish volvió a estremecerse al ver ese hoyuelo coqueto de nuevo.

Sweetie

Él insistió en pagarle el café; ella pensó que eso era lindo, aunque supuso que se debía a cuestiones sexistas. Pero, aun así, le parecía adorable que él se viera nervioso por un lado y caballeroso por otro.

Caminaron hacia donde estaban sus amigos, en la mesa al fondo. Sweetie no podía evitar voltear a verlo de vez en cuando; él le sonreía y al mismo tiempo les lanzaba a sus amigos miradas amenazadoras. Ella pensó que él había sido honesto con ella, que estaba nervioso no por su aspecto, sino por cómo eran sus amigos. Se relajó. Sin importar cómo fueran sus amigos, ella podía con eso.

Los cuatro que estaban en la mesa callaron (de hecho, parecía como si hubieran discutido, pero Sweetie no estaba segura) en cuanto ella y Ashish llegaron. Se sentaron juntos en el sofá; sus brazos se rozaron entre sí al sentarse. Sweetie sintió un tonto tirón en el estómago de la emoción, pero trató de no demostrarlo.

—¡Qué bueno que nos vas a acompañar! —dijo Oliver—. Él es mi novio, Elijah—. Señaló al chico musculoso de piel negra junto a él. Elijah asintió, pero no sonrió con el mismo entusiasmo que Oliver—. A Samir ya te lo presentaron; ella es Pinky. —Señaló a esa chica morena de ascendencia india con cabello de arcoíris, diez aretes en cada oreja y camiseta bastante contundente.

—¿Qué onda? —exclamó Pinky y asintió en buen plan.

La chica era bastante bonita en su estilo entre gótico y glamuroso. Durante un minuto de inseguridad, Sweetie se preguntó si sería una de las ex de Ashish, pero luego trató de descartar por completo ese pensamiento. «Si te vas por ese camino te vas a desquiciar, Sweetie».

—Me da mucho gusto conocerlos a todos —dijo sonriéndoles—. Gracias por invitarme a sentarme con ustedes.

—¡Cuando quieras! —dijo Oliver—. El gusto es nuestro. Le dio un codazo sutil a Elijah, quien asintió a regañadientes.

—Eh, Oliver comentó que ¿ustedes tendrán una cita el sábado? —Samir, el otro chico indioestadounidense preguntó con expresión de apenas empezar a entender la solución a un problema matemático. Era un chico alto, larguirucho y bien peinado. Era el mejor vestido de todos, o sea, traía camisa de manga larga y pantalones planchados. Parecía un futuro banquero. (En cambio, Ashish traía una camiseta de Pokémon que de seguro tenía desde que iba en primaria, lo cual era realmente adorable).

—Bueno, sí —dijo ella y Ashish se removió incómodamente en su asiento a su lado; ella lo volteó a ver. ¿Qué era todo esto? Pero no hizo ningún gesto ni dijo nada, simplemente continuó—: Pero nuestra primera cita oficial será hasta el sábado —dijo entre risas—. Y los padres de Ashish ya tienen todo planeado.

Ashish se aclaró la garganta.

—Sip. Como sea, ¿Pinky, tienes alguna protesta planeada próximamente?

—¿Los padres de Ashish? —preguntó Samir, entrecerrando los ojos. ¿Era ella o acaso había algo raro en la expresión de este chico que era tan inquisitivo? ¿Por qué parecía que se estaba regodeando?—. ¡Ja! —dijo casi a gritos, tanto que Sweetie brincó—. Entonces decidiste seguir mi consejo, ¿eh? Admite que sabía lo que te estaba diciendo.

Ashish retorció los ojos y le dio un trago a su café.

—Sí, seguro, lo que tú digas.

—Ay, por favor. ¡Admítelo! Querías una salida a tu problema con las chicas y yo te lo di. Soy como el genio resuelve-problemas; ¡te soluciono la vida sin pensarlo dos veces!

Sweetie frunció el ceño y miró seriamente a Ashish. Él aún intentaba mostrar un aire de cero preocupaciones, pero un músculo de su quijada respingó. Y sus hombros estaban un poco encorvados, como si estuviera tratando de protegerse. Pero ¿de qué? ¿Y por qué Samir se estaba comportando como un verdadero imbécil? Nadie se reía.

—Durante meses no pudiste jugar bien basquet, anduviste con problemas con las chicas, ¡y mírate ahora! Me hubieras buscado desde hace mucho, amigo. O sea, cuando Celia te engañó...

—¡*Cállate, Samir!* —gritó Pinky por encima del volumen de la voz de Samir, que ya es mucho decir. Detrás de sus gafas, sus ojos ardían en llamas—. Mira a tu alrededor. ¿Alguno de nosotros se ve divertido? ¿Eso no te da una pista de que debes cerrar el maldito hocico? Para que lo sepas, a nadie le caes bien ¡y es exactamente por este tipo de idioteces!

Se instaló un frío silencio. Sweetie no quiso ni mover la cabeza para no llamar la atención de Pinky, así que solo movió los ojos para ver la reacción de los demás. La cara de Samir no dio indicios de absolutamente nada; Elijah y Oliver estaban en shock, era casi cómico, con los ojos abiertos a tope y las quijadas en el piso. Ashish estaba considerablemente aturdido porque sus mejillas se tornaron de un leve magenta, pero no quería mirar a los ojos a nadie. Entonces, las palabras de Samir regresaron a la mente de Sweetie «Cuando Celia te engañó». ¿Oliver no había mencionado a una Celia hace rato y Ashish lo interrumpió? Sweetie lo miró francamente y recordó la foto que le habían enseñado sus amigas en los vestidores aquel día después de entrenar. Recordaba muy bien los ojos tristes de Ashish.

Y aunque su boca tenía una sonrisa altiva, sí había cierto dolor en sus ojos, su quijada estaba tensa como si estuviera a la defensiva, porque alguien lo había lastimado. Al parecer, esa chica le había roto el corazón. Sintió tumbos en las entrañas. Cuando ella le envió el mensaje de texto no sabía que él venía con todo un paquete gracias a una novia anterior. Y si esa ex tenía el poder para ponerlo así, si lo había lastimado lo suficiente para que sus amigos saltaran a su defensa tan solo ante la mención de su nombre, ¿acaso ella tendría posibilidades?

15
Ashish

Diablos, esto era en verdad genial.

No solo Samir había decidido portarse como un imbécil enfrente de Sweetie, también había mencionado a Celia y su infidelidad. ¿Qué ya no había privacidad para un chico? Y, como si fuera poco, el exabrupto de Pinky seguramente iba a espantar a Sweetie. Primero, Pappa y su «contrato», y ahora sus amigos comportándose como verdaderos imbéciles.

El silencio se instaló más y más. No se trataba de que Samir hubiera hablado de cosas privadas, la cuestión era que aún le dolía hablar de Celia, pensar en ella, pensar cómo algo que empezó tan bien había terminado tan mal, cómo lo había abandonado; bueno, eso no se lo diría a nadie. Ni siquiera él podía pensar en ello.

—Bien, si eso es lo que piensan. —Samir se levantó de la silla y fue hasta la puerta, la abrió de un solo empujón y se fue. Ellos lo vieron marcharse.

Nadie le dijo nada. Entonces Ashish se levantó.

—Sí, bueno, yo también me voy. —Miró a sus amigos y le aventó las llaves a Pinky—. Tú llévate el Jeep, solo llévalo a la escuela mañana.

—¿Cómo vas a regresarte a tu casa? —preguntó Oliver.

—Le voy a hablar a Rajat, el chofer de mis padres. Él estará aquí en diez minutos. Lo esperaré afuera.

Pinky y Elijah protestaron, pero Ashish negó con la cabeza y se callaron. Entonces miró a Sweetie y sonrió un poco.

—Eh, lamento dejarte así, pero luego te llamo, ¿okey?

Ella asintió lentamente y él se alejó. Quizás ella llamaría después para cancelar su cita del sábado. Como sea... En realidad empezaba a creer que tal vez no estaba listo para salir con chicas de nuevo.

Afuera, en el estacionamiento, el aire era fresco y seco. Ashish caminó hacia el Jeep, tomó una sudadera con capucha del asiento trasero, se la puso y se subió el cierre hasta la garganta. Aunque el estacionamiento estaba vacío, se sintió extrañamente expuesto.

Se recargó en el Jeep y le envió mensaje a Rajat pidiéndole que lo recogiera. Esto no era del todo nuevo; Rajat estaba acostumbrado a estar al pendiente a todas horas, todos los días, y ya había recogido a Ashish en varias fiestas, cuando no quería conducir. Y era el señor discreción; Ma y Pappa no preguntarían por qué Ashish había regresado de su grupo de estudio en el auto familiar y sin sus amigos.

Detrás de él, alguien se aclaró la garganta. Él volteó, pensando que era Sweetie, pero era Pinky. Tenía las manos en los bolsillos y estaba parada, meciéndose, como si estuviera muy incómoda. Ninguno de los dos era de esos «sentimentaloides» como Oliver.

—Hola.

—Hola.

Se miraron. Luego Pinky habló.

—Te vas por mi culpa, ¿cierto?

—¿Por qué me iría por tu culpa?

Ella suspiró y se recargó en el Jeep junto a él.

—Debí dejar que toda esa mierda se me resbalara. Pero no pude. Ese tipo en verdad me fastidia. Es tan egoísta y…
—Respiró profundo—. Como sea, lamento mi arranque de hace rato. Especialmente porque Sweetie estaba ahí.

Ashish le dio un empujoncito con el brazo.

—Nah, está bien. Sé que solo me estabas cuidando, no hay problema; no puedes evitar quererme.

Pinky resopló.

—Sí, claro. Bueno y… ¿estás emocionado por tu cita con ella? Se ve linda.

Un auto se acercó, ambos alzaron la vista, pero era un Mustang verde. Ashish se relajó y volvió a recargarse en el Jeep.

—Sí, es linda, pero sospecho que va a cancelar todo. Y, honestamente, tal vez sea lo mejor.

—¿Eh? ¿Por qué dices eso?

—Bueno es que… tan solo de oír el nombre de Celia me pongo todo… no sé. Como si fuera el Monte Vesubio y estuviera a punto de hacer erupción. No soy psiquiatra ni nada, pero estoy seguro de que esto es señal de que tengo asuntos sin resolver. Ah, y si Sweetie escuchó bien lo que dijo Samir de seguro le dieron ganas de correr tan rápido como pudiera, que, admitámoslo, es bastante rápido.

—Okey, en primera: aún no sueltas a Celia ¿y qué? ¿Salir con chicas no es parte de resolver este asunto? ¿No buscas darte la oportunidad con alguien más? En segunda: si ella sale corriendo, ella se lo pierde.

—Aww, gracias, Pinky Dinky Doo. —La rodeó con un brazo y la acercó a él—. Eres muy buena amiga.

—¡Ugh! —De burla, hizo como si quisiera zafarse—. Sabes que odio que me digas así.

La campana de la puerta del Roast Me sonó y ambos voltearon. Sweetie estaba a unos cuantos metros, viéndolos.

Los saludó un poco incómoda desde donde estaba y luego caminó hacia ellos.

—Bueno, creo que es hora de que me vaya —dijo Pinky y se zafó del brazo de Ashish. Luego, le susurró—: Dale la oportunidad, Ash. —Sus ojos no mostraban ni pizca de su sarcasmo habitual—. Ella me da buena vibra. —Luego, le asintió a Sweetie y se metió a la cafetería.

Él miró a Sweetie, que se acercaba entre las luces púrpura de la calle. Incluso así era hermosa. Aunque no era solamente su apariencia física, sino algo que proyectaba en el aire. Daba algo a desear, ella misma se mostraba muy curiosa, con ese hoyuelo que aparecía cuando sonreía o hacía muecas; todas esas cosas le atraían a Ashish y él no podía entender por qué. Tal vez ella tenía feromonas especiales. Él había leído en algún lugar que si dos personas eran ideales la una para la otra, sus olores serían irresistibles para ellos. Alzó las narices y trató de olisquear discretamente.

Sweetie entrecerró los ojos.

—¿Qué estás haciendo? —Ahora estaba parada como a un metro y había inclinado la cabeza, perpleja.

Diablos.

—Eh… nada. Nada de nada. —Metió las manos a los bolsillos de su sudadera y miró hacia la calle. No te preocupes por esperar conmigo, hace frío.

—Mi naturaleza es cálida —dijo Sweetie—, está a gusto aquí afuera.

Hubo una pausa. Él podía sentir su pregunta en el espacio entre ellos, pero no la presionó. Honestamente, mientras más tiempo fingiera que Samir no había arruinado todo entre ellos antes de que siquiera hubiera empezado, mejor. Podría seguir viviendo la fantasía un poco más. Al igual que había hecho con Celia. Al parecer, no aprendía las lecciones fácilmente. ¿Qué eso no era un indicador de inteligencia, qué tan rápido aprendes las lecciones? Bueno, entonces, qué suerte que era bueno en el basquetbol, tanto que podía ir a la universidad.

—Ashish...

Se obligó a verla, pero mantuvo una cara neutral. Ella, por otro lado, se veía ansiosa; sus ojos abiertos a tope de tantas preguntas. Tuvo la fuerte tentación de confortarla con un abrazo, pero se las arregló para aguantarse.

Ella tragó saliva.

—Lo que dijo Samir, acerca de una tal Celia, ¿es cierto?

Él intentó sonreír, pero no lo logró.

—¿Qué, mis amigos no te dieron todos los detalles en cuanto me fui? —Oliver era el que había ocasionado todo este desastre al invitar a Sweetie a sentarse con ellos en primer lugar. Y por haber invitado a Samir. Después de eso, qué más podía esperar sino que soltara toda la sopa con Sweetie.

Ella frunció el ceño.

—No. Todo lo que dijeron fue que últimamente estabas pasando por momentos difíciles y que debería hablar contigo al respecto.

Él se sobó la quijada. Oliver y Elijah eran tan buenas personas. De verdad que no los merecía.

—Ah. —Respiró profundo y continuó—: Sí, es cierto. Estuve con Celia aproximadamente seis meses. Casi todo ese tiempo anduvimos a larga distancia porque ella va a la universidad de San Francisco, pero aun así, para mí fue una relación significativa. —Se rio con un poco de amargura—. Al menos para mí, el preparatoriano baboso, lo fue. Luego nos empezamos a distanciar, pero yo estaba seguro de que podíamos hacer que funcionara. Digo, apenas nos hablábamos, pero... sí, yo pensé que lo que teníamos era genuino.

—Entonces, ¿qué pasó? —Ella preguntó sin juicio ni curiosidad desmedida.

Él alzó los hombros.

—Un día fui a visitarla al dormitorio universitario y su roomie me dijo que había salido con un tipo. Ni siquiera tuvo la decencia de decírmelo ella misma.

Escuchó de parte de Sweetie un suspiro suave y grave en la oscuridad.

—Lo lamento.

—Sí, yo también. —Escuchó la amargura en su voz, pero no pudo evitarlo.

Ella se recargó en el Jeep; ambos se quedaron viendo los autos que pasaban por la calle.

—Y no la has superado. —Esa no fue pregunta.

Él giró para verla. Necesitaba verla a los ojos cuando le dijera esto, para que realmente lo entendiera.

—No, todavía no. Y no sé si en algún momento lo supere. Si es que lo logro. Así que, si tú y yo salimos, debes entender que no me tendrás al cien por ciento, Sweetie. Y si eso significa que prefieres retirarte, lo comprenderé por completo. —Se frotó la nuca, alterado—: Perdóname. Pensé que podía con esto, sabes. Volver a salir, estar contigo. Porque me gustas. De verdad.

—Pero ¿aún piensas en ella cuando me ves a mí?

Ashish sacudió la cabeza, eso no era cierto del todo.

—No, es más bien que... ella de pronto se aparece en mi mente. Aún no olvido por completo lo que pasó. No sé si pueda conectar contigo en cualquier nivel debido a ella, Sweetie. —Fue extraño que ahora saliera todo esto; tal vez debería estar avergonzado, pero no lo estaba.

Sweetie recargó la cabeza contra el Jeep y alzó la vista al cielo. Ashish sintió que sus palmas se humedecían mientras esperaba a que ella dijera lo que pensaba al respecto. Se dio cuenta de que en verdad le importaba lo que pensara. Quería ser honesto con ella, que lo conociera, que supiera lo que podía ofrecerle y lo que no. Por eso era que no le avergonzaba nada de lo que le acababa de vomitar.

Finalmente, ella giró también, para verlo de frente.

—Aún quiero que salgamos. Salir con un chico que sigue clavado con otra chica no es lo ideal para mí, lo admito. —Rio—. Pero con toda esta cuestión de tener citas yo también cumplo un objetivo. Tú querías volver a empezar a salir con chicas, como si te quitaras el mal sabor de boca después de lo de Celia, ¿cierto? —Él asintió, sonriendo un poco por la forma en que lo expresó—. Bueno, yo tenía ganas de salir con alguien como tú. —Aquí señaló todo su cuerpo—, para demostrarme que yo podía hacerlo. Mi mamá siempre está presionándome para que adelgace para que un hombre guapo me dé la oportunidad de salir con él. Y en el fondo, yo creía que ella estaba equivocada.

—Está equivocada —dijo Ashish con certeza. Ella lo miró sorprendida—. Lo siento, pero esas son tonterías. Eres hermosa. Y además, increíblemente talentosa. Cualquiera sería afortunado de salir contigo.

—Gracias. —Sweetie sonrió y luego se vio los pies. Su hoyuelo estaba haciendo de las suyas con Ashish—. Como sea, ambos queremos lograr algo con esto de las citas y no se trata de ese gran amor verdadero, ¿cierto?

Ashish asintió.

—Entonces… —Ella alzó los hombros—. Sigamos con el plan. Tal vez te ayude a olvidar un poco a Celia y tal vez me ayudes a ver que debería escuchar menos lo que dice mi madre acerca de lo que puedo o no hacer estando gorda.

Él sonrió.

—¿En serio? ¿Estás segura?

—Completamente. —Subió un puño para chocarlas con él. Cuando a él se le pasó la sorpresa, chocó puños con ella, riendo.

—Eres cool, ¿sabes?

—Claro. —Le sacó la lengua y ambos empezaron a reír.

Entonces los iluminó un par de faros. Ashish miró por encima de su hombro y vio la Escalade con Rajat al volante.

—Eh, debo... —Señaló con el pulgar por encima del hombro—. Oye, ¿quieres que te llevemos a tu casa?

—No, está bien, traigo mi auto. —Ella sonrió y dio un paso atrás—. Pero te veré el sábado en tu casa para que vayamos al Pavan Mandir juntos, ¿está bien?

Ashish asintió.

—Al Pavan Mandir. Prepárate para mostrar devoción. —Y puso los ojos en blanco.

Sweetie rió y se despidió con un tímido gesto de la mano, se encaminó hacia su auto. Ashish la vio todo el camino.

16
Sweetie

El resto de la semana se fue como… la pista para Sweetie. Kayla, Suki e Izzy mantuvieron ocupada la mente de su amiga con todo lo de la noche de bandas en el Roast Me. El sábado en la mañana, mientras terminaba de bañarse y vestirse, Kayla envió un mensaje de texto al chat de grupo con buenas noticias.

KAYLA
¡Ya juntamos 12 bandas, chicas!
¡La noche de bandas nos espera!

IZZY
¡¿Qué?!

SUKI
P$#a m#%re!

SWEETIE
OMG!
¿Cómo lo lograste?
Ayer solo había cinco.

KAYLA
Ya te dije: MCN.

SWEETIE
??

KAYLA
Magia de chica negra

También, le prometí a Antwan que pensaría seriamente en su propuesta si él acordaba hacernos publicidad en Eastman y nos juntaba al menos 10 bandas.

IZZY
Jajaja.
Bueno, pues creo que le debes una cita.

KAYLA
Ya le iba a decir que sí,
pero esto es mejor que un ramo de flores.

SWEETIE
Jajajaja. Por eso te quiero, amiga.

KAYLA
Yo tmb.

SUKI
Ok. Ahora que Kayla ya tiene planes para el baile y la noche de bandas ya está... ¿qué hay de ti, Sweetie?

SWEETIE
¿Qué conmigo?

KAYLA
No te hagas, nena. Tu cita es dentro de una hora...

SWEETIE
Sí, algo así. qué nervios.

IZZY
Pero esto es solo para demostrarte a ti misma que puedes hacerlo, ¿no? Así que ni al caso tus nervios.

SUKI
Es cierto. Recuerda que eres una chica genial. El afortunado es él.

KAYLA
Tú también tienes esa magia, amiga. ¡Tú puedes!

SWEETIE
OMG no me hagan llorar. Graciaaas. Las amoooo.

KAYLA
TQM. Aquí estamos.

SUKI
Besitos.

IZZY
TQ. Diviértete.

SWEETIE
Okey. Les mando mensaje cuando regrese.

SUKI
Sí, vamos por helado de yogurt o algo y nos cuentas.

IZZY
¡Sí!

KAYLA
Yo puestísima.

SWEETIE
Okey.

Sweetie guardó el teléfono y parpadeó para quitarse las lágrimas. Realmente tenía a las mejores amigas del mundo. Estaba más que lista gracias a las porras de ellas. Si Kayla, Suki e Izzy creían que ella podía lograrlo, entonces así sería. Confiaba en el criterio de sus amigas, aun cuando no confiara en el suyo. Y hablando de criterios… Tomó su teléfono de nuevo y escribió.

SWEETIE
A punto de tener mi primera cita con Ashish Patel.

ANJALI CHECHI
Okey.
No me has dicho lo suficiente para soltarme esta bomba.

> **SWEETIE**
> ¡Perdón!
> Luego te cuento todo.

ANJALI CHECHI:
Okey, okey.
Recuerda: SEXO SEGURO.

> **SWEETIE**
> Por Dios, Chechi, ¡en serio!
> Vamos a ir al Pavan Mandir.

ANJALI CHECHI
Okey, definitivamente no me has dicho lo suficiente para soltarme esta bomba.

> **SWEETIE**
> Jajaja, luego te cuento todo, lo prometo.

ANJALI CHECHI
¡Conste, eh!
Nos hablamos pronto.

> **SWEETIE**
> Okey ☺

Tan solo de ver las palabras de su prima sintió más confianza. Ashish Patel, a decir verdad, era una pequeña parte de su vida. Había otros que la conocían, que la amaban, que pensaban que estaba al nivel de este basquetbolista estrella que podría ser modelo si quisiera. Amma no era una de esas personas, pero ¿qué más daba? Sweetie fue hacia su tocador, se delineó los ojos y se sonrió. Se puso un *kameez* amarillo estampado con flores y pantalones *salwar* blancos. Su *dupatta*, el chal, era rojo con adornos de hilo de oro. (Hacía mucho calor para usar manga larga, pero Amma le había dicho alguna vez que sus brazos eran su peor parte y Sweetie aún no lograba superar eso). Combinó su atuendo con sandalias rojas y un *bindi* dorado que solo se ponía cuando iba al *mandir*. Se soltó el cabello, que caía en ondas por su espalda y se sintió casi hermosa ese día. Y eso era un buen día para cualquiera.

Aún tenía más de una hora, así que se fue al clóset y sacó su material de decoración. Podría terminar las cajas para la siguiente vez que fuera al mercado de productores (había decidido no ir con Amma este fin de semana, pues quería arreglarse para su cita y tener la mentalidad adecuada). Sacó todo sobre la mesa del comedor y empezó a trabajar cómodamente cuando llegó Amma.

Sweetie la vio de reojo y luego siguió con la caja a la que le estaba pegando un moño de arpillera.

—¿Y Achchan?

—Se está bañando. Saldrá pronto. —Amma hizo todo un bullicio en la cocina, guardando cosas—. Con suerte hoy venderé casi todo.

Sweetie asintió con un ruido vago, indiferente. A decir verdad, aún estaba molesta por todo el asunto con Ashish. Se sentía completamente traicionada por su madre y cómo le había dicho a la tía Sunita que su hija no era suficiente para su hijo. Así que no tenía ganas de ver a su madre, mucho menos de conversar con ella.

—¿Quieres un chai? —preguntó Amma desde la cocina.

—No, gracias. —Sweetie mantuvo la vista en el corazón que estaba pegando a la esquina de la caja. Esperaba que Amma saliera a tomar su chai, como solía hacer cuando el clima era agradable.

Pero no tuvo tanta suerte. Un momento después se había sentado a dos sillas de distancia de su hija, sorbiendo ruidosamente su bebida. Sweetie hubiera querido fulminarla de un vistazo, pero logró resistir.

—Eso se ve lindo —dijo Amma—. Me gusta ese tono. El rojo se ve muy bien con el café de la arpillera.

—Ajá —le dijo y se estiró para desenrollar más arpilla.

—Hoy voy a hacer pollo al curry y coco, y de postre, pal payasam.

Ahora sí, la fulminó con la mirada. Esa era su comida favorita de toda la vida.

—Pero no es Onam. —Así se llamaba un festival de India del sur; Amma solo hacía pal payasam en ese y otros festivales, y nada más.

Amma alzó los hombros y sorbió otro trago de chai.

—¿Y?

Sweetie entendió de qué se trataba: una ofrenda de paz. Amma y Achchan (y, por extensión, su hija) jamás decían «Te quiero», como sus amigas y sus padres solían hacerlo. Su manera de reconciliarse no era hablando sobre cómo se sentían ni compartir momentos profundamente íntimos. En vez de eso, encontraban miles de formas de decir «Te quiero» o «Perdóname» en casa: cocinaban el platillo favorito del otro; ayudaban a diseñar cajas para sus productos; se acompañaban en el mercado de productores todos los sábados y así Amma nunca tendría que quedarse ahí sentada, sola; de igual forma, Sweetie siempre podía correr sabiendo que había una cara amigable entre el público, sin importar qué tan lejos estuviera la otra escuela; o tal vez podía dibujar un punto negro con kohl en la mejilla de la otra para ahuyentar al mal de ojo; o comprar el jabón adecuado antes de que se terminara.

Pero, a veces, como hoy, Sweetie desearía que Amma lo hablara, que dijera las palabras necesarias: que se equivocó o que Sweetie era más que suficiente para cualquiera con quien ella quisiera salir, que su valor no se medía en su talla o peso. Pero eso nunca sucedería. Así que se quedaron ahí, sentadas, en silencio, hasta que sonó la campana del gran reloj de la sala anunciando que ya eran las nueve. Sweetie se levantó, guardó su material de decoración y se alisó el cabello con las manos.

Luego, regresó a la sala, donde estaban Amma y Achchan y se despidió.

—Bueno, me voy. Nos vemos luego.

Amma levantó los ojos de su revista de chismes de Bollywood por un momento.

—¿Vas a casa de Kayla?

—Sí. Vamos a estudiar para el examen de Cálculo. —Sus palmas sudaban a chorros. Odiaba mentir, eso nunca era buena idea. En algún lado leyó que, si ibas a mentir por algo, generalmente significaba que tus valores no eran congruentes con tus acciones. Pero el artículo no decía nada de qué hacer si sabías que era cien por ciento seguro que tú estabas en lo correcto y tus padres estaban equivocados, pero te habían grabado en el tuétano que mentirles era lo peor que podrías hacer.

La culpa se intensificó cuando Achchan le sonrió de oreja a oreja.

—Mi Sweetie, ¡la alumna de calificaciones perfectas y la atleta estrella!, tan concentrada en sus estudios.

—No estoy segura —murmuró Sweetie, sin poder mirarlo directamente a los ojos.

—No, ¡es verdad! —dijo Achchan mientras estiraba la mano para tomar la de ella. Le dio un jaloncito y ella se sentó en el sillón reclinable, mitad junto a él, mitad sobre su regazo. Se sentaban así desde que ella era niña, cuando le leía en voz alta algún libro con el que ella estuviera obsesionada esa semana—. Estoy muy orgulloso de que seas mi hija. Tu Achchan es muy afortunado. Y lo sabe.

Siempre que Achchan hablaba de sí en tercera persona, sabías que le estaba ganando la emoción. Sweetie trató de no dejar que la culpa la abrumara. Quería hundir el rostro en su pecho y soltar: «¡En realidad voy a ir a una cita con Ashish Patel!». Y si estuvieran ellos dos solos, probablemente lo haría.

Pero, en estos momentos no podía sincerarse. Sabía cómo se sentía, pero no sabía cómo convencer a sus padres (especialmente a Amma) de que tenía razón acerca de su cuerpo, de que no tenía que ser delgada para ser feliz, de que ella no tenía nada de malo en lo absoluto. Y, hasta que pudiera expresar esos sentimientos articuladamente y con el valor necesario, sabía que tendría que mantener oculto el proyecto de la Sweetie intrépida.

Achchan le dio palmaditas en el brazo.

—¿Estás bien, Sweetie?

Ella lo miró de reojo.

—Sí, ¿por qué no habría de estar bien?

—¿Todo bien con Kayla, Suzi e Icky?

Ella soltó una carcajada.

—Son *Suki e Izzy*, Achcha.

Él sacudió una mano como diciendo «Ay, estoy demasiado viejo y tengo demasiadas mañas para aprenderme eso».

—Sí, todo bien con ellas. Todo está bien, lo juro.

Amma volvió a levantar la mirada de su revista, pero no dijo nada.

—Bueno, ni hablar —dijo Achchan tras una pausa—. ¿Traes tu celular? Llámame por cualquier cosa.

Ella abrazó el cuello de su padre.

—Sí. Gracias, Achcha, lo haré. —Se levantó del sillón reclinable antes de que el nudo en la garganta se convirtiera en verdaderas lágrimas—. Ya me tengo que ir.

—Sari —dijo Amma—. Mándame un mensaje al llegar y antes de que vengas de regreso.

Generalmente, Sweetie detestaba esas reglas tan estrictas de su madre. ¿Cuántas veces había ido a casa de Kayla? ¿De verdad era necesario enviarle todos esos mensajes? Pero esta vez se sentía demasiado culpable para enfadarse.

—*Sari*, Amma. *Pinne kaanaam.*

—Adiós.

Sweetie se fue en su auto antes de que cambiara de opinión.

«Vamos. Dijiste que querías ser intrépida. No es momento de actuar como pollo mojado». Así que mantuvo el pie en el acelerador y siguió su camino.

La casa de Ashish imponía, a pesar de que ella ya había estado ahí antes el fin de semana pasado. Entonces ella estaba entre confundida y preocupada acerca de lo que los padres de él le iban a decir, preguntándose de qué se trataría todo; pero ahora pudo tomarse el tiempo de inclinar la cabeza y ver toda la mansión. Gigante. Parecía que pertenecía a cualquier páramo escocés. (Un momento: ¿Los páramos escoceses tenían castillos? Como sea, era enorme).

Respiró profundo, se ajustó el *dupatta* y caminó hasta la puerta de entrada, que se veía pesada y decorada con relieves. Levantó la mano para tocar el timbre, pero la puerta se abrió antes. Y ahí estaba Ashish, sonriéndole. Su cabello lucía perfectamente en su estilo despeinado y vestía *kurta* y pantalones recién planchados, y, por lo visto, también los habían almidonado. Su sonrisa brillante tan solo mostraba una pizca de ansiedad en las comisuras, además de que se jaloneaba constantemente las mangas bordadas.

—Ugh, ¿por qué me puse esto de nuevo? Ah, sí, porque mis padres prácticamente me mantuvieron como rehén hasta que accediera a usarlo. —La idea de que Ashish Patel tampoco estuviera del todo cómodo hizo sentir mejor a Sweetie—. Ay, espera, quise decir, hola, qué bueno verte otra vez. Pasa.

Ella rio.

—Gracias. —Se metió y miró alrededor. La mesa circular al centro del vestíbulo tenía un jarrón lleno de rosas recién cortadas. El aroma seguía en el aire, dulce y delicioso.

—Oye, te advierto por cualquier cosa —dijo Ashish, con las cejas a tope—, mis padres...

—¡Sweetie *beta!* —chilló la tía Sunita y se acercó taconeando desde el arco de la sala; su rostro irradiaba la sonrisa más resplandesciente posible.

De espaldas a su madre, Ashish se paralizó. Tan solo pudo mover los labios para gesticular: «Suerte»; luego ambos le dieron la cara a lo que les esperaba.

La tía Sunita traía consigo todo su equipo en una *puja thali*, una bandeja de plata en la que había varios polvos y otros utensilios. Sweetie había visto a Amma con el mismo tipo de thali en varias ocasiones especiales (por ejemplo, antes de los exámenes finales) y sabía lo que se avecinaba. Ashish se quedó ahí parado al lado de Sweetie, en silencio, mientras la tía Sunita le pedía al Señor Hanuman que los cuidara en esta salida auspiciosa. El tío Kartik se quedó de pie, a un lado, viendo todo con rostro impasible. Sweetie sabía que ganárselo sería difícil; claro, si es que deseaba ganarse a los padres de Ashish.

De hecho, sintió un poco de tristeza por la tía Sunita. Obviamente esperaba algo milagroso, sacado de una novela romántica, pero no sabía de las intenciones secretas de Sweetie y Ashish.

Una sirvienta se acercó para llevarse la thali, luego la tía Sunita entrelazó su brazo con el de Sweetie.

—Ven, *beta*, el fin de semana pasado no pudimos darte la bienvenida como se debe y me disculpo por ello. —Los hombres las siguieron, unos cuantos pasos detrás y todos se sentaron en la misteriosa sala anexa ¿o estudio? Ashish se sentó junto a ella en el sofá y sus padres en sillones justo enfrente.

—¡Pero qué hermoso *salwar*! —comentó la tía Sunita—, ¿dónde lo compraste?

—Ay, gracias. Mi madre me lo compró el año pasado, en un viaje a India. Yo no pude ir porque tenía entrenamiento.

—¡Qué lástima! Es muy importante visitar el país de los ancestros tanto como se pueda. Ayuda a mantener la conexión con nuestras raíces. ¿No lo crees?

Sweetie miró de reojo a Ashish, que retorcía los ojos tanto que ella temió que se le salieran de la cabeza. Luego volteó hacia la tía Sunita.

—De hecho, sí, estoy de acuerdo. Intento ir cada año. Si no, mi Amooma, mi abuela, padecería síndrome de abstinencia.

La tía Sunita trinó de risa.

—¡Lo mismo con los abuelos de Ashish! Mandarles fotos no es lo mismo, ¿cierto?

—No, para nada.

Durante un momento incómodo, todos se vieron los unos a los otros, en silencio. Entonces, el tío Kartik le soltó a Ashish:

—¿El Jeep tiene gasolina? —Y ahí fue cuando Sweetie se dio cuenta de que él no era tan espeluznante ni intimidaba tanto como parecía. En el fondo, realmente amaba a su hijo. Preguntarle si el auto tenía combustible era otra forma de decirle «Te quiero y me preocupo por ti».

—Sí, Pappa —respondió Ashish.

—Muy bien. —El tío Kartik metió la mano al bolsillo y sacó su billetera. Le dio un montón de efectivo a su hijo, cuánto, Sweetie no supo, pero el billete de hasta arriba era de cien dólares. Trató de no fijar la mirada—. Toma.

—Está bien, Pappa, tengo dinero que me sobró de la última mesa…

—Solo tómalo. —Le dio el dinero a su hijo forzadamente. Ashish lo tomó.

—Gracias, Pappa.

El tío Kartik refunfuñó en respuesta. La tía Sunita juntó las manos y le brillaron los ojos.

—Bueno, no quiero quitarles el tiem…

Ashish y Sweetie se levantaron al mismo tiempo.

—*Thik hai*, Ma —dijo Ashish—. Nos vemos más tarde.

Sus padres asintieron. Sweetie pudo darse cuenta por la intensidad de la energía en el ambiente que la tía Sunita hubiera querido revolotear y llevarlos hasta la puerta, tal vez incluso lamerse la mano para acomodarle un mechón a su hijo y besarle la mejilla. Pero logró contenerse. Eso impresionó a Sweetie; Amma jamás demostraría tal autocontrol.

Afuera los pájaros trinaban serenamente en los árboles, que susurraban al viento y la fuente, a la distancia, borboteaba su canción apaciguadora. Todo se veía y sonaba perfecto: soleado y brillante, alegre y melódico. Tal vez no podías comprar la felicidad, pero definitivamente podías comprar algo cercano. Lidiar con las dificultades debía ser mucho más fácil cuando vivías en lo que básicamente parecía un set de películas.

Sweetie caminó al Jeep de Ashish, pero él negó con la cabeza y la llevó a la vuelta, donde había otras cocheras. En una de ellas había un Porsche rojo recién encerado, estacionado elegantemente.

—Pensé que nos podíamos ir en este —dijo Ashish—. Me parece más apropiado para una cita. Es decir, si a ti te gusta. —Bajó la mirada y se pasó la mano por el cabello, como si temiera que a Sweetie esto le pareciera una tontería.

A Sweetie se le apachurró el corazón. El esfuerzo que él estaba haciendo le pareció dulce, aunque esto no fuera una primera cita tradicional en el sentido estricto por tantas razones.

—Es perfecto —contestó. Ashish sonrió radiante y feliz.

El Pavan Mandir estaba a cuarenta y cinco minutos en auto. Ella trató de no ver el antebrazo perfectamente marcado de Ashish ni la manera en que su enorme mano tomaba con tanta soltura el volante; tampoco con cuánta confianza cambiaba las velocidades y aceleraba o frenaba en el tránsito. Trató de no notar la forma en que el cinturón de seguridad se estiraba contra los músculos de su pecho, ni la forma en que sus pantalones contorneaban sus muslos. Como nunca había estado tan cerca de un chico, Sweetie se dio cuenta de algo: era casi imposible ignorar a las hormonas. Después de carraspear para distraerse, habló.

—¿A tu familia le gusta ir seguido al Pavan Mandir?

Y Ashish dijo al mismo tiempo.

—Hoy te ves muy bonita.

Ambos se miraron durante un segundo de silencio incómodo, esperando a que el otro continuara. Luego ambos soltaron una carcajada.

—Tú primero —le dijo Sweetie.

—Okey. —Sonrió a medias, tal como hacía con su actitud coqueta. Esa que le provocaba revoloteos en el corazón a ella—. Hoy te ves muy hermosa.

Ella lo miró con suspicacia.

—La primera vez dijiste bonita. ¿Por qué?

Ashish rio.

—¿Importa?

—Muchísimo. *Bonita* es un nivel debajo de *hermosa*. Así que, o mentiste la primera vez, o la segunda. —Puso cara de seriedad burlona—. ¿Cuál fue?

Ashish abrió los ojos a tope, aterrorizado.

—Eh… Quise decir que te ves bonita y hermosa. O sea, ¿hermosamente bonita?

Sweetie se carcajeó.

—Okey, la libraste, más o menos, pero lo voy a dejar pasar.

—Gracias. Y, para responder a tu pregunta, he ido al Pavan Mandir, creo, más o menos, dos veces este año.

—¿En serio? —Sweetie no podía creerlo. Sus padres iban cada quince días y por lo general ella los acompañaba, a menos que tuviera algo con el equipo de atletismo—. ¿Por? ¿Tus padres no son religiosos?

—Oh, sí que lo son. Especialmente Ma. Pero decidieron tratar de ganar otras batallas conmigo; de hecho, estoy bastante seguro de que todo esto de una primera cita en el *mandir* se debe a eso. Me están obligando a ir. Padres, uno; Ashish, cero.

Sweetie frunció el entrecejo.

—No… dudo que quieran obligarte a algo, si eso es lo que te preocupa. —Hizo una pausa, pues le dio miedo que se hubiera pasado del límite—. Bueno, eso es lo que creo.

Ashish le lanzó una mirada.

—Okey… dime. Me da curiosidad lo que piensas de todo esto.

—Bueno, no soy tus padres, pero… Creo que todo esto es muy difícil para ellos. No te ves interesado en absoluto en tu cultura. Es decir, tú mismo has dicho que no has salido con ninguna chica de ascendencia india antes de mí. Así que no es que se estén vengando al mandarte al *mandir* en tu primera cita. Tal vez solo tratan de que te relaciones de manera positiva con tu cultura. O algo así. Tal vez tienen la esperanza de que te diviertas y te des cuenta de que no está tan mal. Tal vez tus padres sientan el que no te guste tu cultura como un rechazo a ellos mismos. —Se calló, mordiéndose el labio inferior, con miedo de haberlo hecho enojar con esto que dijo—. Pero, claro que es solo lo que pienso; yo apenas los conozco, igual que a ti.

Ashish se quedó callado un momento. Sweetie empezó a sentirse más y más ansiosa, al pensar que acababa de echar a perder cualquier posibilidad de tener una buena primera cita. Pero luego él volteó hacia ella sonriendo y después volteó hacia el camino.

—Creo que tienes razón. De hecho, mi madre dijo algo parecido, que tal vez yo crea que mi cultura no es interesante porque creo que ellos no lo son. ¡Vaya! —Se quedó pensando—. Esto es un poco triste. No quisiera que se sintieran rechazados. —Luego volteó brevemente hacia ella y dijo—: He vivido con mis padres diecisiete años y nunca lo había pensado así. Pero como tú lo pones, tiene mucho sentido. Sospecho que tú los entiendes mucho mejor que yo.

Sweetie se rio.

—Bueno, no sé. A veces es fácil tener una perspectiva más clara viéndolo desde afuera, sabes.

Ashish volvió a verla, con mucha admiración. Ella trató de no sonrojarse.

—Sí, te entiendo. Tal vez seas una de las personas más sabias que haya conocido.

—Quién sabe… ¿Qué hay de Oliver? Él se ve bastante sabio. También tu mamá.

—Sí, bueno, pero definitivamente estás en el top tres.

—Me parece bien. —Sweetie sonrió de oreja a oreja, más contenta de lo que demostró por fuera.

17
Sweetie

El Pavan Mandir era un templo grande, blanco y con un lado completamente abierto, situado en una colina que daba al lago Frye. *Pavan* significaba «viento» en hindi. El templo debe su nombre a que no tiene muros o puertas tal cual, más bien hay vigas y pilares que conectan el techo con el piso. El viento llegaba desde el lago y viajaba por todo el templo a sus anchas, por lo que el lugar se sentía un poco más fresco que afuera.

A Sweetie le encantaba el lugar con todo su corazón. Tenía bonitos recuerdos de su niñez y la manera en la que dejaba que el viento ondeara su *dupatta*, mientras, más adentro, sus padres honraban al Shiva lingam, la piedra sagrada. Aquí el aire se sentía purificador y, sin importar cuántas preocupaciones tuviera, ella siempre terminaba con una paz que le duraba todo el día.

Se bajaron del auto y caminaron a los escalones de entrada, se quitaron los zapatos y entraron. En cuanto pusieron un pie en el templo, el viento empezó a soplar. El cabello de Sweetie revoloteó; ella empezó a reír, tomó con fuerza su *dupatta* y le sonrió a Ashish.

—Me encanta este lugar.

Él la miraba con una expresión indescifrable; sus ojos

eran intensos, serios. Ella empezaba a preguntarse qué le pasaría cuando él también sonrió. Era como si el sol saliera de pronto en todo su esplendor a través de las nubes; Sweetie sintió una calidez hasta los huesos.

Se dirigieron al interior para rezar y, después de tomar la ofrenda de *prasad* del *pujari*, caminaron a un lado para contemplar el lago Frye. La vista era increíble: brochazos de nubes por aquí y por allá en el cielo azul brillante; el lago parecía un diamante gigante bajo los rayos del sol. Se quedaron al pie de un pilar, solo contemplando y respirando aquel aire. Un pájaro trinó en la distancia y otro le respondió con una dulce canción.

—Esto es efectivamente muy hermoso —dijo Ashish.

Sweetie volteó hacia él y vio que miraba pensativo hacia el lago.

—Te da fuerzas —dijo ella con cuidado—. Me gusta imaginar que todo mi estrés está en una cajita que dejo aquí en los escalones. —Se anudó la *dupatta* a la cadera para que no se volara y se acomodó el cabello en un chongo; también se dio cuenta de que Ashish miraba todos sus movimientos.

—Me alegra que mis padres hayan hecho de esto un hábito casi quincenal para mí.

—Eso está bien.

Ashish sonreía ligeramente, pero habló en voz muy baja.

—Creo que estoy reconsiderando venir más seguido.

Sweetie sonrió. Se sentó en el borde del piso, aun miraba hacia el lago.

—Entonces, quedémonos aquí un rato más —dijo sintiendo que Ashish necesitaba aquello más de lo que mostraba.

Después de un momento, él se unió a ella.

—Okey. Tal vez un ratito.

Ashish

Caminaron hacia el Porsche en silencio. Por extraño que pareciera, Ashish se sentía más… ligero. Ya no sentía una presión en el pecho, como que la tensión había disminuido. Sorprendentemente, sentía cierto confort de estar alrededor de la parte religiosa de su cultura, de oír las palabras ya conocidas del sacerdote y oler el incienso de sándalo. Era como estar en un lugar que inherentemente lo comprendía, donde él podía estar quieto y ser él mismo.

Ashish no estaba seguro si creía en Dios o no, pero no podía negar que ese templo en particular se sentía purificador. Igual que después de que una tormenta cayera en los jardines de su casa y quedaban brillantes, coloridos, húmedos y frescos. Se lavaba todo el polvo y la mugre que habían estado acumulando; ahora Ashish sabía cómo se sentían esos jardines. El polvo y la mugre que él había acumulado también se había lavado, al menos temporalmente. Y, algo más: la calurosa *kurta* bordada que lo habían obligado a ponerse no lo rozaba como solía hacerlo.

Miró al reloj del tablero del auto al deslizarse en su asiento.

—Sé que la cita era solo ir al *mandir* y que contractualmente no estamos obligados a hacer nada más —dijo en un tono medio disimulado para que Sweetie no pensara que a él le importaba mucho lo que estaba diciendo—, pero ¿quieres ir a comer? Conozco a los dueños de un restaurante genial. Además, estaremos en un lugar público, así que no creo que haya problema. —Su corazón golpeaba un poco arrítmicamente mientras esperaba la respuesta de ella. Qué extraño.

Ella le sonrió inocentemente y su corazón golpeteó aún más.

—Sería un placer, señor Patel.

La llevó al Poseidón, un restaurante cerca del templo. El dueño era socio de su padre y un buen amigo, lo cual significaba que los Patel tenían trato preferencial, que a su vez quería decir que les darían una mesa prácticamente donde quisieran. Además, la comida era deliciosa. (Okey, sí, la guía Zagat lo llamó «el restaurante de mariscos más romántico de la Costa Oeste». Quizá esta no era la primera cita tradicional, pero, demonios, él aún tenía estándares).

—Guau. —Sweetie miró los pilares estilo griego y la enorme fuente en el patio: una estatua de Poseidón y su famoso tridente—. Esto es asombroso. ¿Conoces a los dueños?

—Algo así; en realidad el dueño es amigo de mi papá. Yo solo lo he visto unas cuantas veces en eventos.

Subieron los escalones amplios y entraron. Una música suave les dio la bienvenida en el vestíbulo, que también tenía otra fuente de Poseidón (aunque más pequeña) y una serie de plantas frondosas en macetas ornamentadas. El tragaluz dejaba pasar una deslumbrante cantidad de luz. La *hostess*, una mujer cuidadosamente aseada de piel negra y baja estatura, vestida con un traje sastre, los saludó cálidamente.

—¡Hola! Bienvenidos al Poseidón. ¿Tienen reservación?

—No —dijo Ashish al dar un paso al frente—, pero creo que estoy en la lista de *peeps and tweeps*. Me llamo Ashish Patel.

La *hostess* buscó algo en su computadora, tecleó aquí y allá, y luego le sonrió a Ashish con cara de «Eres de nuestros clientes VIP».

—Excelente. Sí, aquí veo su nombre, señor Patel. ¿Le gustaría el invernadero o prefiere el balcón?

—El balcón, por favor. —Miró a Sweetie, con cejas inquisitivas—. ¿Te parece bien?

Ella logró asentir, aunque se sentía abrumada. Ashish siempre olvidaba cómo era presentarle su mundo a gente nueva. Pinky, Oliver y Elijah estaban tan acostumbrados a los reflectores que ya casi ni parpadeaban. Él sonrió y le guiñó, esperando que eso la tranquilizara.

—¿Cómo que la lista de *peeps and tweeps?* —preguntó ella mientras subían por las escaleras en espiral.

—Es el código para «amigos y medios importantes». Supongo que su agente de relaciones públicas pensó que era más *trendy*, sin mencionar que seguro es fan de Twitter. —Se rio—. Tal vez VIP se ha desgastado.

Ella rio un poco, pero el sonido salió como un chillido nervioso.

Los sentaron en una mesa pequeña y tranquila, en la esquina del balcón; solo había tres mesas repartidas en el enorme piso de piedra y las otras dos estaban vacías. Tan solo la vista de las montañas era impresionante, pero además, justo debajo de ellos había un estanque reluciente con peces carpa y plantas acuáticas de verdad fascinante. Desde unas bocinas que no se veían se oía música clásica.

—¿Carpas en un restaurante con decoración griega? —preguntó Sweetie.

—Estás en Estados Unidos, un gran caldero donde todo se mezcla —respondió Ashish.

Después de que la mesera anotó las bebidas y prometió volver enseguida, Sweetie se dirigió a Ashish.

—Esto es realmente lindo. Gracias por traerme.

—Claro. —Respiró profundo—. Y, eh, gracias por aquel momento en el templo. Se sintió bien quedarme quieto por un momento.

La mesera trajo sus Coca-Colas y luego tomó la orden. Después de que se fue, Sweetie le respondió a Ashish.

—De nada. ¿Sabes? Está bien si necesitas tiempo para lidiar con esto.

—¿Con qué?

—Con Celia —dijo y batalló para no hacer una mueca—. Con romper una relación.

—Sí, bueno, ya pasaron tres meses —dijo Ashish y forzó una sonrisa—. ¿Qué clase de perdedor seguiría clavado con alguien después de tres meses enteros? —Estaba consciente de que él estaba evitando responder a su pregunta y que no estaba siendo del todo sincero acerca de sus sentimientos, pero ¿qué se supone que debería hacer? ¿Taparse los ojos y llorar incontrolablemente en su primera cita?

—Estuvieron juntos el doble de ese tiempo. Y tampoco es como si hubiera un límite para este tipo de cuestiones. Digo, no hablo por experiencia, pero si realmente te importa alguien, es lógico que tomará tiempo volver a sentirte bien. —Tomó un trago de su Coca-Cola y lo vio a través del vidrio empañado.

Él suspiró.

—Supongo. Aunque me urge superar esto y dejarla en el pasado, porque siento que mientras no lo haga, ni siquiera sabré quién soy. Samir tenía razón con lo que dijo esa vez en el Roast Me: no me está yendo bien ni en el basquet ni con las chicas ni con ninguna de las cosas que pertenecen al Ash candente. —Se paró en seco, medio horrorizado por lo que acababa de decir.

—Candente, ¿eh?

—Es un apodo estúpido —dijo Ashish viendo su bebida como si fuera el objeto más fascinante del planeta.

Sweetie sonrió con ternura.

—Me gusta. —Después, agregó—: Y lo otro está del asco. —Su voz no daba indicios de molestia ni juicio—. Lamento que esté siendo tan duro para ti. —Se estiró y puso su mano ligeramente sobre la de él solo por un momento, y le sobó el dorso con el pulgar.

A él le dio un vuelco el corazón. Bueno, al menos algunas partes de él estaban, definitivamente, listas para dejar el pasado. Qué interesante…

—Sí, bueno, hablemos de temas menos patéticos, ¿sí?

Sweetie retiró su mano y sonrió.

—¿Por ejemplo?

—El juego de las preguntas. ¿Lista? —Ella se enderezó y asintió muy seria, pero en broma—. ¿Dulce o salado?

Ella arqueó una ceja.

—¿No es obvio por mi nombre? ¡Dulce!

Él rio.

—Claro. Cierto. Okey, ¿qué tal esta: películas o libros?

—Libros.

—¿Slytherin o Hufflepuff?

—Hufflepuff.

—¿Playas o montañas?

—Montañas.

—¿Frío o caliente?

—Frío. —Ashish se recargó en silencio, con una sonrisa radiante—. ¿Qué?

—Debes saber que cada una de tus respuestas es exactamente lo opuesto a lo que yo habría contestado.

Ella se rio.

—Okey, somos opuestos; no creo que eso sea la gran sorpresa, ¿no crees?

—Creo que no.

Llegó la mesera y colocó en la mesa el salmón a la marinara con salsa tzatziki de Sweetie y el moussaka de Ashish.

—Okey —dijo Sweetie, se recargó en su respaldo y cruzó los brazos— me toca.

—Venga.

—*Downton Abbey:* ¿Matthew Crawley o Henry Talbot?

—No tengo idea de qué significan esas palabras en ese orden.

Ella lo miró fijamente.

—No sé si podamos ser amigos si no tienes al menos nociones de *Downton Abbey*.

—Okey, me encargaré de esto. —Y sonrió con una mueca.

—Bien. Sigamos: ¿Atardeceres o amaneceres?

—Amaneceres.

—¿Lluvia o nieve?

—Lluvia.

—¿Perros o gatos?

—Perros.

—¿Finales o comienzos?

Él le sostuvo la mirada un momento.

—Comienzos, definitivamente.

Ella desvió la mirada buscando su Coca-Cola; después de darle un trago, dijo en voz baja:

—¿Ves? Respondiste exactamente lo que yo habría contestado a esas preguntas.

—Excepto por lo de *Downton Abbey*.

—Sí, excepto esa. —Sonrió, pero de una manera tan ligera y tímida que él podría ver todo el día—. Tendremos que rectificar eso algún día.

Ninguno de ellos había empezado a comer. Ashish desenrolló sus cubiertos.

—Tal vez si me rompo las dos piernas y no tengo nada más con qué ocuparme.

Sweetie rio y se metió un bocado completo de salmón.

—Mmm. Dios, qué rico —dijo mientras cerraba los ojos.

Ashish se dio cuenta de que podría verla todo el día haciendo esa expresión. Se aclaró la garganta para alejar a su divertida mente cochambrosa y las cosas a las que lo estaban tentando y dijo:

—Me da rico. ¡Digo, me da gusto! Me alegra que te haya gustado.

Sweetie abrió los ojos y lo miró de una manera que le dio a entender que ella sabía exactamente qué pensaba. Bajó la mirada al plato y sonrió.

«Genial, Ash. Eso es lo que buscabas: que Sweetie pensara que eres un pervertido de lo peor». Se embutió comida en la boca antes de decir alguna otra estupidez.

Se quedaron un rato, terminaron de comer y pidieron postre. Ashish se aseguró de que la mesera recibiera una buena propina. Y luego, como ninguno de los dos quería irse aún, decidieron caminar por el estanque un rato.

Con Sweetie era mucho más fácil de lo que era con Celia. Sí, con ella todo había sido fuegos artificiales, candor y pasión (y luego fueron cubos de hielo y tormentas eléctricas y granizadas y lágrimas. De parte de ella, por supuesto. Ashish no lloró). (Okey, sí lloró, pero poquito).

Pero con Sweetie el tiempo pasaba como olas tranquilas. Una conversación con ella era como un cálido abrazo y una taza de chocolate caliente en un día helado; era reconfortante, familiar, un lugar que nunca quisieras dejar. Y la cuestión era que… también le parecía físicamente atractiva. Su cerebro se aferraba a los vestigios de Celia, con la certeza de que nunca se sobrepondría a ella, pero su cuerpo no parecía tener conflicto para nada. Este era un gran progreso, sobre todo si consideraba que apenas le había puesto atención a Danna Patterson, la porrista sexy por excelencia. Supuso que sabía lo que era: la personalidad de Sweetie le atraía genuinamente, lo cual la hacía que su cuerpo fuera aún más atractivo para él.

Cuando regresaron a su casa, el sol del atardecer había pintado el cielo de dorado. Se quedaron en el garaje, con el

Porsche apagado, todo callado, oscuro y tranquilo. Sweetie lo miró y luego desvió la mirada con una leve sonrisa.

Él giró sobre su asiento para verla de frente.

—La pasé muy bien hoy.

Ella le dijo en voz baja.

—Yo también. Eres buena compañía. Excepto cuando admites que no sabes nada de *Downton Abbey*.

Él puso los ojos en blanco. Ella lo había puesto al tanto de la trama.

—Qué babosada de programa. No puedo creer que a la gente le guste sentarse a ver cómo los mayordomos vestían a los antiguos británicos.

Sweetie suspiró.

—No, los vestían los mozos y las mucamas. ¿Qué no me pusiste atención?

Y rieron. Luego él se puso más serio.

—¿Sabes? Hace rato no estaba bromeando.

Ella frunció las cejas.

—¿Acerca de qué?

—De que hoy te ves hermosa. —Se estiró para acariciarle un mechón de cabello del chongo que se había hecho a la altura de la nuca. Los ojos de ella se abrieron a tope por un momento, pero luego ella se estremeció al sentir su tacto.

Y el corazón de Ashish tarareó.

—Gracias —murmuró ella.

Ashish se movió desde su asiento, se inclinó un centímetro a la vez para asegurarse de que ella estuviera cómoda con esto. Ella le sostuvo la mirada con ojos oscuros y brillantes, que parpadearon hasta cerrarse. A nada de distancia, ella olía como el paraíso, a rayos de sol y menta y algo tan suave que le acariciaba la piel como seda.

La intención era que fuera un beso rápido. Pero en cuanto sus labios se encontraron con los de ella, con esa piel sedosa, él sintió cómo sus manos tomaban el rostro de ella y lo acercaban más y más, hasta que no se pudo acercar más. Sabía al rocío y a caramelos, exactamente como él esperaba. Ella emitió un gemido profundo que lo volvió loco; incluso ella deslizó sus pequeñas manos hacia el pecho de él y las dejó descansar ahí. Toda ella eran curvas suaves y exquisitas; tan diferente a cualquier otra chica que hubiera besado y, con todo, increíblemente sexy... tanto que le volaba la cabeza.

Se separaron hasta que necesitaron tomar aire. Ashish sonrió y descansó la frente con la de ella. Sus ojos brillaban como nunca y ese hoyuelo volvió a aparecer y se anidó en el corazón de Ashish.

Ella soltó una risita.

—No sé qué decir, excepto... ¡Guau!

Él soltó una carcajada.

—«Guau» es bueno. Estoy completamente de acuerdo con un «guau».

Ella tragó saliva y se hizo un poco hacia atrás, luego bajó la vista a su regazo.

—Ese fue, eh, mi primer beso de verdad.

Él la miró fijamente. Era absurdo que nunca nadie hubiera besado a esta chica inteligente, dulce, graciosa y guapa.

—Entonces es un honor que yo haya sido tu primer beso. Aunque también me alegra que no me lo hayas dicho antes; habría sido demasiada presión.

Ella rio brevemente, pero no fue una risa alegre, como solía ser.

—Sí. Claro.

Él frunció las cejas.

—¿Qué quieres decir?

Ella suspiró profundo y lo miró a los ojos.

—Tú tienes mucha experiencia... Con las chicas... y yo no. O sea, literalmente tengo cero experiencia con los chicos. Sin exagerar.

—Oye. —Le tocó la mano con gentileza—. Eso no me importa. Para nada.

Ella lo miró como si estuviera decidiendo si le quería decir algo o no. Alzó la barbilla y le dijo:

—No seré fácil tan solo porque estoy gorda y nunca había salido con un chico.

Ashish se paralizó.

—Nunca pensaría eso de ti. ¿De alguna manera yo te di esa impresión?

Suspiró y bajó la mirada a sus manos apretadas.

—No. Es solo que sé lo que los chicos piensan de las chicas gordas. Y eso para nada es verdad.

Él le tomó la barbilla y ella lo miró.

—Yo no pienso eso. Y cualquier tipo que piense eso es una basura. No me importa si tú no tienes experiencia. Quiero que sepas que iremos a tu ritmo, ¿okey? No tengo ninguna expectativa y por mí está bien si nos tomamos las cosas con calma. Quiero decir… En mi última relación todo pasó demasiado rápido y mira en dónde terminó.

Ella estudió su rostro, como si buscara indicios de falsedad. Con todo, después, al fin sonrió, radiante, de oreja a oreja.

—Okey. Por mí también está bien que tomemos las cosas con calma. —Luego, frunciendo las cejas, dijo—: Pero besarnos es lindo.

Él rio.

—Besarnos es lindo. Okey, tomo nota. —dijo y, solo para demostrar que realmente lo entendió, se inclinó hacia adelante y la besó otra vez.

18
Ashish

La práctica de basquetbol del lunes después de la escuela fue bastante mediocre, como siempre. Ashish falló varios tiros fáciles, le pegaron en un lado de la cabeza porque siempre estaba viendo en la dirección equivocada; prácticamente Elijah fue quien llevó el juego y el entrenador lo regañó hasta hacerlo pedazos.

Ashish se aguantó con humildad todas las bromas y los comentarios pesados de sus compañeros, tanto los amables como los agrios. Sí, estaba jugando pésimo. Sí, lo sabía. No, no sabía cómo arreglarlo.

Algo dentro de él estaba apagado. Algo vital y apasionado y competitivo se había quedado latente desde que Celia lo dejó. En secreto (y al parecer de manera estúpida) tenía la esperanza de que este ingrediente que le faltaba volviera después de su primera cita con Sweetie. Pero no. Obviamente estaba en algún lugar del espacio, en algún viaje interestelar.

Él, Oliver y Elijah se estaban cambiando en los vestidores, entonces llegó un mensaje.

SAMIR
¿Puedo ir a tu casa?

Ashish suspiró y tecleó la respuesta.

> **ASHISH**
> Estoy terminando el entrenamiento de basquet. ¿Mejor mañana?

Aunque, también tenía entrenamiento mañana.

> **ASHISH**
> O mejor hoy. ¿Como a las siete?

> **SAMIR**
> Está bien.
> Nos vemos al rato.

Lo que fuera que Samir quisiera decirle, él encontraría la manera de zafarse. Sinceramente, en estos momentos, Ashish no estaba del todo contento con él. Lo había llamado varias veces el fin de semana y Ashish había dejado que entrara el buzón de voz. ¿Qué esperaba Samir, después de haber soltado toda esa basura ante Sweetie y comportarse como un completo imbécil? Pero era obvio que no lo dejaría en paz hasta que lo escuchara. Evidentemente solo quería pedirle una disculpa a medias. Como sea. Ashish azotó su casillero y volteó hacia Oliver y Elijah.

—¿Están listos?

Pero no lo escucharon. Al parecer tenían una discusión muy acalorada en la banca. Oliver, el más alto de los dos, estaba agachado casi encima de Elijah, haciendo gestos con las manos como hacía cuando estaba muy enojado y Elijah tenía una actitud cerrada, como si no quisiera oír. Estaban de lo más raros. Ellos nunca, jamás discutían. Si había ocurrido algo con lo que no estaban de acuerdo, uno de ellos siempre reía, le daba un beso al otro y le diría «Ay, mi bebé es tan apasionado» o algo igualmente cursi hasta las náuseas y gracias a lo cual a Ashish le daban ganas de sonreír y sacarse los ojos con un tenedor al mismo tiempo.

Se quedó ahí, preguntándose si debería irse, aunque luego descartó la idea. No quería dejarlos solos. Tal vez debería interrumpirlos... Pero es que se veían tan enfrascados... Y él tenía que llegar a casa, de otro modo no tendría tiempo para cenar antes de que llegara Samir a darle dolores de cabeza. Ashish se acercó y se aclaró la garganta.

—Eh... ¿chicos? ¿Están listos para irnos?

Elijah desvió la mirada, pero Oliver volteó a verlo. En sus ojos grises había lágrimas. Ashish se paralizó del shock. ¿Oliver estaba llorando? ¿Qué estaba pasando?

—Oigan, ¿están...?

Pero Oliver se talló las mejillas con los puños y se salió del vestidor. Elijah se agachó para amarrarse los zapatos, evitando por completo ver a Ashish a los ojos. Bien, ¿cuál era el protocolo para este tipo de situaciones? Nunca había estado en medio de un pleito de novios.

—Elijah... ¿qué...?

Su amigo se levantó y tomó su mochila con mucha más fuerza de la necesaria.

—Vámonos.

Guau. Ashish entendió la indirecta. Siguió a Elijah en silencio para buscar a Oliver. Pero se había ido. Lo cual era extraño, porque Ashish siempre lo llevaba. Discretamente sacó su teléfono y mandó un mensaje de texto.

ASHISH
Oye, ¿todo bien?
¿necesitas que te lleve?

OLIVER
¿También lo vas a llevar a él?

No había que tener la imaginación de Stephen King para adivinar a quién se refería.

ASHISH
Sí.

OLIVER
Entonces no, gracias.
Me voy por mi cuenta.

ASHISH
Oye, ¿qué está pasando?

OLIVER
¿Por qué no le preguntas a él?
Él es el que tiene todas las respuestas.

—¿A quién le escribes? —Elijah se asomó por encima del hombro de Ashish, quien guardó el teléfono de inmediato.

—A Oliver. —Elijah empezó a subirse al Jeep, pero Ashish lo detuvo con el brazo—. ¿Qué está pasando, E?

Elijah aventó sus mochilas al asiento trasero y luego volteó hacia Ashish con los brazos cruzados y la quijada tensa.

—¿Qué te dijo él?

—Solo que te preguntara a ti.

—Ah, bien. Al parecer, Oliver escuchó un rumor de que hace dos semanas me anduve besuqueando con un tipo del equipo de Eastman.

Ashish temió preguntar lo obvio, pero se obligó a hacerlo.

—¿Y es verdad?

Elijah se mofó.

—¡No!

—Okey, entonces, ¿cuál es el problema?

—El problema es que Oliver no me cree. Dijo que varias personas me vieron y que él sabía la verdad, así que lo mejor era que yo lo admitiera. Por supuesto, olvídate que el equipo de Eastman es completamente homofóbico. Olvídate de que nos han molestado a mí y a Oliver desde que empezamos a salir. Así que le dije que lo mejor era que termináramos. —Se sobó la quijada con la mano, alterado.

Ashish lo miró por diez segundos completos.

—¿Que le dijiste qué?

—Hemos estado juntos dos años, Ash. Soy su primer novio en serio. Y ahora actúa como esposo celoso. Simplemente creo que si no puede confiar en mí, entonces es momento de separarnos por un tiempo. Tal vez la relación se volvió demasiado formal.

Ashish exhaló con fuerza y trató de que su cara no dijera algo así como «Pedazo de idiota, estás cometiendo un grave error. ¿Cómo es que no te das cuenta?».

—Mira, no soy experto en relaciones formales, pero lo que tú y Oliver tienen… —Sacudió la cabeza y desvió la mirada—. La gente mataría por eso, ¿sabes? Las personas pasan la vida entera buscando eso y tú lo dejas de lado porque… ¿le importas demasiado? ¿A ti te importa demasiado? Ni siquiera puedo…

—Tú no estás en nuestra relación. No sabes.

Ashish no supo cómo responder a eso.

—¿Me estás diciendo que no eres feliz?

—No. Te estoy diciendo que siento como si estuviera casado. ¡Tengo diecisiete años! Ni siquiera sé qué es lo que quiero. Todavía no sé a qué universidad quiero ir o qué quiero estudiar. ¿Cómo puedo tomar la decisión supuestamente más seria de mi vida ahora?

—Tienes miedo, lo entiendo…

—No, no lo entiendes. —Elijah negó con la cabeza—. No puedes.

No había mucho que discutir sobre eso, así que Ashish asintió.

—Tienes razón. No puedo.

Elijah se subió al asiento del copiloto del Jeep.

—¿Podríamos irnos? —dijo y miró hacia el frente.

—Sip.

Ashish se subió y encendió el motor. Lanzó otro vistazo a Elijah, pero su amigo se rehusó a mirarlo. Tal vez Ashish no era un experto en relaciones, pero reconocía un corazón roto cuando lo tenía en frente.

—Samir está en el jardín —dijo Ma en cuanto Ashish entró por la puerta—. ¿Todo bien, *na*?

Por lo visto no podría cenar antes.

—Sí, todo está genial. —Suspiró y dejó su mochila en el piso del estudio y se fue a la puerta trasera. A través de los vidrios lo vio sentado en una banca, debajo de un sicómoro, con la cabeza baja, las manos sueltas sobre sus rodillas. Se veía… derrotado. No había indicios de actitud defensiva o arrogancia molesta.

Eso tomó a Ashish por sorpresa. Caminó hacia él y se sentó a su lado. La brisa del atardecer era fresca y recia, y le revolvió el cabello y sacudió los arbustos a su alrededor.

—Hola.

Samir volteó a verlo tan solo por un segundo.

—Hola. Gracias por recibirme hoy, amigo.

—Seguro. ¿Qué pasa?

—No has respondido mis llamadas.

Ashish se pasó una mano por el cabello húmedo y trató

de no mostrar su molestia. Samir sonaba tan abatido como se veía.

—Después del numerito en el Roast Me, no me puedes culpar.

Hubo una pausa en la que escucharon al viento silbar entre los árboles.

—No, supongo que no. —Samir se volteó hacia Ashish y le sostuvo la mirada—. Perdóname. Fue muy insensible de mi parte.

Si pensaba que sería tan fácil, era un ingenuo.

—Sí, lo fue.

Samir bajó la mirada a sus manos.

—¿Lo que dijo Pinky es cierto? ¿No le caigo bien a ninguno de ustedes?

Las luces del patio eran automáticas y se encendieron en ese momento; ahora se veían auras en los árboles y los arbustos. Ashish tomó aire, olió las rosas y lo verde que no sabía cómo se llamaba.

—Hermano, ¿nos culpas por eso? Constantemente nos haces bromas pesadas acerca de temas que para nosotros son delicados; mi relación con Celia, Pinky con su fase de cabello verde, las muestras de cariño en público de Oliver y Elijah. ¿Sabes? No nos haces fácil que nos caigas bien.

Samir se veía sorprendido.

—Pero... eso es lo que los amigos hacen. Se molestan entre ellos. Es por diversión. Yo creo que Oliver y Elijah son la pareja más arraigada que conozco.

—Sí, bueno, ya no tanto —soltó Ashish antes de poder detenerse.

—¿Qué?

—Rompieron. Diablos, no debí decirte nada. Solo olvida que lo escuchaste, ¿sí?

Samir se encogió de hombros.

—Y Pinky... Digo, de verdad me cae bien. Creo que es muy cool. No conozco a nadie más que tenga las mismas agallas para ponerse ese tono de verde.

Ashish alzo las manos al aire.

—¡Es que no dices nada de eso! Solo te burlas de nosotros y te ríes y nos provocas e insistes en eso que no queremos pensar. No pareciera que tienes buenas intenciones, Samir. Más bien pareces un completo cabrón.

Samir se quedó callado un buen rato. Luego se rio.

—¿Sabes qué es chistoso? Hasta esto del Roast Me, yo habría dicho que eras mi mejor amigo. Digo, sabía que probablemente Oliver, Elijah y Pinky eran tu top tres, pero yo definitivamente pensé que era el cuatro. Nos conocemos desde hace mucho tiempo.

—Sí. Y todo ese tiempo me has atormentado —replicó Ashish. No podía creer que Samir se haya hecho la idea de que eran mejores amigos.

Samir lo miró; sus ojos casi negros brillaban suavemente en la luz del jardín.

—Claro. —Suspiró—. Espero que sepas que lamento esto. Muchísimo. —Se levantó y sonrió a medias, pero era algo silencioso, nada que ver con su sonrisa burlona de siempre. —Me voy.

Ashish se despidió con la mano y escuchó los pasos de Samir hasta que se fueron disipando en el jardín porque daban vuelta hacia la entrada del frente. Definitivamente estaba raro. Samir nunca era humilde ni abierto o vulnerable ni nada de eso. Por un momento, Ashish se sintió mal; quizá no debió ser tan severo. Pero, caray, él mismo se lo había buscado. Y después del día que había tenido, con la práctica de basquetbol y los reclamos de Elijah, Samir tuvo suerte de que no lo aventara al estanque.

Entonces sonó su teléfono y lo sacó.

> **SWEETIE**
> ¿Unicornios o narvales?

¿Qué? Sonriendo de oreja a oreja, tecleó:

> **ASHISH**
> Narvales, por supuesto. ¿Tú?

> **SWEETIE**
> UNICORNIOS POR SIEMPRE.

Se rio y luego se detuvo, asombrado del sonido de su risa enmarañándose con la brisa del silencioso jardín.

> **ASHISH**
> ¡Guau!

> **SWEETIE:**
> ??

> **ASHISH**
> Me hiciste olvidar por completo el día del asco que tuve.

> **SWEETIE**
> Lol tu día del asco.
> Ay, tonto autocorrector.
> ☺
> Lamento que hayas tenido un día del asco.
> Pero me alegra que te hice olvidarlo.

> **ASHISH**
> Faltan solo cinco días.

SWEETIE
¿Listo para el Holi?

ASHISH
Sí, andar sudado y cubierto de polvos de colores es un sábado cualquiera para mí.

SWEETIE
Date la oportunidad, Ashish.

ASHISH
Está bien, Sweetie, pero solo porque tú estarás ahí conmigo.

SWEETIE
Coqueto a morir.

ASHISH
Hermosa a morir.

SWEETIE
Ya me voy.

ASHISH
Okey, pero sonríe.

SWEETIE
¿Para qué si no puedes verme?

ASHISH
Pero te siento, como dice la canción de Titanic.

Ashish guardó su teléfono, aún sonriendo, y sacudió la cabeza. Esto era absurdo; ¿cómo es que unos mensajes de texto le podían cambiar el humor de perro por este tan alegre? No era posible. Debía ser la falta de comida o algo. Sí, eso era. Necesitaba comer. Se levantó, se metió a la casa ignorando a propósito el hecho de que había dado unos brinquitos.

19
Sweetie

Sweetie estaba sentada en su cama con las piernas cruzadas viendo con la luz de la lámpara a Jason Momoa. Okey, su póster, pero da igual.

—Jason —dijo—. Nunca me das malos consejos. ¿Debería hacer esto? Mmm... —Luego volteó hacia Hrithik Roshan, su ídolo de Bollywood—. ¿Qué hay de ti? ¿Tú qué piensas? —Esperó un momento y suspiró—. Son las dos de la mañana y estoy hablando con un póster.

Se acostó de lado, se metió una almohada entre las rodillas y volteó hacia la luna que se veía desde su ventana. Había hecho millones de listas con los pros y contras, y no lograba tomar una decisión.

—El problema es —dijo en voz demasiado alta en el silencio de su recámara—. El problema es que sé lo mal que esto puede salir. Pero también sé que esto también me ayudaría a demostrar lo que las chicas gordas pueden o no lograr. Así que, ¿vale la pena? ¿Cómo tomar esa decisión si no puedo ver el futuro?

Sweetie se sentó de repente y escombró en el cajón de su buró. Sacó lo que estaba buscando y ahí, en la oscuridad, tomó su bola mágica como si su vida dependiera de ello.

—¿Debería cantar en la noche de bandas? —preguntó y luego, con manos temblorosas, vio la respuesta frente a ella—. Okey, está decidido.

Durante el almuerzo, sentada en la mesa, Sweetie respiró profundo y se volteó hacia sus amigas.

—Las señales dicen que sí.

Izzy no alzó la mirada y se quedó viendo su teléfono; Suki refunfuñó mientras leía y Kayla alzó una ceja.

—¿Eh?

¿En serio? Qué decepción. Se quitó el cabello de los ojos y resopló.

—Está bien. Lo haré. La cosa esa tonta de la noche de bandas.

Eso llamó la atención de las otras. Todas se enderezaron y la miraron fijamente.

—¿De verdad? —preguntó Kayla con voz alegre.

Sweetie asintió.

—Sí, lo pensé mucho y recibí, eh, intervención psíquica y decidí que... no las puedo dejar colgadas.

—No, ¡no puedes! —Suki se estiró por la mesa, la envolvió con sus brazos huesudos y le sobó la espalda—. ¡Sabía que no nos abandonarías!

—Podría besarte —dijo Kayla sacando el teléfono y tecleando con avidez—. Esto cambia todo; vamos a ganar el premio, estoy segura.

—¡Sí! —dijo Izzy juntando las palmas—. ¡Esas mochilas deportivas ya son nuestras!

Después de enterarse de la enorme atención e interés que todos los preparatorianos a la redonda tenían en la noche de bandas (ya habían juntado diecisiete grupos), el dueño del Roast Me acordó darle dos mil dólares al ganador. Izzy, Kayla y Suki decidieron que unas mochilas deportivas bordadas serían un gran regalo para el equipo de atletismo junto con las camisetas nuevas.

—No lo sé —dijo Sweetie, mordiendo su manzana—. Aún creo que deberíamos donarlo a una caridad. O, la mitad a obras de caridad y la mitad a pagar uniformes para niños que no pueden pagarlos.

—Lo cual también sería una obra de caridad —dijo Suki. Sus padres eran doctores, así que no estaba muy familiarizada con la pobreza.

—Es para ayudar. No necesariamente es caridad —dijo Izzy fielmente—. Pero aún creo que esas mochilas deportivas serían geniales. ¿Saben cómo se ve el hilo dorado?

—Sí —dijo Sweetie—, me lo has enseñado tres veces esta semana.

—Ah, cierto —dijo Izzy entre risas.

—Antwan está emocionadísimo —dijo Kayla, guardando su teléfono—. Okey, ¿ya tenemos las canciones?

—Sí. Ya que me han obligado a practicar cada vez que ustedes se reúnen, dudo tener problemas —dijo Sweetie retorciendo los ojos—. Estoy tan nerviosa, chicas. En serio, sudando a chorros y todo.

—¿Y qué fue lo que te animó a decidirte? —preguntó Kayla en buena onda.

Decir que su bola mágica le dijo o que Jason o Hrithik lo habían decidido por ella sería lo más fácil. Pero había una razón de fondo que había empezado a considerar seriamente: el proyecto de la Sweetie intrépida. Anoche, mientras estaba acostada en su cama, pensando en cómo ella sola se las había arreglado para llamar la atención de Ashish y empezar a salir con él, le dio una repentina ráfaga de confianza.

Cuando se besaron, se dio cuenta de lo mal que estaba que antes ella ni siquiera había hecho el intento por salir con alguien por culpa de aquellos idiotas que dijeron que las chicas gordas eran fáciles. Eso le hizo pensar cuántas otras cosas ella se había negado a hacer inconscientemente porque estaba gorda. Una cosa era resistir a los mensajes gordofóbicos, pero ¿qué había de la gordofobia que ella misma cargaba en su interior?

Ella era una excelente atleta, una muy buena estudiante, además de extremadamente creativa. Pero tenía talentos que nunca dejaba que salieran a la luz porque de cierta manera había interiorizado el mensaje de que realmente nadie quería saber de una chica gorda. Cantar era uno de esos talentos. Sí, tal vez había un montón de imbéciles que se reirían de ella. Pero sabía que una vez que empezara a cantar, se callarían. Y si no lo hacían, ¿qué? Ella quería cantar por *ella*, no por ellos. Y lo haría porque su talento y su necesidad de brillar eran más grandes que su talla o incluso más grandes que los prejuicios de Amma.

—Fue como tú dijiste, Kayla. Solo me di cuenta de que tenía que dejar de tener miedo de lo que la gente pensara. O sea, todavía tengo miedo, pero... —Se detuvo para sentir sus palabras—, pero mi necesidad de demostrarme algo es más grande que mi deseo por hacer feliz a los demás. ¿Tiene sentido?

Kayla sonrió de oreja a oreja.

—Tiene todo el sentido. Estoy orgullosa de ti, amiga.

—Yo también —dijo Suki.

—¡Y yo! —Izzy recargó su cabeza contra la de Sweetie.

Sweetie disfrutaba su amistad, como si se tratara del agua cálida del océano. Podía con esto. Sería *genial* en esto.

Durante jueves y viernes, el tiempo pasó muy lento. Incluso durante los entrenamientos, que ella dominaba por completo, parecía que cada segundo del reloj pasaba como aceite denso goteando entre cada tuerca y perno. Sin importar a dónde volteara, veía a Ashish por todos lados: un chico alto con cabello negro, la risa de un chico de último año al que le contaron un chiste, la sonrisa masculina de un tipo en un comercial de la tele. «Ten cuidado, Sweetie; no se trata de que te enamores del chico». Él era un coqueto incansable, pero Sweetie no le daba mucha importancia. Él básicamente le había dicho que no podía entregarse al cien por ciento debido a Celia. Además, Ashish era una de esas personas coquetas por naturaleza; era su estado normal. Hasta cuando descansaba era coqueto. Además, estaba pasando por momentos dolorosos y ella debía respetar eso. Y sí lo respetaba. Esto tal vez era un tipo de locura temporal.

El sábado en la mañana, Sweetie llegó a la casa de Ashish vestida con una vieja camiseta de algodón blanca (la mejor para lucir los polvos de colores del Holi) y un par de pants viejos. De pronto se sintió un poco incómoda al pie de la puerta, pensando si tal vez su aspecto era un poco desaliñado. Claro que su ropa acabaría arruinada en el Holi, este festival de colores en el que la gente en verdad tenía permiso para arrojarte polvos de colores y embarrártelos en la cara, pero, como sea, eso seguía siendo una cita.

Entonces Ashish abrió la puerta con su gran sonrisa coqueta y se relajó. Traía una camiseta deshilachada y pants viejos, igual que ella. Ni siquiera se había molestado en cepillarse el cabello.

—¡Al Holi! —dijo mientras cerraba la puerta tras él y bajando las escaleras con ella.

—Espera, ¿tus padres no vienen?

—Nah. Ellos hacen la puja en el templo, pero no han hecho lo de los colores en años. Dicen que están demasiado viejos, pero yo realmente creo que es porque no tienen ropa suficientemente vieja.

Ella se rio.

—Sí, tal vez sea eso.

Caminaron hacia el Jeep de Ashish.

—Si no te importa, me gustaría irnos en este auto, para no ensuciar el Porsche.

—Bueno, de hecho, pensé que tal vez yo podría conducir hoy —dijo Sweetie alzando las cejas inquisitivamente.

Ashish dudó un momento.

—Okey, sí, sí. —Caminó hacia su sedán y ella rio. Él frunció las cejas—: ¿Qué?

—No estás acostumbrado a que te lleven en una cita, ¿verdad?

Él abrió la boca para discutir, pero la cerró.

—No, la verdad, no —exclamó, luego rio y se subió al asiento del copiloto—, pero estoy abierto a esto.

—Me alegra —dijo Sweetie sonriendo. Se metió al auto y encendió el motor—, porque soy una excelente conductora.

Diez minutos después, en el camino, Ashish volteó hacia Sweetie.

—Cuando dijiste «excelente», ¿quisiste decir «la conductora más lenta en la historia de la humanidad»?

Sweetie frunció las cejas y le lanzó una mirada asesina.

—Quise decir que soy la más segura. En la vida.

Ashish refunfuño y se acercó para ver el velocímetro.

—¡Cincuenta kilómetros por hora! Creo que el límite es setenta.

Sweetie lo empujó.

—¡Vete a tu lugar! Y sí, lo sé. Por eso es que estoy en el carril adecuado. Y para que lo sepas, esa es la velocidad máxima, no la mínima.

Riéndose, Ashish contestó:

—Otra manera en la que somos opuestos.

Sweetie se aclaró la garganta, discretamente se limpió las manos sudorosas con la camiseta, una a la vez, y regresó las manos a la posición diez-diez al volante. Había llegado el momento de hablar del gran tema: la noche de bandas.

—Eh, tengo una pregunta.

—Dime.

Pero, antes de que pudiera hablar, sonó el celular de él. Otra vez. Y otra vez.

—Vaya, ¿quieres contestar?

—Sí, déjame ver… —Metió la mano al bolsillo y sacó el celular. Ella oyó que murmuraba en voz muy baja algo como «Ay, por f…».

—¿Todo bien?

Él suspiró.

—Sí. —Ella lo miró bien: su quijada estaba tensa y miraba fijamente al parabrisas.

—Okey, obviamente no es verdad —dijo amablemente—. No tienes que hablar de ello, pero solo digo que soy buena para escuchar.

De reojo pudo ver que sus hombros se relajaban.

—Perdón. —Se sobó la quijada y continuó—: Es solo que estoy teniendo problemas con un amigo. Pseudoamigo. Y mis otros dos amigos. Son momentos complicados.

—Lo lamento. —Después de una pausa, preguntó—: ¿El pseudoamigo es Samir?

—¿Es tan obvio? —La voz de Ashish era grave, se oía cansada—. No es mi gran amigo, en realidad. Siempre dice cosas inapropiadas que nos molestan. Me siento mal por él; lo conozco de toda la vida, pero, caray, me saca de mis casillas. No va a la escuela, le enseñan en casa; está completamente aislado, pero se cree la autoridad en todos los temas y que está por encima de todos.

—Tal vez es una barrera defensiva —concluyó ella mordiéndose el labio inferior—. A veces, cuando la gente se siente vulnerable se pone agresiva. Tal vez no sabe cómo relacionarse contigo. —Ella había pasado por una etapa parecida en la secundaria—. Como todos le hacían burla, decidió dar la vuelta a las cosas y se convirtió en una pequeña idiota. Pero ser sarcástica y agresiva durante todo el día resulta extenuante. Decidió que ella no era así, tal como también había decidido que no era el tapete de Amma. Quizá la respuesta estaba en encontrar un punto medio.

—Quejarse con su mamá definitivamente no es la forma de relacionarse —respondió Ashish. Luego, al ver la cara de confusión de Sweetie, levantó su celular—. Era un mensaje de texto de mi mamá. Al parecer, la mamá de Samir la llamó para decirle que el lunes dejé a su hijo alterado. Tuvimos una conversación que no resultó como él quería.

Sweetie sacudió la cabeza.

—Las amistades pueden ser tan complicadas. Tengo suerte de tener a tres grandes amigas con un mínimo de drama. Pero aun nosotras tenemos nuestros altibajos.

—Sí... —Hizo una pausa y ella sintió el peso de las palabras que no dijo en el aire; esperó—. Y, encima de todo, Oliver y Elijah terminaron. Estuve al teléfono con Oliver hasta las tres de la mañana y casi todo el tiempo fue oírlo llorar. Oliver *nunca* habla por teléfono, así que eso es muestra suficiente de lo mal que están las cosas.

—Ay, no. —Sweetie se sintió genuinamente mal; le habían caído muy bien. Especialmente Oliver, que había sido tan amable y le dio una bienvenida tan linda—. ¿Qué pasó?

—Ni siquiera estoy seguro de que *ellos* sepan. Han estado juntos desde el primer año de preparatoria. Todo parecía ir bien y de pronto explotó. —Se rio—. Vaya, mira nada más cómo me estoy desahogando contigo. Perdón.

—Está bien. —Ella lo miró para que supiera que lo decía en serio—. Me gusta escuchar lo que sucede con tus amigos.

Él sonrió.

—Gracias. Pero ¿no me ibas a preguntar algo cuando sonó mi celular?

—Ah, sí. —Tragó saliva. En verdad era absurdo que estuviera tan nerviosa—. Eh, pues mis amigas y yo organizamos una noche de bandas en el Roast Me. Es del jueves en ocho a las ocho y media; pensé que tal vez, si no tienes nada que hacer, querrías venir. —Cuando él no contestó enseguida, ella se apresuró a decir—: Eh, no tiene que ser una cita, por supuesto. Sé que solo tenemos permiso para cuatro citas en la lista de tus padres. Pero puedes ir como… amigo. Solo para apoyar. El dinero que se recaude se usará para comprar camisetas nuevas para el equipo. —«Ya deja de hablar y dale un momento para que responda, por Dios».

Cerró la boca de golpe y esperó.

De reojo pudo ver que él tenía su característica sonrisa engreída, treinta por ciento de sonrisa y setenta por ciento de coquetería ardiente. Y ella ni siquiera tenía extintor en su auto. Trató de no suspirar.

—Claro que iré —dijo él.

—¿De verdad?

—Por supuesto. Quiero que tengan camisetas nuevas, por favor. Además, ya me había enterado en Richmond y planeaba invitarte.

—Ah. —No pudo evitar sonreír a diente pelado. Una cita-no-cita-del-todo con Ashish Patel. Le gustaba la idea. Muchísimo.

—Entonces, ¿quieres ir a mi casa y de ahí nos vamos juntos?

Ella se relamió los labios.

—Eh, acerca de eso… De hecho, tengo que llegar más temprano porque… estoy en una de las bandas.

—¡¿Cómo crees?! —Ashish se veía especialmente emocionado—. ¿Qué instrumento tocas?

—Soy la vocalista principal. —Trató de no hacer una mueca ante lo presumido que sonó eso—. Pero solo porque Kayla y las demás me presionaron.

—¡¿En serio?! ¿Me creerías si te digo que fui el vocalista principal de mi banda en secundaria? Nos llamábamos los Burning Bow Ties.

Sweetie lo miró con desdén.

—¿Ah, sí? ¿Cómo sé que no lo dices porque me quieres robar mi momento, señor protagonista?

—¿Cómo podría robarte tu momento con un grupo que se llama Burning Bow Ties?

Ella rio.

—Okey, pero tienes que convencerme. Cántame algo.

—¿Ahora?

—Ajá. ¿O te da miedo?

—Está bien, está bien. Pero solo si tú cantas conmigo.

Diablos. Sweetie deseó no haber empezado.

—No. No quiero.

—Sweetie, en la noche de bandas vas a tener que cantar frente a una multitud.

—Sí, pero mis amigas van a estar ahí conmigo, y otros grupos, y no es una guerra de bandas.

—Vamos. Yo estoy aquí para apoyarte.

Ella suspiró.

—Okey. ¿Qué vamos a cantar?

—Tú escoge.

—¿Qué tan bueno es tu hindi?

—Me defiendo. ¿Quieres cantar en hindi? No es por presumir, pero me salen superbién.

Sweetie respiró profundo y empezó a cantar.

20
Ashish

Ashish miró a Sweetie con la boca abierta. Estaba cantando «Meherbaan», la canción de esa película, ¿cómo se llamaba? Ah, sí: *Bang, Bang!*, en la que sale Hrithik Roshan. La primera vez que escuchó esa canción, le gustó. Era un poco cursi, pero como sea, era linda.

Pero, ahora era como oír música por primera vez. Se sentía como oro tibio rebosando en su alma.

La escuchó con cada fibra de cada músculo. La escuchó tan atentamente que olvidó quién era él.

Sweetie

Sweetie se detuvo de pronto y miró a Ashish con el corazón acelerado. ¿Por qué no estaba cantando con ella? Ay, Dios. ¿Qué tal que odiaba su voz? A la mayoría de la gente le gustaba, pero la música era algo demasiado subjetivo.

Eh, ¿por qué la miraba así?

—¿Ashish?

—¿Sí? —Su voz se oía un poco taciturna o algo así, como si estuviera soñando despierto. Parpadeó y cuando volvió a hablar su voz era normal—. Dime.

—No estás cantando conmigo.

Él sacudió la cabeza, como si tratara de aclarar sus pensamientos.

—Ah, sí... sí. Voy a cantar. ¿Lista?

Ella asintió y empezó la estrofa de nuevo; esta vez él se unió.

Tal vez escoger una canción acerca de alguien que se enamora y trata de descifrar lo que eso significa no fue de lo más hábil, pero fue la primera canción que le vino a la mente y empezó a cantar sin pensarlo mucho. Pero no puso mucha atención a eso porque se dio cuenta de que la voz de Ashish era como una seda suave resbalando por una lija. Hermosa, sin lugar a dudas.

Sweetie sonrió para sí mientras cantaban juntos y sus voces vibraban y se entrelazaban, y subían y bajaban de tono. Era casi perfecto y eso que su cita apenas había comenzado. Al oír a Ashish cantando en hindi, Sweetie se dio cuenta de algo: aquello no solo se trataba del proyecto de la Sweetie intrépida; se estaba enamorando de este chico.

Mientras se estacionaban en Oakley Field terminaron la canción por segunda vez (se imaginaron que un público de fervorosos fans les pedía que la volvieran a cantar).

—Querido público —dijo Ashish, sosteniendo un micrófono imaginario mientras Sweetie maniobraba en aquel estacionamiento retacado—, ¿quién cantó mejor: Ashish Patel —aquí simuló los vítores de miles de fans— o Sweetie Nair? —Y entonces simuló el ruido de millones de fans vitoreando con un fervor salvaje. Él hizo una reverencia, aceptando la derrota—. La multitud no miente. —Alzó la vista hacia ella, con su sonrisa ardiente—. Tu voz tiene verdadera calidad de *koyal*.

Koyal era la palabra en hindi para el pájaro que canta las melodías más armoniosas. Sweetie sonrió mirándose las manos.

—Gracias. Tú tampoco cantas nada mal. —Alzó la vista hacia él—. Tú también deberías cantar en la noche de bandas.

Ashish rio levantando las manos.

—Mejor nada más voy y tomo todo el café a mitad de precio que pueda. La verdad, mis días de canto murieron junto con los Burning Bow Ties.

Se bajaron del auto y pasaron por un puesto donde vendían polvos de colores. Ashish insistió en pagar, como siempre, y compraron un paquete de cada color, desde morado eléctrico, que casi le saca lágrimas a Sweetie, hasta un verde botella y un amarillo mostaza.

—¿Crees que con esto baste?

Sweetie rio; luego caminaron hacia el campo, agachándose y esquivando ríos de gente que reía y gritaba. Ashish estaba batallando con los paquetes de polvos; en cuanto agarraba uno, otro se le escurría. Sweetie alcanzó a atrapar un azul pavorreal antes de que cayera al piso.

—Siempre ten provisiones de más, Nair —le dijo Ashish—, es la única manera de sobrevivir a esto. Míralos, arremolinándose inocentemente. Pero en cuanto termine la cuenta regresiva, se transformarán en despiadados matones de colores.

Sweetie arqueó una ceja y miró a todos alrededor, una mezcla de gente de la India y de otras culturas.

—No sé... se ven bastante inofensivos.

—Ya verás —dijo sombríamente Ashish—. Tal vez te dijeron que Holi es el festival de los colores, el festival del amor, el símbolo de la primavera y de los nuevos comienzos. Pero hay un lado mucho más siniestro del Holi. En el fondo es una competencia sangrienta de rivalidad implacable de la que casi nadie habla.

Sweetie rio.

—Bueno, me gusta que haya gente de todo tipo. Mira a toda esta gente: debe haber al menos diez etnias diferentes.

—Sí, eso es bastante genial. —Caminaron más al interior, donde había un escenario en el que el maestro de ceremonias haría la cuenta regresiva para que la gente empezara a aventarse polvos de colores—. Faltan cinco minutos. —Su teléfono sonó—. Demonios. —Trató de sacarlo, pero tenía las manos llenas. Suspiró y dejó los polvos en el piso, metió la mano al bolsillo, sacó su teléfono y frunció las cejas al ver la pantalla.

—¿Hola? —Sweetie vio que su expresión cambiaba de confusa a seria—. Hola, tía Deepika. No, no, estoy en el festival Holi… Cierto. Lo sé. Sí, así es… Bueno, ya sabes, Samir no facilita mucho las co… —Escuchó por unos segundos, luego suspiró en silencio—. Está bien, puedo ir y hablar con él. Tal vez en la tarde… No, no le diré que voy a ir. Okey, adiós… De nada, bye.

Sweetie vio cómo levantaba sus paquetes de polvo en silencio.

—¿La mamá de Samir?

—Sí. Quiere que vaya a su casa a hablar con él. Al parecer, lleva varios días triste y ella se está preocupando. —Puso los ojos en blanco—. De verdad que lo trata como bebé. —Sweetie hizo una mueca, pero no dijo nada—. ¿Qué? —Ashish sonó genuinamente curioso por lo que iba a decir.

—Creo que cuando la gente actúa tan fuera de la normalidad es porque tienen una buena razón. Tal vez no sepamos cuál es, pero para ella… Quizá tenga miedo de algo, ¿no?

Ashish se le quedó viendo un buen rato.

—Ella tuvo cáncer hace algunos años —dijo tranquilo—. Evidentemente, logró vencerlo, pero en realidad ella cambió mucho cuando la diagnosticaron. Samir estaba en quinto año y lo sacaron de la escuela para que su mamá le enseñara en casa. —Él sacudió la cabeza y dio un paso hacia donde ella estaba; su corazón se aceleró—. En el fondo eres una muy buena persona, ¿verdad?

Los latidos del corazón de Sweetie retumbaron aún más cuando lo miró y sus ojos se conectaron entre paquetes de colores.

—Diablos —dijo él y soltó una carcajada.

—¿Qué?

—Quería acariciarte el cabello, pero tengo las manos ocupadas y tirar estos paquetes al piso antes de hacerlo no se vería nada romántico.

Ella rio.

—Está bien. De todos modos, te doy unos puntos de romanticismo.

—¿Sí? —Él mantuvo los ojos fijos en los de ella y a ella se le desvaneció la sonrisa.

—Sí.

—¡Su atención, por favor! ¡Ha llegado el momento que todos estaban esperando! ¡Es la hora de la cuenta regresivaaaaaa!

Ashish parpadeó y se alejó de ella en cuanto escuchó la voz del maestro de ceremonias. Fue como si entrara en un trance o algo lo hubiera sacado de sí.

—En realidad no merezco ningún punto de romanticismo. Como sea, es hora de empezar.

Su voz era más grave y ella frunció las cejas. ¿Qué acababa de pasar? Definitivamente estaban teniendo un momento y ahora, simplemente se había ido. Y no era nada más porque los habían interrumpido. Se trataba de algo más.

—Cinco...—anunció el maestro de ceremonias.

Alrededor, todo mundo estaba muy entusiasmado, abriendo sus paquetes de polvos. Ashish estaba abriendo los suyos sin verla a ella. Sweetie abrió la boca para decir algo, preguntarle qué acababa de pasar, pero la cerró. ¿Había malinterpretado por completo la vibra entre ellos? Pero ¿cómo? Si él dijo que estaba tratando de ser romántico, ¿no? Eso quería decir que estaban en el mismo canal.

—¡Cuatro!

Sweetie desgarró su paquete de polvos amarillos.

—Oye —dijo—, ¿todo bien?

Él la miró y sonrió, pero la sonrisa no llegó a sus ojos. Tampoco era su sonrisa coqueta, tan solo una sonrisa común, medio artificial.

—Sip.

—¡Tres!

—Ashish —se acercó a él—, sabes que me puedes decir si algo te molesta.

—¡Dos!

Pero él siguió con su sonrisa falsa.

—Nop, no hay nada que me moleste.

—¡Uno!

Ella hizo una mueca.

—Bueno, tú lo pediste.

Él frunció las cejas y estiró el cuello justo cuando el maestro de ceremonias daba el banderazo.

—¡Holi aaayiiii! ¡A lanzar polvos se ha dicho!

Sweetie tomó el paquete entero de amarillo y lo vació sobre la cabeza de Ashish. Él se le quedó viendo un momento, completamente polveado. Su cabello era amarillo, su rostro era amarillo, su ropa estaba irremediablemente manchada. Ay, no. Diablos, se veía realmente furioso. ¿Acaso Sweetie había malinterpretado algo?

Pero entonces él empezó a carcajearse. Y, antes de que ella pudiera darse cuenta, él le había vaciado un paquete de morado encima.

—¡Oye! —gritó riendo y empezó a abrir otro paquete. Pero él atacó antes que ella.

—¡Ahí te va un poco de rubor, Sweetie!

Ambos reían sin poder evitarlo, tratando de abrir los paquetes de polvo antes que el otro. Sweetie se lanzó hacia él con un puño entero de azul justo cuando él iba al ataque con otro puño de verde. Se encontraron a mitad del camino y empezaron a luchar con fuerza tratando de aventarle al otro el polvo de colores; al final acabaron amontonados en el piso. La gente alrededor se disipó por todos lados, riendo. El aire estaba nublado con todos los colores.

Sweetie estaba debajo de Ashish; él estaba deteniéndole los brazos contra el piso mientras le embarraba polvos verdes en el pelo y la nariz. Ella trataba de quitarse a Ashish de encima, riendo, y alcanzó a rociarle fucsia en el cuello. Ambos se revolcaban tratando de zafarse del otro, de pronto, se detuvieron. Ashish estaba encima de ella sujetada de las manos y las rodillas a cada lado de la cintura de ella. De pronto pensó que todo esto era muy... sexy.

Se agachó y le miró los labios. Él estaba todo desaliñado, pintarrajeado de colores, pero, aun así, a ella no le importó cuando presionó sus labios contra los de ella. Podía saborear la maicena de los polvos, pero eso no frustró el calor del momento. Ella se abrazó a su cuello y en aquel caos ruidoso del festival del Holi, él la jaló hacia sí y la besó hasta que los dos terminaron mareados, sin aliento, sonrientes.

Cuando se separaron, él puso una mano sobre sus labios. La sonrisa se había ido, como una estrella fugaz que implota en la noche. Ashish se levantó y caminó unos pasos lejos de ella.

Mareada, tratando de recuperar el aliento, Sweetie se levantó y fue hacia él.

—¿Qué... qué acaba de pasar?

Él volteó a verla, con ojos dolidos.

—Sweetie, yo...

Ella apenas pudo oírlo, negando con la cabeza, señaló el estacionamiento, donde no había nadie. Él asintió y la siguió por el campo, ambos esquivando los gritos, los alborotos, el bullicio de la gente sonriente y coloreada.

En cuanto estuvieron solos, se volteó hacia él y esperó.

Él se sacudió el cabello, de donde salió una nube de polvos morados y amarillos que se disipó entre ellos, y entonces él la miró.

—Lo siento. No estoy tratando de ser impredecible y raro.

—Okey, ¿qué está pasando entonces?

—Tengo una teoría —dijo apresurado—. Te comenté que básicamente por el momento soy incapaz de conectar con alguien debido a Celia, ¿cierto?

Sweetie podía ver cómo todavía el mencionar a Celia le dolía en el fondo del corazón y sintió al mismo tiempo empatía y envidia.

—Ajá.

—Bueno, pues resulta que me gustas muchísimo. —Tragó saliva, su gran manzana de Adán sobresalía. Desvió la mirada y se rascó la barbilla—. Eh... y quiero decir que físicamente me siento muy atraído a ti.

Ella sintió cómo se encendían sus mejillas.

—Eso... eh... tú también me gustas mucho, Ashish.

—Quería cantar, tan solo gritar abiertamente algo alegre, jubiloso. Pero, obviamente, no lo hizo. Ella le gustaba a Ashish Patel, el que bien podría ser modelo de GQ. Si fuera cristiana diría: «¡Aleluya!». Esas eran buenas noticias. Excelentes noticias.

Ashish

Esas eran malas noticias. Pésimas, pésimas noticias. Miren nada más su cara, radiante, contenta; sus ojos inocentes, sin rencores, alegres. Lo odiaría en cuanto terminara.

—Pero, ¿no te das cuenta? Eso no está bien; besarte y abrazarte es maravilloso… —Suspiró con aliento tembloroso—. Vaya que es maravilloso, pero… no es justo para ti. —De verdad no podía creer que estuviera diciendo esto. En voz alta. A una chica sexy. Pero Sweetie no era nada más una chica sexy. Era Sweetie. Ashish respiró profundo y dejó de lado su ego—. La verdad es que no puedo darte la otra parte de una relación. La parte, eh, emocional, el compromiso que te mereces. —Él dio un paso al frente y la tomó de las manos—. Tú deberías tener eso, Sweetie, no nada más un chico con quien intercambies saliva.

Ella alzó una ceja.

—Okey, primero: iugh, retiro tus puntos de romanticismo. Segundo: ya hablamos de esto en el Roast Me, ¿recuerdas? En serio creo que estás pensando demasiado en esto.

—¿De veras?

—Hemos estado saliendo, literalmente, por una cita y media. Hace tres semanas ni siquiera nos conocíamos. No soy una gurú de las relaciones ni nada de eso, pero me imagino que es fácil sentir atracción física por alguien, pero la cuestión emocional requiere de tiempo. —Se encogió de hombros—. Yo estoy dispuesta a darle tiempo. ¿Y tú?

Él la miró fijamente. No podía ser tan fácil, ¿o sí?

—No… no creo que funcione así.

Ella se encogió de hombros de nuevo.

—¿Por qué no?

Sweetie, en verdad me gustas. Eres genial, pero...

—A menos que planees regresar con Celia en las próximas semanas, no tienes nada que perder.

Él la siguió mirando fijamente.

—No quiero lastimarte.

—No lo harás. —Ella sonrió con serenidad—. Confío en ti. Y, de cualquier forma, deja que yo me preocupe por eso, ¿sí?

—Yo... pero... ¿Estás segura?

Ella le apretó las manos y su sonrisa se hizo más grande. El corazón de Ashish chisporroteaba y aleteaba en su pecho, tal como un pájaro asustado.

—Sí, estoy segura. Ashish, me dijiste que piensas que soy sabia y bondadosa. ¿Me mentiste?

—Bueno, no. —No dijo que pensar que alguien era sabio o bondadoso no implicaba que fuera a enamorarse de ella en algún punto. Él pensaba lo mismo de su madre.

Pero entonces, Sweetie se alzó de puntitas y lo besó; sus manos se juntaron entre sus cuerpos y cualquier pensamiento racional y lógico salió volando.

En verdad no había nada que se igualara a besar a Sweetie. Si todos pudieran hacerlo, no habría armas nucleares. No habría competencias entre quién tiene el mejor armamento. La gente no sentiría el impulso de bombardear o robar porque estarían demasiado ocupados tratando de obtener un beso más. Besarla era la solución a la paz mundial. Ashish estaba seguro de ello. De hecho, lo mejor era que nadie se enterara. Así tendría menos competencia. Envolvió sus brazos alrededor de su cabello de arcoíris y la acercó a él.

Estaban sentados bebiendo smoothies en uno de los puestos de comida.

—¿Qué tal está el de aguacate y vainilla? —preguntó Sweetie. Él le estiró su vaso para que lo probara. Ella hizo una mueca—. ¡No tan mal para ser de aguacate con vainilla! Prueba el de crema de cacahuate con plátano y chocolate.

Él lo probó y sacudió la nariz.

—Ay, Dios. Demasiado. Dulce.

Ella se rio.

—Lo bueno es que no estás saliendo con alguien llamada Sweetie o algo así.

Él le guiñó.

—Eso es diferente.

Ella bajó la mirada con timidez; el corazón de él golpeteó. Para alguien que se consideraba un coqueto de primera, se dio cuenta de que gran parte del tiempo él se sentía fascinado por Sweetie. Le ordenó a su corazón que se tranquilizara inmediatamente, con un carajo.

—Y, dime algo —dijo él, cruzando las piernas y colgando el brazo del respaldo de su silla para distraerse de aquellos sentimientos—. ¿Tus padres en verdad no tienen idea? ¿Qué creen que estás haciendo?

—Que estoy con mis amigas —respondió ella—. Kayla, Izzy y Suki son muy buenas para encubrirme. —Le dio otro trago a su smoothie—. Pero no me gusta mentirles. Ojalá no tuviera que hacerlo.

—No será por mucho tiempo; les diremos pronto, ¿cierto? —No le dijo que al final de las cuatro citas, probablemente ambos decidirían romper. Ma y Pappa creían que al final él terminaría enamoradísimo de ella. Ella no tenía problema con que a él le gustara físicamente porque pensaba que toda la cuestión emocional vendría después. Él estaba seguro de que al final de todo esto la consideraría una muy buena amiga. Pero, ¿amor? Eso no sucedería. Él estaba acabado. Como un balón que estuviera lleno de amor en vez de aire y Celia hubiera llegado con un destornillador, lo hubiera agujereado hasta dejarlo vacío. El balón nunca más podría llenarse de amor. Estaba dañado.

—Sí —le respondió Sweetie—. Solo espero que Amma me perdone. Nuestra relación es un poco complicada por el momento.

—¿No dijiste que te llevabas mejor con tu padre?

Sweetie se recargó en el respaldo y sonrió con su característica sonrisa chispeante.

—Sí. Achchan y yo nos parecemos mucho. No nada más físicamente. Somos como mentes gemelas o algo así. Me doy cuenta de que él puede intuir que estoy tramando algo. Hoy me preguntó por mis amigas y... —Sacudió la cabeza; su sonrisa se disipó—. Yo realmente quería decirle. Pero, si lo hago, sé que le querrá decir a Amma porque su sentido de lealtad es muy fuerte, y eso arruina por completo el proyecto de la Sweetie intrépida. —Ella se detuvo de golpe, con los ojos abiertos a tope.

21
Sweetie

Se le enfrió la sangre. Literalmente, congelada. Okey, quizá no literalmente, pero casi.

No lo había dicho en voz alta. Por favor, Dios. Por favor, que sea una alucinación áurea o algo así. POR FAVOR, POR TODO EL AMOR QUE…

Ashish

—¿El *qué*? —Ashish sintió que las comisuras de sus labios se curveaban—. El proyecto de la Sweetie in…

Ella se inclinó y le tapó la boca con la mano. Él trató de no disfrutar el momento demasiado.

—Nunca, nunca repitas eso. Jamás.

—Pero…

—Ashish, te lo *ruego*.

Él analizó la expresión de ella, sus ojos de pánico; por dentro él se estaba mordiendo las mejillas, para no reír. Levantó las manos y habló con voz amortiguada, detrás de la mano de ella.

—Okey, okey, no lo diré. —Ella quitó la mano, se volvió

a recargar en el respaldo y siguió sorbiendo su smoothie con inocencia; luego él rio y dijo—: Pero tienes que decirme qué implica eso.

Ella lo miró con los ojos abiertos a tope.

—Implica que lucho por ser quien soy, por lo que creo. Implica dejar a un lado dieciséis años de mensajes de mierda de parte de mi madre y los medios y otras personas de mi vida, incluyendo niños y adultos, que creen que soy menos que ellos por mi apariencia.

Ashish sintió ternura.

—Ah. —Le tomó la mano—. Me gusta. Creo que deberías mandar a hacerte una camiseta que diga eso. En serio.

Ella retorció los ojos.

—No.

—Bueno, si me hicieras una camiseta así, me la pondría. Orgullosamente.

Ella le examinó el rostro, como si evaluara si estaba bromeando o no.

—Lo dices en serio, ¿cierto?

Él asintió.

—Creo que la gente que lucha por ser quien es, especialmente cuando le dicen que no puede serlo, es el tipo de persona que este mundo necesita.

Ella sonrió de repente. Auch. Necesitaba una alarma o algo que le avisara cuando ella iba a sacar esa hermosura enfrente de uno.

—Gracias, Ashish.

Él le hizo una reverencia.

—De nada, Sweetie. —La miró por debajo de las pestañas—. ¿Sabes? Hoy me divertí.

—Sí, yo también.

—No, *en serio*. Aquí y en el templo. Haciendo cosas de nuestra cultura. Con una chica que me escogieron mis padres.

Ella rio.

—Pareces un poco conmocionado.

Ashish negó con la cabeza y tomó un poco de su bebida.

—Más vale que me cuide o voy a acabar como Rishi —murmuró—. Aunque eso no les molestaría a mis padres.

Sweetie puso una mano sobre la de él.

—No conozco a tu hermano, pero te estoy conociendo a ti y te diré esto: no quisiera que fueras más que exactamente quien eres.

Era una locura, pero Ashish creyó que lo decía realmente en serio.

Verla alejarse en su auto fue lo más difícil. Estar con ella, su ternura, su bondad, lo estaba cambiando. Se sintió como una roca filosa que se estaba suavizando gracias al gentil flujo del río, que estaba sucumbiendo a su belleza sin siquiera darse cuenta de que estaba entregándose. Cuando estaba con ella, sus «juegos de coqueto engreído» se sentían ridículos e infantiles. Al estar con ella le daban ganas de ser bondadoso también. Se dio cuenta de que quería merecerla.

Entonces sonó su celular. Suspiró y lo sacó. Seguramente era Samir o su madre, de nuevo, alterada. Pero se congeló al ver el nombre en la pantalla.

CELIA
Te extraño.

Ashish leyó las palabras una y otra vez. Celia lo extrañaba. Había sido ella quien terminó la relación, así que, ¿esto qué significaba? Tecleó obnubilado, sin que le importara que sonara completamente amargado.

ASHISH
¿Y el don pulgares?

CELIA
Ay, Ash, no hay nadie como tú. Me siento tan sola. Aun entre gente me siento aislada.

Vaya, esto era serio. Celia nunca usaba palabras como *aislada*, a menos que tuviera uno de sus arrebatos. Esperó.

CELIA
¿Te puedo llamar? Por favor.
Sé que no tengo derecho a pedirlo.

Él debería responder algo así como «Sí, tienes razón. No tienes ningún derecho». O «Tú y tu *aisladez* váyanse al diablo, Celia». Refunfuñó y colgó la cabeza hacia atrás. ¿Cuándo aprendería? ¿Cuándo? Sus dedos teclearon.

ASHISH
Claro.

Su teléfono sonó de inmediato. Él contestó, pero no dijo nada.

—¿Ash? —Su voz grave y seductora le hacía cosas a su corazón y a su cuerpo que había olvidado—. Gracias por hablar conmigo. —Se escuchaba un tono de disculpa, así que ya no dijo nada de la retahíla de rencores que quería.

Caminó por la casa mientras suspiraba, hacia el jardín, cerca del estanque.

—No estoy muy seguro de qué quieres hablar. ¿Estás bien?

Él podía oír la sonrisa en su voz.

—Siempre has sido tan considerado. Extraño eso. Aquí

nadie se preocupa tanto por mí. Soy tan solo un cuerpo más flotando por los pasillos.

—¿Qué pasó con Thad? —preguntó Ashish, quitando una hoja seca del rosal y triturándola con los dedos—. Creí que estabas «fascinada» con él o lo que sea. —Hizo comillas en el aire aunque ella no podía verlo. No importaba: el sarcasmo, al igual que las sonrisas, podían viajar a través de las líneas telefónicas.

—Fue un error, Ash. —La voz de Celia se entrecortó, como si estuviera a punto de llorar. Inmediatamente se enterneció, incluso deseó poder abrazarla. No había nada más frágil que la glamurosa y frágil Celia llorando.

—Es solo que… No puedo hablar con nadie de aquí. Odio la universidad. La odio tanto. ¡Estoy tan sola! —Y entonces empezó a llorar con sollozos y todo.

Él se quedó ahí parado en el estanque, en shock.

—Oye, ¡ey! No llores, C. Todo va a estar bien.

—Claro que no —respondió ella. Su voz se oía amortiguada, como si hubiera enterrado la cara en la almohada. Él podía imaginarla: su cuerpo envuelto entre las sábanas, sus hombros temblando, sus rizos como una nube acaramelada alrededor de su cabeza.

Y entonces pensó que ella era sumamente diferente a Sweetie. Le llegó el recuerdo de lo que sus amigos habían dicho acerca de su patrón de salir con chicas superdelgadas y convencionalmente bonitas, lo cual le hizo sentir una descarga eléctrica de culpa.

Sweetie.

¿Qué estaba haciendo? Ni siquiera debería estar hablando con Celia. Pero después, él mismo alejó la culpa. No le había mentido a Sweetie; de hecho, había sido muy sincero acerca de esto con ella. No había podido olvidar a Celia por completo. Así estaban las cosas. Además, no estaba *haciendo* nada; solo estaban hablando.

Se dejó caer en la banca y empezó a hablar con ese tono tierno, consolador, que sabía que a ella le encantaba. Solía llamarlo *runrún*.

—Todo va a estar bien —le dijo tranquilamente—. Como siempre. Vamos a superar esto juntos.

Para cuando terminó de hablar con Celia, el sol se ocultaba y el cielo se pintó de colores, tal como los colores que él había embarrado en el cabello y las mejillas de Sweetie en la mañana. Ese mismo día en que se habían besado y en que él se había alejado. Ahora se sentía tan distante, después de hablar con Celia.

«Esto no es buena idea», se dijo. «Terminaron por una razón».

Sí, Celia fue su primer amor. Era brillante y colorida, el tipo de persona que, al sonreír, te hacía sentir como si todo el planeta estuviera en llamas. Ella lo entendía y su lado coqueto y arrogante empataba muy bien con ella. Nunca tenía que atenuar su coquetería o su presunción; a Celia le encantaba todo eso de él. Sin embargo, Celia también tendía al drama. Era extremadamente susceptible. Podía ser caprichosa e inestable. Y lo peor de todo es que él le había entregado su corazón y ella no había hecho más que tirarlo a la basura. Ella lo había engañado.

Y, por otro lado, Sweetie era… Para ser sincero, Sweetie estaba a mundos de distancia de él. Ella era dulce y tierna y ecuánime; era una margarita floreciendo entre espinas. De cierta manera, a pesar de todo, ella había logrado suavizar sus lados filosos para que empataran con su lado tierno. Y de alguna manera, se sentía bien. Pero, con todo, Ash estaba aterrorizado de que inevitablemente él acabara rompiéndole el corazón porque no podía ser lo que ella quería, tal como sus amigos le habían advertido. ¿Cómo era posible que alguien como él, egoísta y que nunca había durado en sus relaciones, pudiera darle a Sweetie todo lo que quería, todo lo que merecía?

Sweetie era una especie completamente diferente a Celia. Diferente a todos, a decir verdad. Diablos, nunca había salido con alguien que hubiera inventado algo que le derritiera el corazón de lo lindo e increíblemente valiente que era el proyecto de la Sweetie intrépida. Conforme caminaba hacia su Jeep para ir a casa de Samir, Ash sonrió de pronto al recordar cómo ella se había paralizado después de que se le salió frente a él; parecía Bambi frente a los faros de un auto. A veces era verdaderamente adorable. Su sonrisa se fue disipando cuando pensó «Y por eso tienes que ser el hombre que ella se merece, Ash. De verdad, no puedes arruinar esto».

Sin presiones.

Sweetie

—*Said, the universe couldn't keep us apart. Why would it even try?* —Sweetie dejó de cantar el verso de Mac Miller al oír aplausos. Abrió los ojos y vio a sus amigas vitoreando como si acabara de ganar una medalla de oro olímpica. Estaban en el garaje para cuatro autos de los padres de Kayla. La mitad estaba vacía, lo cual era perfecto para sus ensayos. Sweetie puso los ojos en blanco y rio—: Chicas, aún no termino de cantar esa parte.

—Sí, bueno, esta es la segunda vez que la cantas y creo que estamos listas —dijo Kayla, sus pulseras campaneando en su muñeca—. Además, hoy viniste *inspiradísima*.

—Podrías ir a Los Ángeles y alguien te descubriría —dijo Izzy, las manos entrelazadas a la altura de su pecho—. En serio, Sweetie.

Suki entrecerró los ojos.

—Aunque... Hay algo diferente en ti —dijo despacio, golpeteando una baqueta contra su barbilla. Su cabello largo, negro, sedoso y ondulado colgaba por sus hombros.

Sweetie se acomodaba tímidamente el chongo.

—Sí, bueno, he estado practicando.

—Nop —dijo Suki, sacudiendo la cabeza. De pronto abrió los ojos a tope y sonrío—. Ah. Ya entendí.

—¿Qué? —Kayla volteaba hacia Suki y hacia Sweetie, que ahora examinaba sus tenis con intensidad—. ¿Qué entendiste?

—Compártelo con el resto, Suki —dijo Izzy y sorbió un trago de Sprite.

—Está cantando así porque ahora *cree* en lo que está cantando. Es una canción de amor, chicas. —Y soltó risitas—. Yo digo que las cosas se están poniendo candentes entre ella y Ashish.

—Ay, por Dios, ¿es cierto? —dijo Izzy, luego se ahogó con el trago de la emoción y Suki le tuvo que palmotear la espalda.

—Cálmense —murmuró Sweetie.

—Es la verdad, ¿no? —cuestionó Kayla, cruzando los brazos—. Sí, puedo darme cuenta por la cara que tienes.

—¡Mi cara siempre es así! —Sweetie alzó las manos—. Por Shiva.

—Querrás decir, por Ashish —dijo Suki y entonces todas rieron.

Sweetie les lanzó una mirada asesina, pero en el fondo estaba sonriendo. Vamos, ella nunca se podría enojar con ellas. Menos cuando tenían mil por ciento de razón.

—Okey. Sí —dijo y se sentó en el sofá de pana desgastado que había decorado el dormitorio universitario de su mamá—. Las cosas van bien. Al menos para mí.

Kayla se sentó junto a ella y cruzó las piernas.

—¿Qué quieres decir que para ti van bien? ¿Qué hay con él?

—Aún le cuesta trabajo el rompimiento con su novia. Hoy, en el festival del Holi, conectamos por un momento. Me besó. Y ya les había contado de nuestro primer beso en el auto, ¿cierto? —Ella volteó a verlas sonriendo y ellas asintieron—. Pero, entonces, en el festival del Holi él se alejó en pleno beso. Hablamos al respecto, pero básicamente su corazón está hecho pedazos y él está aterrado. Así que le dije que yo podía esperarlo. Me dijo que se siente atraído físicamente… —Las mejillas de Sweetie se pusieron como tomate de felicidad y vergüenza al mismo tiempo—, pero aún siente cierta distancia emocional. Así que le dije que probablemente eso venga después, ¿no? Con el tiempo. —Miró a sus amigas, pero esta vez, ellas no sonreían—. ¿Qué?

Hubo un momento de silencio. Después, Suki habló.

—¿Y estás bien con el hecho de que él solo te quiera por tu cuerpo? Porque estoy segura de que eso es lo que acabas de decir.

La ecuanimidad de Sweetie salió volando. A veces Suki podía ser tan directa, aun cuando se equivocaba.

—De hecho, no, no fue lo que dije. Para nada. Dije que la conexión emocional vendrá más tarde.

—Sí. Lo cual quiere decir que por el momento solo te quiere por tu cuerpo. —Suki alzó las cejas, como si dijera: «Dah».

—Suena a que la están pasando bien —agregó Kayla deprisa, al ver la expresión de Sweetie—. Es solo que… eh… Sweetie, pareciera que tú te estás enamorando de él y tal vez ¿él no?

—Exacto. —Ella las miró y se encogió de hombros—. Aún no. Pero eso no quiere decir que las cosas no puedan cambiar. Solo hemos tenido dos citas oficiales, chicas. Y para mí, esto tiene que ver con otras cosas, además de Ashish. Esto es acerca de demostrarme algo a mí misma.

—Lo sabemos —dijo Izzy y como que quería sonreírle—. Es solo que no queremos que salgas lastimada. Él no te dijo que las cosas podrían cambiar, ¿o sí?

Sweetie estaba a punto de decir que claro que lo había dicho, pero entonces lo pensó y se dio cuenta de que no fue así. Él solo le había preguntado si estaba segura de querer seguir saliendo con él.

—No —dijo al fin, con voz tenue. Entonces, enderezando los hombros, agregó—: Pero está bien. Sé en lo que me estoy metiendo. Todo estará bien. Celia no está en el panorama y este es el show de Sweetie. —Hizo una pausa para enmarcar su rostro con las manos—. Digo, ¿quién puede resistirse a esto?

Todas soltaron carcajadas; Izzy la abrazó.

—Él no podrá resistirse.

—No lo hará —dijo Kayla, un poco sombríamente.

—O le patearemos el trasero —agregó Suki. Y, antes de que Sweetie pudiera abrir la boca para protestar, ella soltó un solo de tamborazos tan estruendoso que se cimbraron los muros y el piso.

Sweetie hizo una mueca al subirse a su auto y miró el reloj en su tablero. Pasaban de las ocho y no había empezado su enorme proyecto de Economía que tenía que entregar el lunes temprano. No era común que Sweetie pasara la noche del sábado haciendo tarea, pero quizá debió haber empezado un proyecto tan grande desde hace dos semanas. Tenía que lograr montones de trabajo en cuarenta y ocho horas. Se estacionó camino a casa, mientras suspiraba en el Roast Me para ir por un espresso y tal vez unos granos de café cubiertos de chocolate. Probablemente no necesitaría dormir hasta mañana en la noche.

Estaba en la fila esperando a ordenar, cuando sintió que alguien le tocaba el hombro. Se volteó y vio a Oliver, el amigo de Ashish. De inmediato sonrió.

—¡Hola! —Y luego, cuando se acordó de lo que dijo Ashish sobre que había terminado con Elijah, dejó de sonreír. Él le sonrió a medias y ella pudo ver las ojeras debajo de sus ojos, también que estaba un poco desaliñado y sin rasurar, su camisa estaba arrugada. Para nada se veía como la última vez que lo vio.

—Hola —dijo con voz queda—. ¿Cómo estás?

—¡Espresso doble para Sweetie! —llamó la barista y Sweetie fue a recoger su bebida. Oliver la siguió. —¿Noche larga?

Sweetie hizo una mueca.

—Tarea de Economía. Ugh. Debí empezar hace siglos, pero... —Respiró profundo. Esto era un poco incómodo; no porque a ella le incomodaran los sentimientos de los demás, para nada, pero porque no sabía si consolar a Oliver ahora sería extralimitarse. Solo habían hablado una vez.

—Eh, Oliver... —Él la miró, sus ojos grises se veían sombríos, sin vida.

—Ashish me comentó sobre ti y Elijah. Lo siento mucho.

Él asintió, tragando saliva compulsivamente. Sus ojos se nublaron; Sweetie entendió alarmada que podía empezar a llorar. Sin siquiera pensar en ello, le rodeó la cintura con un brazo (no alcanzaba sus hombros, condenados jugadores de basquet) y lo llevó a los sofás al fondo de la cafetería, donde se sentaron a charlar cuando se conocieron.

Se sentaron en el mismo sofá y Sweetie le pasó su espresso.

—Ten. Lo necesitas más que yo. Yo pediré otro de salida.

Él lo aceptó agradecido, con ojos húmedos y aún tragando saliva.

—Gracias. Esto me ayuda. —Suspiró larga y profundamente, colocó el café entre sus rodillas, cabizbajo—. Caray. Esto... Esto no se siente real.

Sweetie le puso una mano en la espalda.

—De verdad lo siento. Se veían muy contentos.

—Lo estábamos. —Se rio abruptamente, un sonido áspero y oscuro—. Supongo que debería decir que yo creía que estábamos contentos. Pero es obvio que Elijah creía otras cosas. —Con voz temblorosa agregó—: Estoy seguro de que me engañó con alguien.

—¿Qué? —Sweetie no los conocía muy bien, pero algo que jamás podría imaginar es que Elijah engañara a Oliver. Aun teniendo un ojo inexperto, Elijah veía a Oliver como si fuera... la respuesta a una pregunta que no se pronunció—. ¿Él te lo confesó?

—No. No quiso decir nada. Pero muchos del equipo de Eastman me dijeron que lo vieron con un tipo. —Se encogió de hombros—. Pero ni siquiera trató de convencerme de lo contrario cuando lo confronté. Me dijo que si no podía confiar en él, que deberíamos terminar. ¡Después de dos años! Al parecer, era demasiada intimidad para él o algo así.

—Qué estupidez —soltó Sweetie sin pensar—. Ups, lo siento.

Oliver le sonrió.

—No, tienes razón, es una estupidez. Nada de esto tiene sentido.

—Me pregunto si... —Ella se mordisqueó el labio, temerosa de extralimitarse. Pero luego decidió que si ella estuviera en la situación de Oliver y estuviera perdiendo al amor de su vida, querría que alguien fuera directo con ella—. Me pregunto si sabes por qué te cuesta tanto trabajo confiar en él. Es decir, para mí era obvio que ustedes eran felices. Y habían estado juntos dos años. Entonces, ¿por qué le creíste a los chicos de Eastman?

Oliver se quedó examinando las agujetas de sus tenis por tanto tiempo, que a Sweetie le dio miedo de que estuviera tratando de contener un verdadero exabrupto de furia. Pero cuando finalmente alzó la mirada, sus ojos solo mostraban confusión. Y dolor.

—No lo sé —dijo con sorpresa—. Esa es una muy buena pregunta. ¿Por qué no confié en él?

—¿Y por qué él no trató de convencerte de lo contrario? —preguntó Sweetie, asintiendo—. ¿Tienes alguna idea?

Oliver lo pensó un momento y luego alzó los hombros.

—Ninguna.

—Tal vez tenga que ver con miedo —sugirió ella—. Tal vez ambos tengan miedo.

—¿Miedo? —preguntó él—. Pero ¿de qué?

—No estoy segura. Pero tal vez entender eso sea su punto de partida para volver a estar juntos.

—No sé si eso suceda. Pero gracias. Voy a pensar en eso.

Sweetie sonrió.

—De nada.

Oliver se tomó el resto del espresso y se levantó.

—Bueno, debería irme. Voy al gimnasio, a tratar de sudar un poco de toda esta cafeína.

Sweetie asintió y también se levantó.

—Sí, yo también debería irme. Oye, Oliver, si de algo te sirve, creo que Elijah cometió un grave error; te haya engañado o no, tú te mereces a alguien que no termine contigo al primer pleito.

Oliver se agachó y la abrazó.

—Gracias, Sweetie. Ashish tiene razón, eres buena persona.

Ella sonrió con timidez.

—Lo mismo digo.

Oliver la miró inclinando la cabeza.

—Le has hecho bien, ¿sabes? Digo, sus habilidades en basquet siguen fatales y no duerme bien, pero veo un poco de cambio. Se ve menos decaído.

Ella frunció el entrecejo.

—No puedo imaginar nada peor que no poder disfrutar correr. ¿Cuánto tiempo lleva con ese bloqueo en basquetbol?

—Desde que terminó con Celia. Más o menos hace cuatro meses. Le cuesta mucho trabajo. —El celular de Oliver sonó dentro de su bolsillo; él lo sacó y vio la pantalla—. Me tengo que ir. Espero verte pronto.

—Sí, yo también. Deberías venir a la noche de bandas dentro de una semana. Yo voy a cantar y necesito apoyo.

Oliver vaciló.

—Está bien —dijo al fin—. Por ti. —Se despidió con la mano y se fue.

Ella se quedó pensando en lo que Oliver dijo acerca de que para Ashish el basquetbol no era como antes. Fue a la barra, pidió otro espresso doble y un plan empezó a formarse en su mente.

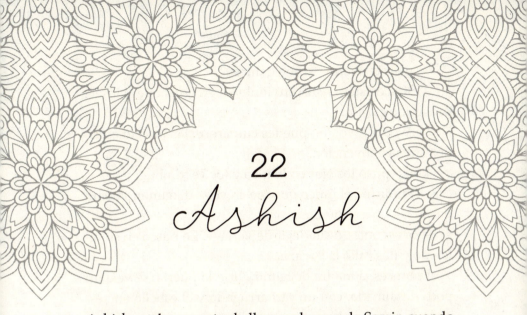

22
Ashish

Ashish estaba a punto de llegar a la casa de Samir, cuando un mensaje de texto apareció en la pantalla de su Jeep.

PINKY
Ey, te veo en casa de S.

Qué extraño. El sistema no dejaba que Ashish respondiera a mensajes de texto mientras conducía, así que siguió hasta llegar allá. Ahí, en la entrada de la casa de Samir, estaba el auto verde eléctrico de Pinky. Ella estaba recargada a un lado, tecleando frenéticamente; su rostro solo estaba iluminado por el brillo de la pantalla de su celular.

—Hola —dijo Ashish mientras se bajaba del Jeep—. ¿Qué haces aquí?

Ella guardó su celular y lo miró.

—Me encontré a tu mamá en el acuario; los sábados estoy de voluntaria en la exhibición de jibias extravagantes y ella fue a una reunión del consejo o no sé qué. Como sea, me dijo que la mamá de Samir le había hablado muy preocupada, así que…

Caminaron juntos hasta la puerta. Ashish volteó hacia ella.

—¿Dijiste «jibias extravagantes»?

—Sí, sí existen —suspiró Pinky—. Al igual que el insecto asesino existió.

—Ay, por favor, no puedes culparnos; «el insecto asesino» suena a invención.

Pinky puso los ojos en blanco y tocó el timbre.

—Samir fue el único que me creyó —dijo un momento después—. ¿Te acuerdas?

—Sí —contestó sin dejar de verla—. Lo buscó en su teléfono y nos calló la boca.

Entonces la madre de Samir abrió la puerta; se veía un poco desaliñada, con un sari arrugado y el cabello encrespado.

—Hola, tía —dijo Ashish—. Vinimos a ver a Samir.

—Ah, qué bueno que vinieron —dijo y se hizo a un lado. Sonrió, pero sus ojos se veían serios—. Le va a dar mucho gusto verlos. He estado muy preocupada, saben. Samir ya no es el mismo. Pueden subir a su cuarto.

Subieron la escalera juntos y tocaron a la puerta de Samir.

—Adelante. —Su voz se oía amortiguada y plana.

Ashish giró la perilla y entró; Pinky lo siguió.

Lo primero que le sorprendió fue que la habitación se veía como un pozo de desesperación. Si escuchabas las palabras «calabozo siniestro» en tu cabeza, algo muy similar a lo que Ashish veía te vendría a la mente. Había estado en el cuarto de Samir muchas veces a lo largo de los años y siempre estaba limpio, arreglado, aspirado (su mamá lo limpiaba todos los días), con un tazón de flores secas en el escritorio. Verlo así era casi… espeluznante.

Solo la lámpara de la esquina estaba prendida. Había sábanas regadas por todos lados y el escritorio de Samir estaba hundido entre montones de papeles y envolturas de comida. Olía a encerrado y a humedad, como si no hubieran abierto la puerta o las ventanas en quién sabe cuánto. Ashish miró a Pinky, que estaba registrando los mismos detalles con una cara completamente neutral. Pero la conocía demasiado bien y podía ver la expresión en sus ojos: estaba sorprendida. También preocupada. De todos ellos, Samir era el que se vestía como todo un nerd. Su cabello siempre estaba acicalado con aceite de coco y peinado de raya a un lado, como cualquier tipo de los cuarenta. Siempre usaba camisas bien planchadas y pantalones caqui. De seguro ni siquiera tenía jeans. Y siempre olía a loción de lavanda. Las pocas veces que había estado en su cuarto, todo estaba acomodado en ángulos rectos. Incluso sus sábanas tenían marcadas la raya de la plancha.

—Hola, Samir —dijo Ashish. Su amigo estaba sentado en un puf, lanzando un balón contra la pared una y otra vez. Volteó a verlos y asintió; luego siguió con el balón—. Oye, ¿qué está pasando?

Samir ni se molestó en voltear hacia su amigo.

—¿A qué te refieres?

—Tu mamá me llamó. Está muy preocupada por ti.

—Estoy bien —dijo Samir en un tono que sugería que había dicho esa frase muchas muchas veces en los últimos días—. Así que ni al caso con su visita de lástima, ¿okey?

Pinky empujó un montón de ropa de encima de la cama y se sentó.

—No sentimos lástima por ti. Pero no eres tú mismo, así que nos preocupamos. Eso es todo.

Samir sonrió con tristeza y volteó a verla.

—¿En serio? Pero pensé que a nadie le caía bien. Así que, ¿no deberían estar haciendo un pequeño baile de victoria?

Ashish intervino.

—Mira, creo que debemos hablar sobre eso. Lamento si herí tus sentimientos. En realidad, sí has sido un buen amigo en ciertos momentos. Es solo que es difícil aceptarlo cuando muchas veces te has burlado o has sido…

—Un cabeza hueca —agregó Pinky. Samir le lanzó una mirada feroz, pero ella continuó—: Vamos, no puedes negarlo. Has sido muy pesado y un arrogante de lo peor que cree que no hay nadie mejor que él y simplemente no sabes cuándo dejar las cosas en paz. O sea, insistes e insistes y ya nadie se está riendo y tú sigues y si…

—Eh, Pinky… —interrumpió Ashish mientras forzaba una sonrisa—. ¿Qué haces? —Trató de mantener un tono tranquilo, pero en realidad quería lanzarle una almohada a la cabeza. Había olvidado por completo el propósito de la misión.

—Sí —dijo Samir entrecerrando los ojos—. ¿Exactamente qué haces?

Pinky alzó las manos.

—No me dejaron terminar. A pesar de todo eso, sí has sido un buen amigo. Por ejemplo, cuando me defendiste con el tema del insecto asesino. O cuando hiciste fila para los boletos de Bruins por dos horas porque ya no los vendían en línea y Ashish estaba jugando ese partido y no podía ir a formarse. Y sé que a Oliver le encanta que tú te acuerdes de su aniversario cuando nadie más lo recuerda. —Hizo una pausa—. Aunque creo que ya no necesitas acordarte de eso. Como sea, mi punto es que sí apreciamos lo que haces. Y lamentamos olvidarlo porque nos enojamos contigo.

—Ella tiene razón —agregó Ashish—. Es más, ese consejo de dejar que mis padres escogieran a alguien para mí sí funcionó. Sweetie es genial. Y creo que no te di las gracias por eso, pero sí lo aprecio.

Samir se quedó callado un momento mientras veía a Pinky y luego a Ashish. Ashish se quedó quieto, dejando que Samir procesara todo o lo que fuera.

Finalmente, suspiró y aventó el balón al piso. Se dio la vuelta para verlos de frente por completo.

—No fueron nada más ustedes, chicos. Yo he sido un idiota. Te molesté con lo de tu pelo, Pinky, debí dejarlo ir cuando vi que te afectaba. Y no tenía por qué seguir con lo de Celia frente a la chica con la que estás saliendo, Ashish. —Otro suspiro—. La cuestión es que me porté como todo un imbécil porque... porque siento celos. Y eso me hace estar a la defensiva.

—¿Celos de qué? —preguntó Ashish, sentándose en la silla de malla azul del escritorio de Samir.

—Ustedes son tan unidos. Van a la escuela juntos. Yo dejé la escuela en quinto y desde entonces las cosas son diferentes. Ya no participo en nada, ¿cómo podría? Así que tengo que esforzarme más para pertenecer. Traté de ser más como tú, Ash... Más confiado, más creído. Quería proyectar ese semblante de intocable para esconder el hecho de que soy un completo perdedor a quien sobreprotegen y no dejan salir de su casa. —Desvió la mirada y se dio un golpe en la quijada—. Da igual. No funcionó y cuando me di cuenta de lo mucho que no había funcionado, yo solo... —Sacudió la cabeza y se quedó callado un buen rato. Ashish esperó y vio de reojo que Pinky estaba completamente quieta—. Ya no sé qué hacer. Es como si tuviera días y noches interminables que se estiran ante mí y siento que todo es estúpido y no tiene ningún caso. Ustedes eran una gran distracción. —Sonrió—. Pero entiendo que ya no quieran que esté con ustedes. Está bien. No estoy tratando de volver a escabullirme al grupo de nuevo ni nada. Supongo que estoy tratando de descubrir qué sigue, pero por el momento todo me parece un gran hoyo negro.

—No tiene que ser así —comentó Ashish—. En primera, yo quiero que regreses al grupo y salgas con nosotros.

Claro, mientras seas tú mismo y ya no sigas con esos comentarios defensivos patanes. Quiero al verdadero Samir. Y creo que puedo decir con seguridad que a todos nos cae bien ese Samir y no el que quiere ser clon de Ashish. —Levantó una ceja hacia Pinky, quien asintió con entusiasmo. Samir soltó una sonrisa débil—. Y, en segunda: amigo, deberías hablar con tu mamá acerca de cómo te sientes. En serio.

—No... no puedo. —Samir se talló la cara y negó con la cabeza—. Ella está... El cáncer podría regresar en cualquier momento. Y fue tan repentino la primera vez. Está asustada. Dice que no y pone cara de valentía, pero la conozco. Su mamá, mi *nani*, murió de cáncer de mama. Si regreso a la escuela y ella se vuelve a enfermar...

—Podrías regresar a la escuela y ella podría volver a enfermar —dijo Pinky en voz baja—. Pero podrías regresar a la escuela y ella podría estar bien. Ella podría enfermar vayas o no vayas a la escuela. La cuestión es que no podemos controlar lo que sucederá. Por mucho que queramos, por mucho que intentemos negociar con las hadas del destino o el universo o lo que sea... a veces este tipo de mierda sucede. —Hizo una pausa—. Lo que sí sé es que tu mamá se veía preocupadísima. Lo que más quiere en el mundo es que tú seas feliz. Y sabe que no lo estás. Así que, ¿para quién haces esto?

Ashish se le quedó viendo a Pinky, su mejor amiga desde hace tantos años y al mismo tiempo un dolor en el trasero. Nunca la había oído hablar así. No había ni pizca de sarcasmo, no retorcía los ojos ni suspiraba desesperada. Se animó a echar un vistazo a Samir, que se veía igual de confundido.

—No... no lo había visto así —dijo Samir. Exhaló—. Tienes razón. No puedo hacer nada para controlar lo que suceda. —Pausa—. ¿Para quién hago esto?

—Piénsalo —dijo Ashish con gentileza—. Solo tú puedes decidir qué quieres hacer, pero no descartes tu propia felicidad, amigo.

—Sí, porque por lo visto te convierte en un verdadero cabrón —dijo Pinky, retorciendo los ojos. Okey, estaba de vuelta.

Samir soltó una carcajada, aunque aún se veía aturdido.

—Definitivamente lo voy a pensar. Pero ahora solo me gustaría distraerme. Entonces, ¿Oliver y Elijah de verdad terminaron?

—Sip. —Ashish giró en la silla del escritorio—. Elijah se está portando como un imbécil.

—Oliver también —dijo Pinky—. Digo, ¿cómo se le ocurre acusar a Elijah de engañarlo? ¿Acaso eso suena como algo que siquiera consideraría?

Ashish sintió un golpe de dolor al pensar en Celia. En cómo había confiado en ella y se había equivocado por completo.

—Nunca sabes. A veces la gente hace cosas extrañas. —Decirlo en voz alta solo lo hizo sentir que se lo llevaba el tren. ¿Por qué seguía hablando con ella? Ugh. Se pasó horas al teléfono con ella solo porque estaba llorando—. Será interesante ver cómo se comportan en la noche de bandas del Roast Me —agregó, tan solo para sacar de su mente a Celia.

—Pero han estado yendo a los entrenamientos de basquet, ¿no? Y no ha pasado nada. —Pinky alzó los hombros—. Así que quizá en la noche de bandas tampoco pase nada.

—Pasan tantas cosas durante los entrenamientos —comentó Ashish, pensativo—. Y en cuanto nos tenemos que ir a las regaderas Oliver sale corriendo antes de que pueda cruzar miradas con Elijah. Realmente no han convivido desde que terminaron.

—¿Saben? Esto está raro —exclamó Samir—. Siempre pensé que terminarían yendo a la misma universidad y después se casarían.

—Todos pensamos más o menos lo mismo —agregó Pinky.

Se quedaron callados un buen rato.

—Este no puede ser el fin para ellos —dijo Samir de pronto, en pleno silencio.

—¿En qué estás pensando? —preguntó Pinky, alzando una ceja de escepticismo.

—En algo que les recuerde las cosas buenas. —Samir levantó el balón, lo aventó a la pared y lo atrapó—. Algo que les recuerde de lo que se están perdiendo.

—Buena suerte —murmuró Ashish. Cada vez que trataba de más o menos mencionar a Elijah con Oliver, se topaba con una mirada fulminante y mortal—. La vas a necesitar.

Alrededor de la medianoche, Ashish estaba sentado en su balcón, con una botella de chocolate Yoo-hoo, debatiendo si se bañaba ahora o más tarde. Estaba supercansado, pero sabía que no podría dormir aunque quisiera. Se metió a Instagram; su cuenta se veía bastante vacía después de borrar todas las fotos de él y Celia y ya no había subido nuevas. De pronto, se detuvo al ver una que lo hizo sonreír.

Era de su hermano Rishi con Dimple, su novia. Ambos estaban en una colina que daba a la bahía de San Francisco. Se estaban abrazando y sonreían tanto que sus ojos eran unas rayitas horizontales. Prácticamente irradiaban luz y amor. Tenía un mensaje que decía «Aniversario de siete meses de nuestra primera cita. Creo que me quedo con ella. Esperen, ella quiere que les diga que ELLA es la que se queda CONMIGO». Y después, ese emoji de ojos en blanco. Si no se vieran tan tiernos, Ashish vomitaría. Le dio like a la publicación y escribió un comentario: «¿Y qué tal que vienes a casa en algún momento de este siglo para que podamos convivir con la pareja feliz?».

Su teléfono vibró casi al instante.

RISHI
Hecho.
¿Cuándo es el partido al que van los reclutadores universitarios?

ASHISH
10 de mayo.

RISHI
Ahí nos vemos.
Ignora las porras y los gritos
☺
¿Cómo estás?

Ashish suspiró. Genial. Rishi nunca le preguntaba cómo estaba, así tal cual. De seguro Ma había soltado algo acerca de su humillante rompimiento con Celia. Pero, antes de que pudiera responder, entró un nuevo mensaje.

RISHI
Celia le dijo a Dimple que terminaron.

Vaya, Ashish se sintió culpable de inmediato por no confiar en su madre.

ASHISH
Estoy bien, hermano.

RISHI

> Oye, conmigo no tienes que fingir.
> Soy tu hermano mayor, tu *bhaiyya*.

Ashish quiso poner los ojos en blanco, pero en vez de eso, sintió un alarmante nudo en la garganta. La verdad era que, por mucho que detestara a Rishi por ser el hijo predilecto, era un buen hermano mayor. Tenían sus altibajos (sí, bueno, antes de que Rishi se fuera a la universidad, fueron muchos más bajos que altos), pero en el fondo, Ashish sabía que podía contar con Rishi. ¿Qué más podía importar?

Tecleó antes de perder los estribos.

ASHISH

> En ese caso: no muy sexy.
> Pero estoy saliendo con alguien.

Su teléfono sonó enseguida y la cara de Rishi salió en la pantalla. Ashish contestó mientras suspiraba.

—¿Qué onda, *bhaiyya*?

—¿Qué onda contigo, gigoló?

Ahora sí, Ashish puso los ojos en blanco.

—Nadie usa esa palabra.

—Excepto yo. ¡Cuéntame de esta chica nueva!

—¿Qué es todo ese ruido?

—Perdón, es que estoy en IHOP; casi todo mundo viene aquí cuando nos tenemos que desvelar. Hay bufet de hot cakes por doce dólares. Tenemos que entregar un proyecto inmenso para Historia del Arte acerca de la escritura cuneiforme que desarrollaron los sumerios.

Ashish sonrió.

—Oye, no me presumas tu loca vida universitaria. —Estaba feliz por su *bhaiyya*, al parecer la universidad, y en particular el programa de la de San Francisco, le sentaban bien.

—Bueno, bueno, dime, ¿quién es esta chica?

—Se llama Sweetie Nair —dijo enseguida—. Sí, sí, es *desi*.

Rishi le soltó una exclamación fingida y dramática.

—¿Estás saliendo con una chica india?

—Sí, sí, ya sé. ¿Y qué crees? Dejé que Ma y Pappa lo arreglaran. Pensé que si funcionó contigo y Dimple... —Ashish cruzó las cejas—. Me sorprende que no te hayan dicho aún. —Por lo general, sus padres y Rishi eran como mejores amigos; por muy extraño que eso suene ante la gente, Ashish incluido, ese tipo de dinámica les funcionaba.

—No he hablado con ellos en un rato —explicó Rishi, con tono de culpa—. La universidad me absorbe por completo. Entre eso y que visito a Dimple cuando puedo...

—Te entiendo.

—Entonces, ¿Sweetie, eh? ¿Te está ayudando a recuperarte de lo de Celia?

—Sí, de hecho, sí.

Hubo un silencio. Ashish trató de decidir cómo decirle lo que le quería decir, cómo se sentía realmente.

—¿Pero...?

—Pero no estoy seguro de que funcione. Somos muy diferentes. Ella es... Yo... Mi historial de relaciones es de lo peor. Y Celia... Ella me deshizo por completo, Rishi.

Cuando habló, la voz de Rishi se oyó amable, libre de juicios.

—Eso se entiende. Celia fue tu primer amor, Ashish. —Pausa—. En cuanto a lo de tu historial, mira, todos tenemos que empezar en algún lado. Tienes que darle la vuelta, así que ¿por qué no empezar ahora?

Ashish tragó saliva y miró la piscina a la distancia.

—Sí, tal vez tengas razón.

—Y... esta chica, Sweetie, ¿es buena?

Ashish sintió que sus labios dibujaban una sonrisa.

—Sí, es la mejor.

—Entonces date la oportunidad. Tal vez te sorprendas. Pero tienes que soltar todo lo que pasó con Celia, todo el dolor y la confusión. Solo corta esos hilos y deja que esa cometa vuele.

Ashish arqueó una ceja.

—¿Esa cometa, eh?

—Sí, sé paciente conmigo, es muy tarde. —En la distancia, alguien llamó a Rishi.

Ashish soltó una carcajada.

—Deberías ir; al parecer tienes una emergencia de Historia del Arte.

—Es un mundo peligroso, pero alguien tiene que vivir en él —explicó Rishi valerosamente—, ¿estás bien?

—Voy a estar bien. Nos hablamos, *bhaiyya*.

—Bueno, adiós.

Ashish colgó y se recargó en su asiento; dejó que la brisa fresca lo bañara. Realmente Rishi no había dicho nada que removiera a la tierra, pero, de alguna manera, Ashish se sentía mejor. Tenía más confianza de poder resolver las cosas y pensó que tal vez no estaba tan emocionalmente dañado como temía.

Su teléfono volvió a sonar.

SWEETIE
¿Estás despierto?

Vaya, esto era algo nuevo. Sweetie no solía enviar mensajes después de las diez de la noche. Le respondió.

ASHISH
Sí.
¿Tú también?
Pensé que
te gustaba dormir temprano.

SWEETIE
Ay, sí, pero estoy con un proyecto de Economía. Ni preguntes.

ASHISH
Oh-oh.

SWEETIE
Necesito un descanso y... tengo una pregunta.

ASHISH
Venga.

SWEETIE
¿Podríamos vernos en la esquina de McAdam y Harper, cerca de donde vivo? Y trae tus tenis.

Él sonrió mientras tecleaba.

ASHISH
¿Me vas a retar otra vez?
Creo que ya demostraste que
puedes vencerme el día que quieras.
No tienes que intentarlo cuando
estoy cansado y débil.

SWEETIE
Jaja. No, no es eso.

ASHISH
Qué misteriosa.

SWEETIE
¿Sí nos vemos?

ASHISH
Claro.

SWEETIE
Ok, nos vemos en 20.

Ashish sintió una ráfaga de energía mientras se metía a la casa por sus tenis y a ponerse un poco más de desodorante (por si acaso). (También se lavó los dientes. Por si acaso). Si de todos modos no iba a poder dormir, qué mejor que verse a medianoche con Sweetie. Tomó sus llaves y les dejó una nota a sus padres, aunque estaba seguro de que ellos despertarían hasta el día siguiente. Generalmente, en su familia no tenían problemas para dormir; incluyendo a Ashish, hasta hace poco.

Condujo hasta el vecindario de Sweetie y se estacionó cerca de la banqueta en la avenida Harper. Miró alrededor; inmediatamente notó por qué ella le había pedido que se vieran ahí. En la esquina había una cancha de basquetbol cerrada por una reja de alambre, vacía y tranquila. Fue hacia allá con una sonrisa, se sentó en la banca y esperó.

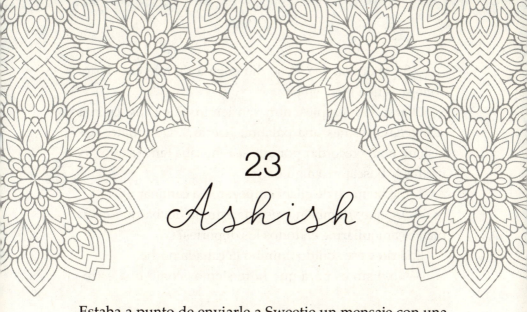

23
Ashish

Estaba a punto de enviarle a Sweetie un mensaje con una foto de él desconsolado y perdido, cuando sonó su celular.

CELIA
Hola, ¿estás despierto?
¿Qué haces?

Se quedó viendo el mensaje un buen rato. Recordó lo que Rishi le había dicho: «Corta esos hilos». Volvió a guardar el teléfono en su bolsillo.

—Hola.

Ashish se dio la vuelta en la banca y vio gracias a la luz de la luna en medio de la oscuridad que Sweetie se acercaba, con su cola de caballo saltarina y su brillante sonrisa.

—Hola, tú. —Se levantó y la abrazó. Sin que fuera su intención, sintió su aroma en una sola larga y profunda inhalación, que dejó salir lentamente. De inmediato, sus hombros se relajaron.

Ella alzó la vista y sonrió; de nuevo ese hoyuelo matador.

—¿Estás bien?

—Sí, ahora sí. —Y él se dio cuenta de que era cierto. Todo se sentía bien, en paz.

Ella se vio los pies, aún sonriendo. Por Dios, cuánta *adorabilidad* (eso es una palabra, ¿cierto?). De pronto, Ashish no podía recordar por qué se rehusaba tanto a que sus padres le buscaran a alguien.

Tomó la mano de ella y empezaron a caminar.

—Así que, ¿también eres una estrella del basquet? ¿Tu plan es aniquilarme en todos los deportes?

Ella rio y ese sonido iluminó la callada noche.

—No. Esto es para que *tú* te sientas como una estrella.

—¿Ah, sí? —Soltó su mano y se giró hacia ella; recorrió su brazo con los dedos y disfrutó ver cómo ella se estremecía—. Porque hay unas cuantas cosas que me hacen sentir así además del basquet.

Sweetie desvió la mirada y le dio un manotazo, sonriendo.

—Compórtate. —Levantó las manos, pensando «Caray, nadie luce tan bien tímida como Sweetie»—. Creo que deberíamos jugar una ronda de basquetbol. Tal vez vuelvas a disfrutarlo. —Se detuvo, se mordió un labio, como si no estuviera segura de cómo respondería él a lo que iba a decirle—: Me topé con Oliver hace rato y me dijo que no lo estás disfrutando. —Él se cruzó de brazos, tratando de no ponerse a la defensiva; ella le puso una mano en el brazo—. Solo quiero ayudar. No puedo imaginarme nada peor que ya no poder disfrutar de correr.

Ashish se obligó a sonreír. Claramente ella trataba de que se sintiera mejor, no había ni pizca de lástima ni de «Ya supéralo» en sus ojos.

—Qué *sweetie* de tu parte.

—Ajá, claro. —Ella arqueó una ceja—. No se librará de mí tan fácilmente, señor Patel.

A juzgar por su quijada tensa, no lo iba a soltar tan rápido.

—Está bien —dijo él exhalando—. El basquet sí ha estado del asco.

Ella lo miró con esos ojos negros que parecían el terciopelo más caro, suave e infinito.

—Me imagino... —Luego ella se levantó de puntitas y le dio un besito tierno, cerca de la comisura de sus labios.

Ashish, literalmente, no supo qué decir.

—Entonces, este es mi plan —continuó, sin darse cuenta del efecto que tenía en él.

—Ajá, sí, plan... —murmuró Ashish, parpadeando para ahuyentar la onda lujuriosa que revoloteaba por ahí.

—Quiero que juguemos basquet; algo como «Vuelta al mundo», pero lo haremos interesante.

—¿Ah, sí? —él arqueó una ceja. Podía sentir cómo todo su cuerpo se sincronizaba con ese plan.

—Sí. Podemos elegir la posición del otro para que tire al aro, mientras más difícil, mejor, por supuesto. Y tenemos que cantar el himno nacional mientras tratamos de lograr el tiro. Ya sabes, para hacerlo más duro.

Posiciones. Duro. Ashish trataba con todas sus ganas de no ser un pervertido, pero esto se estaba saliendo de control. Ella no había dicho nada que justificara sus pensamientos cochambrosos. «Por Dios, Ashish, déjate de jaladas; sí, esa palabra fue intencional».

—El himno nacional, ¿eh?

—Ah, y casi lo olvido. —Sweetie se acercó y alzó un poco la cabeza para verlo a los ojos—. Por cada tiro que encestes, te daré un beso. —Le brillaron los ojos y sonrió ligeramente, eso casi lo puso de rodillas—. Y, creo que te gustan mis besos, así que ya lo sabes...

Okey, quizá sí se daba un poco de cuenta del efecto que tenía en él.

Sweetie

Ella no tenía idea de dónde había salido tanta intrepidez. Nunca de los *nuncas* habría *soñado* con hablarle así a un chico, mucho menos que en realidad lo hiciera. Era como si al fingir ser la intrépida Sweetie realmente cambiara la forma en que pensaba de sí misma. Esto la volvía más confiada, derretía esas barreras heladas que había construido antes para mantener lejos a toda esa gente que dijo que tenía poco que ofrecer.

Era algo así como el calentamiento global, pero con menos osos polares tristes.

Y, de hecho, estaba disfrutando muchísimo la cara de menso de Ashish. Se sentía genial saber que, por muy sexy y simpático y lindo que fuera, parecía que ella le gustaba tanto como él a ella. De pronto, le vino a la mente lo que sus amigas le habían dicho acerca de que tal vez debería tener cuidado porque quizá Ashish solo sentía y sentiría atracción física por ella y no podría ofrecerle nada más. Pero eso no podría ser cierto. Al verlo así, ahora, podía ver claramente que él no quería nada más su cuerpo. Era ella. Toda ella.

Le abrazó la cintura y lo acercó a ella. Automáticamente, él bajó la cabeza hacia ella, con mirada seria. Ella cerró los ojos y dejó que sus labios se encontraran con los de él; los vellitos de su barba le rasparon la quijada y ella saboreó su *Ashishiedad*, mientras suspiraba. Los brazos de él la envolvieron con fuerza y ella sintió cómo los músculos de él se apretaban entre sus curvas; sintió cómo cada parte de él se avivaba y fusionaba íntimamente con ella.

—Sweetie —susurró él mientras se alejaba.

Ella lo miró, callada. No dijo nada más, pero ella escuchó lo que quiso decir; que él también estaba enamorándose de ella.

Ashish

Quería decirle tantas cosas. Que se estaba enamorando de ella. Pero, por alguna razón, Celia aún revoloteaba por su mente, como la canción de las sirenas flotando por el océano. Quería decirle que Celia le había enviado mensajes y que habían hablado por teléfono. Quería decirle que nunca se había sentido tan feliz, tan en paz, como cuando ella estaba con él. Quería decirle que estaba cambiando, se estaba volviendo mejor persona, más amable, más bondadoso, y todo debido a ella.

Pero algo dentro de él se rehusaba. «No es justo para Sweetie tener esa conversación ahora», oía en su mente. Rishi le había dicho que soltara a Celia. Pero primero necesitaba saber por qué Celia seguía en su mente, de qué se trataba todo eso. Y, hasta que lo descubriera, no podía molestar a Sweetie con esto. Tal vez enamorarse de Sweetie le recordaba cómo se había enamorado de Celia, cómo su corazón había terminado pisoteado debajo de sus tacones brillosos. Tal vez era porque todo respecto a Celia se sentía inacabado, como si nunca hubiera tenido la oportunidad de decir lo que él sentía.

Y quería decirle todo eso a Sweetie. Pero, al final, solo logró decir su nombre.

Sweetie

—Bueno, eso solo fue una probadita. —Sonrió y después de una pausa mínima, él sonrió de vuelta, no de oreja a oreja, pero ella no dejó que eso le importara. Probablemente no estaba acostumbrado a sentirse así: dejar por completo todo lo referente a Celia y quién sabe cuántas cosas incluidas con una ruptura. Uno nunca sabe—. ¿Listo para jugar?

—¡Vamos! —Le dio un manotazo al balón que estaba en la curva del brazo de Sweetie.

—¡Oye!

—¿Qué? —dijo él, girando el balón con un solo dedo—. ¿Pensaste que te lo iba a hacer fácil porque eres tan esplendorosa?

Ella puso las manos en sus caderas y fingió estar enojada, aunque en su mente seguía repitiendo una y otra vez «Esplendorosa. Te acaba de decir "esplendorosa". A ti. Así te dijo».

—No pensé nada de eso. Prepárate para que te dé una tunda. —Ella no era jugadora de basquet, pero no era *mala*. Le tomó a Ashish casi diez minutos que ella fallara un tiro para que fuera su turno.

—Uf, casi das la vuelta completa —exclamó él, sacudiendo la cabeza—. Hubiera sido algo humillante que tú dieras la primera vuelta.

—¿Por qué? —protestó ella entrecerrando los ojos—. ¿Porque soy una chica?

Él se veía genuinamente azorado.

—No, porque se supone que aquí la estrella soy yo.

Ella rio.

—Ay, por Dios, ¡cuánto ego! ¡Sálvenme!

Él sonrió.

—Okey, supongo que ahora me merezco un beso.

Ella se quedó congelada y de pronto sintió que temblaba. Su superconfianza de hace un momento había desaparecido.

—Claro —dijo en voz baja.

—¿Sabes qué? ¿Puedo dejarlo a cuenta para recogerlo con intereses más tarde?

Sweetie se quedó quieta.

—Eh, ¿cómo?

Ashish sonrió con ese gesto engreído que ella adoraba e inevitablemente su corazón dio vueltas.

—Sí, ya sabes. Creo que podría funcionar a mi favor cobrar todos los besos al final. Un gran beso en vez de muchos besitos.

Sweetie sintió que todo el calor se iba a sus mejillas. Sus rodillas se convirtieron en chicle. Todo lo que podía pensar era él envuelto en ella. Dios, ¿desde cuándo estaba tan obsesionada con los besos? Claro que la respuesta a eso era cuando empezó a salir con Ashish.

—Este… —Se aclaró la garganta porque su voz sonaba chillona—. Sí, eh, está bien.

Él sonreía radiante.

—Excelente. Bien, terminó el calentamiento.

—Okey. —Rio ella, con un poco de histeria—. Eso fue calentamiento. Lo sabía.

La sonrisa traviesa de Ashish le indicó que él no se la creyó.

—Mmm. Me toca escoger la posición. Digo que vayas allá —Apuntó a unos arbustos— y trates de encestar mientras haces un arco sobre ellos. Ah, y no olvides el himno nacional. De hecho, mejor cántame una de las canciones que escogiste para la noche de bandas.

—¿Es broma? ¿Arquear el cuerpo y cantar una canción pop? Eso no parece tan justo para una estrella.

Con una sonrisa enorme, Ashish le dio un ligero jalón a su cola de caballo. Cuando ella hizo la cabeza hacia atrás, él le dio un besito en el cuello. Sweetie tan solo pudo emitir un leve jadeo desde el fondo de su garganta; cada uno de sus nervios había vibrado con gozo y seguía vibrando con deseo.

—Perdón —murmuró él contra su piel.

—N-no hay problema —logró decir; con piernas de chicle caminó hacia los arbustos, aunque echó un vistazo hacia él. Y él estaba sonriendo de tal manera... Se veía... encantado. Pero ¿por qué?

Ashish

Estaba batallando para no sonreír como todo un tonto. Se sentía tan bien saber que alguien tan bondadosa, dulce, simpática y hermosa como Sweetie pareciera desearlo tanto como él la deseaba a ella.

Sonó su teléfono y lo sacó.

CELIA
¿Estás enojado conmigo?

Se le quedó viendo al texto, su sonrisa se desvaneció.

ASHISH
No, solo estoy ocupado, lo siento.

CELIA
¿Me llamas después?

Él dudó. Esto no iba a ser fácil.

ASHISH
Sí.

Sweetie

Escuchó el timbre y vio que Ashish tecleaba un mensaje.

—¿Tienes que irte a tu casa?

Él se sobresaltó con un poco de ¿culpa? y alzó la vista hacia ella, pero entonces, su sonrisa coqueta de siempre estaba de regreso. Metió el teléfono a su bolsillo.

—No, está bien. Entonces, ¿vas a encestar? ¿mientras cantas?

—Cielos, qué mandón, dame un segundo —murmuró ella, tratando de sentirse cómoda al arquearse.

Falló el tiro, y el siguiente, y el siguiente. Y, sin importar cuántas posiciones ridículas le pidiera a Ashish (llegó el punto en que lo hizo trepar al poste de la canasta opuesta), encestó todas. Lo retó a cantar canciones de Bollywood y lo logró, aunque su hindi no fuera el mejor. Él la hizo cantar toda la lista que eligió para la noche de bandas y, cada vez que fallaba un tiro y él encestaba, le decía «Que no se te olvide: ese es un beso más».

Acababa de fallar otro tiro, casi pierde la vuelta entera, cuando él empezó a acercarse con zancadas largas y ojos que sabían lo que querían. Ella se enderezó y dejó el balón en el piso.

—Aún me falta una vuelta —dijo con voz ronca, aunque no sabía por qué. Si él iba a cobrar sus besos, ¡ella no tenía ningún problema!

—Lo sé —dijo Ashish en voz baja y se paró junto a ella. Ella podía sentir el calor de su cuerpo a través de su ropa—. Aunque, tengo una pregunta.

Sus ojos color miel la hipnotizaban bajo la luz tenue; eran como dos planetas que fascinaban a quien los contemplara.

—Okey. —Él dio un paso más. Sus ropas se rozaban. Sweetie sentía que su corazón bailaba tap y se iba a salir de su cuerpo—. Esa lista de canciones… ¿la escogiste tú?

Ella asintió y de pronto sintió una mezcla de vergüenza y pánico. Ay, no, no, no. Él se había dado cuenta.

—Todas hablan del primer amor —dijo Ashish en voz baja, mirándola fijamente.

Sweetie pasó saliva. Quería desviar la mirada, pero estaba paralizada, sin poder evitarlo.

—Eso no fue pregunta —dijo al fin y su voz apenas se escuchaba. Sus mejillas ardían.

Ashish le alzó la barbilla con dos dedos. Ella se obligó a mantener la mirada fija.

—Sweetie Nair —dijo mientras bajaba la cabeza hasta que sus labios quedaron a micras de distancia—, de verdad no te merezco.

A ella se le aceleró la respiración cada vez más. Sabía lo que quería responderle; las palabras se acumulaban detrás de sus dientes, como una ola del mar. Pero ¿podía pronunciarlas? ¿Podría dejarse ver así tal cual, siendo sincera y quedando vulnerable? Pensó en el proyecto de la Sweetie intrépida. En cómo el punto era ser valiente en cada faceta de su vida. En cuántas ganas tenía de ser esa chica, la que vivía su vida con orgullo y valentía, que no tenía miedo a que le doliera un poco de rechazo. La que se levantaba una y otra vez, pasara lo que pasara, porque sabía que lo que podía ofrecerle al mundo era espectacular. Así que se forzó a hablar, negando con la cabeza.

—Eso no es cierto. Tú eres… un buen partido, Ashish. Te gusta mostrarle a todos una fachada coqueta y arrogante, pero yo veo quién eres en verdad. Te veo, eres dulce y simpático y necio y vulnerable. Amas con todo tu ser y cuando te lastiman, te arrinconas para proteger tus partes más frágiles. —Le puso una mano en la mejilla, sintió una quijada temblorosa y tensa. Ella sintió que la piel de sus brazos y piernas se erizaba—. Pero no tienes que mostrar esa fachada conmigo. Yo no te voy a lastimar. —Ella hizo una pausa, casi jalando aire en un intento de calmar a su corazón, que tamborileaba—. Y yo... creo que lo sabes. Creo que tú también te estás enamorando de mí.

Él la miró por otro largo rato y ella se preguntó si acababa de cometer un terrible error. Tal vez había malinterpretado las cosas. Después de todo, él sí le había dicho que seguía medio clavado con Celia. ¿Y si él pensaba que ella suponía demasiado? Pero entonces, Ashish sonrió. Su sonrisa era más bien un gesto triste.

—Ay, Sweetie —susurró y acercó su boca a la de ella por completo—, ¿cómo no hacerlo?

Entonces se besaron, se derritieron, suspiraron y Sweetie se dejó perder por completo.

Ashish

Nada de lo que Sweetie había dicho era mentira. Incluso, mientras la besaba, él repitió las palabras en su mente: sí se estaba enamorando de ella. Y sí sabía que ella nunca lo lastimaría, al menos no a propósito. Pero había algo que Sweetie no dijo y que Ashish sabía que era cierto: él aún se rehusaba, con toda su desesperación y miedo mortal, por muy horrible que pareciera, a admitir eso ante sí mismo. Tenía miedo de qué pasaría si se dejaba enamorar profunda y seriamente como estaba sucediendo. Tenía miedo de qué significaría eso de él, pues antes de esto había tenido una relación seria que acabó en fuego y llamas. Tenía miedo de que cuando hablara con Celia (y planeaba hacerlo muy pronto) las cosas no salieran como él quería, que de alguna manera él dijera lo que había sentido y que aun así no pudiera cerrar ese ciclo.

Así que cuando dijo «¿Cómo no hacerlo?» quiso decir «¿Cómo podría no querer a alguien tan milagrosa y perfecta como tú?». Pero también «¿Cómo es que no espero que las cosas terminen cien por ciento mal a pesar de que me enamore de ti?». Ashish tenía un historial pésimo. De hecho, le aterraba que cada una de sus relaciones estuviera destinada a terminar en una catástrofe espectacular y que esta que tenía con Sweetie no fuera la excepción.

Pero ¿podía decirle eso a Sweetie? Quería reír tan solo de pensarlo. Vaya que era un antiafrodisiaco. Vaya que era una manera de arrasar con todo antes de que siquiera empezara.

Así que Ashish se quedó con sus dudas y su falta de *mojo*, y se quedó ahí, solo en ese pesimismo frío y deprimente. Y luego lo dejó todo de lado porque, carajo, estaba ahí con ella y se empeñó en disfrutarlo, carajo. Lo que sea que pasara en el futuro, consiguiera cerrar el ciclo o no, Ashish estaba con Sweetie *ahora* y eso era un inmenso regalo. La acercó más y la besó con más fuerza.

Sweetie

Estaban acostados sobre el pasto. Se habían besado durante tanto tiempo que las mejillas de ella estaban un poco irritadas del roce con los vellitos de la barba de Ashish. Claro que a ella no le importaba. Lo único que importaba era cómo se sentía el musculoso pecho de él debajo de su cabeza, cómo se sentía su musculoso brazo rodeándola. Ella jugaba con la mano de él mientras miraba al cielo sonriendo.

—Ashish —le dijo.

—¿Mmm? —Él sonaba adormilado y feliz, exactamente como ella se sentía.

—¿Qué se siente tener un hermano?

—Mmm... —Se volteó para besarle la frente—. No sé cómo deba sentirme cuando estás pensando en mi hermano mientras te abrazo. ¿Por qué preguntas?

Ella se encogió de hombros.

—No sé. Siempre me he preguntado cómo se sentiría tener hermanos. Digo, tengo a mi prima Anjali Chechi, pero no es lo mismo. Ella vive tan lejos y solo podemos hablar por teléfono. Pero siempre he creído que debe ser increíble tener alguien con quien compartir tus ideas todo el tiempo. Alguien con quien puedas hablar. Ser hija única a veces puede ser solitario. Y molesto. La atención de tus padres siempre está sobre de ti.

Él rio.

—Sí, de hecho sé a qué te refieres. Ahora que Rishi se fue, las miradas de rayos láseres de mis padres siempre se enfocan en mí. Aunque, no debería quejarme. Justamente por eso acabé aquí contigo. —Le besó la mejilla y ella se estremeció ante este roce casual—. Pero, en general es genial tener un hermano mayor. Pasé por una etapa en la que pensaba que éramos los hermanos menos compatibles del mundo. Ya sabes, él es el niño estrella y yo, este..., ¿qué es peor que la oveja negra? ¿Un hoyo negro? Siempre seré el hoyo negro de la familia. —Se rio—. Pero Rishi es buen tipo. Siempre tiene buenas intenciones y sé que él me apoyará cuando lo necesite, sea como sea.

—Mmm. ¿Alguna vez me lo presentarás?

—Qué bueno que lo mencionas; él quiere venir a mi partido más importante en mayo. Ahí te lo puedo presentar.

A ella la sonrisa se le fue al cielo.

—Me encantaría. Y yo te puedo presentar a Anjali Chechi en mi fiesta de cumpleaños.

—Eso sería genial —exclamó él—. ¿Cómo crees que reaccionarán tus padres ante el hecho de que hemos estado saliendo a escondidas de ellos?

—Dudo que les agrade, pero… se enterarán en mi fiesta de cumpleaños… No pueden enojarse tanto, ¿cierto?

—Ay, Sweetie Nair —comenzó él, acercándola—, nadie podría enojarse tanto contigo. —Y la besó de nuevo.

En cuanto se subió al Jeep, Sweetie suspiró.

—Entonces, ¿te veo el sábado?

—Sip. —Sonrió y le acarició la barbilla—. Solo falta una semana. Te voy a extrañar.

Ella se vio los pies y sonrió.

—Yo también. —Luego alzó la vista hacia él—: Entonces, vamos a ir a casa de Gita Kaki, ¿cierto? ¿Quién es ella?

Ashish suspiró.

—Me tomaría un mes entero explicarte quién es Gita Kaki. Solo digamos que es un poco… excéntrica. Y, eh, ve preparada para conversaciones extrañas. Si aún tienes ganas de salir conmigo después de eso, lo consideraré un triunfo.

Sweetie rio, se paró de puntitas y lo besó de nuevo. Nunca se cansaría de eso, de poder besarlo cuando se le antojara.

—Se necesita más que una tía chiflada para ahuyentarme, Ashish Patel.

Los ojos de él brillaron.

—Qué bueno.

Ella vio cómo se alejaba en su auto hasta que ya no pudo divisarlo. Ya lo extrañaba. Hasta ahora, Sweetie creía que se estaba enamorando de Ashish Patel, pero, ¿cuándo admitiría que «enamorando» había cambiado a «enamorado»?

24
Sweetie

Se recargó en la cabecera de su cama, recién bañada y con su pijama de Hello Kitty. Una noche de viernes al mes, ella y Anjali Chechi se veían por FaceTime. Como no podían verse muy seguido para charlar, esta fue la solución que encontraron. Para Sweetie, estas conversaciones eran más que charlar; eran una guía para vivir. Cuando estaba harta de los sermones de Amma y su autoestima estaba hecha trizas, ver el rostro cariñoso de su prima y oír lo bien que le estaba yendo en su vida la ayudaban a no acabar gritando o escapándose por la ventana para huir de todo eso.

—Hola —dijo al ver que el rostro de Anjali Chechi aparecía en su pantalla.

—Hola, Sweets —le contestó. Su rostro nunca podría considerarse convencionalmente hermoso: todavía tenía cicatrices de varicela que le dio de niña, tenía papada, cabello encrespado y revuelto, y sus ojos estaban demasiado separados. Pero, para Sweetie, ese rostro era un hogar. Simbolizaba amor y aceptación, y le brindaba una sensación de que todo estaría bien.

Se relajó y sonrió a sus anchas.

—Te ves contenta —observó Anjali Chechi. Nunca se le iba una cuando de Sweetie se trataba—. Sospecho que tiene que ver con el chico del que me hablaste.

Sweetie sintió calor en las mejillas, se mordió el labio y asintió.

—Ashish Patel. Mañana tendremos nuestra tercera cita.

—¡Tercera cita! O sea que la cosa va en serio.

Sweetie se acomodó entre las almohadas.

—Para mí, sí... y creo que para él también. —Brilló de alegría tan solo al decir las palabras en voz alta—. Nos llevamos muy bien. O sea, él es superlindo y todo eso, pero también siento que quiero conocerlo mejor. Cuando estoy con él es como estar con un buen amigo que me conoce de años.

Su prima sonrió.

—Eso es muy importante. Me alegra mucho que estés encontrando eso, Sweetie. Entonces, ¿Vidya Ammayi aún no sabe?

—No, no tiene ni idea. Pero decidimos decirle en mi fiesta de cumpleaños. Tú estarás ahí como apoyo moral, ¿cierto?

—¿Aún te lo preguntas? —Anjali Chechi puso cara de «¡Ay, por favor!».

—Gracias. —Sweetie se incorporó—. También vendrás a mi última carrera, como siempre, ¿verdad?

—De nuevo, ¿aún te lo preguntas? —Anjali Chechi rio—. Supongo que vas a arrasar con todos otra vez, ¿cierto?

Sweetie arqueó una ceja.

—¿Aún te lo preguntas? —Se rieron—. De lo que sí tengo nervios es de mi presentación el próximo jueves.

—Ah, la noche de bandas. —Sweetie le había contado todo en mensajes de texto.

Asintió.

—Yo escogí las canciones, que resultaron... de amor. No lo hice a propósito, solo sucedió. ¿Crees que es demasiado cursi?

—¿Las otras chicas de tu banda tuvieron problemas con eso?

—No. Dijeron que mi voz es la adecuada para canciones de amor, así que no tienen problema con ello. Pero qué vergüenza. Solo de imaginar estar en un escenario frente a toda esa gente… —De pronto se limpió las manos en los pantalones de su pijama—. ¿Y si se ríen de mí?

En el entrecejo de Anjali Chechi se formó una arruga.

—¿Y qué si se ríen? Vas a salir a cantar porque tu voz es hermosa y porque crees en ti. ¿Y ellos qué hacen? ¿Sentarse en el público y juzgar? Para eso no hay que ser valiente.

Después de una pausa, Sweetie respiró profundo.

—Sí, tienes razón.

—Además, ahí estarán tus amigos. Y la gente que te haya juzgado en un inicio verá de lo que eres capaz en cuanto empieces a cantar. ¿Crees que no se rieron de Adele antes de darse cuenta de que ella merecía respeto?

—Sí, bueno, sigo nerviosa, pero tienes razón.

—Es normal que estés nerviosa. —Sonrió, relajándose—. ¿Te acuerdas de mi primera ronda en quirófanos?

Sweetie resopló.

—Tiraste la mesa de instrumentos con la cadera, te tropezaste con tus propios pies y casi caes de boca contra el piso.

—Exacto. Y estaba tan nerviosa de que los demás me juzgaran porque era la única estudiante de medicina gorda en ese cuarto y que eso automáticamente quería decir que era floja o tonta, ¿verdad? Pero ¿qué crees?, que ahora soy una cirujana ortopedista. Y todos los que me juzgaron y se rieron de mí —alzó los hombros—, ni siquiera los recuerdo. Haz lo tuyo, Sweetie, lo demás se irá acomodando.

Sweetie se relajó y sonrió.

—Gracias, Chechi. Eres la mejor.

Se oyó el timbre de la puerta y unos segundos después, Amma la llamó. Mmm, qué extraño. No esperaba a nadie. Con el entrecejo fruncido, volteó de nuevo a la pantalla.

—Oh-oh. Me llaman.

—Ve, anda —dijo Anjali Chechi—. Nos vemos pronto.

—Sí. Y recuerda lo que vas a traer a mi fiesta.

—No lo olvido. —Sonrió—. Mañana me desvelaré en ello.

—Excelente. ¡Nos vemos pronto!

Sweetie terminó la llamada, enchufó el teléfono al cargador y salió a la sala para ver qué quería su madre.

En cuanto dio vuelta a la sala, Sweetie quiso regresar a su cuarto y cambiarse. La tía Tina y Sheena estaban ahí sentadas, bien vestidas y arregladas con ropa que Sweetie estaba segura era de diseñador. Su cabello estaba perfectamente estilizado y ambas estaban muy maquilladas. En cambio, el cabello de Sweetie seguía húmedo y colgaba en mechas por su espalda. Se ajustó la blusa de su pijama de Hello Kitty porque recordó que se le abrían los botones.

La tía Tina la barrió de pies a cabeza, antes de sonreírle con frialdad.

—Hola, Sweetie. ¿Ya te vas a ir a dormir?

—No, solo que me gusta ponerme la pijama después de mi entrenamiento. —Se sentó junto a Amma—. Hola, Sheena.

Sheena la saludó alzando la barbilla y medio asintiendo.

—Qué onda.

Amma habló:

—*Mol*, la tía Tina se preguntaba si querías compartir limusina con Sheena para ir al baile. Es dentro de dos semanas, ¿cierto?

—Una semana —murmuró Sweetie. Había tratado de olvidarlo, la verdad, y Kayla e Izzy eran muy buenas para evitar el tema cuando ella estaba presente. Para Suki, todo eso era una idiotez y lo boicoteaba por sus principios. Aunque Sweetie trataba de olvidarlo por otras razones. En primera, Amma nunca la dejaría ponerse el vestido que quería. Seguramente tendría que usar un vestido de manga larga, cuello largo y falda hasta el piso. En segunda, nadie la había invitado.

Y entonces frunció el entrecejo. Un momento: ¿por qué Ashish aún no la invitaba? Sí, estudiaban en escuelas diferentes, pero ¿por qué no lo había mencionado? Parecía el tipo de chico que iba cada año, aunque no fuera su graduación. Este era el primer año en que ella podría tener una oportunidad.

—¿Tienes con quién ir? —preguntó la tía Tina, pero con cara de «No, claro que no, pobrecita y triste niña gorda».

Sweetie se retorció un poco.

—Eh, no realmente. De hecho, no quiero ir.

Tal como lo predijo, la tía Tina y Sheena pusieron cara de horror.

—¿Por qué no? —preguntó Sheena lentamente, como si Sweetie fuera un erizo impredecible que de repente le lanzaría sus espinas o algo así.

Ella alzó los hombros.

—Es solo que... no es lo mío.

Ahora Sheena la miraba francamente con cara de lástima.

—Le puedo pedir a mis amigos que bailen contigo, si eso te preocupa.

Sweetie sintió una ráfaga de humillación. Pero luego se le pasó. Y luego quiso reír. Porque, en serio, Sheena pensaba que estaba siendo amable. O sea, era tan boba que pensó que insinuar que nadie querría bailar con Sweetie porque era gorda y luego ofrecerse a sobornar a sus amigos era algo lindo. Sweetie tosió para disimular la risa que estaba a punto de salírsele. Pensó en Anjali Chechi tropezando con sus amplias caderas con la mesa de instrumentos. Y luego pensó en dónde estaba su prima ahora. Entonces le sonrió a Sheena con su sonrisa más amable.

—Qué lindo de tu parte, Sheena, pero no será necesario. Como dije, no quiero ir.

—Pero, *mol*, tal vez sea muy divertido —dijo Amma—. Te subirás a una limusina.

Sweetie enderezó los hombros. Amma quería que fuera porque le ayudaría con su amistad o lo que sea que fuera con la tía Tina. Estaba desesperada por que Sweetie fuera un puente para ella y la tía, pero esa no era la función de Sweetie. Ella no estaba ahí para hacer que todos se sintieran cómodos.

—Lo siento, Amma, pero lo dije en serio. —Luego volteó hacia la tía Tina y agregó—: Gracias, tía Tina, pero no. No quiero compartir limusina con Sheena. —Se levantó—. Tengo que hacer tarea, así que me voy. Nos vemos. —Se despidió con la mano y se fue mientras las demás se quedaban atónitas.

Veinte minutos después, Amma fue a su cuarto.

—¿Por qué fuiste tan grosera, Sweetie? Solo trataban de ser amables.

—No creo haber sido grosera —contestó Sweetie y cerró su libro. Metió los pies debajo de las sábanas, a los pies de su cama—. De hecho, me esmeré en no ser grosera. Pero... —Respiró profundo; esta vez no se quedaría con las palabras atoradas— no soy objeto de caridad y no quiero que me traten así.

Amma se sentó junto a ella en su cama.

—Deberías salir con Sheena. Es buena chica.

Sweetie la miró fijamente.

—Yo ya tengo a mis amigas.

Amma se paralizó, como si no supiera cómo decir lo que quería decirle.

—Pero, Sweetie, esas chicas son... toscas; medio hombrunas, ¿no? Izzy no, ella es dulce. Pero Kayla y Suki son... feministas; tu tía Tina me lo dijo. —Al decir la palabra «feministas», se agachó para susurrársela al oído—. Sheena es más adecuada para ti.

Sweetie se mordió el interior de los labios para no reír.

—Amma... lamento decirte esto, pero yo también soy feminista.

Su madre la miró fijamente, con los ojos abiertos y horrorizados. Ni siquiera se dio cuenta cuando la *dupatta* roja de flores estampadas de su *salwar kameez* se deslizó por su hombro.

—¡Sweetie! Las feministas no se casan. Déjate de tonterías.

Ahora sí, Sweetie se rio a sus anchas.

—Amma, ¿de qué diablos hablas? Las feministas pueden hacer lo que quieran. Solo quieren igualdad de derechos para las mujeres.

—*Ayyo, bhagavane* —dijo Amma, negando con la cabeza—. Adolescentes.

Sweetie se inclinó hacia su mamá y puso una mano sobre la de ella.

—¿Por qué crees que vemos las cosas de forma tan diferente todo el tiempo?

Amma frunció el entrecejo.

—¿Qué?

—Tenemos posturas opuestas casi para todo, Amma. —Se tragó el nudo que de repente sintió en la garganta—. Nuestra apariencia es diferente y nuestra manera de pensar es diferente y... —alzó los hombros— eso me duele.

Amma la miró fijamente.

—A mí también me duele, pero ¿qué podemos hacer? Eres mi única hija. Yo soy tu única madre. Supongo que tenemos que encontrar la manera de llevarnos bien. —Le dio unas palmaditas en el muslo y se levantó para irse.

—Si nunca adelgazo, pero termino siendo feliz, ¿te dará gusto por mí? —preguntó Sweetie, ignorando el matiz de desesperación en su voz.

Amma se detuvo con la mano en el picaporte. Por encima del hombro, volteó hacia ella y le dijo:

—Si no adelgazas y aun así terminas siendo feliz, le daré gracias a Dios por hacer milagros. —Luego abrió la puerta, se salió y la cerró con cuidado.

Una lágrima se escurrió por la mejilla de Sweetie; se la limpió con el puño. Pocas cosas la hacían sentir tan sola como hablar con su propia madre.

Ashish

Él y sus padres se sentaron en el quiosco, bajo el ocaso estrellado. Pappa estaba haciendo «una parrillada», como solía decir o, como Ashish la veía, vegetales quemados en alambres fingiendo que eran kebabs. Como el chef se negaba a usar la parrilla, a su padre no le quedaba de otra más que hacerlo él.

—Qué hermoso —dijo Ma disfrutando el paisaje del quiosco y el patio, que estaban en la punta de un altozano de su terreno, así que gozaban de una gran vista a lo largo de sus dos hectáreas cuidadosamente diseñadas y hacia las colinas al este en la distancia. Hace dos años, Ma se dio cuenta de que solo usaban ese espacio para las fiestas veraniegas, así que instauró el viernes mensual de parrilladas. Pappa accedió porque lo dejó comprar una parrilla que parecía nave espacial y Rishi accedió porque... bueno, porque era Rishi. Pero ahora que no estaba por andar lidiando con sus emergencias de Historia del Arte en la universidad, Ashish era el único que tenía que pasar una noche de viernes al mes comiendo tabiques chamuscados que supuestamente eran hamburguesas vegetarianas y tenía que fingir que le gustaban.

Se le quedó viendo a su padre, que volteaba los kebabs vegetarianos, que ya olían a planta achicharrada, como si fuera un experto. De hecho, esto, pasar tiempo con ellos, no era tan malo. Recordó cuando, hasta hace un mes, buscaba por todos los medios zafarse de estas noches familiares, pero ahora, Ashish no podía recordar por qué. Sus padres no estaban tan mal.

Ma volteó a verlo y sonrió.

—¿En qué piensas, *beta*?

Ashish sacudió la cabeza y tomó un trago de su cerveza de jengibre.

—En nada. ¿Saben? Aún no les he dado las gracias. —Ante la cara de incertidumbre de Pappa (su rostro en medio de una nube de humo), agregó—: La estoy pasando bien con Sweetie en las citas que nos escogieron.

Ma brilló de alegría.

—¡Lo sabía! —dijo Pappa—. Te lo dije, Ashish, mis ideas son…

Ma lo interrumpió con una mirada que Ashish no pudo ver bien desde donde estaba. Cuando volteó, seguía brillando de alegría.

—Maravilloso. Me alegra oír eso. —Puso una mano sobre su brazo y apretó—. Entonces, ¿el *mandir* no fue demasiado aburrido para ustedes?

Ashish tomó aire.

—No, por extraño que parezca fue lindo. Es tranquilo. Y el festival del Holi estuvo genial. —Sonrió al recordar—. Y el cabello de Sweetie… no sé si quiera dejárselo negro después de ese día.

—Entonces, ¡podrías decir que tus padres escogieron a la mejor chica! —exclamó Pappa, blandiendo la espátula como si fuera espada—. Si comparamos a Sweetie con Celia...

—¡Kartik! —Ma negó con la cabeza y suspiró—. Ashish, ignora a tu Pappa. Estoy segura de que Celia era muy linda.

Ashish sonrió, pero su sonrisa era borrosa, como si hubieran dejado al sol su verdadera sonrisa. Celia. Esa noche, después de estar en la cancha de basquet con Sweetie, hablaron al fin. El corazón de Ashish se aplastaba al pensar que le había escondido esto (temporalmente) a Sweetie, la persona más pura y honesta que había conocido en toda su vida. Sabía que tenía sus razones, pero tan solo pensar en ello le daba náuseas en el fondo del estómago, como si le fuera a dar una infección.

—¿Qué le vamos a dar? —preguntó Pappa. Entonces Ashish se dio cuenta de que estaban hablando con él y se había distraído.

—¿Cómo?

—¿En su fiesta de cumpleaños? —explicó Pappa y chasqueó la lengua—. ¿Qué tal el DVD de esa película *Se busca novio*? ¡A todas las adolescentes les gusta!

—Kartik, ya te dije, esa película no es de los tiempos de Sweetie —dijo Ma, riendo. Luego, se dirigió a Ashish—: Es más, ¿los adolescentes de ahora siquiera ven DVD?

—¡Ashish, dile que *Se busca novio* es la buena nota! —dijo Pappa mientras servía los kebabs y los tabiques de hamburguesa en platos.

—Pappa —dijo Ashish sobándose las sienes—, es «la buena onda» y ya nadie lo dice. Ni siquiera sé que es eso de *Se busca novio*, así que voy a apoyar a Ma. —Ella sonrió triunfante—. Además, ni tiene caso hablar de esto, ustedes no pueden ir a la fiesta.

A Ma se le desbarató la sonrisa.

—¿Qué?

—¿Por qué no? —protestó Pappa y puso los platos en la pequeña mesa del quiosco—. A Sweetie le gustará vernos.

—¿No le caemos bien, *beta*? —preguntó Ma en voz baja y Ashish quiso darse un zape por ser tan insensible.

—Claro que le caen bien —explicó Ashish; después de una pausa, agregó—: De hecho, dudo que haya alguien que le caiga mal. Pero, eh, creo que es mejor así. Me va a presentar a sus padres y yo tengo que agradarles y ganármelos, ¿entienden? Si ustedes van, me van a poner nervioso.

—Claro —dijo Ma y le dio una palmadita en la mejilla—. Te los ganarás tan pronto que ni siquiera recordarán que alguna vez tuvieron objeciones, ¿no es verdad, Kartik?

Ambos voltearon a ver a Pappa. Él sacó un pimiento (o «capsicum», como los llamaba él) de uno de los kebabs, refunfuñó y dijo con rencor:

—Asegúrate de llevarle un muy buen regalo.

—No soy como Rishi —reclamó de pronto Ashish y Ma lo vio sorprendida. Pappa siguió masticando sus kebabs como si fuera un conejo despistado—. Y lo sé. No voy a ganarme a sus padres como… —Se detuvo, se preguntó si realmente iba a decirlo, luego pensó que sí, total, qué más daba—, como Rishi se ganó a los de Dimple aun antes de conocerlos —dijo apresuradamente, sin verlos a los ojos—. Pero debo intentarlo, ¿no? En verdad me gusta Sweetie.

—*Beta*, eres tan encantador como Rishi —dijo Ma preocupada—. Nunca pienses lo contrario.

Ashish vio a su padre, pero él seguía concentrado en su comida y no dijo nada. ¿Porque no oyó o porque no tenía nada que decir?

—Claro —dijo Ashish, sonriéndole a su madre para que dejara de preocuparse—. Está bien.

—Entonces, ¿tienes todo listo como te pedí? —le preguntó Ashish a Gita Kaki al teléfono, caminando de un lado al otro de su cuarto, a la mañana siguiente—. ¿Todo lo que te pedí?

La voz chillona de Gita Kaki le retumbaba en el oído.

—Sí, sí, *beta*. ¿Cuántas veces debo decírtelo?

—Está bien, gracias, porque estaremos ahí en un poco más de una hora.

—*Haan, Haan.* Nos vemos en un rato. Ah y, Rishi, te hice aloo palak, ¡tu favorito!

Ashish se puso una mano en la frente.

—No soy Rishi, soy... Está bien, ¡nos vemos al rato! —Colgó y se metió el celular al bolsillo. Bueno, como sea esto sería muy interesante. Si lo peor que Gita Kaki podía hacer era llamarlo Rishi y obligarlo a comer aloo palak (guácala, ¿a quién le gustan las papas y las espinacas mezcladas?) durante la visita, consideraría que tuvo suerte.

Corría escaleras abajo para encontrarse con Sweetie afuera (acababa de ver que su auto llegaba) cuando sonó su celular.

Lo sacó de su bolsillo y revisó la pantalla. Era Celia.

CELIA
Me dijiste que te avisara cuando fuera a Atherton. Estaré ahí el jueves. Me pareció importante ☺
¿Quieres que nos veamos?

Ashish se quedó viendo las palabras un minuto entero. Luego tecleó deprisa, con una idea en mente.

ASHISH
Sí, aunque esa noche tengo planes. ¿Nos vemos 9:30?

CELIA
Ok. ¿En Bedwell?

El parque de Bedwell Bayfront fue donde él y Celia habían festejado su aniversario de tres meses. Fue donde… bueno, donde sucedió un gran evento en su relación. Suspiró profundo.

ASHISH
Suena bien.

Guardó su celular, aplastó la culpa que sentía en su estómago al ocultarle esto a Sweetie y salió por la puerta. «Esto es bueno, Ash», se dijo con firmeza, «llegó el momento».

Ver a Sweetie sonriéndole desde el parabrisas se sintió como meterse a una regadera de agua hirviendo justo después de haberse empapado bajo la lluvia fría. Se sentía estupendamente. Afianzó su decisión de lo que debía hacer el jueves en la noche. Cuando ella apagó el auto, él le abrió la puerta y la ayudó a salir. Luego la envolvió en un enorme abrazo y olisqueó su cabeza.

—Ahhhh. Justo lo que necesitaba, champú de menta.

Ella rio y se lo quitó de encima.

—Okey… eso para nada es extraño…

—Es como el crack, mi droga Sweetie, ¡es Swack! —La jaló de nuevo hacia él y volvió a inhalar profundo.

Ella reía tanto que no podía respirar. Al verla reír así, él también empezó a reír. Finalmente, se separaron y él se quedó ahí, sonriéndole.

—Okey. ¿Lista para el espectáculo en auto?

—Sí, vamos —dijo ella asintiendo.

Caminaron hacia el garaje con las manos entrelazadas; él le abrió la puerta del pasajero del Porsche, pero se detuvo.

—Oye —ella lo miró inquisitivamente—, ¿quieres manejar?

Sus ojos se abrieron a tope y una sonrisa se empezó a dibujar lentamente en su hermoso rostro. Ashish podría ver esa sonrisa para siempre, en la función de time-lapse.

—¿En serio? ¿Me dejarías conducir tu Porsche?

Él puso los ojos en blanco nada más para distraerla de cuánto le gustaba verla fijamente como cualquier pervertido.

—En realidad, dudo que nos arriesguemos a que el Porsche acabe estampado contra un árbol a la velocidad a la que manejas. Me preocupa más que nos quedemos sin combustible antes de llegar. —Le aventó las llaves—. Tiene botón de encendido, pero mejor llévatelas tú. Te harán sentir más al mando.

—Ay, por Dios —suspiró ella y se fue al asiento del conductor—. ¡No puedo creer que tengo en las manos las llaves de un Porsche! ¡Mucho menos que lo voy a conducir!

Ashish rio mientras Sweetie se subía al auto con la boca abierta al ver el sistema de navegación y las vestiduras impecables. Una vez que se subió, se estiró para besarle la mejilla.

—¿Lista para conducir tu primer Porsche?

—Por supuesto.

La miró mientras ella sacaba el auto del garaje y sintió picotazos de culpa por el mensaje de texto que recién envió. Ashish detestaba esconderle esto a Sweetie, pero era lo mejor; tenía un plan armado. Se vería con Celia, le diría lo que había sentido y, con suerte, tendría algo de paz.

¿Estaba seguro de que así sería? ¿En vez de que en cuanto viera a Celia de pronto regresara a ser aquel bebé preparatoriano imbécil? No, no estaba seguro de nada. De hecho, estaba bastante aterrado de ver a Celia y pensar «Al diablo con cerrar ciclos, ni qué esperanzas de revolotear por la órbita de terminar esto». Pero no importaba, tenía que intentarlo.

—¿Gita Kaki tiene hijos? —preguntó Sweetie ya que estaban en la carretera ochenta y dos.

—No, y probablemente eso explique por qué todo el tiempo me confunde con Rishi —respondió él—. De hecho, me corrijo: Ella cree que Rishi y yo somos Rishi. Es claro que tiene un consentido.

Sweetie rio.

—No puede ser, ¿cómo es que alguien prefiere a Rishi en vez de a ti?

Ashish fingió jactarse del comentario.

—Oye, un chico se puede acostumbrar a este tipo de halagos, especialmente si todos en mi familia prefieren a Rishi en vez de a mí.

Sweetie lo miró de reojo.

—¿Quieres saber qué creo?

—Crees que este Porsche es el mejor vehículo que has tenido el placer de conducir.

Ella retorció los ojos.

—De hecho, creo que cuando dices de broma que Rishi es el hijo estrella y la gente lo prefiere a ti eres sarcástico, pero en el fondo pareciera que te afecta más de lo que dejas ver. —Pausa—. ¿Crees que es cierto? ¿Crees que de alguna manera él es mejor que tú?

Ashish desvió la mirada hacia la ventana. Sweetie tenía esa manera de ser directa e ir al grano de las cosas. Eso de cierta manera lo desestabilizaba. A él le gustaba sentir que tenía al mundo en sus manos. Siempre iba un paso adelante. Algunas personas preferían a Rishi, sí, era cierto, pero no importaba porque Ashish ya lo sabía y lo esperaba. Pero Sweetie… Ella decía las cosas en esa manera gentil y examinadora. Lo hacía sentir como si hubiera un vacío dentro de él esperando a que lo llenaran. Y él ni siquiera sabía con qué o cómo debía sentirse al respecto.

Él se aclaró la garganta.

—Supongo que sí, pero no me molesta. —Ella no dijo nada. Solo se estiró y puso una mano sobre la rodilla de él—. En serio —afirmó él.

—Okey —dijo ella amablemente—, pero, para que lo sepas, yo no creo eso. Para nada.

—Pero no has conocido a Rishi.

—No tengo que conocerlo para saber que te prefiero a ti. —Y lo desarmó con una sonrisa que lo dejó sin defensas—. ¿Okey?

Él llevó su mano a la nuca de ella y empezó a acariciar su suave piel.

—Okey —concordó, sin pensar en lo bobo que sonaba eso. Estaba demasiado ocupado sintiéndose feliz.

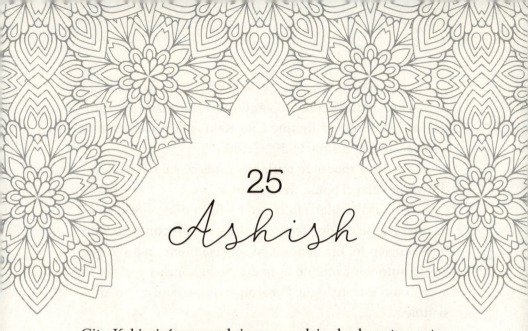

25
Ashish

Gita Kaki vivía en un lujoso complejo de departamentos que tenía vista al agua. Se estacionaron en los espacios para visitantes y al salir estiraron piernas y brazos. Él se acercó para tomar a Sweetie de la mano y se maravilló de lo natural que se sentía. Era su tercera cita, según el contrato, pero sentía como si la conociera desde hace mucho más. Si mañana ella empezara a convivir con sus amigos, encajaría sin problemas ni incomodidades.

Luego recordó su conversación con Gita Kaki y cómo dependía del miembro de la familia menos confiable para algo superimportante. Y entonces sintió que se le subía la presión arterial. No se dio cuenta de que estaba apretando demasiado la mano de Sweetie hasta que ella se quejó.

—Ay, perdón —dijo y le sobó la mano—. ¿Estás bien?

Ella torció una ceja.

—Sí. ¿*Tú* estás bien?

—Sí, sí. Muy bien. —Se obligó a besarle la sien de manera casual—. ¿Lista para conocer a la más «interesante» de mi familia? —Y con suerte, ¿lista para que te desmayes de la emoción?

Ella le dio un empujoncito con el hombro.

—No tienes que ser sarcástico.

—¿Sarcástico?

—Decir «interesante» en vez de «deschavetada por completo». Estoy segura de que Gita Kaki está perfectamente cuerda, a pesar de que te diga Rishi.

Él sonrió a modo de burla mientras se subían al elevador y apretaba el botón del *penthouse*.

—Voy a disfrutar tanto decir «Te lo dije». —De subida, Sweetie se rio de pronto—. ¿Qué? —preguntó él, también sonriendo. Era como si su sonrisa fuera un imán que atraía automáticamente al imán de su sonrisa y... no, ni al caso con esa analogía. Pero, en serio, su sonrisa era irresistible.

—Acabo de caer en cuenta de que por lo visto toda tu familia es absurdamente rica. ¿Qué hay con eso?

Él se rio.

—Te aseguro que no es verdad. Gita Kaki solo es una excepción más. La mayoría de mi familia es de clase media. El esposo de Gita Kaki, Shankar Kaka, era ejecutivo de Google o algo así, se me olvida. Como sea, cuando murió, ella heredó este *penthouse*. Lo tenían desde hace años, pero, a pesar de que esto vale una fortuna, mi padre dice que ella no tiene liquidez.

—Ajá, como si supiera lo que eso significa —rio Sweetie—. Ay, por Dios, formas parte del uno por ciento de la población y ni siquiera lo sabes.

Él se carcajeó.

—No, no, sí sé que tengo dinero, pero también me gusta pensar que tengo los pies en la tierra.

—¿Ah, sí? Okey, dime rápido, ¿cuánto cuesta un litro de leche?

Él la miró, tratando de mantener una cara neutral. Mierda. Leche. Diablos, él debía saberlo. Pero el problema era que su ama de llaves, Myrna, era la que hacía las compras. Y seguramente esa era información que no le convenía mencionar ahora. «Ay, por favor, Ash, solo di una cifra».

—Eh... ¿doce dólares?

Sweetie lo miró; sonó el timbre del elevador avisando que habían llegado al vestíbulo de Gita Kaki y justo en ese momento ella rompió en risas.

—Jajaja... crees que... leche... doce dólares... —se carcajeó.

Él también empezó a reír.

—¿Qué? ¿Eso es muy poco?

La perdió. Se carcajeaba tanto que empezó a ponerse morada. Entonces llegó Gita Kaki. Con gesto interrogativo, preguntó.

—Rishi, ¿por qué Dimple se ríe tanto?

Ashish también empezó a carcajearse.

Cuando ambos habían recuperado la compostura, más o menos, él las presentó.

—Gita Kaki, ella es mi amiga Sweetie. —Era una regla implícita que nunca presentabas a tus novias como novias ante los miembros mayores en tu familia; eso no era bien visto. Se lo grabaron a Ashish hasta el tuétano desde pequeño y, por la cara inexpresiva de Sweetie, supuso que sus padres tenían una regla parecida. Eso le gustaba; ninguna de sus otras novias (las pocas veces que conocieron a alguien de su familia) lo entendía.

—Sweetie, ella es Gita Kaki.

Sweetie unió las palmas.

—*Namaskar*, tía.

—*Namaskar* —respondió Gita Kaki también uniendo las palmas.

Fueron a la sala con ventanales a todo lo largo y una hermosa vista al agua cristalina.

—¡Vaya! —exclamó Sweetie al entrar—, ¡qué hermoso!

—Gracias —dijo Gita Kaki y sonrió con aprobación. No había nada que le gustara más que halagaran a su departamento, su posesión más preciada. Y, según Pappa, la única posesión que realmente valía algo—. Shankar y yo lo compramos cuando recién construyeron este edificio. Fuimos los primeros en firmar el contrato. El arquitecto era un buen amigo. ¿Te ofrezco algo? ¿Jugo?

—Un jugo estaría bien, tía —dijo Sweetie, dando la vuelta—. ¿Le ayudo?

—No, no te preocupes —dijo Gita Kaki, yéndose—. Rishi, ¿pani?

Ashish puso los ojos en blanco a sus espaldas.

—Pepsi, si tienes, Kaki. —Ella asintió y siguió caminando—. Lo malo de que me confunda con Rishi es que piense que tengo los mismos gustos asquerosos en comida. Todo es vegetariano y solo toma agua. ¡Al tipo incluso le gusta la espinaca!

—Ajá, y ¿por «asqueroso» quieres decir «sano»? —aclaró Sweetie y se fue a sentar al sofá con él.

Él resopló.

—Si quieres decirlo así. —Volteó a ver si Gita Kaki seguía lejos y luego le dijo—: Oye, una advertencia: no, eh… te asombres cuando veas su cuarto de mascotas.

Ella alzó las cejas.

—¿Tiene un cuarto de mascotas? ¿Qué tipo de mascotas?

Pero antes de que él pudiera responder, Gita Kaki estaba de vuelta con las bebidas sobre una bandeja de plata.

Cada quien bebió un trago y luego Gita Kaki empezó la conversación.

—Entonces, Dimple, ¡vaya que la universidad te ha servido para ponerle más carnita a tus huesos!

Ashish se quedó congelado del horror. Ay, por Dios.

—Gita Kaki —dijo con firmeza—, ella es *Sweetie*. Y es perfecta así como es. Sweetie se veía bastante incómoda. No quiso verla a los ojos. Furioso, tomó su mano.

—¿Sweetie? —Gita Kaki frunció el entrecejo—. ¿Qué pasó con Dimple?

Ashish suspiró.

—No soy Rishi. Soy Ashish. El hijo menor de Sunita y Kartik. ¿Te acuerdas?

Gita Kaki rio.

—Ah, sí, sí, ¡claro! Lo siento, sabes, mis anteojos no son… eh… —Desvió el tema y tomó otro trago de una bebida que parecía jugo de mango—. Es muy bonita —dijo de pronto—. Siempre me ha gustado que las mujeres tengan curvas. ¡Esos son cuerpos de verdad! No como esos espaguetis.

—Eh, sí —dijo Ashish sintiendo que sus mejillas se encendían—. A mí también. —Qué conversación de lo más extraña e incómoda. Trató de ver a Sweetie de reojo y vio que ella trataba de aguantarse una sonrisa mientras bebía su jugo. Bueno, era ahora o nunca—. Bueno, Gita Kaki, me preguntaba si Sweetie y yo pudiéramos visitar a tus, eh, ¿mascotas?

Sweetie lo volteó a ver, sorprendida, probablemente preguntándose qué estaba pasando. Él trató de contener la sonrisa. ¡Mua-ja-ja! Pronto lo sabría.

—Mis mascotas… —dijo Gita Kaki dubitativa. Y luego sus ojos se encendieron—. Ashish…

Él espero, pero al parecer no iba a decir nada más.

—Eh… ¿dime?

—¿Sabes qué se pondrá de moda para servicios de correspondencia?

—¿Servicios de correspondencia? —¿Qué diablos? Esto no era parte del plan para ganarse el corazón de Sweetie. Eso no fue lo que tramaron por teléfono. Levantó las cejas—. No.

—Los pericos —asintió Gita Kaki con firmeza—. Así es.
Ashish y Sweetie intercambiaron miradas.

—¿Pericos? —preguntó Sweetie con toda educación y cortesía, como si fuera completamente normal. Ashish se preguntó si saldría corriendo.

—Sí, sí, pericos —dijo Gita Kaki malhumoradamente y haciendo gestos, como si ellos fueran los difíciles. Luego se inclinó hacia adelante, con ojos radiantes—: Miren, a diferencia de las palomas mensajeras, no los tienen que entrenar para cargar nada, ¡sin mencionar que tampoco gastan recursos en papel y tinta! ¿Saben por qué?

Ashish tenía un millón de preguntas. ¿Por qué de pronto estaban hablando de esto, maldición? ¿Por qué Gita Kaki pensaba que los servicios de correspondencia regresarían a estar de moda? ¿Acaso era la tendencia para las personas mayores? Pero se conformó con la respuesta más simple.

—No. Eh… ¿por qué? —No tuvo valor para voltear hacia Sweetie.

—¡Porque puedes entrenarlos a decir el mensaje! Ya sabes: «¡Feliz cumpleaños!», «¡Feliz aniversario!», «Feliz, eh, ¡día de las donas!» ¡lo que sea! —Se carcajeó, feliz. Luego, volteando bruscamente hacia Ashish, le dijo—: Ashish, ¿cuál es esa canción que les gusta a ustedes los chicos?

Él se le quedó viendo.

—Eh…

—¡La canción esa! —dijo empezando a irritarse. Ay, Dios. Eso se estaba volviendo un circo de locos.

—Este… ¿«Feliz cumpleaños»? —dijo Ashish jugando con su bebida.

—No, esa no —dijo Gita Kaki, molesta—. Ah, ¡ya me acordé! ¡La Macarena! Cántamela, Ashish, ¡vamos!

—Gita Kaki, no tengo idea de cuál es esa ca…

—¡Ahora, Ashish! ¡Cántala! —gritó, aplaudiendo con algo de brusquedad.

Él se le quedó viendo. Y luego empezó a cantar.

—Eh... Cuando vamos a la Macarena... eeey...

Un extraño sonido salió de Sweetie. Ashish volteó a verla; tenía el vaso de jugo tapándole la boca y veía fijamente la alfombra.

Gita Kaki dio un manotazo al aire.

—¡Esa no es la Macarena! —dijo con desdén.

«¡Claro que no es la maldita Macarena porque no sé qué diablos es eso!», quiso gritar Ashish, pero Gita Kaki se puso a hablar con Sweetie.

—Verás, Sweetie, incluso una canción tan compleja la puede aprender un perico. ¡Son tan inteligentes!

Sweetie asintió cortésmente, aunque Ashish podía ver cómo le brillaban los ojos. Diablos. Ya podía ver cómo lo remedaría más tarde.

—Entonces, ¿va a abrir un negocio de correspondencia con pericos?

¿Qué? ¿Por qué le preguntaba eso? ¿Por qué la estaba incitando?

—Me alegra que lo preguntes, Sweetie —exclamó Gita Kaki, levantándose de un brinco y yendo a un escritorio de tapa corrediza que estaba en la esquina.

Ashish volteó hacia ella, abrió los ojos y gesticuló «No hagas eso»; ella solo levantó los hombros como diciendo «¿Qué tiene?».

¿Cómo que qué tiene? ¿No era obvio? Pero era demasiado tarde; Gita Kaki estaba de regreso con dos carpetas. Le pasó una a Ashish y otra a Sweetie.

—Miren —dijo—, ahí está todo lo que se necesita para empezar.

Ashish tenía miedo de preguntar. Abrió la carpeta y vio un volante con una imagen gigante de un perico verde brillante al centro.

> **¡Tu guía para ser entrenador de pericos!**
> En solo seis cortas semanas, tus pericos podrán entregar mensajes por todo el país. Haz mucho $$$$ desde la comodidad de tu hogar. Con una simple inversión de $6 000...

Ashish cerró la carpeta. Sin ver a Sweetie, tomó la que ella tenía.

—Eh, gracias, Gita Kaki. Lo vamos a revisar en casa. Y, eh, me preguntaba si podíamos ver a los pericos... Ya sabes, para ver su potencial...

—¡Sí! —Sonriendo de oreja a oreja por primera vez desde que se dio cuenta de que no era Rishi, Gita Kaki se levantó y los llevó al cuarto del fondo.

—¿En serio tiene pericos aquí? —susurró Sweetie mientras la seguían, unos pasos atrás.

—No preguntes —dijo él, suspirando—, solo lograrás abrir la puerta a la tercera dimensión y definitivamente no quieres estar ahí, créeme.

Sweetie rio y alzó las manos en gesto de rendición.

Sweetie

Aquello fue lo más chistoso que había sucedido. No nada más a ella, sino en todos los tiempos. El lindo y guapísimo de Ashish, el atleta vulnerable y ansioso tenía una tía abuela que quería reclutarlo para un negocio piramidal. De *pericos* que enviaban mensajes. Sweetie resoplaba de risa una y otra vez y lo disimulaba tosiendo a todo volumen. Por las miradas que Ashish le lanzaba, él no se la estaba creyendo en lo más mínimo.

Lo único que no entendía era por qué él quería ver a

estos pericos. Obviamente quería que Gita Kaki dejara de hablar de todo el asunto. ¿No debería cambiar de tema por completo para desanimarla?

Pero, antes de que pudiera preguntarle, Gita Kaki se detuvo frente a una puerta cerrada y los estaba esperando. Ellos se apresuraron por el pasillo y en ese momento sonó un teléfono. Con una mano en el picaporte, dijo:

—Bien, Ashish, te estoy confiando estos preciados bebés, ¿entendido?

—Sí, Gita Kaki —dijo él solemnemente, pero Sweetie pudo oír un tono de júbilo mezclado entre sus palabras tan solo de pensar que los iba a dejar solos—. Tendré mucho cuidado.

—Y respeto —agregó la tía abuela. Luego, esperó. Tras una pausa, durante la cual los tres se vieron unos a otros, dijo con firmeza—: Dilo, Ashish.

—Eh... Y respeto —dijo Ashish con tono de «Desearía que tú y tus tontos pericos salieran volando por la ventana en una nube de plumas verdes y me dejaran en paz para siempre».

La tía abuela asintió una vez, entreabrió la puerta y luego se apresuró a contestar el teléfono.

Ashish suspiró, aliviado.

—Por Dios, pensé que nunca se iría.

Sweetie sonrió.

—¿Qué? A mí me cayó bien.

Él le lanzó una mirada de incredulidad y entraron al cuarto. Lo primero que ella notó fue el olor; era penetrante, calcáreo, y se tapó la nariz.

—Ah, sí, olvidé lo mal que huelen —exclamó él y fue a abrir una ventana.

Y entonces ella vio exactamente lo que había ahí. Era una habitación enorme, con filas y filas de jaulas, cada una con dos o tres pericos. La mayoría eran verde brillante, pero algunos de ellos tenían hermosas plumas multicolores, con rojos vibrantes, azules pavorreal y amarillos alegres. Todos la miraban, inclinaban la cabeza y lanzaban pequeños chillidos.

—¡Guau, qué cool! —exclamó Sweetie y se acercó para verlos mejor—. Deben de ser como cincuenta.

—Cincuenta y seis, para ser exactos —dijo Ashish, yendo hacia ella—. Ha tenido algunos de ellos desde hace más de veinte años. Son como sus hijos; cada uno tiene nombre y ella insiste que también personalidad.

—Qué increíble —comentó ella y se estiró para acariciar una de las jaulas—. Aunque es un poco triste que tengan que vivir en jaulas.

—Sí —concordó él—, pero tal vez sean felices así. Tal vez no sepan de qué se están perdiendo porque es lo único que han conocido.

Ella se enderezó y volteó a verlo. Se examinaron en silencio.

Y entonces, uno de los pericos en una jaula detrás de ellos, grande y rechoncho, graznó:

—¡Dame de comer, carajo!

Sweetie saltó e inmediatamente se dio la vuelta. El perico la miraba fijamente con ojos de canica. Ella se tapó la boca con la mano y empezó a reír.

—Ay, por Dios, ¿ese perico me acaba de insultar?

Él se rio.

—Sí, él es Crabby. Desde que tengo memoria es así. No te vamos a dar de comer, Crabby —le dijo al ave—, espera tu turno.

—¡Huevos! —le gritó el animal y Sweetie empezó a carcajearse sin poder evitarlo.

Ashish se rio.

—Sí, es simpatiquísimo hasta que te mantiene despierto toda la noche porque estás pasando tus vacaciones de verano aquí y compartes el mismo muro.

Sweetie se limpió las lágrimas de risa.

—Ay, por Dios, un perico deschavetado. Esto se pone cada vez mejor.

Ashish se acercó a ella y se le borró la sonrisa. Cuando estaba a micras de distancia, tomó su barbilla con los dedos.

—No hay nada mejor que estar contigo.

Ella le sonrió, luego se paró de puntitas y le dio un besito.

—¿Esto no es mejor? —le susurró a los labios.

Él la tomó con fuerza de la cintura y quedaron pegados. Ella sintió algo muy interesante en la cadera y el corazón le revoloteó. Él la deseaba. La deseaba tanto como ella a él.

—¡Váyanse a un hotel! —les gritó Crabby detrás y se separaron enseguida.

—Okey, eso es nuevo —explicó Ashish—. Maldito mal tercio.

Ella se rio.

—Técnicamente, sería *cincuentayseisavo*. Bueno, ¿qué hacemos aquí? Pensé que todo lo del negocio pirámide te estaba alterando.

—Sí, de hecho, sí —dijo él, alzando las cejas—. Siempre ha sido excéntrica, pero esta es la primera vez que trata de reclutarme en una de sus ideas locas. —Negó con la cabeza—. Como sea, quiero mostrarte algo o, más bien, preguntarte algo.

—¿Ah, sí? —sonrió, complacida. Había pocas cosas tan emocionantes como las sorpresas—. ¿Qué?

Pero, en vez de responderle, él alzó las manos y aplaudió tres veces.

Ella apenas pudo entender lo que sucedió a continuación. De inmediato todos los pericos empezaron a graznar en cacofonía. Le tomó un momento entender que estaban hablando: «¡conmigo!», «¡conmigo!», decía uno en la esquina; «al», otro multicolor dijo detrás de ella; «¡ir!», un tercero chilló.

—¡Basta! —gritó Ashish, jalándose los pelos—. ¡Estúpidos pájaros! ¡Paren!

«¿Quieres?», chilló un perico detrás de él en el silencio que siguió, casi en tono retador. «Conmigo», dijo el primero de nuevo.

—¡Ya dijiste eso! —gritó Ashish—. ¡Basta! ¿Qué hacen?

—¡Diablos! ¡Carajo! ¡Basta! —graznó a coro Crabby, entusiasmado por el pánico en la voz de Ashish.

Sweetie empezó a reír.

—¿Qué pasa?

«¡Tú!», graznó el perico, «¡conmigo!», «¡al!». A Sweetie ya le dolía el estómago de la risa; las lágrimas rodaron por sus mejillas, de tanto reírse.

—¿Qué hacen, Ashish? —preguntó apenas, sin poder respirar.

Él la analizó un momento, con expresión furiosa. Luego, al ver que ella se doblaba de risa, empezó a reírse también.

—¡Se supone que estas estúpidas aves te iban a preguntar si...! —«¡Baile!», dijo uno de los pericos, «¡baile! ¡baile!». Ashish se encogió de hombros—. Sí, eso. —Se dirigió al perico del fondo—: Gracias, Petey, fuiste muy útil.

El baile. Esto se trataba del baile.

—¿Me estás invitando al baile?

—A tu baile de fin de año —aclaró él—. A mí, eh, me expulsaron de los bailes de Richmond por un desastre que hice el año pasado, así que tu baile es nuestra única opción. —Agregó con un suspiro—: De cualquier modo, se supone que estos molestos pájaros infernales me ayudarían a preguntártelo, en orden; me pasé toda la tarde del domingo entrenándolos y Gita Kaki me aseguró que ella estuvo repasando con ellos en la semana. Por lo visto, lo dudo. ¿Qué podía esperar de ella? Un desastre total.

—Bueno, al menos ya sé de dónde se inspiró tu tía abuela para todo ese negocio de correspondencia.

Él refunfuñó y se cubrió el rostro con las manos.

Sonrió y dio un paso hacia él; suavemente le quitó las manos del rostro. Luego le rodeó la cintura con los brazos y le dijo:

—Por cierto, esto no es un desastre total. Es lo más romántico del mundo.

—¿En serio? —Arqueó una ceja—. Ah, claro, se me olvida que soy tu primer novio, no hay mucho con qué compararme.

Ella se rio y le dio un manotazo en el pecho, gozando de cómo su mano rebotó contra el músculo. También, del hecho de que casualmente dijo que era su novio. Eran novios. Ashish Patel era su novio. Trató de no gritar a los cuatro vientos con gozo y placer.

—Ya, en serio, esto es lo más adorable que he visto. Gracias. —Nunca se imaginó que un chico (o, bueno, un perico) la invitaría al baile, mucho menos un chico tan perfecto como Ashish, ni tampoco que hiciera tanto esfuerzo para hacerlo.

Él le besó la nariz.

—¿Y bien? —susurró con esos ojos miel que le derretían los huesos y le cambiaban la sangre por lava—. Sweetie Nair, ¿irías al baile conmigo?

Ella alzó la vista y lo vio a través de sus pestañas.

—Sí, Ashish Patel —susurró—. Iré contigo al baile.

Sonriendo de oreja a oreja, él se agachó y la besó. Y eso, entre el maloliente y cacofónico ambiente de los pericos, fue el momento más romántico en la vida de Sweetie Nair.

Ashish

La apretaba contra él y su corazón saltaba de alegría. Sí le había gustado esta locura de invitación; podía ver en sus ojos que lo había logrado. Y justo detrás de ese gozo estaba la culpa que no dejaba de fastidiarlo, pues aún no le decía nada de Celia. Al final, ella entendería por qué tuvo que hacer las cosas así, ¿no? Él deseaba desesperadamente que fuera así. Tal vez no era muy astuto con las cosas del amor, pero algo sí le quedaba claro: si Celia le había roto el corazón al dejarlo, que Sweetie terminara con él lo pulverizaría.

26
Sweetie

Se quedaron a comer con Gita Kaki, estuvieron un rato más con ella y después se fueron. Ninguno de los dos tenía ganas de quedarse más tiempo a escuchar el chiflado plan de negocios de la tía abuela para conquistar el mundo con aves tropicales.

—Pero ¿estás seguro de que no está senil o algo así? —preguntó Sweetie en el elevador—. Eso es serio, sabes.

Ashish se rio y le apretó una mano.

—Estoy seguro. Ella ha sido así desde que soy un niño. Simplemente es… diferente. Tampoco tiene problemas para cuidarse ella sola, créeme.

—Ni a sus pericos —agregó ella—. ¿Podemos visitarla de nuevo pronto?

—Es broma.

—No —protestó ella, mientras salían del elevador y caminaban al Porsche—. Se ve que está sola y creo que le gustó que la visitáramos. Además, creo que nos llevamos bien con Crabby. Tal vez la próxima vez podamos venir con Dimple y Rishi.

Él la abrazó y la jaló hacia él. Ella se acurrucó contra su cuerpo cálido.

—Eres, literalmente, la más dulce, ¿sabes? —Después de besarle la frente, continuó—: Sí, podemos venir a visitarla pronto. Démosle, no sé, ¿unos seis meses?

Ella sonrió feliz.

—Claro.

Él le tomó el rostro entre sus manos y su corazón se aceleró al ver esos ojos.

—Hola.

—Hola —suspiró ella, mientras sus músculos se derretían.

Él le acarició un mechón que tenía en la frente.

—En verdad me gustas, Sweetie Nair.

Su corazón dio de brincos debajo de su pecho.

—¿De verdad te gusto? —Este momento se sentía como ganar la lotería en su cumpleaños mientras comía pal payasam que su Amma había preparado. Tenía miedo de parpadear, por si acaso se despertaba y se daba cuenta de que todo había sido un sueño. Un sueño muy, muy agradable.

—Obviamente —dijo él y su sonrisa coqueta y engreída estaba de vuelta. De pronto, se detuvo y esa sonrisa se desvaneció; en su lugar, expresó vulnerabilidad. Parpadeó y desvió la mirada. Luego volteó hacia ella de nuevo—: ¿Tú sientes lo mismo?

Ella se sorprendió al ver su inseguridad. De verdad no se daba cuenta del efecto que tenía en ella. No tenía idea de lo enamorada que estaba ni de que se enamoraba más y más cada vez que estaba con él. Pero no podía decirle nada de eso. No quería ahuyentarlo tan pronto en la relación.

—Obviamente —dijo en vez de todo aquello y sonrió.

Entonces él sonrió jubiloso. Le acarició el hoyuelo con el pulgar y se agachó para plantarle el beso más suave y tierno en los labios.

—Entonces soy el hombre más afortunado del planeta.

Sweetie ni siquiera recordaba el camino de regreso (que estuvo tranquilo porque condujo él). Aunque estaba segura de que el Porsche los había llevado entre las nubes y que nunca tocaron tierra en absoluto.

Ashish

Toda la pandilla de Richmond (y Samir) estaban conviviendo en el balcón de la casa de Ashish el miércoles en la noche. Myrna les había hecho limonada y les había acomodado unas sombrillas entre los sofás y las mesas para que se acostaran en lo que «estudiaban para sus exámenes finales». En realidad solo estaban disfrutando de la brisa con ese júbilo de cuando la escuela está por terminar.

Bueno, la *mayoría* estaba ebria de júbilo. Oliver y Elijah se veían como si estuvieran cenando con Hannibal Lecter. Ninguno de ellos cruzaba miradas con el otro, mucho menos conversaban con cortesía. Ashish podía sentir la tensión echando chispas entre ellos. No se acercó demasiado, en caso de que se electrocutara, como los insectos en esos artefactos que quién sabe cómo se llaman… ¿las chunches electrocutadoras de insectos?

—Oye, despistado —le gritó Pinky desde el otro lado del balcón. Estaba sentada en un sofá con Elijah y Samir estaba frente a ellos, con la nariz pegada a un cómic. No tenía la misma ansiedad de exámenes finales que ellos, con eso de que le enseñaban en casa. Lo malo es que tampoco tenía ese júbilo de fin de clases. Cuando tu escuela era tu casa, no había ese anhelo de las vacaciones de verano—. Te estoy hablando a ti.

Ashish parpadeó.

—Perdón. No te entendí con eso que tienes en la boca.

Pinky se había perforado el labio inferior durante el fin de semana para el festival hippie del bosque o algo así, para el horror de sus padres. El hecho de que el arete brillara en la oscuridad (algo que ella presumía en diferentes momentos) no ayudaba a la situación.

—Ja-ja. —Era obvio que le costaba trabajo hablar con eso en la boca. Claro que ella nunca admitiría que se había equivocado, sobre todo si eso alteraba tanto a sus padres—. Estábamos hablando de la noche de bandas mañana en el Roast Me. ¿Nos vamos a ir juntos o qué?

Ashish volteó hacia Oliver, incómodo.

—Eh, sí, los puedo llevar en la Escalade.

—Yo los veré allá —dijo Oliver de inmediato, sin alzar la mirada de su libro de Biología.

—Hay lugar para todos —dijo Elijah hostilmente, desde el sillón.

—Sé cuántos lugares hay, gracias —contestó Oliver, con la misma hostilidad.

—¿Cuál es el problema? —protestó Elijah, parándose de golpe—. Estás aquí, al mismo tiempo que yo. Es lo mismo que estar en el mismo auto durante veinte malditos minutos, Oliver.

Oliver azotó el libro sobre la mesa. Ashish trató de no hacer una mueca; si el vidrio de esa mesa se quebraba, Ma le cortaría la cabeza. Claro que eso no importaba cuando sus dos mejores amigos se estaban peleando. Era un pensamiento al aire que no merecía atención.

Disimuladamente deslizó el libro con el meñique para revisar. Sí, no había grieta.

—¡No sabía que ibas a estar aquí! —dijo Oliver, con las mejillas en llamas. Siempre se ponía rojo cuando se enojaba. Oh-oh, Ashish cruzó miradas con Samir al otro lado del balcón y trató de enviarle el mensaje telepático «Mierda. ¿Y ahora qué hacemos?».

Pinky sonrió y levantó ambas manos.

—Oigan, tranquilos. Vamos a sentarnos y...

—Tú me dijiste que solo seríamos nosotros cuatro —le reclamó Oliver con ojos oscuros y nublados.

—Y también me dijiste que Oliver no podía venir —reclamó Elijah con mirada asesina.

Ella metió las manos entre sus piernas.

—Ups —dijo forzando la carcajada más fingida de todos los tiempos—. Supongo que me confundí.

Elijah sacudió la cabeza.

—¡Maldita sea! ¿Cómo te confundes con al…?

—¡Ay, por Dios! —interrumpió Samir, tirándose al piso.

Todos voltearon a verlo.

—¿Qué diablos haces? —le preguntó Oliver al fin.

Samir miró a su alrededor.

—Sentí como un calambre o algo así en la pierna. —Se masajeó el muslo poco convincentemente—. Eh… creo que ya pasó.

—Qué bueno. Detestaría que murieras de un calambre —dijo Ashish en voz muy alta, fulminando con la mirada a Samir. ¿Realmente pensaba que así podría distraer a sus dos amigos de una pelea? El tipo estaba loco. Si su gran plan para que volvieran era del mismo calibre que esta maniobra… Que en paz descanse la relación entre Oliver y Elijah.

Oliver suspiró y levantó su libro de texto.

—Me voy. Nos vemos, chicos.

—Oliver, espera —le pidió Ashish. Ver a sus amigos así lo hacía sentir que había comido un poco del infame aloo palak de Gita Kaki—. No tienes por qué irte.

Oliver le lanzó una mirada a Elijah.

—No, sí debo irme. Te mando un mensaje después.

Elijah exhaló en cuanto se cerraron las puertas de estilo francés detrás de su ex. Se volvió a sentar en el sillón y recargó el rostro en sus manos.

—Ni siquiera puede soportar estar en el mismo espacio que yo. Si alguien me hubiera dicho eso hace un mes, le habría dicho que era un idiota.

Pinky le puso una mano en la espalda mientras Samir se sacudía los pantalones y se volvía a sentar, con cara de completa empatía hacia Elijah. Ashish sabía cómo se sentía.

—Aún lo amo, ¿saben? —dijo Elijah, recargando los codos en sus muslos y mirando al piso—. Estas últimas semanas han sido un infierno. No puedo dormir. No me puedo concentrar. —Miró a Ashish—. Tú viste cómo me fue en el entrenamiento.

Era cierto. Elijah no daba una al jugar y todos se dieron cuenta. Aunque, si Oliver lo notó, lo ignoró.

—Si te sientes tan mal —le preguntó Ashish con gentileza, arrastrando una silla hacia él—, ¿por qué no se lo dices? ¿Por qué no le dices todo? —Se rascó la nuca mientras Elijah procesaba todo. Ser tan franco no siempre era la mejor opción. Si alguien lo sabía era él. Sintiéndose como un hipócrita, agregó—: Eh, bueno, si eso quieres.

Elijah rio un poco.

—Caray, me da mucho gusto que tú hayas encontrado el amor o lo que sea. Pero ser sincero no siempre es la mejor manera de conectar con el objeto de tu afecto.

—No, no, lo entiendo perfecto —murmuró Ashish. Caray, no podía esperar a que llegara el día en que cerrara el ciclo con Celia—, especialmente si al parecer él te detesta.

—¿Y si nada más es su defensa? —preguntó Samir—. A veces las personas erigen una barrera porque tienen miedo. Tal vez Oliver quiere que tú hagas el primer acercamiento.

Pinky vio a Samir y sonrió ligeramente. Probablemente estaba recordando la misma conversación que Ashish (la que tuvieron con él en su cuarto).

—¿Has tratado de llamarle? —le preguntó a Elijah.

—No. Levanté el teléfono mil veces, pero no logré marcarle. Solo sigo regresando al momento en que me acusó, ¡a mí!, de engañarlo. Y de cómo no me creyó. —Elijah negó con la cabeza y se rascó el pecho—. Nunca le he dado razones para que desconfíe. Y el hecho de que desdeñara dos años así nada más…

—¿Sigues sintiendo que estás demasiado joven para estar en una relación con él? —preguntó Ashish con serenidad—, ¿tal como dijiste el día que terminaron?

Elijah hizo una mueca.

—Lo más curioso es que sí me sentí así, pero lo que me dijiste resuena una y otra vez en mi cabeza, Ash. La mayoría de las personas pasan la vida entera buscando algo así. Si sintiera que es lo incorrecto, sería otra cosa, pero Oliver y yo somos el uno para el otro, como… —Se perdió en sus recuerdos y miró al horizonte—. Como sea —dijo, al parecer de regreso a la conversación—, ¿qué caso tiene si él ni siquiera quiere compartir el mismo espacio conmigo?

—Pero… —comenzó Pinky.

Elijah levantó una mano.

—Quiero olvidar lo que acaba de pasar. Por favor.

—Okey —dijo Pinky tranquilamente, luego lo abrazó—. Está bien, Elijah.

Se quedaron callados y tristes. Ashish se dio cuenta de que Samir volteaba varias veces hacia Elijah, pensativo. Tendría que preguntarle de qué se trataba más tarde. Samir era muy discreto, pero Ashish se preguntaba si tendría que ver con el plan para reconciliarlos.

Estaba sorprendido de cuánto había cambiado Samir desde la conversación en su cuarto. Ya no era aquel imbécil y, de hecho, era bastante buena onda. Incluso él y Pinky habían convivido varias veces sin matarse uno al otro, lo cual probablemente era un récord Guinness o algo así.

Su teléfono timbró. Lo sacó y vio un mensaje de Oliver.

OLIVER
Esto está del asco.

ASHISH
Sí, lo siento, amigo.

OLIVER
¿E. está alterado?
¿O feliz de que me fui?

ASHISH
No quiere hablar de eso, así que creo que alterado.

OLIVER
Qué bueno.

ASHISH
No lo dices en serio

La respuesta llegó después de una pausa.

OLIVER
No. La verdad no.

ASHISH
¿Sí vas a la noche de bandas?

OLIVER
Sí, sí voy.

ASHISH
Ok. Yo te llevo.
Que los demás se vayan con E.

OLIVER
Gracias, amigo.
Hasta mañana.

Era como Romeo y Julieta (eh... Julieto). Estaban hechos el uno para el otro, pero no podían ver lo que todo el mundo veía.

Sacudiendo la cabeza, Ashish abrió la app de Flores a domicilio e hizo un pedido. Justo estaba por guardar su teléfono cuando volvió a sonar.

CELIA
¿9:30 mañana?

Ashish respiró profundo. «Es el momento, Ash. Esta es tu oportunidad para cerrar el ciclo».

ASHISH
Sip.

CELIA
No puedo esperar.
Te extraño.
Tenemos que hablar.

ASHISH
Muy cierto. Me tengo que ir, pero te veo mañana.

Ashish dejó el teléfono en la mesa y miró a la distancia. Mañana. Habría muchas cosas que decir mañana.

—¿Quién era? —preguntó Pinky, mientras se servía otro vaso de limonada.

—El Fantasma de las Navidades pasadas —contestó Ashish y regresó a sus libros.

Sweetie

Posesión demoniaca. Esa era la única explicación, la única razón por la que ella, Sweetie Nair, pudo animarse a hacer esto.

Se quedó a un lado junto con Kayla, Suki e Izzy. Las otras bandas ya estaban ahí y el Roast Me zumbaba con efervescencia y energía reprimida. Cada silla del lugar estaba ocupada (el dueño, André, había puesto al menos tres docenas de sillas; incluso había gente de pie en la parte de atrás, con vasos de café en la mano y sonriendo, como si nada, como si Sweetie no se estuviera dando cuenta de que este había sido el peor error de su vida). Volteó hacia Izzy, con los ojos abiertos a tope, y se aferró del brazo de su amiga.

—No puedo —le dijo con el corazón en la boca. Tenía gotitas de sudor en el labio superior, qué horror—. Lo siento, Izzy. —Cuando la oyeron, Kayla y Suki voltearon hacia ella, frunciendo el entrecejo—. Lo lamento, chicas. Son como mis hermanas, pero hasta en eso hay límites. Hasta un parentesco de *sangre* tiene límites. Y habrá sangre si tengo que subir al escenario, ¿okey? —Soltó una carcajada histérica y señaló el escenario con el pulgar.

Kayla hizo a un lado a Izzy y le puso manos firmes sobre los hombros.

—Respira —le ordenó y la miró directo a los ojos. Se había delineado los ojos de negro con diamantina, tenía brillo labial fucsia y traía pantalones de piel negros y una blusa de lentejuelas resplandecientes. Se veía genial y como pez en el agua. Nada que ver con los nervios de Sweetie—. Vas a estar bien. Lo juro. Has estado cantando desde que eras una mocosa de cinco años que apenas podía agarrar unas tijeras y desde entonces has asombrado a la gente con tu voz.

Sweetie se alisó el vestido de lunares rojos. Kayla la convenció de ponerse un tutú de encaje negro debajo, que sobresalía del dobladillo del vestido. Ahora temía que pareciera que se había esforzado demasiado.

—Pero, esa gente...

—Te ves genial —dijo Suki detrás de Kayla, como si le leyera el pensamiento—. O sea, te queda súper ese look de chica glamurosa retro. —Suki se había pintado el pelo de violeta claro y traía una blusa de encaje negro, manga larga y jeans morados con diamantina. Parecía modelo de pasarela y no solía ofrecer cumplidos de moda con facilidad, lo cual la hizo sentir bien de inmediato.

—Gracias —le dijo sonriendo—. Ustedes también se ven geniales. Todas. —Sweetie le dio un apretón a Izzy en la cintura. Su amiga traía un vestido floral ligero, que combinó con botas de soldado. Su cabello rubio y rizado estaba peinado en dos trenzas gruesas—. Creo que nadie más que tú se saldría con la suya con ese atuendo —le dijo y su amiga le respondió con esa cálida sonrisa con todo y brackets que tan bien conocía.

—Saqué la idea de Pinterest —le dijo.

—Bueno, pues es genial. Somos geniales. —Se dio cuenta de que ya estaba más relajada. Estiró los brazos para un abrazo grupal. —Las amo, chicas. Todo saldrá bien, ¿verdad?

—Más que bien. Uy... —dijo Suki arqueando una ceja—: chico sexy al acecho a las seis en punto.

Sus amigas se desaparecieron mientras que Sweetie volteaba a ver a Ashish caminando hacia ella, vestido con una camisa verde y jeans oscuros, y esa sonrisa engreída y ojos alegres como un letrero neón. Ella sonrió y sintió que el corazón se le salía. Dios, qué guapo era. Y esa camisa se veía tan bien con esos hombros anchos y esos jeans se ajustaban tan bien a sus caderas angostas... «Okey, Sweetie, ojos arriba».

Le tomó las manos y besó una a la vez, suavemente. Ella se esforzó para no desmayarse.

—Te... ves... increíble —le dijo, le soltó las manos y le acarició la mejilla—. Guau, ese delineador de ojos... ese labial... ese vestido... —Sacudió la cabeza—. Guau —volvió a decir.

Ella soltó una risita.

—Voy a usar esto más seguido. Y, bueno, tú no te ves nada mal. —Señaló todo su cuerpo y luego se acercó, rozando su nariz contra su cuello, gozando cómo la garganta de él se estremecía ante el contacto—. Y también hueles muy bien —le susurró con voz sensual.

—O sea, ¿por lo general apesto? —preguntó él y luego se rio—. Sí, hoy me puse loción. Sabes, con esto de que es un evento especial y demás.

—Me siento honrada —dijo ella y puso una mano sobre su pecho.

Ashish se quedó viendo más de lo debido el escote de corazón de su vestido, pero hizo un valeroso esfuerzo para alzar la vista a sus ojos. Ella conocía ese sentimiento.

—¿Estás nerviosa? —le preguntó—. Porque no hay razón, tu voz es áurea.

—¿Áurea? ¿Has estado buscando sinónimos en el diccionario? —preguntó arqueando una ceja.

—Y cautivadora —agregó él, dando un paso al frente. Ella podía sentir que la temperatura de su cuerpo aumentaba y la recorría como una sábana lujuriosa. Su cabeza casi ebria de deseo—. Igual que tú. —Y le besó el cuello suavemente—. De verdad me gustas —susurró contra su piel.

Ella no pudo pronunciar palabra durante tres segundos completos.

—Obviamente —trató de decir en tono casual, un tanto indiferente, aunque salió como un chillido.

Ashish la acercó y le sonrió.

—Obviamente. —Le volvió a besar las manos y preguntó—: ¿A qué hora sales?

Ella parpadeó ante el cambio de tema y se rio.

—¿Por? ¿Tienes que estar en algún otro lugar más importante?

Él no se rio. A ella se le fue la sonrisa.

—Eh... a las nueve.

Él asintió y tamborileó las manos contra sus muslos.

—Okey. Eh, tengo que estar en otro lugar a las nueve y media, así que tal vez no me veas después. Perdón. —De pronto, se veía bastante nervioso, muy tenso.

Ella frunció el entrecejo, un poco decepcionada.

—Sí, bueno, está bien. Al menos me vas a ver cantar, ¿cierto?

El rostro de él se relajó, dibujó una sonrisa y se le alegraron los ojos, como si de nuevo la estuviera viendo en serio.

—Cierto. Oye, tomémonos una selfie. —Sacó su teléfono y ella se acercó a él.

Ambos sonrieron como mensos. Ella contuvo una carcajada, no se había dado cuenta de que estaba sonriendo tanto y no pensó que Ashish también. En serio ambos estaban felices, casi como en un viaje de drogas. La última vez que se sintió así fue cuando el dentista le hizo una endodoncia y le había dado gas de la risa.

«Soy increíblemente afortunada», pensó, mientras el clic de la cámara del teléfono sonaba. Somos muy afortunados.

—¡Oye, Ash! —La voz de Pinky atravesó la multitud. Sweetie se paró de puntitas y la vio al fondo del lugar, en la barra—. ¡Hay promoción de «paga uno y llévate otro» si presentas tu tarjeta de lealtad! ¡Necesito la tuya!

Ashish puso los ojos en blanco.

—¿Qué le pasó a la tuya? —le gritó de vuelta.

—La dejé en mi casa. ¡Por favooor!

—¿Es en serio? —murmuró él, luego dejó el teléfono en la mesa para sacar su billetera—. Pinky tiene una seria adicción a la cafeína. —Se volteó hacia Sweetie y sonrió—: Ahora regreso.

Ella sonrió de vuelta.

—Okey.

Hasta que sonó el celular de Ashish fue cuando Sweetie se dio cuenta de que lo había dejado en la mesa. Sus ojos inmediatamente vieron la pantalla. Se quedó paralizada, la sensación de estar flotando desapareció y entonces sintió como si un gran trozo de plomo le apachurrara el corazón. Era un mensaje de Celia.

CELIA:
Ya quiero verte en Bedwell.
¡Dentro de 3 horas! <3
Traigo puesta mi blusa roja de cuello halter...
la de aquella vez ☺

Volvió a sonar, pero Sweetie se obligó a desviar la mirada. Ya no quería ver más. Ya no *necesitaba* ver nada más.

27
Sweetie

Se volteó para levantarse, desconcertada, cuando sintió una enorme mano sobre su cabeza. Su corazón se aceleró y volteó, pensando que era Ashish, pero era Oliver, quien le sonrió.

—¡Hola! ¿Lista para tu gran debut?

—Sí… pero espera. —Frunció las cejas—. Oye, ¿me acabas de poner la mano en la cabeza?

La sonrisa de Oliver se volvió más de vergüenza.

—Sí, perdón, es el mal hábito de los jugadores de basquet… En cuanto vemos cualquier objeto circular, simplemente… —Hizo un gesto de tomar el balón, pero luego sacudió la mano—. Como sea, ¡te ves increíble!

Sweetie logró sonreír a fuerzas.

—Gracias.

Él frunció el ceño.

—¿Estás bien?

—Sí, sí, claro. —Levantó el celular de Ashish con la cara más tranquila que pudo poner—. ¿Podrías darle esto a Ashish? Lo dejó acá. Eh… dile que lo encontraste tú, ¿sí?

Oliver vaciló, luego asintió.

—Sí, está bien. Oye, si necesitas hab…

—No, estoy bien —lo interrumpió. Luego respiró profundo y le puso una mano sobre el brazo—. Y tú, ¿cómo estás? ¿Cómo vas con lo de Elijah?

Él se encogió de hombros y luego miró más allá de la cabeza de ella, como si hubiera visto algo.

—Ah, ya sabes, del asco. Duele. Vivo con la esperanza de que se me quite, de que con el tiempo todo mejore, pero solo empeora. Lo extraño como si hubiera perdido una de mis malditas piernas o algo así. —Se aclaró la garganta y le sonrió, se veía triste—. Qué patético soy, ¿no?

Ella le dio un apretón cariñoso en el brazo.

—No, patético no, es solo que estás enamorado.

Él resopló.

—Sí, bueno, ¿cuál es la diferencia?

Ella alzó las cejas y asintió. Buen punto.

Kayla, Suki e Izzy se acercaron.

—Oye, ya nos tenemos que ir al área de bandas —dijo Suki—. La primera está por empezar.

—Okey, te dejo —dijo Oliver—. ¡Rómpanse una pierna, chicas! —Se dio la vuelta y desapareció entre la multitud.

—¿Dónde está Ashish? —preguntó Izzy.

La sonrisa de Sweetie desapareció y su corazón roto dio un vuelco en su pecho.

—Ah, fue a conseguirle a Pinky una promoción de dos cafés por uno con su tarjeta de lealtad. No pregunten —dijo de manera forzada, tratando de sonar normal al ver que Izzy empezaba a hacer conjeturas—. Al parecer, ella es adicta a la cafeína.

—Bueno, ¿quieres esperar a que regrese? —preguntó Kayla.

—No —dijo Sweetie—. De hecho, preferiría que no lo esperáramos.

Empezó a caminar hacia el área de las bandas, en el costado derecho de la cafetería.

—Un momento. Espera, ¿qué pasó? —preguntó Kayla detrás de ella.

Sweetie siguió caminando.

—No quiero hablar de eso. —Prácticamente pudo sentir que, detrás de ella, sus amigas intercambiaban miradas, perplejas.

—¿Te hizo algo? —preguntó Suki con ojos de fuego cuando todas llegaron a donde estaban las bandas—. Porque soy capaz de patearle el...

—No, no me hizo nada. Solo... solo quiero olvidarme de esto por ahora, ¿okey?

Sus tres amigas asintieron a regañadientes.

Un tipo abrazó la cintura de Kayla y la giró, sonriente.

—¡Antwan! ¿Qué haces aquí? ¿No deberías estar allá, con los púberes?

El chico de piel negra y anteojos hípsters rio.

—¿Púberes? Auch. No olvides a quién llevarás al baile.

El baile. La palabra se asentó en el corazón de Sweetie como una espina en carne viva. ¿Por qué Ashish se habría molestado en todo ese espectáculo para invitarla al baile si al mismo tiempo andaba con Celia? ¿Por qué molestarse en tener cuatro citas si la seguía viendo? Él se había esforzado tanto en decirle a ella cómo aún sentía algo por su ex y luego, últimamente, se esmeró en expresar que ella, Sweetie, le gustaba mucho. ¿Quizá malinterpretó todas las señales? ¿Ha sido una completa ingenua que se dejó embelesar por ser tan nueva en esto de salir con chicos? O... ¿todo esto era una treta? Se acordó de esos imbéciles diciendo que las chicas gordas eran fáciles. ¿De esto se trataba? ¿Ashish había estado jugando con ella todo este tiempo?

Un abismo se abrió en el interior del alma de Sweetie. Quería llorar y arrojar cosas. Quería gritar y pegarle a algo. Tan bien que iba el proyecto de la Sweetie intrépida...

Y gran parte de eso se debía a la relación con Ashish. Gran parte de eso se debía a saber que un chico como él podía verla como alguien no solo deseable (lo opuesto a la opinión de Amma), sino que también pensaba que podría ser *feliz* con ella. Al fin empezaba a aceptar lo que siempre había creído en el fondo de su corazón: la verdad era que su peso no implicaba que hubiera algo malo en ella, que era tan valiosa y talentosa como cualquier persona delgada, a pesar de que los demás dijeran lo contrario. Y ahora... ahora resultaba que Ashish había estado jugando con ella. Él había decidido que ella no era una persona completa, con sentimientos y un corazón. ¿Y por qué habrá pensado eso? Por su apariencia, por supuesto.

Una furia líquida empezó a correr por sus venas, como si un volcán estuviera a punto de hacer erupción. Cerró los puños y respiró profundo. Contó hasta cien para evitar empezar a aventar sillas y pegarle a la pared como Hulk. «Nada ha cambiado, Sweetie», se dijo, «te rompió el corazón, pero eso dice más de él que de ti. Aún eres la misma chica que ayer. Aún puedes seguir con el proyecto de la Sweetie intrépida. No lo necesitas. Nunca lo necesitaste». Su corazón empezó tranquilizarse. Aflojó las manos.

Bien, si todo esto era una puesta en escena, tenía que reconocer que Ashish era un excelente actor. Ella le creyó todo. Diablos, en el proceso se había enamorado de él.

Empezó a sentir la amenaza de lágrimas, pero parpadeó para ahuyentarlas. No dejaría que esto le arruinara la noche o el maquillaje. Iba a subir al escenario y a dar el mejor espectáculo que Atherton hubiera visto jamás. ¿Y qué si eran canciones de amor? Ella las cantaría con cada fibra de su ser. Ella pondría a todos, incluyendo a Ashish (especialmente a Ashish) de rodillas.

Ashish

—Hola. Eh, olvidaste tu celular. —Oliver le dio el teléfono a su amigo con una expresión extraña, mitad juiciosa, mitad curiosa.

—¿Eh? Ah, gracias. —Ashish frunció el entrecejo y guardó su teléfono—. Eh, ¿estás bi...?

—¿Por qué hacemos esto?

Ashish volteó y vio a Elijah del otro lado, mirando fijamente a Oliver, quien se sobó la quijada y desvió la mirada.

—Hacemos esto porque no negaste que te habías acostado con alguien más —le contestó.

Elijah se acercó. Ashish entendió que terminó en medio del sándwich de esta pareja y, discretamente, dio medio paso hacia atrás. ¿Debería irse? Nah, eso sería demasiado brusco. Además, tenía que apaciguar las cosas si se volvían demasiado intensas... Eh, intensas en mal plan, no en buen plan.

—Debiste confiar en mí —dijo Elijah—. Sabes lo que sentía por ti. —Su voz se hizo un poco más suave—. Lo que *siento* por ti.

Oliver se mordió un labio y sus ojos se humedecieron.

—Tal vez... tal vez tenías razón. Tal vez la relación se formalizó demasiado pronto. Tal vez... tal vez deberíamos salir con otras personas. —Su voz se quebró y se encogió de hombros.

—Sé que eso fue lo que dije, pero ya descarté esa idea. Me niego a pensar que no pertenecemos el uno con el otro. —Elijah se acercó aún más a Oliver y le tomó las manos—. La cuestión es, Ollie, que me siento sumamente afortunado de conocerte. El amor es impredecible y tan... tan esquivo, carajo. No puedo dejar de pensar en lo estúpidamente afortunado que soy.

Oliver lo vio directo a los ojos.

—Lo dices porque te sientes solo.

—No —le contestó de inmediato—. Lo digo porque es la verdad. Te amo. ¿Ya olvidaste los buenos momentos que tuvimos? ¿Ya olvidaste cómo era?

—Empiezo a olvidarlo —dijo Oliver, zafando sus manos de las de Elijah.

—Oye. —Samir tomó a Ashish del brazo para que le pusiera atención y Oliver se fue.

—Date cuenta de lo que sucede —le reclamó Ashish, luego volteó hacia Elijah. Le puso una mano en el hombro, pero Elijah se la quitó y se fue dando pasos largos, sin siquiera verlo. Ashish volteó hacia Samir, quien básicamente daba brinquitos con un pie y luego el otro, impaciente por contarle algo—. ¿Qué pasa?

—Todo listo. —Samir sonrió con todos los dientes.

Ashish esperó.

—¿Se supone que eso tiene sentido?

—Todos tomen su asiento, por favor —dijo Andre al micrófono en el escenario—. La primera banda está lista para empezar. Tomen sus lugares.

—Diablos —dijo Ashish, mirando por encima de su hombro—. Quería desearle suerte a Sweetie una última vez. —Se dio cuenta de que todas las bandas estaban amontonadas al costado derecho del escenario. Ni siquiera podía verla, gracias a todos los tipos altos que estaban al frente.

—Olvídate de eso —le dijo Samir mientras se iban a sentar. Las luces amarillas ambientales del Roast Me cambiaron a diferentes colores y la gente empezó a gritar y a aplaudir. Había tantas personas que quienes no pudieron encontrar un asiento estaban apretados al fondo—. ¡Tengo la solución definitiva al problema de Oliver y Elijah!

Ashish volteó a ver a Samir mientras se sentaban.

—Oye, ¿qué hiciste? ¿Qué tanto tramas?

Samir lo vio dubitativamente.

—¿Tramar?

—Sí, anoche te vi en mi balcón, con cara de Brutus.

—Okey, Brutus traicionó a Julio César, yo no estoy traicionando a nadie. Estoy reuniendo a dos amantes.

—Si lo logras, te empezaré a llamar David Blaine. —Ante la expresión confusa de Samir, él sacudió la cabeza—. Okey, dime, te escucho.

—Bueno, cuando llegamos fui a hablar con la primera banda y me van a ayudar: van a cantar «Crazy in Love».

—Se veía todo alegre y entusiasmado.

—¿Esa canción vieja de Beyoncé? —preguntó Ashish, completamente confundido.

—No es nada más una canción vieja de Beyoncé, también es la canción de Oliver y Elijah —dijo Samir, en un tono que sugería que esto era de conocimiento general.

—¿Qué? ¿Cómo lo sabes? Yo no lo sé y convivo diario con ellos.

Samir se cruzó de brazos, un poco avergonzado.

—Digamos que cuando no le caes bien a la gente, no te hablan. Y si no te hablan, te enteras de muchas cosas tan solo de escuchar y aprender.

—Ah. —Ashish sintió un poco de empatía por Samir; lo habían rechazado e ignorado y eso debió dolerle pero, aun así, siguió apoyando—. Bueno, de vuelta a tu plan maléfico.

—Si por «maléfico» te refieres a «ingenioso», está bien. —Sonrió y se inclinó hacia él—. Bueno, la primera banda va a tocar esa canción y, antes de empezar, van a decir que hay un mensaje de alguien del público que prefiere el anonimato: «Cuando dos personas deben estar juntas, las cosas se van acomodando. Esta canción es para el hombre de mis sueños». Y, ¿qué crees? ¡Les mandé una nota a cada uno diciendo que el otro le dedicaba esa canción a él!

Ashish lo miró fijamente.

—¿Que hiciste qué? Ni en las películas funciona eso. Y déjame te digo que por lo general al que matan es al mensajero. Así que luego no vengas conmigo llorando si eso te pasa.

—Ay, hombre sin fe —dijo Samir—. Tú nada más mira. Esos dos solo necesitan juntarse a hablar sin tanta furia ni culpa. Esto será genial.

—De poca.

—¿Eh?

—No es «hombre sin fe», es «de poca fe». Ay, ¿sabes qué?, no importa. Ojalá tengas razón, sobre todo después de esta última conversación que tuvieron… Creo que su problema es que esto del amor les dio el flechazo tan pronto que no lo esperaban. Deben entender lo afortunados que son por haberse topado con el amor así. Creo que Elijah ya lo entendió, pero Oliver, no estoy seguro. —Estiró el cuello para ver si veía a Oliver. Lo vio abriendo una nota, leyendo el mensaje y guardándola en el bolsillo justo cuando la primera banda se presentaba en el escenario. No pudo interpretar qué estaría pensando. Elijah estaba a dos asientos de él, también abriendo una nota. Sus ojos inmediatamente empezaron a buscar a Oliver entre la gente.

Ashish se emocionó. Se dio cuenta de que realmente deseaba que las cosas entre ellos se arreglaran. Tal vez el plan de Samir sonaba un poco cursi, pero no pudo evitar albergar esperanzas. Volteó hacia Samir.

—Me alegra que estés haciendo esto. Gracias.

Samir asintió.

Pinky se sentó junto a él con un café gigante. Sus ojos brillaban, febriles y relucientes.

—¡Hay dos por uno! ¡Este fue gratis! ¡Gratis!

Ashish retorció los ojos y Samir rio.

Luego sonó su teléfono y lo sacó. Tenía tres mensajes de Celia sin leer. Acababa de llegar uno: una foto de ella en toalla con una frase:

CELIA:
Arreglándome para ti

Ashish tragó saliva y guardó el teléfono.

Sweetie

La primera banda, Hot Cup of Tea, terminó justo a los cinco minutos que les habían asignado y siguió la segunda. Todos eran chicos vestidos de negro, con tatuajes falsos en los brazos. Dijeron que se llamaban Torn.

Sweetie se quedó viéndolos tocar. Sintió como si estuviera ahí, pero no realmente. El mundo se sentía distante. Se rio un poco y bromeó con sus amigas, quienes estaban un poco agitadas por el espresso que Antwan les había regalado, pero Sweetie no estaba del todo presente. Cuando los chicos de Torn estuvieron en el escenario tapando la vista de Sweetie, desistió de buscar a Ashish entre la gente (¡son muy altos!), pero ahora podía ver sin problema. Estaba sentado en una silla al lado de Samir y Pinky, viendo su teléfono. Su expresión era de lo más extraña cuando lo guardó, como de determinación por algo que estaba a punto de pasarle. Sweetie suspiró con fuerza y desvió la mirada. Ni siquiera quería pensar en qué estaba a punto de pasarle.

Torn no estuvo tan mal. Cuatro minutos y medio después, terminaron y ahora era el turno de Sweetie, Kayla, Suki e Izzy. Subieron al escenario con sus instrumentos (excepto Sweetie, que no tocaría nada, y Suki, que iba a usar la batería que alguien le prestó al Roast Me). Tal como con Hot Cup of Tea y Torn, el maestro de ceremonias las presentó por nombre y qué cantarían. De inmediato se oyeron los vítores de Antwan y sus amigos y el grupo de Ashish. Sweetie agradeció que los reflectores no le dejaran ver al público. En estos momentos no quería ver la actitud solidaria y dulce de Ashish, sobre todo porque una parte de ella tenía ganas de asesinarlo y la otra parte quería llorar a moco tendido sobre su pecho.

Sintió un momento de pánico al pensar en todos los pares de ojos viéndola. Su último conteo eran sesenta y ocho personas en el público. Pensó que se veía adorable con ese vestido y que sus amigas creían lo mismo (y Ashish, al parecer, aunque descartó ese pensamiento), pero que la gente en general no pensaría eso. Preocupada, empezó a jalarse el vestido hacia abajo, deseando haber usado un suéter abierto o algo que le tapara los brazos; pero enseguida se detuvo a sí misma. El punto era la música, solo la música. Podía hacerlo. ¿Y qué si se reían de ella? Recordó las palabras de Anjali Chechi: «Vas a salir a cantar porque tu voz es hermosa y crees en ti».

Y empezó a cantar.

Mientras Kayla presentaba a la banda, Sweetie oyó a algunas personas murmurando entre sí y riéndose un poco (lo normal de gente que no está poniendo atención al show), pero cuando el lugar se llenó con su música, todos callaron de golpe. Fue inmediato, absoluto. Cerró los ojos y sintió cómo la música fluía por su sangre, envolvía sus huesos como plantas trepadoras y le llenaba el corazón de una luz que explotaba.

Ashish

In-cre-í-ble.

Lo que sus ojos vieron fue que algo celestial, fuera de esta tierra, se materializaba frente a sus ojos estupefactos.

Ella era una diosa. Ella era... inefablemente... asombrosa. No había palabras para hacerle justicia a como se veía en ese momento.

Ashish no podía ver nada más que a Sweetie. El resto del mundo desapareció de su vista.

28
Sweetie

Ella tuvo un momento de claridad, casi de pánico, cuando se preguntó cómo la vería el público. ¿Estarían completamente distraídos y asqueados por sus brazos? ¿Por su panza? ¿Por sus rechonchas pantorrillas? ¿Y Ashish? Probablemente solo veía su teléfono y pensaba en la estúpida de Celia y su estúpida blusa roja de cuello halter.

Se metió de lleno en la canción, en un intento desesperado por olvidar lo demás.

Por su propia salud mental, no le dio tiempo al público para aplaudir o vitorear en el lapso entre las dos canciones que interpretó. Era mucho más fácil lidiar con el público cuando corría: ella estaba en la pista y se pasaba de largo, así que ellos solo veían algo borroso pasar. Además, la mayoría de la gente casi no podía ver nada desde las gradas, tan solo una chica de uniforme azul con dorado corriendo a gran velocidad. En cambio, esto… esto era casi tan malo como si hubiera invitado a todos a verla cantar en la regadera. Casi. No había nada más en qué enfocar la vista más que en ella. Y Sweetie sabía cómo podía ser la gente. No quería darles la oportunidad para gritar frases burlonas y humillantes acerca de su peso. No quería decepcionar a sus amigas y, si oía algo así, le costaría mucho, mucho trabajo continuar. Sobre todo después de lo que pasó con Ashish.

En cuanto la nota final de la segunda y última canción bailaba en el aire y daba lugar al silencio, las palmas de Sweetie empezaron a sudar. Terminó. No tenía nada más que dar; ahora vendría el juicio del público y no podía evitarlo.

Casi se abren grietas por todo el lugar debido al estruendo de los aplausos. Al principio, Sweetie no sabía qué estaba pasando; estos aplausos sonaban tan diferente a como aplaudieron a las otras bandas. Se preguntó si sería la acústica de estar en el escenario. Pero entonces vio sombras de personas que se levantaban y un coro rítmico empezaba a incrementarse. Le tomó un momento entender que cantaban su nombre. Y luego se dio cuenta de que esto era una *ovación de pie*. Volteó hacia sus amigas, completamente azorada y sonriendo de oreja a oreja; ellas la veían también. Suki alzó el puño al aire con un gesto de victoria y el público ovacionó aún más. Sweetie cerró los ojos y dejó que el sonido de los vítores y el coro de su nombre la bañara. Su corazón era como un globo de helio que se alzaba de pura alegría vertiginosa. La amaban. La *amaban*. No les importaba ni su panza, ni sus piernas gordas. Era como si pudieran ver la luz que siempre albergó dentro de ella y estuvieran reconociendo que sí, era tan especial como ella lo sospechaba y que sí, ella tenía algo extraordinario para ofrecerle al mundo.

La gente gritaba «¡otra, otra!», pero Andre subió al escenario y dijo que tenían el tiempo medido y que por eso no podía haber canciones extras. (Lo abuchearon mal plan. Sweetie no deseó estar en sus zapatos).

Al salir del escenario, un hombre se le acercó con un ramo enorme de peonías rosas, sus favoritas.

—¿Sweetie Nair? —dijo (aunque pronunció mal su apellido, pero ni siquiera lo corrigió porque ¡le trajo FLORES!).

—¿Sí?

—Estas son para ti. —Sonrió y le estiró el ramo, ella le firmó un recibo y se fue.

—¡Cielos! —dijo Izzy junto a ella, con sus ojos cafés abiertos como faros—. ¿Quién te las mandó?

—Creo que yo sí sé —murmuró Suki—. Solo alegrémonos de que Antwan tiene a Kayla, eh, «ocupada», porque te las quitaría y las aventaría a la gente para que las pisaran.

Con manos ligeramente temblorosas, Sweetie abrió la tarjeta: «La única flor que parecía imitar remotamente tu belleza. Las pedí por adelantado porque sabía que le fascinarías al público... tal como me fascinas a mí. Obviamente. —A».

Se mordió un labio para evitar que la emoción la tumbara. Luego volteó hacia donde Ashish estaba sentado. Su lugar estaba vacío. Le dio las flores a Izzy.

—Ten. Quédatelas. O tíralas. Me tengo que ir.

Se abrió paso entre la gente y salió a la noche fresca.

Afuera, a la vuelta del edificio, había una banca. Se sentó ahí, temblando un poco por la brisa. Sus ojos estaban inundados de lágrimas, pero ni se molestó en limpiárselas. ¿Qué más daba si el rímel se le corría y le dejaba ojos de mapache? Se quedó en la banca, mirando a la distancia el halo de las luces de la calle.

—¿Te importa si te acompañamos?

Volteó y vio a Suki e Izzy rezagadas a unos cuantos metros. Les hizo un gesto para que se acercaran. Cada una se sentó a sus costados, en silencio. Izzy aún tenía el enorme ramo de flores, que puso a sus pies.

—Estuviste increíble —le dijo Izzy—. Ningún imbécil, estúpido y poco hombre puede quitarte eso.

Sweetie logró sonreír un poco.

—Ay, gracias Iz...

—Y eres una excelente atleta —continuó Izzy con fiereza—. Él tampoco puede quitarte eso. ¡Vas a arrasar con todos en la carrera del viernes!

—¡Ey, chicas! —Todas alzaron la vista hacia aquella voz femenina y vieron que Kayla se acercaba.

Sweetie se abrazó mientras Kayla se acomodaba al lado de Izzy y el inmenso ramo.

—¿Y Antwan?

—Le dije que mi amiga me necesitaba. Amistades antes que galanes, ¿cierto?

Suki se carcajeó.

—¿Qué?

—Tiene razón —dijo Izzy con los ojos en blanco—. Para qué necesitamos galanes si son dolorosos e innecesarios.

Sweetie soltó una risa débil.

—Gracias, chicas. Me da gusto que no me dejaran aquí sola.

Izzy puso una mano sobre la de Sweetie, mientras Kayla hablaba:

—Claro que no te dejaríamos aquí sola. Ahora, la pregunta es: ¿le metemos polvo pica pica a Ashish en los tenis o en los calzones?

—Yo no voy a tocar ni uno ni el otro —protestó Suki.

Sweetie negó con la cabeza.

—Es solo que no entiendo, saben. Esa carta y esas flores… Es un detalle tan lindo. Y todo lo que compartimos. Todo eso se sintió real.

Las chicas se quedaron calladas. Luego, Suki sugirió:

—¿Y si nos cuentas qué fue lo que pasó?

Sweetie les contó todos los detalles. Ellas permanecieron en silencio, procesando todo.

—¿Te dijo que le gustabas mucho y al mismo tiempo estaba planeando una ridícula cita con Celia en secreto? —dijo Izzy. Su voz sonaba amenazante. La cuestión con ella era que podía ser la más dulce e inocente de las cuatro, pero si lastimabas a alguno de sus seres queridos, se convertía en la maldita Princesa Xena. Tomó el ramo y se levantó—. Vamos.

Todas se levantaron con ella.

—Eh, ¿a dónde vamos? —preguntó Kayla mientras la seguían al estacionamiento.

—Voy a meterle este ramo a Ashish por donde el sol…

—Eso no será necesario —dijo Sweetie—. De verdad.

—Okey, estoy de acuerdo en que no es necesario meter nada en ningún lado —dijo Suki y de pronto sonrió—. Aunque suena divertido. Como sea, creo que Izzy tiene razón en que hay que confrontarlo.

—La verdad, solo quiero irme a casa —dijo Sweetie. De pronto se sintió muy, muy cansada.

Kayla se volteó y le puso las manos en los hombros.

—Sweetie —dijo; sus ojos café oscuro brillaban con los faros de la calle—, este atleta del rábano quiso burlarse de ti. Pensó que eras lo suficientemente ingenua para creer sus mentiras y luego decidió regresar con su ex, *mientras a ti te decía* que su pobre corazón estaba tan desecho que no se podía conectar emocionalmente contigo. Pedazo de porquería. ¿De verdad lo vas a dejar ir así nada más? ¿De verdad quieres que se vaya tranquilamente a su cita candente en Bedwell, sin consecuencia alguna, porque te compró un ramo de flores costosas? Digo, sé que no es la razón por la que quieres irte a casa, pero es exactamente lo que él pensará.

—Tipos como Ashish están acostumbrados a salirse con la suya. Creen que porque están guapos y pueden lanzar un balón tienen derecho a hacer lo que quieran, casi incluso matar. —Los ojos negros de Suki sacaban chispas—. Vamos.

Izzy estiró el ramo de flores en una mano y lo lanzó a su otra mano, como si fuera jefe de la mafia.

—Sabes que quieres ir.

Sweetie suspiró. Tenían razón. Ashish no debería tenerla tan fácil. Además, ¿no se sentiría bien si dejaba salir un poco de tensión? ¿si le demostraba que ella no era una chica fácil y patética de la que podía burlarse porque era su primer novio o porque estaba gorda?

Enderezó los hombros.

—Está bien. Vamos.

—Esa es mi chica —dijo Suki, quitándole a su amiga el rímel corrido—. Vamos a patearle el trasero.

Mientras se apresuraban hacia la Suburban de Kayla, Sweetie vislumbró a dos figuras debajo de la carpa de la cafetería. Estaban envueltos el uno en el otro, besándose. Sonrió al darse cuenta de que eran Oliver y Elijah. Bueno, al menos la noche terminó bien para alguien.

Ashish

Era exactamente igual a la última vez que había estado ahí con Celia. Le estaban viniendo a la mente varios *déjà vus*, combinados con varias señales de alarma y auxilio.

Ella traía la misma blusa roja de cuello halter y esos minishorts, junto con esas botas vaqueras que se le veían tan bien. Traía el cabello amarrado en un chongo, con el número suficiente de mechones cayendo por su rostro. Había extendido un mantel de pícnic y lamparitas en forma de vela sobre el pasto de una colina que daba a la bahía. Ashish estaba seguro de que era la misma colina de aquella vez.

Al salir del estacionamiento Oliver le había dicho, de manera muy misteriosa, que había conseguido quién lo llevara a casa, así que Ashish se fue solo, caminó hasta esta colina y se sentó de piernas cruzadas junto a Celia. Ella le sonrió; su piel brillaba por la luz de las lamparitas y sus ojos de avellana relucían. Era hermosa, no podía negarlo.

Ella se estiró para poner una mano sobre el brazo de él.

—Gracias por venir. Me da gusto verte. —Se acercó, de manera que sus piernas se rozaban—. Dios, te he extrañado mucho, Ashish. —Le recorrió el antebrazo con un dedo.

Ashish la detuvo con su mano.

—Celia —dijo mirándola fijamente. La sonrisa de ella se fue disipando al ver la expresión de él—, estoy saliendo con alguien más.

Ella negó con la cabeza.

—Pero no se siente tan bien como tú y yo, ¿o sí?

Él respiró profundo, llenó sus pulmones con el aroma característico de la bahía.

—Se siente aún mejor. Y no lo digo para lastimarte, Celia, pero Sweetie es... como la otra mitad de mi alma, ¿sabes? Ella es la suavidad que le hacía falta a mi lado áspero. Es muy fácil estar con ella. —Sacudió la cabeza—. Hay algo en ella que no puedo explicar. Yo solo... —Se detuvo con la mirada en blanco. «Ay, por Dios».

—¿Qué?

—La amo. —Él sonrió, pensando «Estás bien enamorado, Ash. No puedo creer que te dieras cuenta hasta ahora, idiota. ¡La amas!».

Se rio con un poco de locura y euforia. Quería volar. Tal vez incluso podría volar porque estaba tan, tan feliz. Era como *balontopia*. Quizá mejor que eso. ¡Amaba a Sweetie! Casi empieza a cantar algo de lo más cursi cuando Celia zafó su mano de la de él y se abrazó las rodillas.

—Entonces, ¿tú no me extrañas para nada?

El dolor trémulo en su voz sentó de golpe a Ashish en la realidad. Dejó de sonreír.

—No, no, oye, C. —Le apretó el brazo y se sentó junto a ella—. No es que no te extrañe, de verdad; de hecho, durante un buen rato no pude funcionar bien. Aún me estoy recuperando de varias cosas. Pero ¿no notabas, cuando estábamos juntos, que algo no encajaba del todo? Creo que si empezaste a salir con ese imbécil a escondidas fue por…

—Me equivoqué. Lamento tanto haberte hecho eso, Ash. Estuvo mal y fue horrible. —Volteó a verlo y sus ojos estaban llenos de lágrimas que brillaban con la luz—. Fuiste el único que me ha entendido. Este último año en la universidad ha sido horrible. Me siento muy sola todo el tiempo. No tengo amigos. Tal vez si tú y yo empezamos a salir otra vez puedo convencer a mis padres de que me dejen regresar a casa. Podría… Podría ir a la universidad de Menlo…

Ashish le puso una mano en el hombro. Nunca había visto a Celia así; le rompió el corazón.

—C… —dijo gentilmente—, no tienes que usarme como excusa para regresar a casa. Tus padres van a entender que es muy pronto para que vivas sola.

Ella se limpió los ojos.

—No, no van a entender. Estaban tan contentos de que «dejara el nido», como decían. Todo el tiempo comentaban que estaban muy orgullosos de que yo al fin empezara a ser independiente. De seguro pensarán que soy este gran fracaso si les pido regresar porque no me puedo valer por mí misma. Pero si es porque las cosas contigo se vuelven formales… —Ella resopló y sollozó al mismo tiempo—. Ay, por Dios, acabo de oír cómo se escucha. —Recargó la barbilla en las rodillas—. Soy una verdadera y patética *loser*.

—Oye. —Ashish esperó a que ella alzara la mirada—. Celia Ramírez podrá ser muchas cosas, menos una loser, ¿okey?

Ella sonrió un poco.

—También dije patética.

Ashish rio.

—Okey, no voy a mentir. Cuando llegué y vi cómo habías replicado nuestra cita en Bedwell me alarmé un poco. —La rodeó con un brazo; ahora le resultaba fácil, como si fuera algo que haría con Pinky, sin ninguna otra connotación—. Pero ya entendí. Solo estás triste, C. Y eso no tiene nada de malo. Sí, tal vez tus padres se decepcionen un poco cuando les digas que aún no estás lista para volar, pero estarán felices de saber que tuviste la confianza para decírselos, ¿sabes? —Soltó una carcajadita—. De verdad, si se parecen un poco a mis padres, probablemente les dará mucho gusto saber que regresaste. Creo que Ma y Pappa querrían que Rishi y Dimple vivieran en su casa cuando se casen… es más, creo que no les importaría si fuera ahora mismo.

Celia rio.

—Sí, puedo imaginarlo. —Con rostro más serio, continuó—: ¿Y sabes qué? Tienes razón. Apuesto a que sentirán alivio de que les pedí ayuda. Incluso he consultado al psicólogo del campus algunas veces. —Respiró entre sollozos.

Ashish le acarició la espalda.

—Lamento que todo esto te sea tan difícil. Supongo que es una parte de la vida universitaria de la que no oyes muy seguido, ¿eh?

—Sí. Hay mucho más de lo que la gente cree. No todo es diversión y fiestas. Al menos para alguien como yo. En general, son tantas cosas que… me perdí en el camino, ¿sabes?

—Sí, pero te volverás a encontrar.

—Gracias, Ash.

Se quedaron sentados unos cuantos minutos más y luego empezaron a recoger las cosas.

—Sabes, sí hay algo diferente en ti. —Tomó la canasta de pícnic y lo examinó—. Pero es bueno. Me alegro por ti,

Ash. Es lo que mereces. —Sonrió con ternura y un poco de tristeza—. Y, esta chica con la que estás saliendo, cuéntame más de ella.

Él sintió que esa sonrisa eufórica y gozosa regresaba a su rostro en cuanto dijo su nombre.

—Sweetie Nair. De hecho, mis padres arreglaron el encuentro.

—Ay, ¿cómo crees?

Él rio.

—Sí, ya sé. A mí también me sorprendió. Pero ella es perfecta para mí. Es atlética y bondadosa y encantadora sin darse cuenta de que lo es… —Sacudió la cabeza, recogió la canasta de pícnic y el mantel, y empezó a bajar por la colina, hacia el estacionamiento—. Hace que el planeta sea mejor solo por estar en él.

—Bueno, y si Sweetie es tan perfecta, ¿qué hace con un baboso como tú?

Él rio.

—De hecho, todos los días me lo pregunto. —Su corazón quería explotar de luz ante el recuerdo de Sweetie cantando a todo pulmón. A la distancia, una Suburban rugió en el estacionamiento; la grava salía volando por todos lados, aunque Ashish no puso tanta atención; estaba demasiado ocupado pensando en cómo ya estaba listo para dar el siguiente paso con Sweetie.

Ella lo había apoyado cuando él estaba dolido, con el corazón roto, y había perdido todo su encanto. Poco a poco, ella lo unió con sus padres, le demostró lo equivocado que estaba por no querer salir con chicas de ascendencia india, lo estúpido y vacío que era jugar al «tipo engreído y encantador». Poco a poco, muy a su manera, Sweetie lo había cambiado de raíz. Ella había tomado su mundo y le había dado una forma más brillante, luminosa y colorida. Era obvio lo que él tenía que hacer ahora.

Tenía que decirle esas dos palabras. Dos pequeñas palabras que cambiarían sus vidas para siempre. Sonrió de oreja a oreja y se sintió libre. Ya no tenía miedo de arruinar las cosas con Sweetie. De ahora en adelante, todo sería miel sobre hojuelas entre ellos.

29
Sweetie

—¡Estúpido pedazo de duende pedorro! —Las palabras salieron de la boca de Sweetie antes de que pudiera evitarlo; fue el único insulto que se le ocurrió y que más o menos expresaba su furia. Ashish iba caminando hacia el estacionamiento con una chica, tenía que ser Celia, con su fabuloso halter y minishorts, sus botas vaqueras perfectas y un chongo perfecto.

Y, encima, era la mitad del tamaño de Sweetie. Eso no debería importarle, pero sí le importaba. Le dolía en lo más profundo. Ashish se sobresaltó al ver que Sweetie azotaba la puerta del auto y se le acercaba furiosa.

—¿Sweetie? —Estaba completamente desconcertado—. ¿Qué haces aquí?

Sus amigas se colocaron a sus lados y ella se cruzó de brazos. Celia se veía aterrada, sus ojos de venado miraban hacia todos lados, como si estuvieran buscando una ruta de escape.

—¿Crees que soy estúpida, Ashish? —preguntó Sweetie—. ¿En serio pensaste que podías seguir saliendo con Celia a mis espaldas y yo no me enteraría?

—¿Qué? —Volteó a ver a Celia, como si recién se acordara de que estaba con él—. No, no es…

—Ni digas nada, Ashtúpido —dijo Izzy, dando un amenazante paso al frente.

Él retorció los ojos.

—Esa no me la sabía.

A la derecha de Izzy, Suki ondeó el ramo hacia él y, mientras él atestiguaba, rompió las flores contra su muslo.

—¡Oye! —dijo— ¡Esas eran para Sweetie!

—Pues ella no quiere tus malditas flores para quitarte la maldita culpa —dijo Kayla a un lado de Sweetie.

—No eran para quitarme la cul... —Dirigiéndose a Sweetie, le dijo—: ¿Podrías decirle a tus guardaespaldas que se tranquilicen un poco? Esto no es lo que crees. Déjame explicarte. Por favor, Sweetie. Tú me conoces.

Ella dudó. Él se veía tan genuino, tan seguro de lo que decía.

—¿Guardaespaldas? Tienes suerte de que no arrojemos tu trasero huesudo a la bahía —dijo Suki, lanzándose al frente y su cabello revuelto cubriéndole medio rostro—. Desgraciado.

—Ni te metas con Sweetie porque tiene quién la defienda —dijo Kayla, también dando un paso al frente con los brazos cruzados—. Ahora, elige: ¿quieres que Sweetie te patee el maldito trasero o que lo haga yo?

—¿Qué? —reclamó Ashish—.

—Un momento.

Sweetie volteó hacia esa voz femenina. Celia se acomodó un mechón detrás de la oreja y dio un pequeño paso al frente, lamiéndose un labio. Se veía extremadamente nerviosa.

—Ash tiene razón. No hay nada entre nosotros.

Kayla carraspeó y se quedó viendo al, uff, mantel. A Sweetie se le revolvió el estómago nada más de imaginarlos haciéndolo encima de esa tela de cuadros blancos y rojos.

—Sé lo que parece —explicó Celia—, pero fui yo. Yo quería regresar con Ash, al menos pensé que así sería, pero me equivoqué. Solo estuvimos hablando y él me hizo entender algunas cosas acerca de mí. —Negó con la cabeza—. Pero, lo más importante para ti es que me di cuenta de que este chico está loco por ti, Sweetie. En serio.

Ashish se sobó la quijada; miraba a Sweetie cuidadosamente, medio esperanzado. Ella lo vio a él, paralizada. Esos ojos que tanto amaba, como miel oscura endulzando un té. Incluso ahora se veían tan inocentes. ¿Sería cierto? ¿Celia decía la verdad?

—Ja, buen intento —dijo Izzy, mostrando sus dientes con brackets.

—Seguramente les excita la infidelidad o algo así —dijo Suki asqueada.

—Sweetie —exclamó Ashish con voz clara y viéndola directamente a los ojos sin pizca de engaño—, jamás te lastimaría así. Dime que lo sabes.

Ella se quedó quieta, mirándolo, examinándolo, queriendo que lo que decía fuera cierto. Pero el mantel, los mensajes de texto, el hecho de que estuvieran aquí y que él no le hubiera comentado nada...

—Ella no tiene por qué decirte nada, imbécil —Suki pateó al aire y su bota salió volando. Cuando la recogió, el resto de las chicas se había quitado uno de sus zapatos y lo había recogido, para caminar hacia Ashish amenazadoramente.

—¿Qué les pasa? —exclamó él, viéndolas con cautela.

—Ya verás —dijo Izzy sonriendo con malicia.

—¡Basta! —gritó Sweetie.

Todos voltearon hacia ella.

—¿Estás segura? —dijo Kayla—. Porque somos cuatro contra uno.

—Quítate un zapato —dijo Izzy, prácticamente brincando de arriba abajo—. Vamos, Sweetie. ¡Vas a sentirte genial!

—Solo quiero irme —dijo tranquila y se fue de vuelta a la Suburban. Después de un momento, sus amigas la alcanzaron y se subieron al auto.

Aun cuando se rehusó a hacerle caso a Ashish, que gritaba su nombre, algo dentro de ella protestó. ¿Sería cierto? ¿Ashish era un gran infiel? ¿Él y Celia habían inventado esa absurda historia para que se la creyera como una tonta? Pero ¿por qué? ¿Cuál era el punto?

Bueno, tal vez necesitaban que ella les creyera para que pudieran continuar con sus aventuras a escondidas. El solo pensarlo le daba náuseas. Pero, en serio, ¿Ashish, *su Ashish*, sería capaz?

—Maldita bola de caca —dijo Suki en lo que Kayla encendía el auto.

—Debimos bailar tap en su cara —le reclamó Izzy—. No puedo creer que se quedara junto a Celia, así nada más, sin admitir nada.

Mientras más hablaban, peor se sentía Sweetie.

—Chicas... no puedo... él no es... —Negó con la cabeza, aguantándose las lágrimas, mientras Kayla salía del estacionamiento—. No me pareció que fuera un imbécil desgraciado, chicas, ni siquiera en ese momento. La verdad no sé si mentía. ¿Ustedes sí? —Volteó hacia Kayla, que por lo general sabía leer a la gente.

Kayla se quedó viendo al frente un buen rato. Luego, viendo a Sweetie de reojo, contestó:

—Yo tampoco sentí una vibra de mentiroso, la verdad.

—Pero examinemos los hechos —dijo Suki desde el asiento trasero—. Uno: mientras salía contigo, le enviaba mensajes a Celia sin decirte. Dos: te dijo que en verdad le gustabas mientras a escondidas planeó lo que parece una cita con final feliz. Déjame preguntarte: hoy que lo viste antes de cantar, ¿te dio indicios de que planeaba hacer algo después?

—No —susurró Sweetie—. Solo me dijo que tenía que estar en otro lado a las nueve y media.

Suki se recargó en su asiento.

—Caso cerrado.

—No quieres ser esa chica, Sweetie —comentó Izzy al lado de Suki—, de esas que terminan de tapete y le dan mil oportunidades a un idiota porque está guapo y es bueno mintiendo.

—No, claro que no —concordó ella. Si algo había conservado y defendido con uñas y dientes, a pesar de todo lo que decían de ella (que era fea, floja, que nadie la amaría hasta que adelgazara, que no era una atleta seria por gorda) era su dignidad. Que la partiera un rayo si dejaba que Ashish Patel se la quitara.

Kayla dejó a Sweetie en la puerta de su casa. Habían pasado el resto del trayecto cantando las canciones de la noche de bandas, que, por cierto, había sido todo un éxito. Según un mensaje de texto de Antwan que acababa de llegar, habían recaudado los fondos suficientes para sus camisetas nuevas y aún les sobraba. Decidieron donar el resto a una caridad para mujeres atletas de bajos recursos.

Sin embargo, en cuanto la Suburban dio vuelta a la esquina, la alegría de Sweetie por todo eso se desintegró. Ni siquiera se había alegrado genuinamente; más bien, trató de fingirlo por encima de su tristeza y decepción. Ahora que estaba sola, esas emociones salieron a flor de piel y ella se sintió completamente drenada.

Se metió a la casa y fue a su cuarto.

—¿Noche de bandas *engane indaarnu?*

Sweetie dio vuelta al picaporte y vio a Amma en el pasillo, en camisón y con una trenza. Sus ojos estaban hinchados, como si hubiera estado dormida, lo cual probablemente era cierto, porque pasaban de las diez y Amma y Achchan por lo general se iban a dormir máximo a las diez.

—Estuvo bien —dijo Sweetie—. Recaudamos todo el dinero que necesitábamos para nuestras camisetas. —No tenía caso contarle a Amma sobre cuánto la ovacionaron y cómo la gente se volvió loca y la llenó de vítores. Amma solo le preguntaría si más bien no gritaron insultos sobre su peso o algo así.

Amma juntó las palmas.

—¡Qué bueno! ¿Me vas a cantar una de esas canciones? ¿Tal vez el fin de semana?

Sweetie rio ligeramente.

—Está bien. —Después de un rato, agregó—: Gracias por dejarme ir. Sé que ni a ti ni a Achchan les gusta que me desvele si tengo escuela al día siguiente.

Amma sonrió, se acercó y le acarició la mejilla.

—Creo que estoy empezando a entender que mi hija está floreciendo en una mujer —dijo con ternura— y que tal vez sea tiempo de darle un poco de espacio.

Sweetie se tragó el nudo en la garganta y sintió la amenaza de unas cuantas lágrimas, así que parpadeó muy rápido.

—Pero no demasiado —le respondió y se acercó para abrazarla. ¿Qué tenía el abrazo de una mamá? La hacía querer llorar a mares al mismo tiempo que la consolaba a montones. Como si te hubiera pasado lo peor de lo peor, pero de alguna manera supieras que las cosas se arreglarían; Sweetie siempre encontraba cómo arreglar las cosas.

—Pero no demasiado —concordó su mamá y le sobó la espalda con la palma abierta, como solía hacer cuando era niña. Luego, le dijo—: Sweetie, *mol*, todo eso que dijo la tía Tina acerca del baile…

Sweetie se enderezó y la miró a los ojos, que eran del mismo color miel que los de ella.

—¿Sí?

—Se equivoca.

A Sweetie casi se le salen los ojos de las órbitas.

—¿En serio?

Amma la tomó de la barbilla.

—¿Sabes? Cuando era niña, mi familia no tenía dinero. En la escuela, los niños me molestaban porque mi uniforme me quedaba chico y mis calcetines tenían hoyos. Así que, cuando crecí, decidí que mi hija nunca se sentiría así. Me aseguré de que tuvieras cosas lindas. No quería que nadie te molestara. Y luego... con tu peso...

Sweetie sintió que algo dentro de ella se endurecía como preparación a lo que venía.

—Con tu peso pensé que las personas se burlarían de ti, a pesar de todo. Quería que fueras amiga de alguien como Sheena porque usa ropa linda y es popular. Así que me hice amiga de la tía Tina. Pero empiezo a darme cuenta de que tú no eres como Sheena. Tampoco eres como yo. Eres Sweetie. —Sonrió e inclinó la cabeza—. Después de que hablamos, me di cuenta de que sabes tomar tus propias decisiones. Si no quieres ir al baile, ¿qué derecho tienen Tina o Sheena para decir que estás mal? Haz lo que tú quieras, *mol*. Y olvídate de los demás, incluso de tu vieja Amma.

Sweetie sonrió a pesar de las lágrimas en sus ojos y sacudió la cabeza. Tal vez esto no era todo... Amma no se estaba disculpando por los comentarios que hizo acerca de su sobrepeso. No estaba cambiando su postura acerca de lo que podía o no vestir. Pero era algo. Esto era significativo. Su madre estaba admitiendo que, tal vez, quizá, Sweetie no tenía que ser *exactamente* como las demás chicas. Esto podría ser la primera grieta de la rígida armadura de Amma.

—No puedo olvidar a mi Amma más de lo que puedo olvidarme a mí misma —dijo con voz temblorosa—. Tú lo sabes.

Amma jaló a Sweetie hacia ella y le besó la frente. Ella cerró los ojos y se dejó sentir.

Ashish

Okey, ¿cómo es que pasó todo esto? ¿Cómo pasó de cerrar un ciclo con toda tranquilidad a llegar a la irrevocable conclusión de que estaba perdidamente enamorado de Sweetie, a que le dijera duende pedorro (que quién sabe qué significaba eso) y luego a que sus guardaespaldas mafiosas lo amenazaran y después se fueran azotando las puertas del auto? ¿Cómo?

La pantalla de su Jeep se encendió anunciando un nuevo mensaje de texto.

PINKY
OMG, no lo vas a creer, pero ¡el plan de Samir funcionó! ¡¡¡O y E regresaron!!!

ASHISH
Qué locura, ¿no?

Por la retahíla de signos de exclamación, supuso que su amiga aún estaba bajo el efecto de la cafeína. Sonrió, a pesar de todo. Así que seguramente Elijah había llevado a Oliver a su casa. Eso era genial, ellos dos merecían estar juntos.

Igual que él y Sweetie, carajo. Merecían estar juntos porque estaban hechos el uno para el otro. ¿Cómo era posible que ella pensara que él podría llevar una doble vida?

«Claro que tampoco le diste la oportunidad de pensar mejor de ti, ¿o sí?», le insistía una voz interna. «Estuviste hablando con Celia a escondidas. ¿Cómo se supone que ella pensara que no había nada vil detrás de todo eso?».

De todos modos, ¿cómo se había enterado? Él tenía su teléfono todo el tiem…

Oliver le dio su teléfono con cara extraña. ¿Y si Oliver vio los mensajes y le dijo a Sweetie? Ashish descartó la idea de inmediato; su amigo habría hablado primero con él antes de hacer algo así. ¿Entonces? Ay, no. Había dejado el teléfono en la mesa después de tomarse la selfie, ¿no? Y probablemente Celia le envió ese mensaje justo cuando Sweetie estaba en la mesa. Refunfuñó y se aferró al volante. Okey… No podía hacer nada al respecto. Tenía que verla.

Se orilló y le envió un mensaje de texto.

ASHISH
¿Podríamos hablar?
¿En el parque de la esquina
de McAdam y Harper?

El mensaje se marcó como visto casi de inmediato. Un minuto. Dos minutos. Tres. Cuatro. Ashish empezó a pensar que ella lo estaba ignorando. Pero luego llegó la respuesta.

SWEETIE
Nada que decir.

ASHISH
Por favor.

SWEETIE
¿Por qué?

«Porque te amo una inmensidad», quiso escribir. «Porque no puedo imaginarme despertar mañana y que tú sigas pensando lo peor de mí. Porque no puedo perderte por algo tan estúpido e irrelevante como este malentendido».

En vez de eso escribió:

ASHISH
Porque somos nosotros. Por favor.

Tres minutos después.

SWEETIE
Okey. ¿Cuándo?

ASHISH
En 20 min.

Su corazón dio un vuelco. Encendió el auto de nuevo y se incorporó al camino. Todo su cuerpo estaba tenso con esperanzas devastadoras, casi dolorosas.

30
Ashish

Sus faros la alumbraron en cuanto se orilló en el estacionamiento. Estaba sentada en el escalón de uno de los juegos del parque. Sintió una punzada de esperanza ante el hecho de que ese peldaño era suficientemente ancho para que cupieran los dos; le había hecho un espacio para que se sentara junto a ella. Eso significaba algo, ¿no?

Apagó su auto y caminó hacia ella; sus pasos no se oían por el piso que parecía de hule de los juegos de niños. Tal vez *era hule*, en fin… No tenía tiempo para eso ahora.

—Hola. —Se paró junto a ella; no quiso sentarse e invadir su espacio hasta que ella le dijera que estaba bien.

Ella alzó la mirada para verlo. Su cabello estaba húmedo, como si acabara de bañarse y traía pants y sudadera. Sus ojos estaban hinchados, como si hubiera llorado. El corazón de Ashish se quebró de lo hermosa que se veía. No podía esperar a arreglar las cosas. Porque iba a arreglar las cosas. Sweetie no volvería a llorar por su culpa.

—Hola —dijo ella casi susurrando. Se hizo a un lado para dejarle espacio.

Él aceptó la invitación y se sentó junto a ella. Podía sentir el calor de su cuerpo, podía oler su champú de menta. Lo único que quería era envolverla en sus brazos, besar esos labios de terciopelo, ese hoyuelo irresistible, ese cuello suave. Pero se contuvo con todas sus fuerzas.

—Gracias por venir. Sé que es tarde y que probablemente ni siquiera quieras verme. —Ella se encogió de hombros—. Sweetie, ¿recuerdas cuando te dije que no podía entregarme al cien por ciento por...?

—Por Celia. —Su voz se quebró un poco al mencionar el nombre de su ex; Ashish quiso escupir toda la verdad y cómo habían estado las cosas realmente. Pero tenía que hacerlo despacio—. Sí, me acuerdo. —Ella se levantó y fue hacia los columpios de llantas. Se sentó en uno y empezó a columpiarse. Él la siguió y se sentó en el de al lado—. No tienes que recordármelo —dijo en voz baja y sus palabras se entremezclaron con el rechinido de las cadenas—. Sé que no prometiste nada. Pero luego dijiste que en verdad te gustaba. Y te esforzaste tanto para invitarme al baile. Pensé que... —Tragó saliva al hablar, su voz estaba ahogada y a Ashish le hacía pedazos el corazón—. Creí que eso cambiaba las cosas, que te estabas enamorando de mí.

Él respiró profundo.

—Las cosas sí estaban cambiando. Sí me estaba enamorando de ti. De hecho, ya me enamoré.

Ella lo miró intensamente, sus facciones ensombrecidas por la luz de los faros de la calle a unos cuantos metros.

—Pero, entonces, ¿por qué estabas hablando con Celia?

Ashish pateó un montón de tierra y se zangoloteó todo el columpio.

—No te voy a mentir. Cuando ella me envió un mensaje, justo después de que salimos en nuestra segunda cita, no pude evitar responderle. Ella me había roto el corazón y... supongo que de alguna manera ella aún tenía poder sobre mí. Se oía tan mal, tan sola, que me afectó. Teníamos historia juntos, ¿sabes? Pero luego, tú y yo nos empezamos a conocer mejor y me di cuenta de que Celia era alguien a quien *solía* amar. En tiempo pasado. Y eso nunca cambiaría. Ella cometió algunos errores, pero creo que es una buena persona y... y eso es todo.

»No podía dejar de hablarle porque una parte de mí sentía que se lo debía. Se escuchaba como si no tuviera a nadie más con quien hablar. Sonaba frágil. Pero la razón más importante fue que realmente necesitaba verla por última vez para cerrar este capítulo de mi vida. Estaba desesperado por cerrar ese ciclo, Sweetie, y la única manera para lograrlo era viéndola cara a cara y decirle de frente que eso había terminado. Así que cuando me pidió que nos viéramos le dije que sí. En cuanto nos vimos le dije que a mí ya no me interesaba. Que solo tenía ojos para ti. —Esperó, analizando su expresión, viendo cómo procesaba las cosas—. Al ver todo lo que pasaba entre Oliver y Elijah empecé a entender que era muy estúpido de mi parte darle la espalda al amor verdadero. ¿Y qué si llegaba inesperadamente? ¿Y qué si tú y yo no somos compatibles según las normas? ¿Y qué si yo estoy condenado a ser infeliz porque soy pésimo para las relaciones y probablemente arruine todo en el camino? Tal como lo estoy arruinando ahora... Por el momento, funciona. Siento que funciona. Y sé que soy el más afortunado por haberte encontrado. Y por el tiempo que tú quieras estar conmigo. Ya estoy harto de tener miedo.

Ella sacudió la cabeza y se miraba los pies.

—Pero ¿por qué no me lo dijiste antes?

Él tragó saliva.

—Pensé que era mejor decirte todo cuando hubiera terminado. Solo te diría «Oye, ya superé lo de Celia por completo». Yo ya habría cerrado el ciclo y sería totalmente honesto. Ya sabía que no sentía nada más por ella, pero ella aún tenía esta... influencia en mí, ¿sabes? Como si el fantasma de la relación con ella estuviera presente siempre que estaba contigo. Creí que una vez que hablara con ella y le dijera todo, el fantasma al fin se disiparía. Además, no quería que me vieras como un… un debilucho que no podía lidiar con su ex. Pero ahora entiendo que fue estúpido de mi parte. Claro que hubieras querido saber que hablaría con ella. Mi hermano Rishi es cero egoísta, ¿sabes? Para él todos están antes que él y es feliz así y la gente lo adora por eso. Pero ¿yo? Soy lo opuesto. Siempre había pensado solo en mí. Cuando pensaba en los demás, los veía según su relación conmigo. Para mí no es fácil pensar en los demás. Y eso nunca me importó, pensé que yo era así; Ash, el jugador egoísta que ni siquiera quiere reconocer su parte india.

»Pero tú, Sweetie, me has cambiado. Y sigues haciendo que yo quiera cambiar de la mejor manera posible. Debí haberte dicho todo lo que sentía, pero me ganó la idiotez y el egoísmo. —Se levantó, fue a donde estaba ella y se hincó de frente. La tomó de las manos y le dijo tiernamente—: Lamento muchísimo haberte lastimado. Eso era lo último que quería hacer.

Sweetie lo miró callada, solo se oían los grillos en el silencio.

—¿De verdad? ¿Lo último? —preguntó ella al fin. Él asintió, un poco confundido por la forma en que lo había dicho—. ¿Qué tal comerte un sapo vivo, con verrugas, en vez de lastimarme? —Y entonces apareció su hoyuelo.

Ashish mantuvo una expresión de seriedad, aunque su corazón saltaba de felicidad.

—¿No te he dicho que me encantan las *cuisses de grenouilles*? Eh, eso es francés para ancas de rana.

Ella se carcajeó.

—Okey, ¿bailar desnudo frente a los Bruins o lastimarme?

—Los Bruins tendrán que prepararse para algo sumamente especial.

Ella se rio.

—Estás loco.

—Loco por ti. —Ashish la vio a los ojos hasta que a ella se le disipó la sonrisa y también se puso seria—. Te amo.

Ella puso cara de que se estaba ahogando o algo así. Después de un largo lapso, justo cuando Ashish creía que no podía más, ella contestó.

—¿Me... amas?

Él sonrió de oreja a oreja.

—Obviamente.

Ella puso sus pequeñas e irresistibles manos suaves en las mejillas de él; él cerró los ojos y se quedó disfrutando el momento.

—Yo también te amo, Ashish. —Se agachó para besarlo, primero tentativamente, después con pasión—. Obviamente —le susurró.

La sonrisa de Ashish creció. Sinceramente, creyó que jamás podría dejar de sonreír.

Sweetie

Todo era perfecto. Sweetie no sabía si sus amigas pensarían que era débil por haberlo perdonado. Pero para ella fue lo correcto y eso era lo importante. Él le había pedido perdón; la explicación que le había dado parecía sincera y apropiada. Le había contado un poco sobre los problemas de Celia para lidiar con la universidad y a ella le dio gusto que Celia hubiera podido contar con Ashish (ya ni decir que estaba más que contenta de que eso de mandarse mensajes con él hubiera terminado. Vamos, era humana). Solo había una cosa que le seguía molestando y que le tenía que decir a Ashish para que él supiera cómo estaban las cosas y pudiera estar preparado.

Ahora estaban sentados sobre el piso. Sweetie recargaba la cabeza en las piernas de Ashish. Él le acariciaba el cabello con sus dedos grandes, cálidos y reconfortantes.

—Ashish... —empezó y de pronto se puso nerviosa; se limpió las manos en la sudadera.

—¿Mmm?

—¿Recuerdas que te dije que quería usar nuestra cita libre para invitarte a mi fiesta de cumpleaños?

—Sí, claro, es este fin de semana. Ya tengo tu regalo y todo.

—¿En serio? —Ella sonrió, pero enseguida se puso seria de nuevo. «¡Sweetie, concéntrate!» —. Bueno, hay algo que debes saber. Mi intención es decirle a mis padres acerca de nosotros.

—Sí, me lo comentaste. Ya estoy muy listo. Hasta tengo el atuendo para impresionar a los suegros: camisa formal, pantalones caqui y todo de todo.

—Genial, pero, escucha. —Ella se sentó y lo vio a los ojos—. Ashish, si mis padres se rehúsan, si aún no quieren que seamos novios... —respiró profundo—, voy a respetar sus deseos.

Él se quedó congelado.

—¿Me estás diciendo que romperías conmigo? —preguntó con voz tan baja, tan vulnerable, que a ella se le llenaron los ojos de lágrimas.

Ella puso una mano sobre la de él.

—Lo siento —dijo mordiéndose el labio inferior—, pero no puedo ir en contra de los deseos de mis padres. Por mucho que tengan ideas poco acertadas, al final importan. Mucho. —Se rio—. Sé que parece una hipocresía después de que llevo cuatro citas a escondidas contigo en este mes, pero eso era para demostrarme algo a mí y lo he logrado. Sé que es cierto lo que siempre he creído que es cierto: mi capacidad para encontrar el amor de una pareja no tiene nada que ver con mi peso. Y soy mucho más valiosa de lo que la gente pueda pensar por ignorancia o intransigencia.

—Entonces, ¿el proyecto de la Sweetie intrépida es un éxito? —preguntó Ashish sonriendo.

—Completamente. —Ella se rio y se limpió las lágrimas—. Pero ahora que he logrado lo que me propuse, tengo que decírselo a mis padres. Y si aun así ellos no lo entienden...

—Tenemos que romper. —Ashish asintió y respiró profundo—. Lo entiendo.

—¿De verdad? —Sweetie esperaba un poco más de resistencia, con eso de que él era el rebelde de su familia y todo eso.

—Sí. Quiero decir, está del asco, pero lo entiendo. En algunas cuestiones eres como Rishi. Eres la típica hija india, predilecta y obediente. Supongo que esa es una de las razones por las que mis padres querían que saliéramos.

Ella sacudió la cabeza.

—Quién sabe. —Le puso una mano sobre la mejilla y sintió los vellitos de su barba incipiente—. Gracias por entender. Si ellos no están de acuerdo... mi corazón se romperá en pedazos. Por completo.

Él le acarició la mejilla y sus ojos color miel estaban tristes.

—Entonces supongo que tenemos que hacer que este momento valga la pena.

Él se acercó para besarla y cuando saboreó sus labios salados, ella se dio cuenta de que otra vez estaba llorando.

Sweetie estaba sentada en su escritorio, viendo la selfie que Ashish les había tomado ese jueves en el parque. Estaba oscuro y en sus rostros había sombras en todos los lugares equivocados, pero aún podía ver el amor, la luminosidad que ambos emitían. Nunca había sido tan feliz. Nunca.

Era el día de su fiesta de cumpleaños diecisiete. Debería de estar irradiando entusiasmo como siempre, pensando en todos los regalos que los amigos de sus padres le darían. Porque, para ser completamente honesta, esta fiesta de cumpleaños era más bien para que sus padres socializaran con sus amigos y presumir de sus habilidades (o más bien las de Amma) para organizar fiestas. ¿Por qué entonces la harían la mañana del baile de fin de año? De los setenta y cinco invitados, Sweetie insistió solo en cinco: Kayla, Suki, Izzy, Anjali Chechi y Jason Chettan (que técnicamente eran invitados tanto de Amma y Sweetie). Ashish era el invitado sorpresa del día y él le había prometido que no comería ni bebería nada, para no alterar el cálculo de comida y bebida para cada invitado cuidadosamente planeado que Amma pasó meses perfeccionando.

La fecha real de su cumpleaños era hasta dentro de dos semanas, pero sus padres estaban preocupados de que para entonces todos sus amigos estuvieran de vacaciones y no pudieran ir. Entonces, ¿quién se iba a impresionar con la escultura de hielo con forma de pavorreal? ¿Del servicio de banquetería y bar? ¿Quién? Pero estaba bien, porque mientras más familiares, aunque fueran solo de cariño y no de sangre, más regalos fabulosos.

Y, sin embargo, Sweetie no estaba tan entusiasmada como solía estar. El clima estaba bastante nublado, al igual que su humor. Hoy todo podría salir terriblemente mal. Sweetie tenía esperanzas de que no fuera así... pero también conocía a su madre. Sentía como si durante ese último mes hubiera estado entrenando para ese día en particular. El día en que conocerían a su novio. La noche anterior, cuando ella le confesó que tenía mucho miedo de que hoy las cosas no salieran bien, Ashish le insistió en hacer una lista; se mostró sumamente optimista porque sabía que su personalidad era fantástica. Ella analizó la lista sonriendo a medias.

Por qué los padres de Sweetie amarán a Ashish y estarán completamente de acuerdo en que sean novios
- Su hermosa sonrisa.
- Su impecable sentido de la moda.
- Las flores que le llevará a su mamá.
- Los caramelos que le llevará a su papá.
- Porque es un excelente jugador de basquetbol.
- Porque la hace feliz.
- Tiene un lindo trasero.

Sweetie se carcajeó con el último punto. Anoche no estaba; claramente él lo había agregado mientras ella no se daba cuenta. Le dio vuelta a la hoja para ver lo que ella había escrito (las ediciones de Ashish estaban entre paréntesis).

Por qué los padres de Sweetie odiarán a Ashish y les patearán el trasero a ambos
- Han estado saliendo durante más de un mes a escondidas. (Pero ¿qué es un mes desde la perspectiva a largo plazo? En serio, para un adulto, un mes es como un parpadeo o medio estornudo).
- Sweetie no ha perdido ni un gramo desde su última conversación con Amma acerca de Ashish (tu Amma verá que eres la chica más hermosa del mundo, así que este punto no vale).
- Amma específicamente se rehusó a que saliera con Ashish... no cualquier otro chico, sino específicamente él. (¿Amma ya conoce a Ashish? Mmm, no, creo que no. Tengo el superpoder de encantar a los adultos. No es broma. Solo tacha este de la lista ahora).

Sweetie sonrió y dobló la hoja, la metió en un cuaderno y lo guardó al fondo de un cajón. Sinceramente, ya quería que todos los secretos y mentiras terminaran, fuera como fuera. Sonó su teléfono.

KAYLA
No puedo creer que tus padres organicen esta fiesta el día del baile.

SWEETIE
Sí, ya sé.

KAYLA
Oye, tengo que ir a que me peinen y me maquillen.

SWEETIE
¡¿QUÉ?! ¡Tienes que venir! Ya te dije que A va a venir. Necesito apoyo.

KAYLA
¿Crees que no lo sé?
Solo que tengo que irme a las 2:30, así que, si pudieras soltar la sopa antes de esa hora...
Pedí la última cita que había.

SWEETIE
Grx. Definitivamente les diré antes de esa hora. Si no, exploto.

KAYLA
Odio ser la pesimista, pero ¿y si dicen que no?
¿Aun así irás al baile?

SWEETIE
No sé... también lo pensé. Si voy tendría que ser sin Ashish, pero no sé si podría.

KAYLA
No te culpo. TQM.

SWEETIE
Yo tmb.

Sweetie dejó el teléfono y fue a su clóset. Abrió la puerta y acarició el vestido que se pondría para la fiesta, que también sería el vestido para el baile. Dos grandes sorpresas en un día. Pobre Amma.

31
Ashish

Se miró en el espejo de cuerpo completo en la esquina de su habitación.

Camisa azul metálico bien fajada: listo. (Ma le había dicho que con ese color sus ojos resaltaban y vaya que tenía razón).

Pantalones caqui: listo.

Zapatos negros bien lustrados: listo (y gracias, Myrna, por salvarlo al último minuto de usar grasa para auto en vez de grasa para zapatos). (En su defensa, él nunca iba a esa parte de la casa y los frascos no tenían etiquetas).

Cabello bien peinado, en lugar de despeinado con estilo como siempre: listo.

Rostro bien rasurado: listo.

Se alisó la camisa y respiró profundo. Se arregló como mejor pudo. Era hora. En diez minutos se iría a la fiesta. Y luego… O las cosas saldrían maravillosas o se vendrían abajo.

Ashish no podía vislumbrar terminar con Sweetie. No sabía si estaba en completa negación o qué, pero ¿podrían sus padres no ver lo felices que eran? ¿Cómo podían afianzarse en esa postura si él usaba todos sus encantos? Imposible.

Sacó su teléfono del bolsillo, se sentó en el banco al final de su cama y envió un mensaje.

> **ASHISH**
> Pase lo que pase hoy...
> *Mein tumse pyaar karta hoon...*
> *Pyaar karta tha...*
> *Aur pyaar karta rahoonga.*

Guardó el teléfono mientras sonreía. Estas líneas en hindi eran el diálogo más cursi de una película y querían decir: «Te amo, te he amado y siempre te amaré». Pero lo decía en serio. Dios, de veras que sí.

Alguien llamó a su puerta y Ma y Pappa entraron. Ma sonrió ligeramente y Pappa la rodeaba con un brazo.

—¿Cómo estás, *beta*? —preguntó Ma con una mano en el pecho.

—Bien, solo un poco... —Se encogió de hombros, tratando de mostrarse menos nervioso.

—¿Aterrado? —preguntó Pappa—. ¿Quieres Pepto Bismol?

Ashish lo fulminó con la mirada.

—No, gracias. No estoy aterrado... solo expectante.

—Claro que no estás aterrado —dijo Ma.

Al mismo tiempo su esposo decía:

—¿Sabes? ¡No tiene nada de malo admitir que el miedo te puede afectar los intestinos! Cuando yo fui a pedir la mano en matrimonio de Ma, casi tuve que saltar del autobús para desahog...

—Pappa, por favor. —Ashish trató de no hacer una mueca—. Digo, aprecio tu, eh... comentario, pero creo que estaré bien. Vaya, tengo que caerles bien a los padres de Sweetie; cuando soy encantador, a todos les caigo bien. Ma siempre lo dice.

Ma se sentó junto a él, ondeando su *salwar* de seda.

—Es verdad. Cuando usas tus encantos y la gente ve tu sonrisa... ¡uf! *Chanda-sooraj munh chhupa ke baith jaate hain.*

Ashish puso los ojos en blanco.

—De verdad dudo que el sol y la luna escondan la cara debido a mi sonrisa... Ah, espera, ¿esta es una de esas hipérboles en hindi?

Ma rio.

—Sí. —Le besó la mejilla y luego se la restregó para quitarle el labial—. *Beta*, quiero que sepas que Pappa y yo creemos que eres perfecto.

Pappa refunfuñó, lo cual no significaba que asentía, pero Ashish siguió con la corriente.

—Gracias. No tan perfecto como Rishi, pero lo suficiente, ¿no? —Sonrió y se ajustó las mancuernillas casualmente para mostrar que lo decía en broma, aunque ese no fuera el caso.

Ma frunció el entrecejo.

—Ashish...

—Está bien, Ma. Sé que no he sido un hijo fácil.

—¿Fácil? —Esta vez fue Pappa quien habló—. No, no eres fácil. —Ashish se encogió de hombros, como diciendo «Sí, eso fue lo que dije»—. Pero eres apasionado. Eres valiente. Nadie en esta familia ha intentado hacer lo que tú has intentado, Ashish, porque nadie de nosotros tiene tu espíritu guerrero. —Se quedó mirando a Pappa, sin poder decir palabra—. ¿Alguna vez has probado curry sin sazonar? —preguntó Pappa, casi agresivamente—. Es insípido. Es aburrido. A nadie le gusta. —Se aclaró la garganta—. Así es como sería nuestra vida sin ti —concluyó con brusquedad, cruzando los brazos y luego descruzándolos.

Ma le sonrió a su esposo y luego a Ashish, con lágrimas en los ojos.

—Ni yo lo pude haber dicho mejor.

—Cielos —dijo Ashish mirándose los pies—. Eh, gracias. A los dos. —Literalmente no podía creer que esas palabras, en ese orden, hubieran salido de la boca de Pappa. ¿Sería cierto? ¿Sus padres en serio lo amaban tanto como a Rishi, aunque fuera un dolor de trasero? Tendría que pensarlo un poco más en otro momento.

—*Beta,* pero ¿estás seguro de que no quieres que vayamos contigo? —preguntó Ma y entonces él salió de su ensoñación.

—Dijiste que era perfecto. —Sonrió—. Así que, ¿cómo no ganarme a los padres de Sweetie en tres segundos?

—Cierto... —continuó Ma mientras ponía una mano sobre la de él—, pero a veces los padres no pueden ver más allá de sus... *kaise kehte hain...* complejos, de eso que los hace sentir de cierta manera, pero no saben por qué. Para la mamá de Sweetie eso es el sobrepeso de su hija. Apuesto a que la razón de que le moleste cuánto pesa su hija es porque hay cosas que le pesan a ella, ¿mmm? Así que, de cierta manera, nada de esto tiene que ver con Sweetie o contigo.

Ashish no lo había visto de esa manera. ¿Y si los padres de Sweetie lo rechazaban por lo que él representaba? Había algo que le molestaba a ellos, con lo que no podían hacer las paces y que no tenía nada que ver con él o con Sweetie. Él no podía controlar eso.

—No, no puedes —dijo Pappa y entonces Ashish se dio cuenta de que eso último lo había dicho en voz alta. Pappa se acercó y puso una mano sobre el hombro de su hijo—. Tratar de cambiarlos solo te va a volver loco.

Él miró a su padre, sus ojos oscuros, casi tormentosos.

—Entonces, ¿qué debo hacer?

—Sé sincero. Sé fiel a tus sentimientos y a tus acciones, y luego déjalo ir. Un hombre siempre sabe cuándo hay que hacerse a un lado.

—Uh-uh —dijo Ma meneando su dedo hacia Pappa—. Una persona sabia siempre sabe cuándo hay que hacerse a un lado.

Ashish suspiró.

—No soy tan sabio —dijo—. Pero soy una persona. Así que al menos tengo la mitad de la ventaja, ¿no?

Ma y Pappa rieron.

—Te deseo mucha suerte, *beta* —dijo Ma y se levantó—. Tienes nuestra bendición.

Un año antes, Ashish habría dicho que una bendición valía tanto como el aire que usabas para decirla. Pero ahora... se sentía diferente. Ellos lo habían visto en su peor momento. Habían sabido lo que necesitaba aun cuando él mismo no lo sabía. Ashish agradecía esa sabiduría de sus padres. Los abrazó y salió de su cuarto con el corazón acelerado.

Sweetie le había dado su dirección, pero, aunque no lo hubiera hecho, no sería difícil encontrar su casa. Era una de estuco azul claro y en el frente tenía una gran puerta de madera que estaba abierta de par en par y estaba entrando gente, en su mayoría india. Ashish pudo ver que la sala estaba repleta. Había niños gritando y jugando en el patio que rodeaba la casa. Un mesero de esmoquin maniobraba entre la gente con una bandeja de bebidas. Se oía música de fiesta en hindi.

Ashish se estacionó al final de la calle, pues ya no había lugar, a pesar de que había llegado a tiempo. Al salir del Jeep, sintió que sus manos sudaban. Vaya, estaba nervioso. Nunca había estado nervioso, fuera del basquet y aun así, eso había sido hace mucho tiempo. Tragó saliva, luego tomó los caramelos, el ramo de azucenas y la caja morada con dorado del regalo de Sweetie. Bueno, parte de su regalo.

Mientras se acercaba a la casa se dio cuenta de que la mayoría de las personas vestían traje y *kurtas* de brocados muy elegantes. Incluso los adolescentes y los niños traían corbata. Diablos. Pappa siempre le decía que debería traer una corbata en el auto, por si acaso. Pero, por supuesto, Ashish nunca le hizo caso. Le pareció la idea más anticuada del mundo. «Qué bien, Ash, tu estúpida rebeldía te puede costar la chica más increíble del mundo».

Una vez en la entrada, le envió un mensaje de texto a Sweetie.

ASHISH
Ya estoy aquí.

Luego respiró profundo y entró detrás de una familia con cuatro niños escandalosos.

¡Vaya! Esto era... intenso de una manera extraña. Ashish había ido a muchas fiestas con sus padres, pero esto era una mezcla de meseros de superalto nivel deambulando con bebidas y aperitivos entre familias indias de clase media que reían y bromeaban y dejaban que los niños treparan por todos los muebles y se encaramaran unos con otros. (Ashish las conocía bien gracias al resto de su familia, que estaban regados por todo el país e India). Los meseros esquivaban continuamente a los niños mientras ellos se les metían entre las piernas; la música de fiesta estaba a todo volumen y todo el panorama era como un gran circo suburbano.

Sintió una mano pequeña en su brazo y volteó enseguida con una gran sonrisa, pero no era Sweetie. Era una mujer india de estatura baja, más o menos de la edad de Ma, que lo miraba a través de anteojos estilizados. Estaba vestida con un sari color crema y filo dorado.

—Hola —le dijo ella—. Soy Vidya Nair, la mamá de Sweetie.

—Ah. *Namaste*, tía —respondió Ashish e inmediatamente trató de juntar las palmas, lo malo es que tenía un montón de cosas en la mano y no podía. El ramo de azucenas casi se le resbala. Mierda. Ma lo mataría, ella misma lo había escogido con la ayuda de su amiga que era una experta en cosas de botánica. Al parecer eran raras y costosas. Hizo un baile digno de un circo suburbano, pero logró salvar las flores y dárselas a la mamá de Sweetie.

—Tenga, mi madre, Sunita Patel, las escogió especialmente para usted. —Y sonrió con la más encantadora de sus sonrisas—. Soy Ashish Patel.

La mamá de Sweetie tomó el ramo, pero no expresó ni estar impresionada ni complacida como Ma predijo. Demonios.

—¿Sí? —preguntó.

A Ashish le tomó un minuto entender que la pregunta era más bien «¿Y tú qué haces aquí, baboso?». Él tragó saliva. Sus axilas empezaron a sudar.

—¡Ashish! ¡Viniste!

Él volteó justo a tiempo para ver a una chica de piel negra que le era familiar; ella se acercó, envolvió el brazo de él con sus manos y miró a la madre de Sweetie.

—Es mi buen amigo, Ashish —le explicó, jalando de su brazo con una fuerza excepcional para alguien de su tamaño. Él se esforzó para no hacer una mueca de dolor—. Qué bueno que pudiste venir —le dijo sonriendo de oreja a oreja.

Y entonces la reconoció: era una de la pandilla de mafiosas del jueves. Bueno, eso explicaba el jalón del brazo.

—Ah, eh… Sí —se apresuró a decir—. Sí, eh… había mucho tráfico.

La chica le alzó la ceja como diciéndole «Eres un idiota». Bueno, ni hablar; él estaba acostumbrado a que las chicas lo vieran así.

La tía Vidya relajó el rostro tan solo un poco.

—Kayla, ¿podrías mostrarle a tu amigo dónde poner los regalos? Y, ¿has visto a Sweetie? —Y, de nuevo, su rostro frunció el entrecejo; Ashish se sintió mal por Sweetie, donde quiera que estuviera.

—No, aún no —respondió Kayla—, pero puedo subir a ver si está en su cuarto.

—No, yo voy. —Y entonces la tía Vidya se volteó con la determinación de alguien que iba a pedir que decapitaran a alguien más.

Kayla le soltó el brazo y lo miró con la cabeza inclinada.

—No sé si confío en ti. O sea, sé que Sweetie te quiere aquí, pero... no sé. Siento que eres el tipo de chico que termina las fiestas con una pantalla de lámpara de sombrero, coqueteándole a alguna chica inocente de Minnesota.

Ashish parpadeó.

—Eh... ¡¿qué?! —¿Acaso eso tenía sentido fuera de la mente de Kayla?

—No sé. Es que tienes esa pinta. —Hizo una pausa—. Y, créeme, definitivamente hay tipos así.

Ashish la miró con cara de incredulidad.

—Okey, no tengo idea de qué es lo que acabas de decir, pero sí te puedo decir que tengo grandes planes para Sweetie y para mí, y ninguno de ellos tienen que ver con lámparas o chicas de Minnesota.

Kayla se rio.

—Está bien. Busquemos la mesa de regalos.

Sweetie

Sweetie estaba sentada en su tocador, mirándose en el espejo. El momento había llegado. Solo tenía que hacerlo. «Sé valiente, recuerda el proyecto de la Sweetie intrépida».

El picaporte con seguro de la puerta giró y ella se dio vuelta, con el corazón agitado.

—¿Sweetie? —habló Amma al otro lado de la puerta—. ¿Qué estás haciendo escondida en tu cuarto con la puerta cerrada? ¡Anda! ¡Los invitados ya están aquí!

—Sí, Amma —respondió—. Bajo en un minuto.

—Tener a la gente esperando no se ve bien, *mol* —dijo Amma, con voz nerviosa. Le encantaba organizar fiestas, pero en el fondo detestaba el hecho de tener que lidiar con los invitados. Era algo que Sweetie no comprendía—. Están preguntando por ti.

—Estoy terminando de... maquillarme —dijo Sweetie, viendo a través del espejo la camiseta que traía puesta—. Ya casi estoy lista.

—Está bien —dijo Amma, con resignación—. ¡Cinco minutos más!

—*Shari*, Amma —contestó Sweetie, dejándose caer en el respaldo de la silla, aliviada. Bien, cinco minutos más. Podía lograrlo.

Su teléfono sonó.

ANJALI CHECHI
Ya aterrizó mi vuelo.
¡Ya pronto estaré ahí!
¿Si te llegó?
¿Lo traes puesto?

SWEETIE
Sí, llegó por correo hace dos días.
Aún no me lo pongo.
No sé si pueda.
Tal vez deba usar el que Amma escogió.
Es que, entre lo de Ashish,

SWEETIE
el vestido y luego el baile,
tal vez es mucho para un solo día,
¿no?

ANJALI CHECHI
No te voy a obligar, Sweetie,
pero solo piensa de qué te
puedes arrepentir:
¿ser una chica intrépida
y pateatraseros o no serlo?

SWEETIE
Jajaja. No serlo.

ANJALI CHECHI
Chica lista.
Nos vemos pronto. :*

Sweetie se enderezó con energías renovadas. Ashish ya le había enviado un mensaje hace como cinco minutos. Estaba abajo. Pobre tipo… Ni siquiera quería pensar en cómo estaba sobrellevando todo sin ella. Sacó el atuendo de su clóset y se obligó a sonreír con valentía. Ella era la Sweetie intrépida. Ella pateaba traseros.

32
Ashish

Okey, la familia de Sweetie conocía a demasiadas personas que se llamaban Padma. Le acababan de presentar a una bisabuela de lo más anciana, a una señora de mediana edad, ligeramente enojada, que se regodeaba de ser la mejor abogada del espectáculo en el estado y a una niñita con mechones de cabellos rizados, y todas se llamaban Padma. ¿Cómo se suponía que él recordara todo eso? ¿Debía recordar todo eso?

¿Dónde estaba Sweetie?

El suspenso era demasiado. Ashish se sentía expuesto, aun si parecía que nadie le estaba poniendo atención, excepto la pandilla de mafiosas; todas estaban aquí, se presentaron y hablaron un poco con él. Claramente lo estaban midiendo, para buscar indicios de patanería, pero al parecer ahora estaban lo suficientemente cómodas con él. La chica de los brackets, que parecía como de doce años, Izzy, incluso le pidió perdón por decirle Ashtúpido el jueves (y por mandarlo al infierno, lo cual él ni siquiera había oído hasta que se lo dijo y luego se puso roja como tomate cuando se dio cuenta de que lo había hecho a sus espaldas; por lo visto la chica tenía la boca muy suelta).

Él solo quería que este espectáculo terminara. Quería decirles a los padres de Sweetie exactamente quién era y por qué estaba aquí, y explicarles todo.

Se fue hacia las escaleras, suspiró y alzó la mirada. Entonces, el mundo se encogió y lo único que existía era ella.

Sweetie estaba al borde de las escaleras, con los ojos cerrados y movía los labios como si estuviera rezando o hablando consigo misma. Traía un atuendo típico de la India, amarillo (según Ashish era un *anarkali* o algo así), que, básicamente era un vestido largo hasta el tobillo y pantalones ajustados debajo. La parte de arriba tenía cuello halter y el tirante y el borde del escote tenían pequeños brillantes que resplandecían con el mínimo movimiento. Sus brazos descubiertos estaban estirados a sus costados y ella tenía los puños cerrados. Y ese increíble cabello de olor a menta estaba suelto, los rizos caían más allá de sus hombros, como una cascada negra y brillante.

Ashish se le quedó viendo. Sabía que no debía, pues era claro que estaba teniendo un momento a solas antes de bajar las escaleras. Pero no pudo evitarlo. Era una diosa. Era… belleza pura. Amor puro. Era todo lo que él nunca había querido, pero tenía que tener.

Ella era todo. Punto.

Sweetie

Estaba aterrada. Punto.

A punto de explotar, para ser más precisos. Literalmente sentía como si su corazón, sus músculos, sus huesos y todos sus órganos internos quisieran salirse de su cuerpo y correr desaforados. Simplemente no querían estar ahí.

¿Por qué había decidido hacer todo esto el día de su fiesta? ¿Por qué?

Abrió los ojos, resignada a bajar las escaleras y soltar la bomba que explotaría... todo.

Abrió los ojos y lo único que vio fue a Ashish. Y el mundo se encogió.

Él la veía completamente maravillado. Como cuando te quedas viendo un arcoíris. Como la Tierra se queda viendo al Sol. Como la ardilla del jardín se le quedó viendo al piñón cubierto de mantequilla de maní que ella le había dejado el invierno pasado. La veía con reverencia, como si no pudiera creer su suerte.

Ella sonrió y él, literalmente, se aferró al barandal, como si ella lo hubiera noqueado.

Era eso. Todo lo que estaba haciendo lo hacía por eso. Por Ashish Patel. Él no era el único porqué, pero era gran parte de.

Bajó las escaleras hacia él.

—Hola —susurró ella, acercándose a él tanto como se atrevió.

Él caminó hacia ella, sonriendo.

—Hola.

Su corazón se trabó. Él se veía guapísimo. Con esa camisa sus ojos se veían... OMG! Y olía... mmm... limones y alguna especia.

—Te ves... —él empezó a decirle— rozagante. Ella se quedó pensando.

—¿Qué? —y luego rio.

—Es una palabra de la guía para los exámenes a la universidad que siempre me costó trabajo. Quiere decir «con muy buen aspecto», o sea, hermosa —murmuró él, con ojos hambrientos que la derritieron—, pero creo que nunca más se me olvidará. Tú... —Sacudió la cabeza—. Tienes el poder de vaporizarme. —Estiró un dedo y recorrió el brazo de ella apenas rozando; ella se estremeció, sin poder desviar la mirada—. Mi corazón es tuyo, Sweetie Nair. Completamente.

Había un millón de personas a su alrededor. Sus padres estaban por ahí. Unos niños gritaron y se oyó un vaso estrellándose. En las bocinas se oía una versión remix de «Sheila ki jawani», una de las más horrendas canciones de Bollywood. Con todo, Sweetie se sentía embriagada con la magia del primer amor. Respiró profundo y tocó ligeramente el pecho de Ashish. Se imaginó que en sus yemas sentía su corazón latiendo con fervor.

—Obviamente —dijo ella, su rostro estaba muy serio—, te amo, Ashish Patel.

Él sonrió.

—Yo también te amo, obviamente.

—Entonces, ¿cuál es el plan? —preguntó él, una vez que ella lo llevó al estudio, donde no había nadie. Dejó la puerta abierta, porque no quería que ninguno de sus tíos o tías metiches le dijeran a Amma que su hija se había instalado cómodamente con un chico a puerta cerrada. O, peor aún, que Amma los encontrara así.

—Estoy esperando a que llegue Anjali Chechi —le respondió, arremolinándose un mechón de cabello con el dedo índice.

—Tu prima favorita, ¿cierto? ¿La cirujana ortopédica?

Ella sonrió, complacida de que él se acordara. Le había hablado de su prima una o dos veces.

—Sí. Y su esposo también es genial. Te va a caer bien.

—Entonces, ¿ellos son como los amortiguadores entre tus padres y yo?

—Mejor dicho, escudos humanos —murmuró ella.

—Oye —Ashish le puso una mano en el brazo—, pase lo que pase, todo estará bien. Te lo prometo.

Ella sonrió y dio un paso atrás.

Él frunció el entrecejo y quitó la mano.

—¿Estás bien?

—Sí —rio y sintió cómo se le encendían las mejillas—. Eh, es solo que siempre he tenido un como complejo acerca de mis brazos; nunca los tengo descubiertos.

Él la miró fijamente.

—Eres hermosa y tus brazos son hermosos.

Ella analizó su expresión y le creyó.

—¡Sweetie! —Ambos voltearon y vieron a Achchan entrar, sonriendo de oreja a oreja—. ¿Cómo está mi cumpleañera?

Sweetie sonrió mientras su padre la abrazó y le besó la mejilla; su bigote le raspó un poco la piel.

—Mi cumpleaños es hasta dentro de dos semanas, Achcha.

—Cierto, cierto. Hoy se trata de regalos, ¡tu parte favorita! —Luego miró su atuendo y abrió los ojos a tope—. ¡Hermoso!

Ella sonrió y se estiró el anarkali.

—Gracias. —Achchan no tenía ni idea. No sabía de la mini batalla entre ella y su madre acerca de este atuendo—. Ah, Achcha, quiero que conozcas a Ashish Patel.

Las cejas de su padre se fruncieron, como si estuviera seguro de que había escuchado ese nombre en otro lado. Estrechó la mano de Ashish.

—Hola, mucho gusto. ¿Estudias con Sweetie?

—No, tío. Estudio en Richmond. —Sweetie sintió gran orgullo al ver cómo Ashish le estrechaba la mano con confianza a su padre.

—Ashish es el jugador estrella de basquetbol ahí —comentó ella, poniendo una mano sobre su brazo y quitándola enseguida cuando se dio cuenta de lo que estaba haciendo con su padre ahí mismo—. Pero es demasiado modesto para decirlo.

Ashish rio, mirándola con amor y admiración puros. A ella los huesos se le llenaron de helio y casi sale flotando hasta la estratosfera.

—Qué curioso que salga de los labios de la corredora estrella de Piedmont.

Achchan volteaba hacia Ashish y hacia su hija y luego otra vez hacia él, aún frunciendo las cejas, como si tratara de resolver algo. Sweetie lo miraba fijamente, con el corazón en la boca. Si le preguntaba, le diría la verdad.

—¡Ahí estás!

Sweetie volteó al oír la voz tan familiar como su pijama favorita de Hello Kitty: Anjali Chechi llegaba junto con su esposo, llena de esa energía revoltosa y efervescente. Hasta su cabello rizado era exuberante, salía por todos lados de su cabeza como si no pudiera ser contenido, aun si ella trataba de domarlo en un chongo al borde de su nuca.

Con su sonrisa incandescente fue hacia Sweetie, la abrazó y luego la alejó para verla bien.

—Ay, Dios mío —exclamó, con ojos radiantes—, eres toda una visión. En serio.

Sweetie sonrió con timidez.

—Gracias por comprármelo.

Anjali Chechi descartó el gesto con la mano.

—Tú fuiste el cerebro que maquinó todo. Yo solo era el operativo. —Volteó hacia Achchan sonriendo—. *Namaskaram*.

—¡Anjali! ¡Jason! —los saludó él, radiante. Ella era como su hija adoptiva—. ¿Ya probaron los bocadillos de coctel de camarón? ¡Los están sirviendo en mini copas! Vengan. —Anjali Chechi rio mientras Achchan los llevaba.

Jason Chettan les mostró ambos pulgares arriba.

—Y, ¿tu mamá ya te vio con este atuendo?

Sweetie suspiró.

—Aún no. Estoy medio escondida aquí. Él es Ashish, mi... amigo.

Jason estiró la mano y estrechó la de Ashish. Era bajo de estatura, como uno setenta, Ashish tenía que ver hacia abajo.

—Sé que es más que un «amigo», pero así lo dejamos por lo pronto —dijo guiñando un ojo.

Ashish sonrió en grande.

—Al menos tenemos tu apoyo. Sweetie me dice que esto va a estar intenso.

El chico silbó largo y en tono bajo.

—Oh, sí. Vidya Ammayi es… bueno, digamos que es muy particular en su visión de las cosas.

Sweetie refunfuñó.

—Hablando de… Debo ir a saludar y terminar con todo esto de una vez. Quiero darle un espacio para infartarse por mi atuendo antes de decirle sobre nosotros.

Ashish se estiró y le apretó una mano.

—Okey. ¿Le diremos después del almuerzo?

Ella tragó y asintió.

—Sip. Exactamente dentro de hora y media.

Ella volteó hacia Jason Chettan.

—¿Podrías acompañar a Ashish mientras hago mi ronda?

—Claro —le sonrió—. Probablemente necesite varias lecciones acerca de cómo mantenerse con vida siendo novio de alguien de esta familia.

Sweetie le dio una palmada en la espalda, le lanzó una mirada a Ashish de «Te amo, te veo pronto para prepararnos para la batalla» y salió del estudio.

Como la gente la detenía todo el tiempo, le tomó a Sweetie veintidós minutos recorrer su casa para encontrar a Amma. Ni siquiera pudo salir al patio y ver la gigante escultura de hielo con forma de pavorreal. Los invitados la felicitaban y le preguntaban sobre sus calificaciones (la pregunta de siempre de las familias indias), sus planes para la universidad (ídem) y sus planes para perder peso (doble ídem). Sus respuestas eran las mismas: «Gracias», «van muy bien», «aún no estoy segura», «ningún plan en absoluto». Las tías y los tíos no parecían estar satisfechos con el hecho de que correr no la hiciera bajar de peso y de que ella no mostrara ningún interés en ello, pero Sweetie sonreía, juntaba sus palmas y seguía su camino a los cinco minutos.

Finalmente encontró a Amma en la cocina, diciéndole a un mesero que guardara los aperitivos para que los invitados aún tuvieran hambre a la hora del almuerzo.

—Sweetie, *mol*, te he estado buscando por todos lados —le dijo afanosamente y de repente se detuvo. El corazón de Sweetie se aceleró al ver la cara que ponía su madre mientras se daba cuenta de lo que traía puesto, la recorrió de pies a cabeza y de vuelta—. ¿Qué es esto?

Sweetie enderezó la espalda.

—Es mi *anarkali*, el que te dije que quería.

—Ve a tu cuarto en este instante y cámbiate. —La voz de Amma era un siseo grave y mordaz—. Así no es como nos comportamos frente a los invitados.

—Amma, no me voy a cambiar —dijo Sweetie. Su corazón latía tan rápido que su voz temblaba del esfuerzo por no hiperventilar—, este es mi atuendo de hoy. Cuando Sheena usa halters, tú no tienes ningún problema.

—Sheena no necesita cubrir su cuerpo —dijo Amma mirando frenéticamente a su alrededor—. Sweetie, la gente se va a reír de ti, se van a burlar.

Era la misma conversación de siempre, el mismo camino que habían andado miles de veces desde que ella era una niña. Sabía por qué Amma insistía tanto. Estaba genuinamente preocupada por Sweetie y quería protegerla. Su mentalidad era muy diferente a la de los demás padres, que presumían de sus hijos imperfectos a diestra y siniestra, orgullosos de ellos, sin que les importara lo que la sociedad pensara. Para Amma, esos padres estaban equivocados. Ella nunca había entendido cómo exponer a tu hijo al ridículo podría ser algo valeroso o una manera de mandar a los demás al diablo. Para Amma, el mundo era cruel y debía proteger a su hija a costa de todo.

Sweetie dio un paso al frente.

—No me importa si se ríen de mí, Amma. ¿Me dolerá? Probablemente. ¿Me hará llorar? Tal vez. Pero ¿no te das cuenta? El estarme cubriendo y diciéndome a mí misma que no puedo mostrar mi piel porque no soy lo suficientemente buena para eso es mucho peor para mí. No puedo vivir así. Necesito que me ames tal y como soy. Por favor. —Cuando terminó le dolía la garganta de tanta tensión y se le salieron las lágrimas. No se molestó en limpiárselas.

Amma se le quedó viendo.

—¿Crees que no te amo tal y como eres? —Desvió la mirada y negó ligeramente con la cabeza. Luego, volteando hacia su hija, le preguntó—: ¿Ya fuiste al patio?

Sweetie frunció el entrecejo.

—Aún no. ¿Por qué?

Amma le tomó la mano y la llevó a la puerta trasera.

—*Varu*. Ven.

Sweetie siguió a Amma azorada. ¿Qué estaba haciendo? Salieron al patio y Sweetie vio al pavorreal en una esquina, sudando por el calor. Y luego volteó.

Descansaba orgullosamente en una mesa y estaba rodeada de niños extasiados.

—La fuente de chocolate —dijo Sweetie en voz baja. Y, además, era enorme, tal como ella quería—. La trajiste.

Amma la miró fijamente.

—Sí, porque tú querías una. Y porque yo… —Tragó saliva—. Sweetie, eres mi hija, mi *mol*.

Sweetie escuchó lo que su madre le estaba diciendo: «Te amo. Eres lo único que me importa en este mundo».

Sonrió y los ojos se le llenaron de lágrimas.

—Entonces, por favor entiende, Amma, que así soy feliz. Estoy feliz siendo gorda. Para mí, «gorda» no es una mala palabra. Otras personas la han hecho así. Es tan parte de mí como el ser atleta o ser indioestadounidense o ser una chica. No quiero cambiarlo y no quiero esconderlo. No me da vergüenza, aunque a ti sí.

—Tú no me avergüenzas —dijo Amma con fiereza—. Jamás podría sentirme avergonzada de ti.

Sweetie bajó la mirada hacia sus pies y luego volteó a ver a Amma. Una niñita las empujó y se fue corriendo hacia la escultura de hielo.

—Pero no quisiste que saliera con Ashish Patel porque yo no era lo suficientemente delgada para él.

Amma suspiró.

—Los Patel son muy diferentes a nosotros, Sweetie. Cuando lidias con personas así, tienes que estar consciente de cómo te ves. De otro modo, los rumores son brutales.

—Pero eso es lo que estoy tratando de decirte, todo eso es acerca de los demás. La tía Sunita quería que yo saliera con su hijo. Tú fuiste la que dijo que no. Tienes que soltar tu miedo a lo que digan los demás, Amma. Al menos con respecto a mí. Porque cuando tratas de esconderme me estás diciendo que te avergüenzas de mí, que piensas que no soy tan buena hija como los hijos de los demás.

Amma le puso una mano sobre el brazo.

—Tengo a la mejor hija. La mejor. No estoy avergon...

—¡Vidya! —El corazón de Sweetie latía con esperanza. ¿Qué era lo que Amma estaba a punto de decirle?—. ¡Vidya! ¡Hola!

A regañadientes, se voltearon y vieron que la tía Tina se acercaba a ellas, vestida con un *sari* turquesa.

—Ah, hola, Tina —dijo Amma, sonriendo—. Qué bueno que viniste. ¿Dónde está Vinod?

Vinod era el esposo de la tía Tina, que al parecer siempre estaba en una junta.

—En una junta —dijo la tía Tina; Sweetie se mordió un labio para evitar sonreír—. Sheena tampoco pudo venir, tenía otra fiesta. —Se dirigió a Sweetie—: Feliz cumpleaños, Sweetie.

—Gracias, tía T...

—¡Oh! —La tía Tina frunció los labios al ver lo que estaba detrás de Sweetie—. ¿Una fuente de chocolate?

Amma sonrió.

—Sí. Sweetie tenía muchas ganas de una.

Los labios de la tía Tina se frunieron aún más, hasta que apenas se veían.

—Querer o no querer, tenemos que darles a nuestros hijos lo que necesitan —comentó. Sweetie sintió que sus mejillas ardían, mitad de vergüenza, mitad de furia. Sabía lo que venía. Barriendo a Sweetie de pies a cabeza, la tía Tina agregó—: Sin ropa que la tape es obvio que el peso de Sweetie es...

Sweetie abrió la boca para despedirse, pero Amma habló antes de que ella pudiera.

—Ya basta, Tina.

Sweetie cerró la boca de golpe y miró a su madre, en shock. La tía Tina hizo lo mismo.

—No vas a hablarle así ni a mi hija ni a mí —dijo Amma, cuadrando los hombros—. Eres una invitada a nuestra casa, no rebases los límites. —Rodeando con un brazo a Sweetie, continuó—: Ven, *mol*.

Conforme se iban, Sweetie sacudió la cabeza.

—Amma... ¡guau!... eso fue... Eso estuvo...

—Retrasado —dijo Amma—. Debí haberte defendido hace mucho, Sweetie.

Se detuvieron debajo de la sombra de un roble. Sweetie sonrió con ojos húmedos.

—Está bien, Amma. —Respiró profundo y tomó fuerzas—. Y, eh, tengo algo más que decirte. Iba a esperar un poco, pero...

Tragó saliva y miró al otro lado del patio, ahí estaba Ashish, viéndola; ella lo llamó con la mano. Amma volteó a verlo y luego hacia su hija; entrecerró los ojos y la ternura de un momento atrás se disipó.

—*Enta ithe?*

—Te voy a explicar todo —susurró mientras Ashish se acercaba—. Tal vez quieras llamar a Achchan.

Amma miró a Ashish y luego a su hija, con cara tensa.

—Hablemos en el estudio. —Se dio la media vuelta y se fue dando zancadas largas sin esperar a Sweetie o Ashish.

33
Ashish

Ver la cara de Sweetie mientras la tía Vidya se iba fue lo peor. Se veía como uno de esos gifs del conejo de Pascua de chocolate en el que se acerca un secador de pelo y le derrite la cara. El rostro de Sweetie prácticamente llegaba al piso.

—Oye —murmuró poniéndole una mano sobre el brazo—, va a estar bien.

Ella le sonrió, pero se estaba esforzando por hacerlo.

—Estábamos conversando tan bien, ¿sabes? Realmente conectamos. Al menos eso pensé. Creí que al fin estaba viendo las cosas desde mi perspectiva.

—Tal vez aún lo haga, ¿sabes? —dijo él—. La cosa todavía no acaba.

Ella resopló.

—Qué expresión la tuya.

—¿Mala expresión? ¿No te gustó? —le preguntó en lo que entraban—. Vaya, siempre pensé que era bueno con las palabras.

Ella rio. Pasaron por donde estaban Anjali y Jason, que estaban hablando con una pareja mayor. Sweetie puso una mano sobre la espalda de su prima y, cuando volteó, le dijo:

—Al estudio. Ahora. Por favor.

Kayla estaba cerca sirviéndose jugo de mango en la barra y se acercó.

—¡Hola, hola! —Y al ver la expresión de Sweetie, agregó—: Oh,oh. ¿Ya es hora?

Sweetie asintió una sola vez.

—Quiere vernos en el estudio.

Kayla hizo una mueca.

—Uf. ¿Quieres que vaya?

Sweetie suspiró.

—No. Creo que quiere que sea más privado, solo la familia. Incluso me parece que me arriesgo llevando a mi prima y a su esposo.

Kayla la abrazó.

—Okey, bueno, dime si cambias de opinión. Me quedaré cerca.

Sweetie cerró los ojos y le respondió el abrazo.

—Gracias.

Cabizbajos, los cuatro se fueron al estudio y cerraron la puerta. Como toda casa normal, ese no era un espacio donde seis personas cupieran a sus anchas. Ashish se quedó cerca de Sweetie, suponiendo que necesitaría el apoyo. Discretamente, se limpió el sudor de las palmas en los pantalones. Tenía que admitir que esto no pintaba bien; los padres de Sweetie los miraban con una cara... Era como si hubieran hecho algo mucho peor que salir durante un mes a escondidas. Como si se hubieran robado todos los pingüinos de la Antártida o algo así. Aunque eso sería raro...

Pero, pasara lo que pasara, le dijeran lo que le dijeran, Ashish decidió que iba a quedarse callado y tranquilo. Respetaría a sus mayores, algo que sus padres le habían inculcado, pero que no había aceptado hasta ahora. No podía darles a los padres de Sweetie más argumentos en su contra. Se rehusaba a creer que ellos se negarían al final. Cambiarían de opinión, ¿o no? O dentro de una semana, o dos, Sweetie se daría cuenta de que no podía vivir sin él, así como él no podía vivir sin ella, ¿cierto? Ese no podía ser el fin. No cuando ya había tantas cosas entre ellos. No cuando parecía que su vida había sido una serie de momentos que lo llevaron hasta ella.

Los padres de Sweetie se veían extremadamente tensos. La tía Vidya estaba sentada en un sillón con los brazos cruzados y el tío Soman estaba recargado contra el escritorio, con las manos en el borde. Anjali y Jason se sentaron en un futón frente a ellos. Ashish y Sweetie se quedaron de pie, juntos, cerca de la puerta.

—Sweetie, ¿qué está pasando? —preguntó el tío Soman, con cara de tristeza. No había enojo en su mirada, a diferencia de la tía Vidya.

Sweetie respiró profundo; Ashish podía sentir que ella emanaba una ráfaga de calor; casi podía escuchar su corazón acelerado. Él quiso estirarse y abrazarla, pero se quedó quieto.

—Achcha, Amma... Ashish y yo hemos estado saliendo... por más o menos un mes.

La tía Vidya se quedó aún más quieta, si es que eso era posible. El tío Soman se veía al borde del llanto.

—¿Después de que te dije que no? —dijo la tía Vidya al fin, con lo que rompió el silencio que pesaba como una tonelada—. ¿Lo hiciste a mis espaldas?

Sweetie se estremeció un poco debido al tono de su madre. Ashish tuvo que cerrar los puños para evitar abrazarla.

—Sí —susurró Sweetie—, porque... Porque pensé que estabas equivocada.

Ay, Dios. Qué cara puso la tía Vidya. Él ya podía ver que el plan no iría ni remotamente como lo habían pensado. Discretamente, sacó su teléfono, tecleó ayuda y envió el mensaje.

Conociendo a sus padres, no habrían hecho caso cuando les dijo que no podían venir. Ellos no respetaban sus límites. Más aún, eran su familia, es decir, estaban ahí para él, pasara lo que pasara.

Ojalá, ojalá que no hubieran cambiado de pronto.

Sweetie

Sabía que se extralimitó al decir lo que dijo. Nunca había sido tan franca con Amma diciéndole que estaba equivocada. Era algo sumamente irrespetuoso, pero supuso que ya había llegado hasta ese punto. Ya les estaba confesando que salió con Ashish a escondidas, ¿por qué no de una vez decir todo? ¿Por qué no de una vez ser la chica que se atreve a subir a un escenario y cantar a todo pulmón frente a completos extraños? ¿Por qué no de una vez ser la chica que se atrevió a mandarle mensajes a Ashish Patel, el atleta estrella de Richmond, y retarlo a unas carreras? ¿Por qué no de una vez ser completamente intrépida? Si la pista de carreras le había enseñado algo era que no ganabas la medalla de oro si no te comprometías al cien por ciento.

Hubo otro momento de silencio y entonces Achchan habló.

—Pero, *mol*, ¿por qué no me dijiste a mí?

El tono de su padre le rompió el corazón. No se oía muy furioso como su madre, se oía abatido, completamente dolido. Sabía lo que le estaba preguntando: ¿Cómo era posible que hubiera permitido que este enorme secreto creciera entre ellos? Ella y Achchan eran como almas gemelas, nunca habían estado tan distantes como en ese momento. Y todo era por su culpa. Por las decisiones que ella había tomado.

—Yo... —Tragó saliva y parpadeó para que no se le salieran las lágrimas—. Yo no quise lastimarte, Achcha

—dijo al fin—. Es solo que no supe qué más podía hacer. Yo...

—¡Yo, yo, yo! —dijo Amma—. Egoísta. Eso es lo que eres, Sweetie, una gran egoísta. ¡Las decisiones que tomaste solo te beneficiaban a ti! ¡No pensaste ni un solo momento en tu familia! Solo quisiste ir por ahí con este chico —señaló a Ashish con la barbilla— y no te importó nada más.

—Un momento, Ammayi —dijo Anjali Chechi, negando con la cabeza—. Eso no es justo. Sweetie tiene derecho a ser egoísta. Apenas va a cumplir diecisiete. Si no puede pensar en lo que quiere ahora, ¿cuándo?

Amma descartó su comentario con un gesto de la mano.

—Esa mentalidad estadounidense no tiene lugar en esta casa.

Sweetie sintió que el corazón se le partía aún más.

—Entonces, ¿estás diciendo que alguien como yo no tiene lugar en esta casa? —dijo en voz baja—. Sea o no tu intención decirlo, es lo que estás implicando. Soy india, sí, respeto mi cultura y amo a mis padres, sí, pero también me amo a mí misma. También me respeto a mí misma.

—¿Cómo era posible que ella y su madre tuvieran posturas tan diferentes en el tema más importante de su existencia?

Achchan se irguió.

—Jamás diríamos que no tienes lugar en esta casa, ni siquiera pensarlo. Tú eres nuestra única hija. —Volteó hacia Amma alzando las cejas.

—No es necesario todo este drama —dijo Amma—. Sweetie, ya te lo dije. Eres mi hija, pero nos mentiste durante todo un mes. No hay nada más que decir. No sé qué ideas te metió este chico en la cabeza, ni sé qué tanto te convenció de hacer...

Ashish se aclaró la garganta y Sweetie volteó hacia él con los ojos abiertos a tope. «Por favor, no digas nada», trató de decirle telepáticamente. «Solo le prenderás fuego a la mecha». Pero, si entendió el mensaje, no hizo caso.

—Tía, si me permite... —dijo en tono firme y respetuoso. Sweetie tenía que tomar apuntes de cómo lo lograba; cuando ella trataba de ser firme y respetuosa, solo le salía una voz chillona—. Sweetie y yo no hemos hecho nada que nos avergüence. Seré sincero con usted: mis padres sabían que estábamos saliendo. Estuvieron de acuerdo y, aunque no les gustaba la idea de que ustedes no supieran, se aseguraron de que nada inadecuado sucediera. De hecho, nos obligaron a firmar un contrato. Tuvimos tres citas que ellos escogieron. Claro, nos vimos una o dos veces además de esas citas, pero, de nuevo, no pasó nada que me impida mirarlos a los ojos. —Le dio un apretón a la mano de Sweetie y enseguida la soltó—. Sweetie es una persona extraordinaria; me enseñó mucho acerca de mí mismo, me enseñó lo que significa ser bondadoso y amable, al mismo tiempo que ella buscaba lo que su corazón le dictaba. Jamás he conocido a nadie como ella.

Para cuando dejó de hablar, todos lo miraban fijamente, boquiabiertos. Sweetie se preguntó si él se daba cuenta del efecto que tenía en la gente. No solo en las chicas, sino en la gente en general. Ashish era un chico que te hacía detenerte y ponerle atención cuando hablaba. Sus palabras eran tan confiadas y firmes que se quedaban grabadas.

Achchan refunfuñó.

—Bueno, yo...

Alguien tocó la puerta.

Confundido, igual que los demás, Jason Chettan abrió la puerta. Los padres de Ashish entraron con timidez, vestidos como la realeza. El rostro de la tía Sunita inmediatamente sonrió al abrazar a Sweetie y acariciar el cabello de su hijo; enseguida, se acercó a los padres de Sweetie uniendo las palmas.

—Hola de nuevo, Vidya —dijo con sinceridad—, por favor, perdóneme por venir sin invitación. Sweetie sí nos dijo que este era un evento familiar, pero en verdad quería hablar con ustedes en persona acerca de todo lo que ha pasado. También, sabía que Ashish vino y... —Hizo una pausa—. ¡Ay, pero qué modales! Él es mi esposo, Kartik.

El tío Kartik estrechó manos con Achchan, que parecía que se iba a desmayar.

—Usted es... Kartik Patel —dijo como si apenas hiciera la conexión—, de Global Comm.

El tío Kartik sonrió.

—Así es. Y Ashish me dijo que usted es ingeniero; yo quería que uno de mis hijos siguiera esa carrera, pero, desafortunadamente, ninguno de ellos ha mostrado aptitud para ello. —Achchan sonrió, radiante. Amma se veía a ratos perturbada, a ratos furiosa, como si no pudiera decidir si darles la bienvenida a los Patel como buena anfitriona o sacarlos a patadas.

La tía Sunita se acercó a Amma y le puso una mano sobre el brazo.

—Vidya, supongo que Ashish y Sweetie ya los pusieron al tanto. —La miró directamente a los ojos y continuó con tono muy serio—: Lamento que los hayamos alentado a salir a sus espaldas. Nuestra intención jamás fue faltarle al respeto o desacatar su autoridad. Verá, Kartik y yo lo estuvimos pensando mucho y, al final, creímos que cuando los adolescentes se deciden a algo, encuentran la manera de hacer lo que quieren. —Analizó la reacción de Amma, que aún era tiesa y, valientemente, continuó—: Cuando usted y yo hablamos, no pensé que no aprobara a Ashish o a su familia, sino que era... la apariencia física de Sweetie, comparada con la de nuestro hijo. Por eso accedimos. Pero, sobre todo, queríamos asegurarnos de que no hicieran nada de lo que después nosotros no pudiéramos responder ante ustedes. Su primera cita fue en el *mandir*. —Sonrió—. Y luego fueron al festival Holi y, por último, a Palo Alto a visitar a la Gita Kaki de Ashish.

Amma miraba la cara de todos. El corazón de Sweetie golpeteaba mientras esperaba a que su madre respondiera, dijera algo, lo que fuera.

Finalmente, Amma habló con voz temblorosa:

—Pero Sweetie y Ashish no son compatibles. ¿Cómo es posible si Sweetie es…? —Dirigiéndose a Ashish, dijo con más firmeza—: Sweetie tiene mucha dignidad. No hará lo que tú quieras solo porque es… porque no es…

Ashish negó con la cabeza.

—Creo que Sweetie es la chica más hermosa que he visto, tía. Le prometo que la voy a cuidar. Me siento sumamente afortunado. Nunca le faltaría al respeto. Jamás.

Amma miró a todos a su alrededor. Sweetie contenía el aliento; esto se sentía como la culminación. Amma tenía que ver las cosas desde su perspectiva. Tenía que ser así.

Amma negó con la cabeza.

—Sweetie, tratas de manipularme. Crees que invitando aquí a Sunita y a Kartik Patel voy a cambiar de parecer. —Sus ojos lanzaron fuego—. ¡Esto se acabó! ¡Lo prohíbo! —Y entonces se levantó y salió del estudio.

Todos se quedaron paralizados al oír el azotón de puerta. Ashish se estiró para tomar la mano de Sweetie, cuyo labio inferior temblaba mientras lo mordía y sus ojos se inundaban. Todos empezaron a hablar al mismo tiempo.

Ashish: Está bien, amor…

La tía Sunita: Ay, Sweetie, va a cambiar…

El tío Kartik: ¿Tiene un poco de Pepto Bis…

Anjali Chechi: … ridículo…

Jason Chettan: Dale tiempo…

Achchan: Permítanme ir a ver qué…

—No —dijo Sweetie de pronto, a todo volumen. Todos se callaron y voltearon hacia ella. —Iré yo —explicó y los miró uno a uno—. Déjenme ir a hablar con ella.

—¿Estás segura? —preguntó Ashish—. ¿Quieres que vaya contigo?

Ella sonrió un poco.

—No. Tengo que hacer esto sola.

En aquella pequeña habitación, retacada con los Patel y los Nair, hubo un silencio sepulcral mientras ella salía buscando a su madre.

Tal como Sweetie supuso, Amma estaba en la habitación de su hija viendo el estante con los trofeos que había ganado a lo largo de los años. La contempló desde el marco de la puerta, callada; luego entró y cerró la puerta.

—Amma —le dijo sobándose las manos y obligándose a no hacerlo frente a ella. No tenía por qué estar nerviosa. Porque ella tenía razón; ella sabía que tenía razón. Este era el momento de sincerarse, de ser valiente, como siempre quiso, dejar que sus palabras dijeran lo que pensaba, hacerse valer al fin; ser intrépida.

—¿Qué fue todo eso? ¿Por qué estás tan molesta?

Amma acarició uno de los trofeos en el estante y sonrió.

—Recuerdo la primera vez que me dijiste que querías entrar al equipo de atletismo. Estabas en cuarto año. Te llevé a las pruebas del equipo infantil de Atherton, ¿te acuerdas?

Sweetie negó con la cabeza.

—Nunca corrí para ellos.

La sonrisa de Amma se disipó.

—No, no lo hiciste. Cuando llegamos, el entrenador habló conmigo en privado. Me dijo que no estabas lo suficientemente… «sana» para correr. Dijo que era una cuestión médica. Si algo te pasaba, la organización sería responsable.

Las mejillas de Sweetie se encendieron.

—Pues era un idiota, entonces.

—Te llevé a la casa —continuó Amma, como si Sweetie no hubiera dicho nada—. Te dije que el equipo ya estaba completo. Cuando pasaste a secundaria decidiste hacer las pruebas sin decirme y yo no pude hacer nada. Pensé que tal vez querrías probar el golf o lanzamiento de bala, pero tú estabas aferrada a correr. Y cuando te aceptaron en el equipo, estabas tan orgullosa. Y luego, dos meses después, recibí una llamada de tu entrenadora.

Sweetie recuerda esa llamada. Le había rogado a la entrenadora que no le dijera nada a Amma, pero no le hizo caso. Había dos chicas en el equipo que se burlaban de Sweetie todo el tiempo. La entrenadora trató de evitarlo hasta donde pudo, pero esas chicas solo eran crueles cuando no las veía; Sweetie se negó a acusarlas. Finalmente, cuando la entrenadora la encontró llorando en los vestidores, le dijo que no tenía otra opción más que involucrar a su mamá.

—Trataste de sacarme del equipo —le dijo.

—Para protegerte. —Amma volteó a verla—. Para que estuvieras a salvo.

—No necesitaba que hicieras eso —dijo Sweetie—. Volví al equipo de todos modos. Falsifiqué esa carta, ¿te acuerdas? La entrenadora me recibió de vuelta. Y me convertí en la corredora más fuerte y veloz; a partir de entonces esas chicas dejaron de molestarme.

—Esa vez tuviste un final feliz —dijo Amma—. Un final feliz por suerte, pero no siempre será así, Sweetie. La vida no reparte felicidad y suerte a las mujeres que son diferentes.

Sweetie analizó a Amma concienzudamente.

—¿Cómo crees que mi vida sería diferente si fuera delgada, Amma?

—Tendrías más oportunidades —dijo Amma.

—Querrías que me apreciaran por mi talento, ¿cierto? Que la gente viera más allá de mi apariencia externa para ver cómo soy al interior, ¿verdad? —Amma asintió—. Querrías que me invitaran al baile, que fuera a una buena universidad, que encontrara el amor y amistades, ¿no? —Amma asintió de nuevo. Sweetie sacudió la cabeza—. ¿No lo ves, Amma? Ya tengo todo eso. Me subí a un escenario y canté con el corazón, la gente *se puso de pie para ovacionarme* porque querían que cantara más. Tengo amigas que me apoyan en todo. Voy a entrar a una excelente escuela porque tengo uno de los promedios más altos y tengo un récord como atleta. Salgo con un chico que me ama con todo el corazón, que vino aquí con sus padres para ganarse tu corazón. Y, ¿adivina qué? No necesito la lástima de Sheena porque Ashish me invitó al baile. ¿Lo ves, Amma? En realidad, tengo todo eso que quieres para mí. Lo tengo todo y lo tengo siendo gorda. No tengo miedo a vivir mi vida así como soy ahora. No necesito cambiar. Yo no tengo miedo, ¿por qué tu sí?

Se quedaron viendo la una a la otra un buen rato. Finalmente, Amma habló con voz ronca.

—¿Ashish está enamorado de ti?

—Sí, y yo estoy enamorada de él.

—¿Y te invitó al baile?

—Sí.

—¿Te ovacionaron de pie en la noche de bandas?

Sweetie asintió.

Amma se dejó caer sobre la cama de Sweetie y puso las manos sobre su regazo.

—No me dijiste eso. Sweetie…

—¿Sí, Amma? —Ella también se sentó, enfrente de su mamá. Cuando Amma la miró, estaba llorando, pero también sonriendo y parpadeando para ahuyentar las lágrimas—. Sweetie… estás logrando todo —dijo asombrada, sacudiendo la cabeza—. Has logrado conseguir todo lo que quiero que tengas. —Tragó saliva y agregó susurrando—: Y yo me lo perdí todo por mi terquedad. No vi cuando lograbas todo eso.

—Te perdiste de *algunas* cosas geniales —concordó Sweetie, acercándose—, pero, Amma, no tienes por qué perderte nada más, no si no quieres. Y tienes razón, ¿sabes? He conseguido todo lo que tú querías para mí. Así que ya no tienes que preocuparte por mí, Amma. No nos beneficia en nada. Tienes que dejar de preocuparte.

Amma asintió, cerró los ojos y dejó que las lágrimas cayeran.

—Tengo que dejar de preocuparme —susurró. Luego, abrió los ojos, jaló a Sweetie hacia ella y le recargó la cabeza debajo de su cuello; luego le besó la frente y le dijo—: Tengo que dejar de preocuparme porque vas a estar bien.

—Voy a estar mejor que bien —le respondió la Sweetie intrépida—. Amma, voy a tener la mejor vida.

Bajaron las escaleras; Amma se fue directo hacia los Patel (que ahora estaban en la sala con Achchan, Anjali Chechi y Jason Chettan, todos con cara de consternación).

—Sunita, Kartik, Ashish, me disculpo. Mi comportamiento no fue el adecuado y ustedes han sido muy amables. Les ofrezco una disculpa. —Directamente a Ashish—: Tú. Tú has sido muy bueno con mi hija.

—Eso he intentado —respondió Ashish, viendo a Sweetie en shock. Ella alzó los hombros y sonrió—, pero es lo menos que se merece.

—Buena respuesta. Muy bien.

—Y, tía, tío —dijo Ashish, viendo a Amma y Achchan—, yo también quiero disculparme por salir con Sweetie a escondidas. No volverá a suceder.

Achchan sonrió de oreja a oreja y le dio una palmada a Ashish en la espalda.

Amma exhaló con fuerza y tomó una mano de Ashish y otra de Sweetie.

—Ya todo está arreglado. Ahora, ¿por qué no almorzamos? Tenemos el postre favorito de Sweetie: pal payasam. Y luego, ¡mi hija se tiene que ir al baile!

La tía Sunita rio.

—Qué manera tan perfecta de celebrar.

—Un momento —anunció Achchan, levantándose—. Tengo algo que decir. —Caminó al frente, tomó a Sweetie de los hombros y se la llevó a hablar en privado. Luego, respirando profundo, sacudió la cabeza—. Sweetie, tú eres un pedazo de mi corazón. Nunca me enteré de cuánto dolor estabas aguantando. Debí decir algo. Debí decirte que... que no estaba de acuerdo con tu madre en lo absoluto. Creo que eres perfecta, así como eres. Mientras tú seas feliz, yo soy feliz. Lo lamento, *mol*, por no ser más fuerte por ti.

Sweetie abrazó a su padre con un nudo en la garganta.

—Está bien, Achcha —dijo con voz ronca—. Está bien.

Todos salieron al patio a almorzar. Las amigas de Sweetie corrieron hacia ella, ansiosas. Claramente, habían estado al pendiente de todo como halcones.

—¿Y bien? —preguntó Kayla—. ¿Cómo te fue? ¿Necesitas que te ayudemos a escapar?

Sweetie rio conforme su familia se adelantaba hacia la mesa de la comida. Ashish se quedó atrás, para darle un poco de privacidad.

—No, me fue bien. Muy, muy bien.

Sus amigas, sus chicas, le regalaron una enorme sonrisa. Luego se abrazaron y rieron.

—¡Ey, Ashish! —Izzy lo llamó— Ahora eres de los nuestros, ¿okey?

—¿Eso quiere decir que no te vas a quitar un zapato? —le contestó secamente.

—Chicos, mi mamá mandó a hacer un *montón* de comida —dijo Sweetie, riendo—, por favor, vayan y coman o ella les embutirá un plato repleto.

—No me lo tienes que decir dos veces —exclamó Suki y se fue a la carga.

Una vez que se fueron, Sweetie volteó hacia Ashish, sonriendo tímidamente.

—¿Sabes? No eres nada malo para actuar bajo estrés. Estoy impresionada con tu discurso en el estudio.

—Y ni siquiera tuve que llegar al punto de argumentar que tengo un lindo trasero. —Ashish la tomó de la mano—. Aunque, ya en serio, no fue reacción ante el estrés, lo que dije fue en serio. Cien por ciento. Soy el chico más afortunado del planeta, Sweetie. De hecho, corrijo: soy el chico más afortunado del multiverso.

Ella sintió que su corazón flotaba. Olvídense de Ashish, ¿cómo es que ella tuvo tanta suerte?

Decidieron ir al baile directamente de la fiesta. Para cuando todos los invitados se habían ido y Sweetie había abierto todos los regalos (Ashish le había dado una cadena muy simple, sin dije, ni nada, que, aunque muy bonita, sí la decepcionó un poco por ser algo tan genérico), Amma estaba muy entusiasmada con lo del baile.

—¡No puedo creer que te invitara usando pericos! —dijo mientras la ayudaba a recogerse el cabello. Anjali Chechi le retocaba el maquillaje.

Ashish y sus padres estaban afuera, al pie del auto, hablando acerca de algo, mientras que Jason Chettan y Achchan charlaban abajo.

Sweetie resopló y se puso la cadena de plata que Ashish le había dado.

—Sí, aunque fue un poco desastroso. Pero ¿no te da gusto que vaya a ir al baile?

—Mucho gusto. —Amma terminó y dio un paso atrás para admirar su obra—. Pero ¿no quieres ir en la limusina con Sheena?

Sweetie hizo una mueca mientras su prima terminaba con el rubor y cerraba la caja.

—No. Creo que nos iremos en el Jeep de Ashish.

—¡Sweetie! —gritó su padre desde abajo. Su voz se oía entusiasmada, aunque como si quisiera disimularlo— ¡Baja!

Amma y Anjali Chechi intercambiaron miradas.

—Vamos a ver qué sucede —dijo Amma, sacudiendo la cabeza.

Cuando salieron, Ashish se había cambiado a un esmoquin y detrás de él había una limusina rosa brillante. Estaba sonriendo un poco nervioso. Sweetie fue con él.

—¿Qué es esto? Ashish, sabes que bien pudimos ir en tu Jeep.

—Eh, bueno, este es el regalo de mis padres —dijo y señaló a donde estaban ellos, sonriendo felices—. Al igual que el esmoquin, que venía con la limusina y... esto. —Metió la mano por la ventanilla y sacó un ramillete.

—Peonías rosas —dijo ella sonriendo—. Mis favoritas.

La voz de Amma paralizó las manos de Ashish, que estaban sacando el ramillete de su caja.

—¡Esperen! —gritaron Amma, Achchan, Anjali Chechi y Jason Chettan mientras se acercaban apresurados—. ¡Tenemos que tomar una foto, Sweetie!

Ella amortiguó una carcajada.

—Claro.

—Ah, sí, ¡nosotros también! —dijo la tía Sunita, apresurándose junto con el tío Kartik y alistando el celular.

—Por Dios —susurró Ashish.

—Paciencia, pasará pronto —contestó ella entre dientes.

Y así fue. En cuanto los padres tomaron fotos de: a) Ashish poniéndole el ramillete en la muñeca, b) Sweetie ajustándoselo, c) ella *admirando* las flores, d) ambos forzando una gran sonrisa y e) Ashish ayudando a Sweetie a subirse a la limusina, estuvieron a solas.

Ella se dejó caer sobre su asiento y cerró los ojos.

—Ay. Por. Dios. Creo que podría dormir una década entera. —Luego abrió los ojos y le sonrió tímidamente bajo la oscuridad del auto—. Ya terminó todo —dijo notando el tono de incredulidad de su propia voz—. Ya están de acuerdo en que seamos novios. Es oficial. No tenemos que escondernos.

Él sonreía de oreja a oreja.

—No más secretos. Así que, puedo hacer esto sin preocuparme de que alguien nos vea. —Se estiró y le tomó la mano.

—Y yo puedo hacer esto sin preocuparme de que alguien nos vea. —Y recargó la cabeza en su hombro.

—Y yo puedo hacer algo más —exclamó él y ella enseguida levantó la cabeza por su tono misterioso—. Pero no dejaré que nadie nos vea.

La abrazó con tanta fuerza que era como si estuviera comprobando que ella realmente estaba ahí, como si en verdad estuvieran viviendo ese momento. Ella no podía dejar de sonreír. Y cuando sus labios se juntaron, ella conoció el sabor de la felicidad.

34
Ashish

Estaba nervioso. Había estado preparándose tanto para esa tarde que no pensó mucho en lo que pasaría después. Sinceramente, no *quería* pensar tanto en el después, por si las cosas salían mal. Por si hubiera tenido que regresar a casa a ver Netflix con un tazón de palomitas de queso.

Sin embargo, ahí estaba, con la chica más hermosa del mundo al lado de él, bailando la canción más cursi que el DJ pudo escoger, «Dancing Queen», ¡por favor!

Sweetie ondeó una mano frente a él.

—Oye, ¿a dónde te fuiste?

Él la miró y su corazón se aceleró. Ay, Dios. Estaba al borde del infarto. Ashish Patel iba a tener un infarto porque estaba nervioso frente a una chica. Sería comiquísimo. Ashish era el rey de los detalles románticos. Elijah siempre le pedía consejos sobre qué hacer para Oliver en fechas importantes (el día de San Valentín, el cumpleaños de Oliver, el día nacional de los hot cakes, que era un chiste entre ellos… larga historia). Ashish se forzó a sonreír.

—Eh, ¿aquí? —Se aclaró la garganta—. Oye, ¿te está gustando, eh, la música? —Ella sonrió. Ay, no, ese hoyuelo.

—No está mal. —Luego analizó su rostro—. Pero nos podemos ir si quieres.

—Eh, de hecho, pensaba que podríamos ir a caminar —dijo Ashish.

—¿A caminar? —Sweetie dio un paso atrás y lo miró, sonriendo a medias—. ¿A dónde?

—Por ahí. —Se ajustó la corbata. Ay, Dios, en verdad se iba a desmayar. ¿Por qué le había pedido ayuda a Pinky para esto? ¿En qué estaba pensando? Aquello sería un completo desastre. Sweetie lo iba a cortar ahí mismo.

—Ashish Patel, ¿qué tramas?

Él la miró a los ojos y le llegó el pánico como si fuera tsunami.

—¿Sabes qué? Mejor... mejor quedémonos aquí. No tengo ganas de caminar.

Sweetie se puso una mano en la cadera y, después de un momento, lo sacó de la pista de baile, hacia donde estaban las bebidas.

—Algo tramas y te estás acobardando, lo sé.

Él se sirvió un poco de ponche y se lo acabó en dos tragos.

—Okey —dijo—. Tienes razón. Yo... quiero... No sé, tal vez lo detestes.

Lo miró seriamente.

—Ashish, lo que sea, te prometo que no lo detestaré. Ahora, llévame ahí o te pego.

Él levantó las manos.

—No hay necesidad de ponernos violentos, señorita Nair. —Ella metió la mano debajo del brazo de él y dejó que la guiara.

Rodearon el edificio; los zapatos de ella crujían sobre la grava y él vio que sus dedos estaban bastante rojos.

—¿Estás segura de que puedes caminar con esos tacones?

—Sí. —Ella hizo un gesto para descartar el comentario—. Tengo años de experiencia.

Se quedaron callados con el sonido del baile al fondo, sintiendo la brisa fresca. La luna nublada les guiñó.

—Okey, quiero que sepas... —empezó Ashish mientras se acercaban a la pista de Piedmont— que solo hemos salido durante un mes, que para mucha gente no es mucho, pero... lo que siento por ti es muy fuerte.

Ella recargó la cabeza en el brazo de él.

—Yo también.

—Creo que eres una de esas personas que hará cosas maravillosas con su vida. —Se lamió los labios, muerto de nervios mientras se acercaban a la reja sin cadena—. Y estoy muy agradecido por que tú me dejes ser parte de eso.

—Me alegra que seas parte de eso —respondió ella, con voz seria y completamente sincera.

El corazón de Ashish se revolcó de adolorido y estúpido amor. Ella se detuvo cuando iban pasando las gradas y se dirigían a la pista.

—Ah, estamos en la pista, ¿qué es eso?

Con el pulso a mil por hora, él la acercó más. Se volteó hacia ella, la tomó de las manos y caminó en reversa mientras a ella le brillaban los ojos.

—Aquí fue donde nos conocimos; cuando me retaste a un duelo y conquistaste mi corazón.

Ella soltó una risita que era música armoniosa.

—No fue un *duelo* —le dijo poniendo los ojos en blanco, aunque aún seguía sonriendo. Luego bajó la vista, a sus pies—. ¿Estos son pétalos de flores?

—Sí —dijo Ashish y en cuanto ella se agachó, agregó—: pero no los mires de cerca; para como es Pinky, no quiso usar pétalos frescos, así que fue con un florista de noche para que le diera las flores decaídas y viejas que no había vendido... —Se le ocurrió que tal vez esa no era la historia más *romántica* que pudo contarle—. Bueno, como sea —la ayudó a levantarse. Luego tomó su rostro con las manos y contempló esos profundos ojos miel—. Sweetie, te amo. Todos los días le agradezco al universo o a las hadas del destino, o a quien sea que se encargue, por traerte a mí.

—Ashish —suspiró ella sobre la barbilla de él, dejándolo fascinado—, yo también. Me alegra tanto que tu padre nos hiciera firmar ese contrato.

Él se rio y sacó algo de su bolsillo.

—Tengo algo para ti. Es algo así como la segunda parte de tu regalo de cumpleaños, pero no te lo quise dar enfrente de todos. —Dejó ver una cajita de terciopelo azul y la abrió.

Los ojos de ella se abrieron a tope, felices, y sus labios se abrieron en un gesto de asombro.

El corazón de Ashish saltó de alegría ante el pensamiento de que le gustaba, incluso sin haber visto la mejor parte.

Sweetie

Se quedó viendo al dije de camafeo sobre la cama de seda negra. Era asombroso, con fondo turquesa y una figura blanca encima. Ella frunció el entrecejo. Había algo... se acercó y lo levantó. La figura no era el perfil de una mujer, como suelen ser los camafeos. Esta mostraba a una mujer de cuerpo entero, muy curvilínea, con un gesto triunfante, las manos sobre sus caderas rechonchas, los pies separados y el cabello volando con el viento. Feliz, Sweetie sonrió de oreja a oreja.

—Ah, ¡es una cabrona!

Él sonrió.

—Voltéalo.

Atrás tenía un mensaje grabado en la plata:

"Sweetie intrépida
conocerla es quererla"

Sweetie leyó las palabras con dedos temblorosos mientras le resbalaban lágrimas por las mejillas. Alzó la vista hacia él, quien dio un paso al frente, preocupado, con esos ojos miel.

—Oye, está bien, si no te gusta...

Ella le puso una mano sobre la mejilla y sonrió con todo y sus lágrimas.

—Me encanta. Ashish... esto es... todo. Tú me entiendes. Entiendes todo lo que soy.

Él se relajó un poco, sonrió y la tomó de la nuca para acercarla hacia él.

—Obviamente.

Ella rio, con hipo y todo.

—Obviamente.

Se besaron en medio del olor a rosas, que los encerraba en un círculo ahí, en el ahora, en el para siempre.

Epílogo

Sweetie atravesó la línea de meta con las manos al aire. La multitud vitoreaba y todo su cuerpo se iluminaba con la sopa intoxicante de endorfinas y adrenalina. Lo había logrado. Volteó hacia la gente, aún con las manos en alto y la sonrisa más amplia que incluso podría iluminar todo el pódium, estaba segura.

Había batido su propio récord. El reclutador de la universidad de Los Ángeles estaba ahí y ella ni siquiera estaba nerviosa. La querían con ellos. ¿Cómo no? Sus ojos escanearon entre las gradas y su rostro se iluminó al ver a Amma y Achchan, orgullosos, y luego a Ashish. Él sonreía y aleteaba como loco, gritando y ovacionando como si estuviera junto a ella. Ella rio por la manera en que los demás lo veían, un fan sumamente entusiasmado en una pista de carreras de Piedmont con su uniforme de basquet de Richmond. Justo después irían a Richmond porque, claro que su partido más importante tenía que ser el mismo día que su carrera. Pero él fue a verla de todos modos.

—No me lo perdería por nada —dijo cuando ella le preguntó si estaba seguro.

Y, después de ese juego… la prueba final. Ella tragó saliva. El reclutador no la ponía nerviosa, pero aquello, sí.

Ashish

Había llegado el momento.

Ese era el último juego de la temporada, solo había una canasta de por medio entre Ashish y los juegos estatales.

Quedaban once segundos. Oliver atrapó el rebote, miró a Ash en busca de instrucción. Con un ojo en el reloj, Ashish le dio la instrucción y alentó a los demás a ir hacia la canasta.

Nueve segundos. Oliver le sonrió a Ashish, se volteó y le lanzó el balón a Elijah por debajo.

Siete segundos. Los defensas cercaron a Elijah y Ash se fue donde no había nadie y pidió el balón.

Cuatro segundos. Elijah rebotó el balón hacia Ashish, aliviado.

Dos segundos. Ashish brincó por la línea de los tres puntos. El marcador final dependía de él.

La multitud gritaba desaforada mientras él corría. Solo eran él y el balón. Y él estaba de vuelta. En *balontopia*. Su sangre estaba repleta de energía. De nuevo, se sentía como pez en el agua. La cancha era su trono y ahí él era el rey. Había reclamado su lugar.

Lanzó el balón al aire y, en cuanto se separó de las yemas de sus dedos, sonó la chicharra. El balón giró por el aire y pasó por la canasta. Limpio.

Ashish se hincó con los brazos estirados mientras sus compañeros iban hacia él. Oliver le palmeó la espalda y Elijah vitoreaba tanto que le zumbaron los oídos. Entre la multitud pudo ver a Sweetie. Ella lloraba y reía al mismo tiempo, mientras ondeaba un gran dedo de hule espuma. Él rio y cerró los ojos, dejó que todo el amor, el éxtasis y el alivio le recorrieran todo el cuerpo.

En cuanto tuvo un descanso de las felicitaciones y los gritos, fue hacia su familia, aunque le cortó el paso una mujer morena de treinta y tantos. Estiró una mano para estrechar la suya. Su agarre era fuerte.

—Felicidades por un buen partido —dijo sonriendo—. Soy Liesa López, de la universidad de California. Esta es mi tarjeta. Llámame y charlamos.

Él se quedó viendo la tarjeta y sonrió.

—Suena bien.

Ella asintió y se fue.

Él rio y fue hacia su familia.

Ma lo abrazó.

—*Shabash, shabash, beta!* —dijo una y otra vez. Pappa le dio una palmada en la espalda y parecía que iba a explotar.

Sweetie lo abrazó.

—Felicidades, bebé —le susurró al oído. —Y él sintió cómo un escalofrío le recorría la espalda.

Luego volteó hacia Rishi y Dimple. Su hermano lo miró directo a los ojos, asombrado.

—Oye, por los dioses, ¡eres épico!

Ashish rio, deleitado.

—*Bhaiyya,* Dimple, gracias por venir. ¿Ya conocen a Sweetie?

Rishi le sonrió.

—Sí —luego, hacia Sweetie—: ¿Estás segura de que quieres estar con este tipo?

Ashish le dio un zape en el pecho y Rishi hizo como si le hubiera sacado el aire.

—Tienes que bajarle al ejercicio —dijo exhalando dramáticamente.

Detrás de sus anteojos, Dimple puso los ojos en blanco. Luego se dirigió a Sweetie.

—Bienvenida al mundo de las novias de los hermanos Patel —dijo solemnemente—. En serio, estás en problemas, pero de los buenos.

Sweetie rio.

—Sí, es lo que presiento.

Ashish estaba que flotaba, aún bajo el efecto de la adrenalina por haber ganado el partido y por toda la situación. No quería admitir cuánto significaba aquello para él.

—Entonces, *bhaiyya* —dijo tratando de no sonar desesperado—, ¿tenemos, eh, tu *aashirvad*?

Rishi se puso serio. Dimple lo miró a él y luego a Ashish, sonriendo ligeramente. Rishi puso las manos sobre los hombros de su hermano.

—Tú y Sweetie tienen todas mis bendiciones, Ashish.

Se abrazaron; Ashish palmeó la espalda de su hermano con fuerza, tratando de no romperse en pedazos.

Cuando se separaron, Dimple había enganchado su brazo con el de Sweetie.

—Entonces —dijo—, ¿qué piensan de una cita doble?

Sweetie sonrió.

—Hagámoslo.

Ashish miró a toda su familia y, sin que le importara que pudiera ser algo tonto, incluyó a Sweetie bajo esa categoría y pensó «La vida no puede ser más perfecta que esto».

Pero eran jóvenes y así lo era.

Nota de la autora

Me siento increíblemente privilegiada de compartir con ustedes la historia de Sweetie. Para tantísimos autores, las historias resuenan en sus mentes durante años antes de que puedan plasmarlas en papel. A mí me sucede igual. De hecho, ni siquiera estaba segura de si contaría una historia como la de Sweetie: viviendo como una mujer gorda y de piel negra, jamás pensé más allá de mi experiencia inmediata, mi dolor inmediato.

Unos cuantos años después empecé a leer cada vez más acerca del movimiento *body positive*, que quiere decir estar contenta con el cuerpo que tienes y con cómo te ves. Dentro del movimiento *body positive*, *gorda* no es una mala palabra como suele considerarse en conversaciones casuales cotidianas. *Gorda* es sencillamente lo opuesto a *delgada* y, como tal, no implica otras connotaciones morales.

Recuerdo leer vorazmente todo artículo que encontrara acerca de celebrar tu cuerpo por lo que es. Aunque al momento de escribir esto soy una persona delgada, en varios puntos de mi vida he sido gorda. Nada me ha sorprendido más que la diferencia con la que me trataba la gente según me veía por fuera.

Cuando me surgió la idea de una historia acerca de una atleta gorda, supe que el personaje tenía que ser de origen surasiático. Puesto que crecí en un hogar inmerso en la cultura de la India, el mensaje que se me transmitió todos los días fue: «A menos que seas delgada, eres un fracaso como mujer». Esto fue particularmente desconcertante tomando en cuenta que en mi familia abundaban mujeres gordas, hermosas y talentosas. Pero me estoy saliendo del tema...

Quería escribir conversaciones sinceras entre una adolescente indoestadounidense y su madre. Quería plasmar los mismos mensajes que yo (y muchas otras) recibí y quería tener esta protagonista fuerte y hermosa que los rebatiera. Sabía que Sweetie sería la persona perfecta para confrontar estos mensajes tóxicos y dañinos a su manera tan dulce y gentil.

Si la palabra *gorda* te provoca molestia, espero que te detengas y examines por qué. ¿Qué piensas cuando ves la palabra *delgada*? Sospecho que nada o, al menos, nada malo. Así que, ¿hay algo inherentemente malo con ser gordo? ¿O acaso nos han condicionado a ver las palabras *inútil* o *perezoso* o *malo* en lugar de *gordo*?

Entiendo que para muchos lectores esta palabra se ha usado como arma demasiadas veces en contra de ellos, por lo que nunca estará del todo bien usarla para describirse a sí mismos. Respeto esto por completo. Mi esperanza es que al contar esta historia impulse una conversación larga y tendida acerca de lo que significa moverse en el mundo cuando no te ves como una modelo de *Vogue*. Espero que te unas.

Agradecimientos

Escribir el primer libro del universo de Dimple se sintió como un sueño hecho realidad. Lograr escribir el segundo, que presentaba a dos de mis personajes favoritos, se sintió como disfrutar el brillo de miles de estrellas mientras me comía al sol. En otras palabras, me hizo feliz.

Un gran agradecimiento al extraordinario equipo de Simon Pulse, por ser el hogar acogedor y caluroso para mi tercera novela juvenil. Todo escritor debe tener la suerte de encontrar una editorial que se sienta como familia. Un abrazo especialmente fuerte a Jen Ung, mi editora, quien me ayudó a darle a este libro la forma que tiene hoy y que entendió a Sweetie por completo desde el primer día.

Gracias también a mi agente, Thao Le, por ser la mejor y más fiera campeona que cualquier escritora puede desear. Tener a alguien confiable con quien debatir tus ideas en este negocio es la herramienta que te mantiene vivo.

Grandes vítores a los *esplendoríferos* escritores y editores independientes allá afuera, incluyendo a mis hados madrinos de los libros en Anderson's Bookshop, B&N San Mateo, Book Bar Denver, Books Inc., Books of Wonder, Brookline Booksmith, Changing Hands, Elliot Bay Book Co., Hicklebee's, Joseph-Beth, Kepler's, Old Firehouse

Books, Once Upon a Time, Parnassus Books, Porter Square, Red Balloon Bookshop, Ripped Bodice, Tattered Cover, Third Place Books, University Bookstore ¡y muchos, muchos otros!

También agradezco enormemente a la comunidad *libresca* en general, incluyendo a mis adorados y fieles lectores que me tuitearon con todo y mis bromas cursis y referencias de cultura pop y ¡me enviaron emails llenos de todo el ánimo, halagos y motivación del mundo! Gracias también a los bibliotecarios y maestros que me contactaron para decirme que están comprando mis libros para usarlos en clase y en la biblioteca; son tan considerados con la juventud a la que enseñan y animan todos los días… Ustedes son una verdadera inspiración para mí.

Un enorme beso de agradecimiento a mi amorosa familia (aun si sé que todos se ríen a mis espaldas cuando me desvío a mitad de una oración y empiezo a soñar despierta con algo de mis personajes). Sin ustedes, nada de esto tendría sentido.

Finalmente, quiero decirles a todos mis lectores gordos a quienes les han dicho que «gordo» es una palabra sucia y vergonzosa: ellos se equivocan. Tú eres suficiente. Siempre lo has sido.